FIONA VALPY

Jahre der Hoffnung

atb aufbau taschenbuch

FIONA VALPY lebte sieben Jahre lang in Frankreich, wo sie mit ihrer Familie ein altes Gutshaus in den Weinbergen bei Bordeaux restaurierte. Die Liebe zu dem Land und seinen Bewohnern, seiner Küche und besonderen Geschichte inspirierten sie zu diesem Roman. Fiona Valpy wohnt heute in Schottland, auf der Suche nach Sonne findet sie jedoch immer wieder ihren Weg nach Frankreich.

Im Aufbau Taschenbuch ist ihr Roman »Die Sommer meines Lebens« lieferbar.

Mehr zur Autorin unter www.fionavalpy.com

Eliane wächst in einem idyllischen Dorf bei Bordeaux auf. Sie kümmert sich leidenschaftlich um die Bienenstöcke, verkauft Honig auf dem Markt und genießt ihre junge Liebe mit dem Franzosen Mathieu. Doch als der Krieg ausbricht und die Deutschen Frankreich besetzen, wird das Land geteilt – die Grenze verläuft direkt neben Elianes Elternhaus, das von nun an im besetzten Teil liegt. Im Château werden deutsche Soldaten einquartiert, und schnell begreift Eliane, dass sie Widerstand leisten muss: Sie übermittelt geheime Botschaften an die Partisanen in den Wäldern. Doch bald erkennt sie die Gefahr, in die sie sich damit begibt – und dass Mathieu und sie auf unterschiedlichen Seiten stehen.

FIONA VALPY

Jahre *der* Hoffnung

ROMAN

Aus dem Englischen
von Marie Rahn

atb aufbau taschenbuch

Die Originalausgabe unter dem Titel
The Beekeeper's Promise
erschien 2018 bei Lake Union Publishing, Seattle.

MIX
Papier aus verantwortungsvollen Quellen
FSC® C083411

ISBN 978-3-7466-3512-5

Aufbau Taschenbuch ist eine Marke
der Aufbau Verlag GmbH & Co. KG

1. Auflage 2019

Umschlaggestaltung www.buerosued.de, München
unter Verwendung eines Bildes von CollaborationJS/Trevillion Images
Gesetzt aus der Sabon durch Greiner & Reichel, Köln
Druck und Binden CPI books GmbH, Leck, Germany
Printed in Germany

www.aufbau-verlag.de

Für meine Freundin Michèle,
in Liebe

»Geht auf eure Felder und in eure Gärten, und ihr werdet lernen, dass es der Biene Vergnügen macht, aus der Blume den Honig zu sammeln. Doch auch für die Blume ist es ein Vergnügen, der Biene ihren Honig zu schenken. Denn für die Biene ist die Blume ein Quell des Lebens, und für die Blume ist die Biene ein Bote der Liebe.«

Aus Der Prophet
von Khalil Gibran

»Eine Honigbiene vollführt einen Schwänzeltanz, um den anderen Arbeitsbienen im Stock die Entfernung und Richtung neuer Nektarquellen anzuzeigen. Sie beschreibt dabei eine Acht, fliegt erst gegen den Uhrzeigersinn einen Halbkreis, dann eine gerade Linie und schließlich einen Halbkreis im Uhrzeigersinn. Im Winter sammeln die Bienen keinen Nektar, sondern drängen sich mit der Königin in der Mitte des Stocks zusammen. Sie erzeugen Wärme, indem sie ihre Flugmuskulatur von den Flügeln entkoppeln und ›zittern‹, das heißt, diese Muskeln schnell an- und entspannen.«

Aus The Beekeeper's Bible
von Richard Jones und
Sharon Sweeney-Lynch

ERSTER TEIL

ELIANE
2017

Sie wusste, dies würde ihr letzter Sommer. Selbst die warme Frühlingssonne konnte nicht die Müdigkeit vertreiben, die ihr tief in den Knochen steckte. Sie hatte schon so viele Sommer erlebt, fast hundert waren es mittlerweile. Sie sah zum Hügel, wo auf dem kleinen Friedhof zwischen den Weingärten ihre Liebsten ruhten. Sie warteten darauf, sie willkommen zu heißen.

Eine der ersten Bienen, die sich an diesem strahlenden Morgen aus dem Stock wagte, zog träge Spiralen in der Luft, während sie sich am Duft des Nektars all der Blumen orientierte, die Eliane in ihrem Garten zog. Angelockt von Bienenwachs und Honig, der in den Poren ihrer weichen, pergamentartigen Haut steckte, kreiste sie um sie herum.

»Dir auch einen guten Morgen«, sagte sie lächelnd. »Keine Angst, ich werde euch noch nicht verlassen. Ich weiß, es gibt noch einiges zu tun.«

Sie stellte den Korb mit den Rahmen, den sie mitgebracht hatte, neben den weiß getünchten Bienenstöcken ab und breitete sich den Schleier ihres breitrandigen Huts sorgfältig über Kopf und Schultern. Dann öffnete sie den ersten Stock, lüftete sanft das schräge Dach und neigte sich darüber, um die Drohnen zu betrachten, eine dichte Masse aus wimmelnden, brummenden Körpern, die sich um die Königin kümmerten. Da die Honigvorräte bis weit über den Winter hinaus gereicht hatten, wuchs die Kolonie bereits.

Sie schob die neuen Rahmen in eine leere Kiste und positionierte sie über dem umtriebigen Bienenvolk. »Hier, Raum zum Wachsen«, sagte sie zu ihnen. »Und für den Honig des Sommers.«

Sie kümmerte sich um einen Bienenstock nach dem nächsten. Dann machte sie eine Pause und streckte den Rücken nach der Anstrengung, die Kisten mit den Rahmen hochzuhieven. Sie spähte hinauf zur Baumkrone der Akazie, deren Blätter ein filigranes, zitterndes Schattenmuster über die Stöcke warfen. Schon bald würde sie zu blühen beginnen und durch die dichten, weißen Blüten ihre Farbe wechseln, und dann würden die Bienen den süßesten Nektar von allen trinken. Und in den Gläsern mit Akazienhonig würde sie die Essenz des Sommers aufbewahren, süß und golden.

Sie lächelte in sich hinein. Ja, sie hatte schon viele Sommer erlebt. Aber ein weiterer war ein willkommenes Geschenk.

ABI
2017

Ich habe mich verlaufen. *Lost in France,* genau wie in dem albernen Song, den ich nicht mehr aus dem Kopf bekomme, während ich diese Straße entlanggehe. Ich muss kurz stehen bleiben, um mir mit dem T-Shirt, das bereits schweißnass ist, die Stirn abzuwischen. Die Straße führt über einen Bergkamm, der auf der einen Seite steil abfällt, und ich muss zugeben, es gibt schlimmere Orte, um sich zu verlaufen. Vor mir erstreckt sich ein Flickenteppich aus Grün und Gold mit samtig dunklen Tupfern aus Waldland. Tief unten schlängelt sich ein Fluss wie ein breites Satinband durch das Tal.

Friedliche Ruhe unter der französischen Sonne. Genau das, was ich mir vorgestellt hatte, als Pru und ich uns zum Yoga-Retreat anmeldeten.

»Guck mal, genau das, was du brauchst, Abi.« Pru hatte mit einem Hochglanzprospekt gewedelt, als wir nach unserem Yogakurs die Matten einpackten und unsere Stiefel anzogen. »Eine Frühlingswoche mit Yoga, Meditation und Achtsamkeit im Herzen von Frankreich«, las sie vor.

Ich ersparte mir die Bemerkung, dass ich in den letzten Jahren kaum in der Lage gewesen war, auch nur meine Wohnung zu verlassen, und dass mein größter Ausflug seit Monaten der wöchentliche Weg zum Yogakurs und zurück war. Abgesehen von den Besuchen im Krankenhaus, wo die Physio- und

Psychotherapeuten versucht hatten, mich wieder zusammenzuflicken.

Aber das Retreat hörte sich verlockend an. Für Frankreich hatte ich schon immer eine Schwäche gehabt. Das heißt, eigentlich für die Vorstellung von Frankreich, denn genau genommen war ich noch nie dort gewesen – oder in anderen Ländern. Ich wusste, dass ich mir langsam mehr Mühe geben musste, um wieder an meinem eigenen Leben teilzunehmen und mich hinaus in die Welt zu wagen. Ich hatte gedacht, das Reisen würde mir in Prus Gesellschaft leichter fallen. Sie war eine liebe Freundin und immer sehr gut organisiert. Nachdem sie in den Yogakurs gekommen war, um ihre Scheidung besser zu verarbeiten, hatten wir uns bei Zimt-Chai angefreundet. Pru hatte Humor und plapperte nicht in einer Tour. Daher ging ich davon aus, dass sie eine gute Reisebegleitung wäre, und sagte zu. Noch am selben Abend hatte sie sowohl das Retreat als auch die Flüge für uns gebucht, daher gab es kein Zurück – obwohl alles in mir sich danach sehnte.

Das ist die Strafe dafür, so spontan zu sein, denke ich, als ich über den heißen Asphalt laufe. Daraus ist noch nie was Gutes erwachsen. Und jetzt habe ich keine Ahnung, wohin ich da gehe, als ich den Hügel hinauf durch die Weinreben stapfe – wenn man mich fragt, sieht ein Weinberg aus wie der andere. Aber ich muss zugeben, dass das goldene Licht auf den üppig grünen Blättern zwischen den knorrigen, uralten Stämmen und Ästen ziemlich schön aussieht.

Andererseits will ich mich von der Schönheit meiner Umgebung nicht davon ablenken lassen, dass ich noch immer wütend auf Pru bin, die mich einfach im Stich gelassen hat. Meine Therapeutin wäre entzückt: Sie sagt mir ständig, Wut gehöre zum

Heilungsprozess. Vielleicht ist das wirklich besser, als überhaupt nichts zu fühlen.

So viel zur Erleuchtung und Gelassenheit, die das Prospekt versprochen hatte. Grimmig stapfe ich noch ein bisschen weiter. Dabei kann ich es Pru im Grunde nicht verübeln. Die Vorstellung von einem Bad und einem richtigen Bett, dazu noch ein fitter, beweglicher Niederländer, ist natürlich verlockend. Ich weiß, ich bin nur neidisch, aber dennoch habe ich alles Recht der Welt, auf sie wütend zu sein.

Pru hatte ihn am zweiten Tag nach dem Mittagessen in der Schlange fürs Klo kennengelernt. Sie behauptete, sie hätten beide sofort eine Verbindung gespürt. »Seelenverwandte« war das Wort, das sie benutzte, als sie sich endlich neben mich auf die Bank sinken ließ und mich vor vollendete Tatsachen stellte.

»Bloß weil ihr beide nach einem Teller scharfer Linsensuppe aufs Klo müsst? Ein bisschen dürftig für Seelenverwandschaft«, platzte es aus mir heraus, bevor ich mich zurückhalten konnte.

Das ignorierte sie völlig und erwiderte: »Er hat mehr bezahlt, um in einem Gästehaus in der Nähe wohnen zu können. Anscheinend ist es super da. Er hat sogar einen eigenen Whirlpool.«

Ich seufzte. »Das ist natürlich was anderes als eine schimmelige Dusche mit Betonbecken, in dem ein altes Pflaster von jemandem schwimmt.«

Wir waren drei Tage zuvor am Abend angekommen, als die meisten Teilnehmer bereits ihre Zelte aufgebaut hatten. Ein Mitarbeiter mit gebatiktem T-Shirt und rasiertem Schädel, der in der Abendsonne glänzte, zeigte uns eine Ecke, wo wir unser Zelt aufschlagen konnten. Ganz offensichtlich war dies das letzte Fleckchen Erde auf dem Platz, und man konnte es am besten mit ›nicht weit zum Klo‹ beschreiben. Nach einer Weile gelang es uns, das Zelt aufzubauen, obwohl die Positionierung der Stangen uns Rätsel aufgab. Die Heringe mit einem Gummihammer einzuschlagen, machte die Sache auch nicht einfacher, weil der Boden hart wie Beton war. Schließlich hatten wir drei von vier Ecken einigermaßen gut und die vierte zumindest ausreichend angepflockt und die Seile gespannt, sodass es keine Probleme geben sollte. Schließlich ist es windstill. Das Wetter war bislang super – zumindest da hatte die Broschüre nicht zu viel versprochen. Nachts wird es zwar ziemlich kalt, aber schon morgens wärmt die Sonne die Luft, und mittags wird es sogar richtig heiß.

Ich springe zurück, als es plötzlich neben mir raschelt und eine dünne gelb-schwarz gestreifte Schlange sich davonschlängelt. Schlangen! Die gefährlichsten Wesen, auch unter den Menschen. Ich hole tief Luft und atme geräuschvoll aus, genau wie die Therapeutin es mir beigebracht hat, um mich zu beruhigen.

Reiß dich zusammen!, befehle ich mir. Versuch, die Kontrolle zu behalten, darauf kommt es an. Lass dich nicht von Erinnerungen überwältigen. Heilung braucht Zeit – das sagen alle.

Ich habe den Gipfel eines Hügels erreicht, und die Straße verläuft ein Stück weit eben, bevor sie wieder ansteigt. Um wieder zu Atem zu kommen, mache ich eine Pause und drücke mir eine Faust in die Seite, weil ich Seitenstiche habe. Dann gehe ich weiter, langsamer jetzt. Ein Blick auf die Armbanduhr zeigt mir, dass es bereits nach sechs ist. Mittlerweile wird das Abendessen, vermutlich Gemüsecurry mit Reis und einem Stück Obst zur Krönung, im Saal des Yoga-Zentrums vorbei sein. Wir alle entgiften, obwohl das ganze gesunde Essen bislang nur dafür gesorgt hat, dass ziemlich viele Teilnehmer reizbar sind und Kopfschmerzen, Blähungen und üblen Mundgeruch haben – all das Gift will wohl raus. Zumindest wird in diesem Urlaub garantiert keiner an Gewicht zulegen. Es sei denn, Pru und ihr Niederländer schlemmen heimlich in seinem luxuriösen Gästehaus. Ich kann mir gut vorstellen, dass sie sich im Bett mit Champagner und Pralinen verwöhnen.

Während ich weiter vor mich hin trotte, wird mir bewusst, dass ich für ein Schinkensandwich töten würde. Das hört man in einem Yoga-Retreat nur selten, obwohl wahrscheinlich die meisten Teilnehmer es die Hälfte der Zeit denken, wenn sie auf ihren Meditationskissen sitzen und versuchen, ihren Geist zu leeren.

Am Abend unserer Ankunft war alles ein bisschen chaotisch. Nachdem wir unser Zelt aufgebaut hatten, war es schon Zeit für das Abendessen, daher folgten wir der Flut der Teilnehmer, die zu den Ausgabetischen strömten. Wir beäugten einander heimlich, versuchten aber gleichzeitig, yogische Gelassenheit auszustrahlen. Pru trug einen langen, fließenden Kaftan, was sie normalerweise nie anziehen würde.

Nach meinem Kampf mit dem Zelt fühlte ich mich schmutzig und verschwitzt. Ich hatte mir nicht die Mühe gemacht, meine Jeans und das langärmlige T-Shirt zu wechseln. Das war meine Uniform, die die Narben auf meinen Armen und Beinen verdecken sollte. Allerdings spürte ich bereits, wie sich die Mücken über meine Fußknöchel hermachten.

Pru konnte sich nicht mehr halten vor Lachen, als ich sie in derselben Nacht noch fragte: »Glaubst du, wir dürfen die Mücken erschlagen, oder sorgt das für schlechtes Karma?« Die Chancen auf Schlaf waren verschwindend gering, weil die kalte, feuchte Luft ins Zelt drang, meine Mückenstiche juckten und die ganze Nacht über die Türen vom Klo knallten. Am nächsten

Morgen krähte dann vom nahe gelegenen Bauernhof ein Hahn, nachdem ich endlich eingeschlafen war.

Als ich an einem Cottage vorbeikomme, taucht plötzlich ein Hund aus dem Nichts auf und rast mit wildem Gebell auf mich zu. Schon wieder spüre ich Panik in mir aufwallen, doch gücklicherweise befindet sich ein Zaun zwischen dem Hund und mir. Ganz schön gefährlich hier mit all den Schlangen und tollwütigen Hunden! Meine Hände zittern ein wenig.

Ich spüre, dass der Riemen meiner Sandale auch noch eine Blase beschert hat, also bleibe ich stehen, um ihn zu lösen. Die Haut an der Ferse ist aufgescheuert. So wird der Rückweg zum Yoga-Zentrum besonders viel Spaß machen. Dazu kommt, dass ich noch immer keine Ahnung habe, wo ich bin oder wie weit ich noch laufen muss. Ein Stück weiter sehe ich ein großes schmiedeeisernes Kreuz auf dem Gipfel eines Hügels. Ich humple darauf zu und setze mich ins Gras (natürlich nicht, ohne es sorgfältig nach Schlangen abgesucht zu haben). Auf einem Stein neben dem Kreuz lese ich »Sainte-Foy-la-Grande 6 Kilomètres«. Daneben steht ein Pfahl mit blauer Spitze und einer gelben Muschel darauf – das Zeichen für die Pilgerroute, über die sich Pru neulich lang und breit ausließ, als sie beim Frühstück im Reiseführer las.

Mir fällt wieder die Morgenrunde im Meditationssaal ein, in der es um Karma ging: Man erntet nur, was man gesät hat. Es kostete mich unendliche Selbstbeherrschung, Pru keinen tödlichen Blick in den Nacken zu bohren. Sie und ihr Niederländer saßen ein paar Reihen vor mir auf ihren Kissen. Sie hatte mich zu sich rufen wollen, aber ich hatte den Kopf geschüttelt. *Nein, danke, ich brauche euer Mitleid nicht und will auf keinen Fall fünftes Rad am Wagen sein.* Daher hockte ich mit verschränkten Beinen auf meinem kleinen lila Kissen, obwohl mein Knie wehtat und mein Fuß sofort einschlief. Seit dem Unfall waren fast zwei Jahre vergangen, da könnte man nach all der Physio und den Yogadehnungen doch meinen, dass alles längst verheilt sein müsste. Ich schloss die Augen, um nicht zu sehen, wie Pru sich alle fünf Minuten nach mir umdrehte, um mir zuzulächeln.

Wie in aller Welt können andere nur so lange still sitzen? Es war unmöglich, eine bequeme Position zu finden, und ich zappelte die ganze Zeit herum.

Langsam glaube ich, dass ich fürs Meditieren einfach nicht geschaffen bin. Heute Nachmittag auf dem Spaziergang sollten wir es auch versuchen. In den Feldern rund um das Yoga-Zentrum wimmelt es von Menschen, die sich in Geh-Meditation üben und wie die Zombies vorwärtsgleiten, auf jeden Schritt achten – ›im Moment bleiben‹ –, wie es uns geraten worden war. Zuerst gelang mir das ganz gut, aber der Anblick von Pru und Mr. Niederlande, die im Tandem an mir vorbeischwebten, brachte mich aus dem Konzept, worauf ich einen kleinen Weg in ein Wäldchen hinaufstapfte. Mit einem Mal hatte ich das Gefühl, es keine Sekunde länger in der sich zeitlupenartig bewegenden Menge auszuhalten.

Es war eine solche Erleichterung, der Geh-Meditation zu entkommen und im Wald zu sein, kühler und auch sicherer. Meine letzte richtige Panikattacke lag dank der Medikamente schon eine Weile zurück, aber jetzt hatte ich wieder einmal gespürt, wie es mir die Kehle und die Brust zuschnürte und mein Herz zu hämmern anfing. Es tat mir gut, endlich mal allein zu sein. Ich bin ständige Gesellschaft von vielen Menschen einfach nicht gewohnt.

Ich frage mich, wie viele Kilometer ich schon gelaufen bin. Der Meilenstein hilft mir nicht weiter, da ich völlig die Orientierung verloren habe. Als ich noch mal meinen Fuß begutachte, sehe ich, wie er immer mehr anschwillt. Ich drücke so lange daran herum, dass er schließlich zu bluten anfängt und der Saum meiner Yogahose sich rot färbt. Erschöpft lehne ich mich an den rauen Meilenstein, strecke die Beine aus und betrachte die Landschaft.

Vor mir breiten sich in alle Richtungen Weinberge aus, zwischen denen sich hier und da cremefarbene Häuser verstecken. Rote Dächer leuchten im Abendlicht. Hier oben auf den Hügeln kommt nun ein leichter Wind auf. Dankbar lasse ich mir den verschwitzten Nacken und die heißen Wangen kühlen. Wenigstens geht es von hier aus nur noch bergab. Wenn ich die Straße zurücklaufe, sehe ich vielleicht irgendwelche Schilder zum Yoga-Zentrum oder Stellen, die mir bekannt vorkommen.

Aber als ich in die Richtung blicke, aus der ich gekommen bin, sehe ich dicke, schwarze Gewitterwolken auf mich zutreiben. Schon wechselt das Licht von sanftem Gold in ein düsteres Lila. Außerdem fällt mir nun auf, dass es bedrohlich still geworden ist: Die Vögel und Grillen, die mich mit ihrem Zwitschern und Zirpen begleitet haben, sind plötzlich verstummt. Ich stütze mich mit der einen Hand auf den Meilenstein, umfasse mit der anderen den Fuß des Kreuzes und belaste langsam meinen wunden Fuß. Ich mache mich besser schnell auf den Rückweg, bevor das Gewitter losbricht.

Genau in diesem Moment höre ich Motorengeräusch, und ein weißer Lieferwagen kommt herangefahren. Am Steuer sitzt eine Frau in meinem Alter, die ihre langen, dunklen Haare zu einem ordentlichen Pferdeschwanz zusammengebunden hat.

»Springen Sie rein!«, ruft sie mir über das Dröhnen des Motors und das Heulen des Windes hinweg zu, der mittlerweile kleine Staubtornados am Straßenrand aufwirbelt. Unsicher blicke ich hoch zu den Wolken, die mittlerweile den ganzen Himmel verdunkeln.

»Ich wollte eigentlich …«, setze ich an, verstumme dann aber und weise nur auf die Straße, die vielleicht in Richtung Yoga-Zentrum zurückführt.

Die ersten dicken Regentropfen platschen auf den Asphalt vor mir und in mein Gesicht. Den Kopf eingezogen und die Augen zusammengekniffen gegen die schweren Tropfen klettere ich auf den Beifahrersitz.

»Sara Cortini – freut mich, Sie kennenzulernen«, stellt sie sich auf Englisch vor (wieso wissen sie *immer* auf den ersten Blick, dass ich keine Französin bin?). »Ich wohne gleich da drüben.« Sie zeigt auf den Gipfel der nächsten Anhöhe, über der ebenfalls düstere Gewitterwolken schweben. »Kommen Sie erst mal mit zu uns, nach dem Unwetter bringen wir Sie nach Hause. Wo wohnen Sie?«

»Im Yoga-Zentrum. Mein Name ist Abi Howes.«

Sara gibt Gas und fährt schnell einen steilen Schotterpfad hinauf, um dem aufkommenden Sturm zuvorzukommen. Am Ziel springen wir aus dem Wagen und eilen durch den prasselnden Regen, der uns in den wenigen Sekunden, bis wir den Eingang eines eleganten Gebäudes erreichen, vollkommen durchnässt.

»Wo sind wir hier?«, frage ich, während wir in das Haus eilen, und versuche, die Gebäude zu erkennen, die uns auf dem Gipfel des Hügels umgeben.

Sara knallt die Tür hinter uns zu, greift nach einem Küchentuch und reicht es mir, damit ich mir das Gesicht und die Arme abtrocknen kann.

Und dann sagt sie: »Willkommen im Château Bellevue.«

ELIANE
1938

Als die Sonne aufging, hing ein Nebelschleier über dem Wehr des Flusses. Das Licht des Spätsommermorgens war so weich und golden wie die erntereifen Früchte an den Birn- und Quittenbäumen im Obstgarten, als das Zirpen der ersten Mönchsgrasmücke die nächtliche Stille vertrieb und den neuen Tag ankündigte.

Da ging die Tür des Mühlenhauses auf, und eine schmale Gestalt schlüpfte heraus und lief mit nackten Füßen geräuschlos durch das taunasse Gras. Sie sprang über die moosbedeckten Steine am Mühlgraben, in dem das Wasser schäumte und brodelte. Eliane wechselte die drei breiten Holzlatten in die andere Hand, raffte ihre Röcke und trat mit sicherem Schritt aufs Wehr.

Ihr Vater Gustave, der ihr gefolgt war, um etwas Feuerholz zu holen, hielt inne und sah zu, wie seine Tochter den Fluss überquerte und dabei durch knöcheltiefes Wasser watete, umgeben vom tief hängenden Nebel. Als ob sie seinen Blick spürte, schaute sie über die Schulter zurück.

Selbst aus der Distanz erkannte sie an seiner ungewöhnlich ernsten Miene, dass er sich wieder einmal Sorgen wegen des Krieges machte, der kaum zwanzig Jahre nach dem letzten schrecklichen Krieg drohte, welcher ihm den eigenen Vater genommen hatte. Sie hob die Holzlatten zum Gruß, worauf seine Züge sich zu seinem üblichen Lächeln verzogen.

Die Bienenstöcke unter den Akazien am anderen Ufer waren reglos und still, als sie dort ankam. Ihre Bewohner warteten geschützt im Inneren, bis die Sonnenstrahlen die Luft so weit anwärmten, dass sie sich hinauswagen konnten. Leise zog Eliane dünne Schnüre aus ihrer Schürzentasche und band die Latten vor den Ausgängen der Bienenstöcke fest, bevor die Bienen mit ihrem emsigen Hin und Her begannen. Heute sollten sie umziehen, in eine geschützte Ecke des eingefriedeten Gartens im höher gelegenen Château, um dort zu überwintern.

Als Küchenmädchen im Château Bellevue war es Elianes Aufgabe, jeden Tag nach den Bienen zu sehen und bei Bedarf ihre Zuckerreserven aufzufüllen, wenn der Winter wieder mal besonders hart war. Monsieur le Comte war schon aufgefallen, dass sie ein naturverbundener Mensch war, mit welchem Feingefühl sie ihre Bienen dazu brachte, üppig gefüllte Honigwaben zu produzieren, und dass sie im Küchengarten mit den gepflegten Kräuter- und Gemüsebeeten wahre Wunder vollbrachte. Selbst Madame Boin, die patente Köchin des Châteaus, wirkte begeistert von Elianes Arbeit. Seit Neuestem hörte man sie zufrieden vor sich hin summen, wenn sie zwischen dem sauber geschrubbten Küchentisch und dem Herd hin- und hereilte.

Als Eliane zurück in der höhlenartigen Mühlenküche war, füllte sie einen kleinen Krug mit Wasser, arrangierte ein Sträußchen Wildblumen darin und stellte ihn auf den mit einem alten Wachstuch bedeckten Küchentisch. Ihr Vater, der gerade eine Scheibe Brot in seine Kaffeeschale tunkte, fragte: »Bist du fertig? Sind die Bienenstöcke verschlossen?«

Eliane nickte, während sie sich Kaffee aus der Emaillekanne in ihre Schale goss. Als sie ihren Stuhl herauszog, sandte die Sonne ihre ersten Strahlen über den Tisch.

»Sie sind alle bereit. Ist Yves schon wach?«

»Noch nicht. Du kennst ihn ja, Samstagmorgen.« Ihr Vater tat so, als missbilligte er die Bequemlichkeit ihres Bruders.

»Aber wir müssen die Bienenstöcke bald umsiedeln. Wenn sie im Laufe des Tages wärmer werden, ist es nicht gut für die Bienen, dort drinnen gefangen zu sein.« Sie zog mit dem Finger den Sonnenstrahl nach, der mittlerweile die Vase erreicht hatte, und warf ihrem Vater am Kopf des Tisches einen kurzen Blick zu.

Der nickte nur, wischte sich mit einem zerknüllten Taschentuch den Schnurrbart ab und steckte es wieder in die Tasche seines blauen Overalls.

»Ich weiß.« Sein Stuhl scharrte über die Steinplatten, als er ihn zurückschob und aufstand. Er war ein Bär von einem Mann, mit einem gut gefüllten Bauch und kräftigen Muskeln, die er von seiner Arbeit als Getreidemüller hatte. »Ich wecke ihn jetzt.«

»Wo ist denn Maman?«, erkundigte sich Eliane und schnitt sich eine Scheibe von dem frisch gebackenen Brot, das auf dem Schneidbrett neben dem Platz ihres Vaters lag.

»Bei Madame Perret. Offenbar haben in der Nacht ihre Wehen eingesetzt.«

»Ich habe das Telefon ganz früh läuten hören. War sie das? Aber sie hat doch noch einen Monat …« Eliane hielt mit dem Messer in der Hand inne.

Ihr Vater nickte. »Deine Mutter meint, es ist wahrscheinlich falscher Alarm. Aber du kennst ja Elisabeth Perret, erschrickt vor ihrem eigenen Schatten.«

»Andererseits ist es ihr erstes Baby«, entgegnete Eliane mit leisem Vorwurf, »also ist ihre Nervosität verständlich.«

Er nickte. »Bleibt zu hoffen, dass deine Mutter sie mit einem ihrer Kräutertees beruhigen kann. Und dass das Kleine noch ein paar Wochen bleibt, wo es ist.«

Er schob einen Teller weiße Butter und ein Glas Kirschmarmelade in ihre Richtung. Dann ging er Yves wecken, und sie hörte, wie die Holztreppe unter seinen schweren Schritten knarzte.

Als Eliane sah, wie ihre Mutter Lisette mit dem Rad in den Anbau der Scheune fuhr, nahm sie ihr Brot und half ihr, die Tasche mit Instrumenten und den Korb mit Kräutern hereinzubringen, die sie immer bei sich trug. Als Hebamme kannte sie die meisten Einwohner in Coulliac und Umgebung.

»Wie geht es Madame Perret?«

»Ganz gut, es waren nur versetzte Winde. Das hat man davon, wenn man ein ganzes Glas saure Gurken auf einmal isst! Aber nichts, was ein paar Tassen Fencheltee nicht kurieren könnten. Das Baby wird sich wohl noch ein paar Wochen Zeit lassen. Sie trägt ihn hoch, und er ist viel zu träge, um sich bewegen zu wollen. Ein typischer Junge.« Ihre Mutter hatte geradezu einen sechsten Sinn, was das Geschlecht der Babys betraf, denen sie auf die Welt half. »Apropos – wo ist dein Bruder? Ich dachte, er sollte dir und Papa heute Morgen helfen, die Bienenstöcke umzusiedeln, bevor du zum Markt gehst?«

Eliane stellte den Weidenkorb neben der Spüle ab und griff nach der Kaffeekanne, um ihrer Mutter eine Schale einzuschenken. »Papa weckt ihn gerade.«

»Und hier ist er auch schon!«, verkündete Yves, grinste Eliane zu und umarmte seine Mutter. »Sobald er sein *petit déjeuner* hatte, wird er sich an die Arbeit machen.«

Yves war sechzehn, hatte in diesem Sommer die Schule abgeschlossen und genoss nun die Freiheit, die sein Vater ihm im

Gegensatz zu den strengen Schulstunden und Prüfungen bei der Arbeit gewährte. Obwohl er der Jüngste der Familie war, überragte er sowohl seine Mutter als auch seine Schwester. Dank seiner entspannten Art und der hübschen dunklen Locken war er sehr beliebt. Tatsächlich erschienen in letzter Zeit immer mehr Mädchen an der Mühle, die – angeblich, um ihren Eltern zu helfen – Getreidebündel ablieferten und später die Beutel mit weichem Mehl abholten. Dabei beobachteten sie verstohlen, wie Yves schwere Säcke auf die Ladefläche des Wagens seines Vaters lud, die zur Bäckerei gefahren werden sollten.

Der Lieferwagen der Martins kroch im Schneckentempo die steile, staubige Straße zum Château Bellevue hinauf, weil Gustave vorsichtig um alle Spurrillen und Schlaglöcher herum steuerte, um die Bienen so wenig wie möglich zu stören. Die festgezurrten und mit Eibenzweigen vor der Sonne geschützten Bienenstöcke erreichten nach kurzer Fahrt ihr neues Zuhause im Küchengarten hinter dem Château, wo Eliane ihren Vater und ihren Bruder anwies, sie dicht an der westlichen Mauer aufzustellen, mit Blick nach Osten, sodass sie in den kalten Wintermonaten jeden Morgen schon von den ersten Strahlen der aufgehenden Sonne geweckt würden. Von oben schirmte sie ein großer Birnbaum ab, dessen Äste unter der Last nahezu reifer Früchte ächzten.

»Geht ihr mal besser in den Wagen zurück und schließt die Fenster«, riet sie ihrem Bruder. »Wenn sie herauskommen und die neue Umgebung sehen, könnten sie ein wenig verwirrt sein. Und du weißt ja, wie gerne sie euch stechen.«

»Ich kapier's nicht«, grummelte er. »Du trägst oft nicht mal den Schutzhut und wirst trotzdem nie gestochen.«

»Diese Bienen wissen eben, wer für sie sorgt«, sagte Gustave scherzend, als er auf den Fahrersitz kletterte und sich vergewisserte, dass sein Fenster dicht geschlossen war.

Geschickt löste Eliane die Schnüre und zog die Latten ab, die die Ausgänge der Bienenstöcke blockiert hatten. Schon tauchten die ersten Bienen an der schmalen Öffnung im unteren Teil des Stocks auf, spürten den Luftzug und flogen träge im Zickzackkurs los. Lächelnd beobachtete Eliane sie. »So ist es recht, erkundet die Umgebung, *mes amis*. Hier gibt es mehr als genug für euch alle.«

Sie umschwirrten bereits die dunkelblauen Sternchen der Borretschblüten; ein, zwei abenteuerlustige Bienen wagten sich gar zu den leuchtend gelben Sonnen der Topinamburblüten, um den kostbaren Nektar und die dunkelbraunen Pollen in der Mitte jeder Blüte zu sammeln.

Am Eingang des eingefriedeten Gartens stand Monsieur le Comte auf seinen Gehstock mit dem silbernen Knauf gestützt und beobachtete sie. »Guten Morgen, Eliane. Sind alle sicher untergebracht? Sie sehen aus, als würden sie sich schon wie zu Hause fühlen.«

Sie lächelte ihn an. »Es ist perfekt. Weniger feucht, weil es weiter entfernt vom Fluss liegt, und die Mauern geben ihnen Schutz vor der Kälte. *Merci monsieur.*«

»Gern geschehen«, sagte der Graf. »Außerdem hat sich die Neuigkeit schnell verbreitet, Eliane, wie üblich in dieser Gegend. Monsieur Cortini, der Winzer von Château de la Chapelle, hat mich angesprochen. Seine Schwägerin hat ebenfalls sechs Bienenstöcke, kann sich aber wegen der Arthritis in ihren Händen nicht mehr richtig um sie kümmern. Als er hörte, dass du hier oben deine Stöcke überwintern lässt, hat er gefragt, ob sie ihre auch hier unterstellen könnten.«

Elianes klare Augen, die so grau waren wie die Dämmerung eines sonnigen Tages, weiteten sich vor Überraschung und Freude. »Neun Bienenstöcke! Wie viel Honig das gibt!«

»Was meinst du, ist hier im Küchengarten genug Platz für sie alle? Wir wollen doch nicht, dass die Völker sich bekämpfen.«

»*Mais oui, bien sûr.* Wir platzieren die neuen Stöcke etwas weiter von meinen entfernt, da drüben in der Ecke, und richten sie so aus, dass sich die Flugbahnen nicht kreuzen. Dann wird es keine Auseinandersetzungen geben.«

»Sehr schön. Die Cortinis werden dich heute Morgen an deinem Stand ansprechen, um alles für den Transport zu arrangieren.«

»Tausend Dank, *monsieur*. Ich sollte jetzt auch besser los.«

Der Comte de Bellevue hob zum Abschied die Hand, als der Wagen der Martins wieder den Hügel hinunterfuhr. Dann blieb er noch eine Weile am Eingang des Küchengartens stehen und beobachtete Elianes Bienen, die bereits sicherer wirkten und in den ordentlichen Beeten, die sie mithilfe des Gärtners im Frühjahr angelegt hatte, emsig von Blüte zu Blüte flogen.

Bei Elianes Ankunft herrschte auf dem Marktplatz von Sainte-Foy-la-Grande bereits die übliche Betriebsamkeit. Nur langsam kam sie voran, da sie überall Freunde, Nachbarn und Händler begrüßte, während sie sich an den bunten Ständen vorbeizwängte. In Weidenkörben leuchteten späte Sommerbeeren rubinrot neben amethystfarbenen Pflaumen. Unter den gestreiften Markisen hingen geflochtene Zöpfe aus goldenen Zwiebeln und Knoblauchknollen, die wie Perlen einer riesigen Kette aussahen.

Eliane winkte Monsieur Boin zu, dem Mann der Köchin im Château Bellevue, der hier einen Grill für seine selbst gezogenen dicken Hühner hatte, deren Fett jetzt auf ein Tablett mit knusprig braun gebrannten Kartoffelwürfeln tropfte.

Eliane bahnte sich ihren Weg durch die Menge, bis sie zu dem Stand kam, an dem ihre Freundin Francine bereits fröhlich die Kundschaft bediente. Ihre Marmeladen und Konserven waren genauso gefragt wie die Gläser mit Elianes Honig.

»Ganz schön teuer«, grummelte eine Kundin, als sie eines der bernsteinfarbenen Gläser in die Hand nahm.

»Wir haben das Ende der Saison, *madame,* und dies ist feinster Akazienhonig«, erklärte Francine gelassen lächelnd. »Es sind die letzten Gläser bis zum nächsten Frühjahr, daher rate ich Ihnen, heute etwas zu kaufen, wenn Sie Honig wollen.« Sie strich den Geldschein glatt, der ihr gereicht wurde, steckte ihn sorgfältig in ihren Gürtel aus Leder und zählte dann das Wechselgeld in die ausgestreckte Hand der Kundin.

»*Merci, madame, et bonne journée.*«

Eliane schlüpfte hinter den Stand und küsste Francine auf beide Wangen. Seit ihrem ersten Schultag waren die zwei beste Freundinnen. Francine war temperamentvoll und extrovertiert, Eliane dagegen eher still und ruhig. Aber sie passten zusammen wie die beiden Hälften einer Walnuss. Über die Jahre war ihre Freundschaft immer enger geworden. Vor einiger Zeit waren Francines Eltern wieder in ihre Heimatstadt Pau zurückgezogen, um näher bei ihrer Großmutter zu sein, aber sie selbst hatte beschlossen, hierzubleiben, sich um den kleinen Familienhof zu kümmern und ihren Lebensunterhalt damit zu bestreiten.

»Tut mir leid, dass ich so spät komme«, sagte Eliane.

»Macht nichts. Ich wusste doch, dass die Bienenstöcke heute umgesiedelt wurden. Hat alles geklappt?«

»Ja, sie sind jetzt in ihrem Winterquartier«, sagte Eliane. »Als ich ging, schienen die Bienen sich schon einzugewöhnen. Aber jetzt lass mich mal eine Weile übernehmen. Du sehnst dich doch bestimmt schon nach einem Kaffee.«

Francine übergab ihr den Geldgürtel, faltete ihre Schürze und verstaute sie hinter dem Stand. Sie winkte einigen Freunden, die vor dem Café des Arcades mehrere Tische zusammengeschoben hatten, und bedeutete ihnen, einen Kaffee für sie zu bestellen. »Ach, das hätte ich ja fast vergessen! Siehst du den *mec* dort? Den großen Typ zwischen Bertrand und Stéphanie – auf dessen Schoß Stéphanie schon fast sitzt? Sie kann das Flirten einfach nicht lassen. Der kam heute zum Stand und fragte nach dir. Er heißt Mathieu Sowieso, arbeitet als *Stagiaire* am Château de la Chapelle und hilft den Cortinis bei der Weinlese. Offenbar soll er zu dir kommen. Es ging um den Umzug weiterer Bienen. Ich schicke ihn mal zu dir.«

Während Eliane den nächsten Kunden bediente, warf sie einen Blick hinüber zu der Gruppe, die gerade laut über etwas lachte, das Stéphanie gesagt hatte. Francine zog einen Stuhl heraus und neigte sich zu Mathieu, der daraufhin zu Elianes Stand herübersah. Einen Augenblick lang trafen sich ihre Blicke. Elianes ruhige graue Augen schienen ihn nervös zu machen, denn er stellte abrupt seine Kaffeetasse ab und sprang so hastig auf, dass er fast den Metalltisch umgekippt hätte und alle Tassen und Gläser darauf überschwappten – sehr zur Belustigung der anderen und zum offensichtlichen Ärger von Stéphanie, die sich ein paar Servietten schnappte und wütend den Ärmel ihrer Bluse abtupfte.

Mathieu wartete etwas abseits und studierte die Bekanntmachungen im Schaukasten der *Mairie*, bis Eliane alle wartenden Kunden bedient hatte, dann kam er zu ihrem Stand.

»Eliane Martin?« Er streckte ihr seine sonnengebräunte Hand entgegen, die sich stark anfühlte. Sie nahm wahr, dass er sich trotz seiner kräftigen Gestalt rasch und gewandt bewegte. »Mein Name ist Mathieu Dubosq. Ich arbeite bei den Cortinis und soll Ihnen etwas ausrichten.«

Eliane drückte seine Hand, musterte ihn mit ihren klaren Augen und lächelte dann, worauf seine Wangen so rot wurden wie Francines Marmelade aus wilden Erdbeeren auf dem Tisch zwischen ihnen.

»*Mais oui*, der Comte de Bellevue hat mir schon alles erklärt. Es geht um ein paar Bienenstöcke, die zu meinen in den Küchengarten des Châteaus gestellt werden sollen, *n'est-ce-pas*?«

Mathieu nickte und fuhr sich mit den Fingern durch die dichten schwarzen Haare, weil er plötzlich wollte, in Gesellschaft dieses Mädchens mit dem verwirrenden Lächeln sollten sie etwas ordentlicher wirken.

»Und momentan befinden sie sich in Tante Béatrices Obstgarten in Saint André?«

Eine peinliche Pause trat ein, als Mathieu sich zu erinnern versuchte, wovon eigentlich die Rede war.

»Die Bienen«, half sie ihm sanft auf die Sprünge. »Befinden sich die Bienenstöcke im Obstgarten von Patrick Cortinis Tante?«

»Ja. Ja, das stimmt.«

»*Eh bien*. Dann frage ich nach, ob mein Vater und mein Bruder am Montag mit dem Wagen kommen können, noch vor Tagesanbruch. Das ist die beste Zeit, um die Bienen in ihrem Stock zu erwischen. Ich bringe alles Nötige mit.«

»Ich werde da sein, Mademoiselle Martin, um Ihnen beim Tragen zu helfen.«

Das Licht in ihren Augen schien ihr ganzes Gesicht zum Leuchten zu bringen, als sie ihn erneut anlächelte. »Nenn mich doch Eliane. Danke, Mathieu, dann freue ich mich, dich am Montag wiederzusehen.«

Er trat einen Schritt zurück, sah aber noch zu, wie sie eine weitere Kundin bediente. Offenbar hatte er es nicht eilig, zu der Gruppe im Café zurückzukehren.

Stéphanie drängte sich durch die Menge, die nun, da die Uhr vom Kirchturm elf Uhr schlug, noch dichter geworden war. Sie blieb vor Elianes Stand stehen und nahm ein Glas Mirabellenmarmelade zur Hand, krauste die Nase und stellte es achtlos wieder ab. »Ach, *bonjour*, Eliane«, sagte sie, als hätte sie gerade erst bemerkt, wer hinter dem Tisch stand. »Komm, Mathieu, wir haben dir einen neuen Kaffee bestellt, und der wird langsam kalt.« Besitzergreifend hakte sie sich bei ihm unter. »Guck mal«, sagte sie vorwurfsvoll und gab ihm einen scherzhaften Klaps auf die Hand, »du hast mit deinem verschütteten Kaffee den Ärmel meiner Bluse ruiniert. Gott sei Dank ist sie schon alt.«

Sanft und höflich löste er sich aus ihrem Griff. Dann nahm er das abgestellte Mirabellenglas und stellte es sorgfältig zurück auf die Gläserpyramide, streckte erneut seine Hand aus und erwiderte Elianes amüsierten Blick mit einem scheuen Lächeln, das seine dunklen Augen erreichte. »Auf Wiedersehen, Eliane. Bis Montag.«

ABI
2017

Immer wieder durchzucken vor dem Küchenfenster Blitze den Himmel, gefolgt von krachendem Donner. Der Regen trommelt laut auf das Dach des vom Sturm umtosten Châteaus.

Bei jedem Donnerschlag zucke ich zusammen. »Hat hier schon mal der Blitz eingeschlagen?«, frage ich nervös.

»Nein, keine Angst.« Vollkommen unbeeindruckt packt Sara ihren Einkaufskorb auf der Anrichte aus. »Das Château steht hier schon seit über fünfhundert Jahren. Außerdem haben wir sehr effiziente Blitzableiter installieren lassen, die alle Gebäude schützen. Wir müssen nur darauf achten, sämtliche Kabel auszustöpseln.« Sie stellt mehrere Milchkartons in die Tür eines riesigen Kühlschranks aus Edelstahl und holt eine Flasche Wein heraus. »Das Gewitter wird ganz schnell wieder abziehen. Im Hochsommer können sie die halbe Nacht dauern, aber im Frühling sind sie rasch vorbei.«

»Ich muss sagen, Ihr Englisch ist ausgezeichnet«, wage ich mich vor.

Sara lacht. »Na, das nenne ich mal ein Kompliment! Ich bin ja auch Engländerin. Vor ein paar Jahren zog ich hierher und heiratete einen Franzosen.«

Da geht plötzlich die Küchentür auf. Ein Mann im Overall knallt sie wieder hinter sich zu, schüttelt sich die Regentropfen aus den Haaren und zieht Sara in seine Arme. Sie lacht und küsst ihn. Offenbar macht es ihr nichts aus, dass seine Kleider staubig und nass sind.

»Wir haben einen Gast«, sagt sie und zeigt zum Küchentisch, an dem ich sitze.

»*Pardon, madame.*« Der Mann kommt zu mir und wischt sich die Hand an seinem Overall ab, bevor er sie mir reicht. »Ich hatte Sie nicht gesehen.«

»Das ist mein Mann Thomas. Thomas, das ist Abi. Wir haben uns auf der Straße getroffen, gerade als das Gewitter losging.«

»Sie sehen aus wie ein Flüchtling aus dem Yoga-Zentrum«, bemerkt er lächelnd.

»Ja, ich nehme an, die Lycra-Leggins haben mich verraten. Tut mir leid, dass ich so bei Ihnen hereinplatze. Sara hat mir freundlicherweise angeboten, mich hier unterzustellen. Sobald das Gewitter abgezogen ist, gehe ich zurück.«

»Ich rate Ihnen, bei uns zu Abend zu essen.« Sara schenkt drei Gläser vom gekühlten Wein ein und stellt eines vor mir ab. »Das im Zentrum werden Sie jetzt verpasst haben. Ich fahre Sie nachher zurück.«

Wegen der Schmerzen in meinem Bein und der pochenden Blase an meiner Ferse nehme ich das Angebot bereitwillig an.

Thomas trinkt erst einen Schluck von seinem Wein und entschuldigt sich dann, um sich umzuziehen.

»Kann ich schon mal den Tisch decken?«, frage ich Sara, als sie in einer Pfanne Kartoffeln mit etwas Knoblauch anbrät. Allein schon vom Geruch läuft mir das Wasser im Mund zusammen, während ich das Besteck, Servietten und Gläser verteile. Dann trinke ich einen Schluck Wein, der köstlich fruchtig ist.

»Sind Sie Vegetarierin?«, erkundigt sich Sara. »Ich habe Brathühnchen da, aber wenn Sie möchten, kann ich Ihnen auch etwas anderes machen.«

Ich schüttle den Kopf. »Nein, Hühnchen wäre wundervoll. Es ist unheimlich nett von Ihnen, mich so gastfreundlich aufzunehmen.«

Vielleicht liegt es am Wein, vielleicht auch an der Tatsache, dass ich völlig ausgehungert bin und das Essen phantastisch schmeckt, vielleicht liegt es an der Warmherzigkeit und Gelassenheit dieser Menschen, während sie ihr Haus und ihr Essen mit mir teilen – mit einem Mal bin ich so überwältigt, dass es mir die Kehle zuschnürt und ich mit den Tränen kämpfen muss.

Sei nicht albern, ermahne ich mich, *du hast die beiden gerade erst kennengelernt und willst doch nicht, dass sie dich für komplett verrückt halten.*

Sara bemerkt, dass ich mit meinen Gefühlen kämpfe, und drückt mir, während sie einen Krug mit Wasser auf den Tisch stellt, beiläufig die Hand. »Wir freuen uns über Gäste.« Sie lächelt. »Sie sind bestimmt erschöpft – vom Yoga-Zentrum bis hierher ist es eine ganz schöne Strecke. Gefällt Ihnen das Retreat?«

Dankbar für die Ablenkung beschreibe ich die Yogakurse. Dann erzähle ich von Pru und ihrer Begegnung mit dem attraktiven Niederländer, als wäre es eine amüsante Anekdote.

Sara schüttelt den Kopf. »Ach je, das hört sich fast so an, als hätte Ihre Freundin Sie ein bisschen im Stich gelassen?«

Ich zucke die Achseln. »Nein, ist schon gut. Dann ist wenigstens mehr Platz im Zelt.«

Sie reißt die Augen auf. »Sie schlafen im Zelt? Zu dieser Jahreszeit?«

»Wir haben so spät gebucht, dass kein Platz mehr im Gebäude frei war und uns nur noch das Zelt blieb. Wir sind auch nicht die Einzigen. Die meiste Zeit sind wir im Yogaraum oder im Speisesaal.«

Sie wirft einen zweifelnden Blick aus dem Fenster, an dem der Regen in Strömen herunterrinnt. Ich muss zugeben, dass sie mit ihren Bedenken nicht ganz Unrecht hat, und frage mich, ob das Zelt bei diesem Sturm überhaupt noch steht. »Es wird schon gehen«, sage ich entschieden, aber mehr, um mich selbst zu beruhigen.

»Dann erzählen Sie doch mal«, erwidert sie, greift nach einem Schneidbrett und fängt an, Salat zu machen. »Wo kommen Sie her?«

»Aus London«, antworte ich, nehme ein Küchentuch und fange an, ein paar Töpfe vom Abtropfgestell neben der Spüle abzutrocknen. »Soll ich die auch einräumen?«

Sie nickt. »Da drüben in den Schrank. Und was machen Sie so in London?«

»Im Moment nicht besonders viel«, gebe ich zu und trockne meine Hände am Tuch ab. »Ich habe eigentlich ein Studium an einer Fernuni aufgenommen, aber dann auf Eis gelegt. Die letzten zwei Jahre ging es mir nicht so gut. Eigentlich nichts Ernstes, aber ich hatte einen Unfall ... Und mein Mann ist verstorben ...« Ich verstumme. Einen Augenblick herrscht Stille.

»Also, das hört sich für mich aber ziemlich ernst an. Es tut mir so leid für Sie.« Mitfühlend berührt Sara meinen Arm. »Kein Wunder, dass es Ihnen nicht gut ging.«

Ich schüttle den Kopf und sage betont munter, um das Gespräch in andere Bahnen zu lenken: »Jedenfalls ... früher habe ich als Kindermädchen gearbeitet.«

»Und, hat Ihnen das gefallen?«

»Sehr. Ich habe bei ein paar wirklich großartigen Familien gelebt und fand es wunderbar, mich um ihre Kinder zu kümmern.« Ich verschweige, dass ich wenige Monate nach Mums Tod erkannte – nachdem sie sich mit dem letzten Rest unseres Geldes wieder einmal besinnungslos betrunken hatte, während ich meinen Schulabschluss machte –, dass ich kein Zuhause mehr hatte. Daher bewarb ich mich bei einer Agentur und erklärte, ich wolle eine Stelle mit Kost und Logis und sei ab sofort verfügbar. Dank einiger guter Referenzen von meinen ehemaligen Lehrern bekam ich schon zwei Tage später einen Job bei einem verzweifelten Pärchen, das drei Kinder unter fünf Jahren hatte, deren Au-pair-Mädchen gerade mit einem Typen nach Wales durchgebrannt war.

»Und wartet denn jemand zuhause auf Sie?«, fragt Sara nach. »Kinder? Ein Partner? Wer hat sich denn um Sie gekümmert, als es Ihnen nicht gut ging?«

Ich schüttle den Kopf. »Nein, niemand. Ich bin frei und ungebunden, wie man so schön sagt. Und mittlerweile geht es mir schon sehr viel besser.« Wie üblich bemühe ich mich um einen munteren Ton und versuche, Fragen einfach zuvorzukommen. Und ich verschweige, dass ich immer noch unter Panikattacken und Schlaflosigkeit leide und dazu – trotz meiner vielen Gespräche mit einer Psychologin – einfach nicht in der Lage bin, mein Leben normal weiterzuführen.

Beim Abendessen erzählen mir Sara und Thomas von ihrem Unternehmen, das sie auf Château Bellevue gegründet haben. »Während der Saison richten wir hier Hochzeiten aus. Kommendes Wochenende findet schon unsere dritte in diesem Jahr statt. Wir kümmern uns um die Vorbereitungen, machen die Gästezimmer zurecht und arrangieren alles, bevor die Gäste für die Feier eintreffen.«

»Wie viele Personen können Sie denn hier unterbringen?«

»Im Château selbst bis zu vierundzwanzig. Sind es mehr, kommen sie in *chambres d'hôtes* in der näheren Umgebung unter. Aber wir wollen expandieren. Im letzten Winter haben wir die alte Mühle unten am Fluss gekauft. Die renovieren wir, um Zimmer für weitere zehn Gäste anzubieten. Da man zu Fuß dorthin gelangt, nutzen wir sie bei größeren Gesellschaften oder für die entferntere Verwandtschaft.«

»Es geht voran, wenn auch langsam«, fügt Thomas hinzu. »Wann immer ich Zeit habe, bin ich in der Mühle; außerdem helfen uns ein paar Bauarbeiter, die allerdings noch gleichzeitig an anderen Projekten arbeiten. Nächstes Jahr wird alles bestimmt fertig sein.«

Sara seufzt. »Tja, rechne bloß nicht damit, dass du in dieser Saison viel Zeit dafür hast. Ich werde dich hier so oft wie möglich brauchen.« Sie wendet sich zu mir. »Wir mussten eine unserer Assistentinnen entlassen. Wir fanden sie volltrunken im Weinkeller, wo sie direkt vor der Ankunft der letzten Hochzeitsgäste ein paar Flaschen Champagner geleert hatte. Hier aus der Gegend findet man nur schwer jemanden für einen Saisonjob, der einen auch noch den ganzen Sommer über alle Wochenenden blockiert.«

Ich nicke mitfühlend. »Ich kann mir vorstellen, dass das ziemlich harte Arbeit ist. Aber ist es nicht auch so, als feierte man eine nie endende, rauschende Sommerparty?«

Sara und Thomas lächeln einander an. »Ganz recht«, sagt er. »Wenn man die Arbeit mag, erfüllt sie einen sehr.«

Und dann erzählen sie mir mehr über ihr Unternehmen

und ihre Erfahrungen der letzten Jahre. Währenddessen betrachte ich ihre Gesichter und bemerke, wie leicht ihnen das Lachen fällt, wie sie einander zuhören, wie liebevoll sie sich anschauen.

Am Ende des Abends habe ich das Gefühl, sie schon seit Jahren zu kennen, und würde am liebsten hierbleiben, anstatt zum Yoga-Zentrum zurückzufahren. Doch nach einem Salat mit zarten Blättern und einer Käseplatte stehen wir vom Tisch auf. »Vielen Dank noch mal, das Essen war köstlich.« Ich fühle mich satt und schläfrig. Eigentlich kann solch ein Essen doch gar nicht schlecht sein, wenn man sich danach so gut fühlt, oder?

Genau wie Sara vorhergesagt hatte, ist das Gewitter vorbei. Während sie mich zurück zum Yoga-Zentrum fährt, teilt sich hier und da die Wolkendecke, und ein paar Sterne tauchen auf. Vor dem Eingang des Hauptgebäudes scheint eine Party stattzufinden. Sara parkt hinter einem Streifenwagen. Mehrere Mitarbeiter des Zentrums, Pru und ihr Niederländer stehen mit einigen Yogis und zwei *gendarmes* herum.

Als ich aus dem Wagen steige, höre ich einen durchdringenden Schrei von Pru: »Abi! Da bist du ja! Wo zum Teufel warst du denn bloß? Seit der Geh-Meditation heute Nachmittag hat dich keiner mehr gesehen. Wir haben die Polizei gerufen …«

Jetzt schauen die *gendarmes* mich an. »Ist dies die vermisste Person?«, fragt einer. Dann bemerkt er Sara. »*Ah, bonsoir, Sara, comment vas-tu?*«

In fließendem Französisch erklärt sie ihnen, was passiert ist.

»Kein Grund zur Sorge, *madame*«, versichern sie Pru. »Ihre Freundin war in den besten Händen.« Lachend steigen sie zurück in den Streifenwagen, fahren davon, und ihre Rücklichter verblassen in der Dunkelheit.

Nachdem ich immer wieder beteuert habe, dass es mir sehr gut geht, weil ich den Abend mit ausgezeichnetem Essen und Wein im Château verbracht habe, steigen Pru und ihr Niederländer ebenfalls in den Wagen und fahren in seine Luxusherberge.

Da mir der ganze Wirbel um mich etwas peinlich ist, wende ich mich zu Sara, um mich zu verabschieden. »Danke, dass Sie mich gerettet haben. Und für das köstliche Abendessen. Es war mir ein Vergnügen, Sie und Thomas kennengelernt zu haben.«

Aber Sara scheint es mit der Heimfahrt nicht eilig zu haben, sondern schaut sich zwischen den Gebäuden um, deren Lichter den Hof beleuchten. »Schön, dass ich mal die Gelegenheit habe, mir anzusehen, was hier gemacht wurde. Hier war ich nicht mehr seit der Gründung des Zentrums.«

»Wenn Sie wollen, führe ich Sie herum«, biete ich ihr an. Ich zeige ihr den Speisesaal, das luftige Yogastudio mit den deckenhohen Schiebetüren mit Blick auf Felder und Wälder, und den Entspannungsbereich, wo ein paar Gäste sich bei einem Kräutertee unterhalten. Als ich sie um ein Gebäude herumführe, erkläre ich: »Ein paar Gäste haben Zimmer oben, und ein paar andere wohnen in Unterkünften in der Nähe, aber der Rest von uns …« Ich verstumme.

»Zeltet?«, beendet Sara den Satz für mich, während wir beide das Trümmerfeld vor uns betrachten.

Zugegeben, die meisten Zelte stehen noch, allerdings sind sie tropfnass, umgeben von riesigen Pfützen, in denen sich die Lichter spiegeln. Ein Zelt allerdings ist nur noch ein durchweichter Stoffhaufen mitten in einem See.

»Das ist wohl Ihres, oder?« Sara stößt mich sanft an.

Ich nicke nur, weil ich auf jeden Fall die Tränen unterdrücken möchte, die jetzt in mir aufsteigen. Denn mit einem Mal bin ich am Boden zerstört. Abgesehen von meiner Handtasche und meinem Handy, die im Safe des Büros lagern (bei unserer Ankunft mussten wir sie aushändigen, als Teil der Entgiftung), befindet sich alles, was ich mitgebracht habe, unter diesem jämmerlich aussehenden klatschnassen Stoffhaufen.

»Alles klar«, verkündet sie forsch. »Lassen Sie uns Ihre persönlichen Sachen da rausholen, und dann übernachten Sie bei uns.«

Ich will schon protestieren, doch ehrlich gesagt fällt mir auf die Schnelle einfach keine Alternative ein. Sara ignoriert meine halbherzigen Einwände, watet durch den See und hebt die Überreste des Zelts an. Gemeinsam schaffen wir es, das Innenzelt zu öffnen, und dann suche ich nach meinen Sachen, während sie das schmutzige, tropfnasse Fliegennetz hochhält. Meine Reisetasche mit den Kleidern ist vollkommen durchweicht. Mein Kulturbeutel liegt in einer Pfütze. Und beide Schlafsäcke haben sich so vollgesogen, dass ich sie kaum aus dem Wasser ziehen kann. Während ich mich abmühe, sie so gut wie möglich auszuwringen, holt Sara die beiden Isomatten heraus. Sie entdeckt eine Wäscheleine zwischen zwei Birken und sagt: »Hier, hängen wir so viel wie möglich auf die Leine. Dann kann es über Nacht ein bisschen abtropfen, und morgen bringen wir alles in Ordnung.«

Um klarzumachen, dass sie keine Widerrede akzeptiert, greift sie nach meiner Reisetasche und sagt: »Die nehmen wir mit und stecken alles sofort in die Waschmaschine. Dann sind morgen wenigstens Ihre Kleider sauber und trocken.«

»Es tut mir sehr leid, Ihnen so viele Umstände zu machen. Ich wette, Ihnen war nicht klar, worauf Sie sich einlassen, als Sie neben mir hielten.«

»Es sind keine Umstände, und wie sich herausstellt, war es sehr gut, dass unsere Wege sich kreuzten. Glücklicherweise stehen heute Nacht viele Zimmer im Château leer, Sie können gerne in einem übernachten.«

Als ich immer noch zögere, stupst sie mich erneut an und sagt: »Hatte ich schon das dazugehörige Badezimmer mit einer Wanne erwähnt, die fast groß genug ist, um darin zu schwimmen?«

Lächelnd halte ich das einst cremefarbene, nun jedoch schlammbraune Handtuch in die Höhe, das ich aus dem Zelt gerettet habe. »Das klingt unwiderstehlich. Aber gibt es dort zufällig auch flauschige weiße Handtücher?«

Sara grinst. »Worauf Sie wetten können.«

ELIANE
1938

Bevor Eliane zu ihrer Arbeit im Château Bellevue aufbrach, schlang sie sich ein Tuch um Kopf und Schultern, da nachts leichter Nebel ins Tal zog. Die Tür zur Mühle stand einen Spaltbreit offen, und sie trat in die wohlige Wärme des Mahlraums, um ihrem Vater einen guten Morgen zu wünschen. Dort blieb sie ein Weilchen stehen und sah zu, wie ihr Vater die Mühlsteine mit Getreide vorbereitete und sich dann zum Kontrollrad wandte, um den Mühlgraben zu öffnen. Der ruhige, gemächlich dahinfließende Fluss begann wild zu rauschen, als das Wasser in den schmalen Kanal gedrückt wurde und das Mühlrad in Bewegung setzte. Immer schneller floss es hindurch, aus dem Rauschen wurde ein Brausen, und dann wurde das gesamte Mahlwerk in Gang gesetzt. Knarzend und klopfend setzten Hebel und Kurbeln das Mühlrad in Bewegung, und ihr Vater öffnete die Kornschütte, mit der das Mahlgut zur Öffnung in der Mitte des Steins gelenkt wurde. Das Mehl, das kurz darauf in den Holztrog unter dem Mühlstein rieselte, erinnerte Eliane an die ersten Schneeflocken im Winter.

Ihr Vater prüfte das Mehl und passte die Geschwindigkeit des Mühlrads entsprechend an, bis er mit dem Mahlgrad zufrieden war.

Die Bodendielen des Speichers über ihnen knackten, als Yves einen weiteren Getreidesack auf den Trichter der Kornschütte hievte. Er zog die Falltür in der Decke über ihnen hoch, um sich mit einem Blick zu Gustave zu vergewissern, dass alles reibungslos lief, und grinste, als er Eliane sah. Sie winkte ihm zu, küsste ihren Vater und wünschte ihm *bonne journée*, bevor sie ihr Tuch enger um den Kopf schlang und sich zu ihrem eigenen Arbeitsplatz aufmachte.

Der Lärm der Mühle wurde immer leiser, während sie den Hügel hinaufstapfte. In der Ferne, weit jenseits des Flusses, unterbrach das schwache, rhythmische Rattern eines Zuges die Stille wie ein pochender Herzschlag, bevor es wieder still wurde. Oben angekommen, trat Eliane ins Licht der aufgehenden Herbstsonne, die dem Fluss schon bald seine Nebeldecke fortziehen und die Mühle erkennen lassen würde.

Eliane hielt kurz inne, um Luft zu schnappen, und warf einen Blick auf das unter ihr liegende Tal. Es waren nur die oberen Äste einer Weide sichtbar, und sie musste lächeln, als sie sich an den Vorabend erinnerte, als Mathieu und sie unter ihrem Blätterdach gesessen hatten – so wie jeden Abend, seit er ihr vor einer Woche beim Umzug der Bienenstöcke geholfen hatte. Gestern Abend hatte er endlich den Mut aufgebracht, seine Hand auszustrecken und nach ihrer zu greifen.

Madame Boin klapperte schon emsig mit Töpfen und Pfannen, als Eliane in die Wärme der riesigen Küche trat, in der es nach frisch gebackenem Brot duftete.

»*Bonjour, madame.* Was brauchen wir heute?« Sie hob den flachen Weidenkorb auf, der neben der Tür stand, und achtete darauf, mit ihren staubigen Stiefeln keine Spuren auf dem sauberen Küchenboden zu hinterlassen. Es war jeden Tag ihre letzte Aufgabe, die Schieferplatten zu fegen und zu wischen, damit Madame Boin ihr Reich am nächsten Tag ordentlich vorfand.

»*Bonjour,* Eliane. Heute gibt's Ragout zum Mittagessen, also brauche ich Karotten und Kartoffeln, dazu Minze für Monsieur le Comtes Tee. Und hast du nicht gesagt, ich könnte weitere Kräuter in seinen Tee geben, damit er sich schneller erholt? Ich mache mir immer noch Sorgen wegen des Geschwürs an seinem Bein.«

»Thymian ist gut für die Blutzirkulation und hilft gegen Entzündungen, sagt Maman. Ich bringe Ihnen ein Sträußchen mit. Und Basilikum ist genauso gut für die Genesung wie Minze. Wir haben noch etwas in einer Ecke des Gartens. Aber wahrscheinlich bringe ich besser den ganzen Kübel mit, damit er den Winter übersteht.«

Madame Boin nickte. »Und eine große Handvoll Salbei, ja? Dein Salbeitee hilft tatsächlich gegen diese verflixten Hitzewallungen. Letzte Nacht habe ich viel besser geschlafen.«

Obwohl der Sommer sich bereits dem Ende zuneigte, gedieh Elianes *potager* im Schutz der Mauern weiterhin gut. Der Gärtner hatte ihr ein paar Beete für ihre Heilkräuter überlassen. Es war nützlich, vor allem zu dieser Zeit des Jahres, hier geschützte und hoch liegende Kräuterbeete zu haben und schattigere unten zwischen Mühle und Fluss, denn so konnte sie eine größere Auswahl verschiedener Pflanzen kultivieren. Als Eliane um Erlaubnis gebeten hatte, die brachliegenden Beete zu bepflanzen, war Monsieur le Comte hocherfreut gewesen.

Als Eliane das Tor zum Garten öffnete, begannen die steinernen Mauern bereits die Wärme der Morgensonne zu speichern. Die ersten Bienen waren schon unterwegs und sammelten den würzig-süßen Nektar aus den Thymian- und Rosmarinkissen. An diesem Tag hatten sie etwas Dringliches an sich, sodass Eliane wusste, sie hatten das weicher werdende Herbstlicht bemerkt und spürten den Drang, noch eifriger ihre Wintervorräte anzulegen. Sie selbst würde keinen Honig mehr aus den Stöcken entnehmen, bis die Bienen im nächsten Frühjahr neue Ernte einbringen konnten, damit sie die karge Zeit der nächsten Monate gut überstanden.

Sie grub das Gemüse aus und lächelte dabei dem Rotkehlchen zu, das sie von seinem Ausguck im Birnbaum beobachtete und dann schnell herunterflatterte, um die frisch umgegrabene Erde auf Leckerbissen abzusuchen.

Eliane holte ein Taschenmesser aus ihrer Schürze, schnitt die Kräuter ab und legte alles in den Korb. Zwar hatte sie auch noch eine Liste von Kräutern, die sie ihrer Mutter mitbringen sollte, aber die würde sie erst am Ende des Tages sammeln, wenn die Blätter durch die Wärme der Sonne voller ätherischer Öle waren, die zur Wirkung der Heiltränke beitrugen.

Zurück in der Küche streifte sie ihre Stiefel ab und stellte sie auf die Matte neben der Tür, bevor sie in ihre *sabots* mit den Holzsohlen schlüpfte, die sie im Château trug. Dann machte sie sich an die Arbeit.

ABI
2017

Im ersten Moment weiß ich nicht, wo ich bin. Die Strahlen der Morgensonne fallen durch die Ritzen der Fensterläden, und meine Beine sind nicht in einem engen Schlafsack gefangen, sondern liegen unter einem seidigen Laken. Dann fällt es mir wieder ein: Ich bin im Château Bellevue.

Ich schaue auf die Uhr. Es ist noch früh. Thomas wollte mich nach dem Frühstück zum Yoga-Zentrum zurückbringen, da er ohnehin in die Richtung muss. Genüsslich rekle ich mich noch einmal, um die Gemütlichkeit eines richtigen Bettes auszukosten, dann werfe ich widerstrebend die Decke zurück und stehe auf. Da ich ohnehin schon zu viele Umstände bereitet habe, ziehe ich das Bett ab, putze das Bad und hinterlasse alles so, als wäre ich nie hier gewesen.

Als ich den Haufen Bettwäsche aufhebe, überkommt mich wie aus dem Nichts eine Erinnerung. Etwas so Alltägliches wie ein Arm voller Wäsche weckt einen Schmerz tief in meinem Herzen. Vor meinem inneren Auge sehe ich mich selbst als Teenager in unserer Wohnung, wie ich Mums Bett mache. Sie hatte wie üblich den ganzen Tag getrunken, und als ich von der Schule nach Hause kam, überredete ich sie, aus ihrem durchnässten Bett zu steigen, und half ihr in die Badewanne. Danach ließ ich sie mit frischen Kleidern in einem Sessel neben dem Gasofen zurück und hoffte nur, sie würde weder sich selbst noch die Wohnung in

Brand stecken. Ich packte die schmutzige Wäsche in einen Korb und schleppte ihn zum Waschsalon an der Ecke. Dort saß ich in der nach Waschmittel duftenden Wärme und machte Hausaufgaben, während die Maschinen um mich herum platschend und schäumend rumorten. Wenn wir gerade genug Geld hatten, steckte ich eine Fünfzig-Pence-Münze in den Trockner und kehrte mit einem Stapel ordentlich gefalteter und noch warmer Bettwäsche zurück. Aber häufiger, besonders gegen Ende des Monats, musste ich die nasse Wäsche wieder in den Korb packen, sie mit brennenden Armen nach Hause schleppen und dann auf einem Wäscheständer vor dem Ofen trocknen.

Ich hatte furchtbare Angst davor, dass man mich ihr wegnehmen würde. Vermutlich wollen Kinder fast immer bei ihren Eltern bleiben, wie wenig die sich auch um sie kümmern mögen. Also ließ ich mir nie etwas anmerken, selbst als es Mum immer schlechter ging. Ich kümmerte mich einfach um sie, so gut ich konnte.

Als sie mit mir schwanger gewesen war, hatte ihre eigene Familie ihr unmissverständlich klargemacht, dass sie nichts mehr mit ihr zu tun haben wollte. Wer mein Vater war, wusste ich nicht – und ehrlich gesagt, bin ich mir nicht mal sicher, ob Mum es wusste. Im Laufe der Jahre erzählte sie mir Geschichten, die je nach Alkoholpegel und Stimmung variierten. Vielleicht war er wirklich ein Soldat, der kurz nach meiner Empfängnis bei einem Übungsmanöver umkam; vielleicht aber auch ein australischer Rucksacktourist, der einfach verschwand, ohne seine Nummer oder auch nur seinen Namen zu hinterlassen. Vielleicht war er aber auch nur ein fieser Kerl, der die Trunkenheit eines jungen Mädchens ausnutzte. Jedenfalls waren Mum und ich ein Team, und wir kamen auch allein zurecht, solange sie nüchtern genug war, die Stütze abzuholen und sie auf dem Heimweg nicht gleich in den nächsten Spirituosenladen zu tragen.

Kopfschüttelnd reiße ich mich aus meinen Erinnerungen und gehe mit dem Wäschehaufen nach unten. Sara arbeitet schon geschäftig in der Küche.

»Guten Morgen«, sage ich. »Und vielen Dank für den erholsamsten Schlaf seit Langem. Wo kommt das hin?« Ich hebe den Wäschehaufen an. »Wenn Sie mir frisches Bettzeug geben, kann ich das Bett gleich neu beziehen. Ich hab das Zimmer zwar schon aufgeräumt, müsste aber noch mal kurz mit dem Staubsauger durch, dann ist es für Ihre Hochzeitsgäste bereit.«

Sara lächelt zufrieden. »Geben Sie mir das. Ich stecke es in den Wäschesack. Danke, dass Sie schon aufgeräumt haben, das hilft uns sehr. Aber erst mal setzen Sie sich und frühstücken.«

Thomas kommt fröhlich pfeifend herein, und dann nehmen wir alle am Küchentisch mit der rot-weiß karierten Tischdecke Platz. Ich mache mir eine große Schale Müsli mit Obst, während Sara jedem einen Becher duftenden Kaffee einschenkt.

Thomas und Sara wechseln einen Blick. »Hören Sie, Abi«, setzt sie an, »ich weiß, das klingt vielleicht verrückt und kommt unerwartet, aber hätten Sie nicht Lust, diese Saison im Château Bellevue zu arbeiten? Thomas und ich haben es gestern Abend besprochen. Sie würden alles sicher schnell lernen. Und nebenbei würden Sie uns einen Riesengefallen tun, weil wir dringend Hilfe brauchen. Wir könnten Sie in der Mühle unterbringen, wenn Sie nichts dagegen haben, auf einer kleinen Baustelle zu wohnen. Aber ich verspreche, Ihr Zimmer wäre so weit wie möglich vom Krach und Chaos entfernt. Komfortabler als ein Zelt wäre es allemal!«

Ich lache. »Ist das Ihr Ernst? Wir kennen uns doch erst seit gestern.«

»Ja, aber ich sehe, dass wir uns gut verstehen. Wir können leider nicht so viel bezahlen, aber Kost und Logis sind natürlich frei. Ich glaube, Sie würden gut in unser Team passen.«

Ich denke an die leere Wohnung, die in London auf mich wartet, an die Panoramafenster mit Blick über das Hafenviertel und die riesige Stadt dahinter, daran, wie einsam und isoliert ich mich zwischen den Millionen Menschen gefühlt habe. Mein Leben dort erfüllt mich nicht mehr. Während ich hier, das wird mit plötzlich klar, eine echte Aufgabe hätte. Ich würde nicht endlos meinen ewig gleichen Gedanken nachhängen, ich hätte gar keine Zeit mehr dazu. Hochzeiten! Die Organisation von Partys. Gäste, um die man sich kümmern muss.

Aber dann zögere ich doch. Werde ich der Arbeit überhaupt gewachsen sein? Was ist, wenn ich sie enttäusche? Wenn ich jemandem den schönsten Tag im Leben verderbe, weil ich einen Fehler mache? Was, wenn ich mitten in einem Raum voller Gäste Panik bekomme?

Sara lächelt beruhigend, als könnte sie meine Gedanken lesen. »Abi, ich weiß, Sie haben uns erzählt, dass es Ihnen in letzter Zeit nicht so gut ging, und wenn Sie deswegen nicht arbeiten können, haben wir dafür vollstes Verständnis. Aber Sie wirken auf mich wie eine sehr starke Frau – stärker vielleicht, als Sie selbst glauben. Sie könnten doch probeweise hier arbeiten, und wenn Sie irgendwann zu der Entscheidung gelangen, dass Sie nicht weitermachen wollen, können Sie sofort nach Hause. Aber ehrlich gesagt ist jede Hilfe, die Sie leisten können, besser als nichts. Dann kann Thomas tagsüber mit der Renovierung der Mühle weitermachen. Denn wenn das Projekt nicht vorankommt, werden die Bankmanager unruhig. Und glauben Sie mir, Hochzeiten sind zwar harte Arbeit, aber man kann auch jede Menge Spaß dabei haben.«

Ich blicke von Sara zu Thomas und wieder zurück. Beide sehen mich erwartungsvoll an.

Und dann treffe ich eine Entscheidung. Offenbar habe ich noch immer nicht gelernt, wie gefährlich Spontaneität sein kann, denn ich erkläre grinsend: »Wenn in meinem Zimmer in der Mühle genug Platz ist, um meine Yogamatte auszurollen, könnte ich wahrscheinlich sofort anfangen.«

ELIANE
1939

»Gibst du mir das Nudelholz, wenn du fertig bist, Eliane?«

Mutter und Tochter waren in der Küche der Mühle damit beschäftigt, das Essen für das Wochenende vor dem Feiertag vorzubereiten. Eliane schnitt gerade Birnen in Scheiben, die sie mit Madame Boins Erlaubnis aus dem Garten des Châteaus mitgenommen hatte, und legte sie fächerförmig auf die Mandelcreme-Tarte.

Lisette betrachtete beifällig ihr Werk. »Sehr gut! Die Tarte sieht perfekt aus.«

»Ich habe mir wegen Mireilles Besuch besonders viel Mühe gegeben. Wahrscheinlich wird sie unsere hausgemachten Kuchen aber auch langweilig finden, da sie doch jetzt die raffinierten Pâtisserien aus Paris gewohnt ist. Glaubst du, sie hat sich sehr verändert, Maman? Ich kann mir vorstellen, dass sie mittlerweile sehr mondän ist.«

Lisette schüttelte lachend den Kopf. »Aber doch nicht unsere Mireille! Außerdem weißt du, dass *Tarte aux poires* ihr Lieblingsnachtisch ist. Die wird sie köstlicher finden als alles, was man in einem Pariser Laden kaufen kann. Aber ich freue mich schon auf ihre Kleider. Wenn man in einem so berühmten Atelier arbeitet, weiß man bestimmt alles über Mode.«

Glücklicherweise fiel Allerheiligen dieses Jahr auf einen Dienstag, sodass Elianes Schwester Mireille den Montag ebenfalls hatte freinehmen und zum ersten Mal wieder nach Hause hatte kommen können, nachdem sie im Mai nach Paris aufgebrochen war, um in einem Modehaus eine Ausbildung als Schneiderin zu beginnen.

Als Yves die Küche betrat, wirbelten mit ihm bunte Herbstblätter herein. Triumphierend stellte er einen bedeckten Weidenkorb auf dem Tisch ab. Neugierig trat Lisette näher.

»*Oh là là,* das sind aber Prachtstücke!«

»Achtzehn der besten Krebse, die der Fluss zu bieten hat.« Yves hob eines der dicken Ungetüme aus dem Korb und tat so, als wollte er Eliane mit den mächtigen Scheren das Ohr abzwicken. Unbeeindruckt schob sie ihn beiseite, doch er schnappte sich noch schnell ein Stück vom übrig gebliebenen Teig und warf es sich in den Mund.

Das Geräusch eines herannahenden Wagens lockte sie alle zur Küchentür, und schon war Mireille wieder zuhause und lachte glücklich, als ihre Familie sie umringte. Der stürmische Oktoberwind fuhr ihr in die dunklen Locken.

Sie stellte ihre Reisetasche ab, stand einen Moment nur da, atmete tief die vertraute Luft ein und nahm alles in sich auf: das leise Rauschen des Flusses am Mühlrad, die Weide, die ihre Äste bis in den Teich unter dem Wehr hängen ließ, die Hühner, die eifrig im Staub pickten, die Ziege und ihr Zicklein, die auf der Weide hinter dem Obstgarten grasten, dazwischen den heimeligen Geruch von Holzrauch und leckerem Essen, das im Ofen vor sich hin köchelte, den Duft der Kräuter und Heilpflanzen, die ihre Mutter zum Trocknen ans Kaminsims gehängt hatte. Endlich war sie wieder im Kreis ihrer Familie.

»Jetzt sieh sich einer diese schicke Handtasche an!«, rief Lisette aus. »Und deine Jacke!«

»Oh, raffiniert«, sagte Yves spöttelnd, hängte sich die Handtasche über die Schulter und tippelte affektiert mit ihr in die Küche. »Mittlerweile ist Mademoiselle Mireille Martin viel zu fein für die Mühle von Coulliac.«

»Aber nicht zu fein dazu, mir meinen frechen kleinen Bruder vorzunehmen.« Mireille stürzte sich auf ihn und verdrehte ihm scherzhaft den Arm hinter dem Rücken, bis er ihr schließlich lachend die Tasche überließ. »Ehrlich gesagt, kann ich es kaum erwarten, mir bequeme Sachen und meine *Sabots* anzuziehen.«

Gustave trug ihr restliches Gepäck herein. »Das bringe ich direkt hoch in euer Zimmer.«

»Komm, Eliane.« Mireille hakte sich bei ihrer Schwester unter. »Hilf mir beim Auspacken. Ich hab ein paar Mitbringsel für dich.«

Das gemeinsame Schlafzimmer der Schwestern lag direkt unter dem Dach und bot einen Ausblick auf das Wehr und die Felder dahinter. Nachdem Gustave die Taschen neben eines der Betten abgestellt hatte, warf Mireille sich auf die geblümte Tagesdecke. Im Zimmer roch es schwach nach Bienenwachs, nach den Lavendelkissen in der Kommode und dem mächtigen Walnussschrank in der Ecke. »Es ist so schön, wieder zu Hause zu sein«, seufzte Mireille.

Das Sträußchen mit Herbstbeeren, das Eliane in einer kleinen Porzellanvase auf dem Nachttisch ihrer Schwester arrangiert hatte, leuchtete nun blutrot in den Sonnenstrahlen, die durch die Fenster fielen.

»Komm«, sagte Mireille und klopfte auf ihr Bett. »Setz dich zu mir und erzähl, was es Neues gibt. Wie ist die Arbeit im Château? Hast du schon Madame Boin, den alten Drachen, gezähmt? Und wie steht es um Monsieur le Comtes Gesundheit?«

Eliane ließ sich neben ihrer Schwester nieder und zog die Beine unter den Po. »Es ist schön. Die Arbeit gefällt mir. Ich darf auch ein bisschen im Küchengarten arbeiten, sodass ich hin und wieder rauskomme, und ich habe meine Bienen dort oben. Neun Bienenstöcke! Wenn sie im nächsten Sommer schwärmen, werden es noch mehr. Madame Boin ist eigentlich ganz in Ordnung. Wie sagt man? Hunde, die bellen, beißen nicht. Wir kommen mittlerweile gut miteinander aus. Und Monsieur le Comte geht es besser. Dank Mamans Kräutern und meinen regelmäßigen Honigpackungen heilt das Geschwür an seinem Bein gut. Er ist immer freundlich zu mir. Aber jetzt erzähl du mir von Paris! Hast du schon Kleider für echte Filmstars geschneidert? Wie hältst du den Lärm aus? Und die vielen Menschen? Ich könnte das nicht.«

Mit großen Augen hörte sie zu, während Mireille ihr die Souterrainwohnung beschrieb, die sie sich mit zwei Kolleginnen teilte, und erzählte, wie sie in lauten, rasend schnellen Trambahnen zur Arbeit fuhr und mit anspruchsvollen Pariserinnen zu tun hatte, die in den *Sâlon* kamen, um ihre teuren neuen Kleider anzuprobieren. Schließlich wühlte Mireille in einer ihrer Taschen. »Hier, ich habe diese Stoffmuster für dich und Maman mitgebracht. Ich dachte, ihr hättet Lust, euch etwas daraus zu nähen – sie sind gerade sehr *à la mode.*«

Da steckte Yves seinen Kopf in das Zimmer der Mädchen. »Jetzt seht euch die beiden an, quasseln wie immer in einer Tour. Hat Eliane dir schon von ihrem Freund erzählt?«

Er grinste seine Schwester an, die knallrot wurde.

»Er ist nicht *mein* Freund, sondern nur *ein* Freund. Außerdem verbringt er mehr Zeit beim Angeln mit dir als mit mir.«

»Ha!«, rief Yves aus. »Wenn du es sagst … Aber ich sitze nicht stundenlang mit ihm unter der Weide, um Händchen zu halten und ihm tief in die Augen zu schauen.«

»Verstehe«, sagte Mireille sachlich, in ihren Augen ein amüsiertes Funkeln. »Und dürfte ich erfahren, wie sein Name lautet?«

»Mathieu Dubosq«, warf Yves eifrig ein. »Er ist ein großartiger Angler und weiß immer, wo sich die großen Fische verstecken. Außerdem versteht er jede Menge vom Jagen und kennt sich mit Pilzen fast so gut aus wie Eliane. Und in ein paar Minuten kommt er zu uns zum Essen.«

»Na, dann freue ich mich, ihn kennenzulernen.« Mireille lenkte ihren Bruder mit einem kleinen Päckchen ab, das in braunes Papier gewickelt und mit einem starken Bindfaden verschnürt war.

Yves pfiff leise durch die Zähne, als er ein Federmesser mit Horngriff auspackte. »Phantastisch! Seht mal, wie scharf die Klinge ist. Danke, Mireille.«

»Und nun ...«, Mireille stand auf und nahm ein paar weitere Päckchen aus dem Koffer, »... will ich mal runtergehen, um die hier Maman und Papa zu geben und beim Tischdecken zu helfen.«

Als sie die letzten Krümel der saftigen Birnentarte auf ihren Tellern zusammenkratzten, betrachtete Eliane ihre Familie, die sich um den Küchentisch versammelt hatte. Sie hatte befürchtet, für Mathieu würde sein erstes Essen in der Mühle eine echte Feuerprobe werden, doch er hatte ohne jede Scheu Gustaves Fragen nach der letzten Weinlese und Lisettes Erkundigungen über sein Zuhause in Tulle beantwortet. Eliane hatte ihren Eltern bereits erzählt, dass Mathieus Mutter bei der Geburt seines jüngeren

Bruders Luc an schweren Blutungen gestorben war – die größte Furcht einer jeden Hebamme.

»Ich fahre morgen mit dem Zug nach Hause, um Allerheiligen dort zu verbringen, weil wir dann immer Blumen auf das Grab meiner Mutter legen. Außerdem habe ich meinen Vater und meinen Bruder seit Beginn der Weinlese nicht mehr gesehen. Sie arbeiten auf einem Bauernhof außerhalb des Orts und haben hauptsächlich mit Rinderzucht und Futterpflanzen zu tun.«

Schließlich legte Gustave seine Gabel nieder und akzeptierte widerstrebend, dass sein Teller wirklich leer war. »Und wirst auch du wieder mit Rindern arbeiten, wenn dein Praktikum am Château de la Chapelle beendet ist?«

Unsicher blickte Mathieu quer über den Tisch zu Eliane, während seine sonnengebräunten Wangen sich rot färbten. »Das weiß ich noch nicht genau. Mein Vater wollte, dass ich Erfahrungen im Weinbau mache, und ich finde die Arbeit auch sehr interessant. Außerdem gefällt es mir hier in der Gegend, also bleibe ich vielleicht noch ein Weilchen bei den Cortinis. Außerdem ist Coulliac nicht so weit von Tulle entfernt …« Er verstummte, weil er plötzlich das Gefühl hatte, zu viel preisgegeben zu haben.

Eliane lächelte ihn an. Von den drei Kindern der Martins geriet sie am meisten nach Lisette und hatte sowohl die Intuition ihrer Mutter als auch deren außerordentliches Einfühlungsvermögen geerbt. Daher spürte sie Mathieus unausgesprochene Hoffnung auf weitere gemeinsame Zeit mit ihr. Aus der anfänglichen Anziehung war etwas Tieferes als nur Freundschaft geworden, das sie mit jedem Tag enger aneinanderband.

Als Eliane aufstand, um den Tisch abzuräumen, und Mathieu ihr seinen Teller reichte, berührten ihre Fingerspitzen seine

Hand, so leicht und flüchtig wie ein Schmetterling und doch so intensiv wie ein Versprechen, das keiner Worte bedurfte.

Wenn *la Toussaint*, Allerheiligen, vorüber war und der November begann, würde Mathieu zurückkommen, und sie konnten wieder zusammen sein.

Eliane und Mireille stützten sich auf die Umzäunung des Pferchs und beobachteten, wie das Schwein im Trog wühlte und zufrieden schnaufte, als es zwischen den Kartoffelschalen ein paar Rübenspitzen aufspürte.

Eliane kraulte das Tier mit einem Stock hinter den Ohren. »Siehst du, sie hat uns schon verziehen.«

Es hatte fast eine Stunde gedauert, das Schwein im Wald zu finden, wo es sich ein Festmahl aus Eicheln gönnte, und es dann mithilfe eines verlockenden Komposteimers in den heimischen Stall zurückzulocken. Vielleicht ahnte es schon, was es erwartete, wenn der Winter wirklich hereinbrach. Aber bis zu diesem Tag würde es gut gefüttert und umsorgt werden.

Eigentlich war der Pferch eher eine kleine Höhle, die der Fluss im Verlauf vieler Jahre in die Kalksteinwand gegraben hatte. Diese stieg hinter der Mühle in die Höhe und bildete den Sockel, auf dem, weit über ihnen, das Château de Bellevue erbaut worden war. In der gesamten Gegend hatten unterirdische Bäche – die meisten davon schon seit Langem versiegt – ein wahres Netz aus Tunneln in den weichen Stein gegraben, und einer dieser Tunnel stellte eine Verbindung zwischen der Mühle und dem Château dar, von der nur wenige wussten. Laut Monsieur le Comte war dieser Tunnel eine wahre Lebensader gewesen, als die Burg im Mittelalter belagert worden war. Über diesen Weg hatten die Vorfahren des Comte über viele Wochen hinweg für ihre Angreifer scheinbar ohne Essen und Wasser überleben können.

Zwar war der Tunnel jahrelang von beiden Seiten verschlossen gewesen, aber Gustave hatte im hinteren Teil des Schweinestalls das Geröll und die Felsbrocken weggeräumt, um ein paar Meter des Tunnels als Weinlager zu nutzen. Der Naturspeicher wurde auch zur Schlachtzeit gebraucht, da er kühl, trocken und dunkel war und sich somit perfekt für die Reifung von Schinken und *Saucissons* und für die Aufbewahrung der Gläser mit Pastete eignete, die Lisette für den Winter zubereitete. Eine mit mehreren Schichten rostigem Blech abgedeckte alte Tür verbarg den Eingang zum Tunnel und bildete die Rückwand des Pferchs, in dem das Schwein es sich nun auf einem Lager aus Stroh gemütlich machte.

Mireille nahm eine Handvoll Eicheln aus ihrer Tasche und warf sie in den Trog. Das prasselte wie Hagelkörner und veranlasste das Schwein, ein Auge zu öffnen. »Ich vermisse zwar vieles von zuhause, bin aber ziemlich froh, nicht hier zu sein, wenn deine Zeit gekommen ist«, sagte sie zum Schwein, das darauf nur grunzte.

»Ich kann mir kaum vorstellen, wie du in Paris deine schicken Kleider trägst und in einem eleganten Atelier arbeitest. Mir würde es wahrscheinlich in einer Stadt gar nicht gefallen.«

Mireille blickte ihre Schwester lächelnd an. »Natürlich ist nicht jeder für das Stadtleben geschaffen. Eine der angehenden Schneiderinnen bei uns hat bereits gekündigt und ist wieder nach Hause in die Normandie gezogen. Sie hat Paris gehasst. Es kann auch eine Weile dauern, Freunde zu finden. Merkwürdigerweise kann man zwischen all den vielen Menschen einsamer sein, als man es je auf dem Land wäre. Aber ich habe mich mittlerweile mit ein paar Mädchen angefreundet, und mir gefällt die Arbeit wirklich – auch wenn einige der Kundinnen einfach nicht zufriedenzustellen sind. Vielleicht kannst du mich eines Tages mal besuchen, dann zeige ich dir alles.«

»Es gefällt Maman gar nicht, dass du jetzt so nahe an Deutschland wohnst. Seit die Nazis in die Tschechoslowakei einmarschiert sind, sind alle beunruhigt.«

»Ach, keine Sorge. Paris ist sicher. Sonst würden doch nicht so viele Flüchtlinge in die Stadt strömen. Am besten macht man einfach so weiter wie bisher. Vielleicht könntet ihr mich ja sogar zusammen besuchen? Dann zeige ich euch alle Sehenswürdigkeiten. Der Eiffelturm ist sehr beeindruckend, und die Kirchen sind riesig!«

Eliane dachte an die kleine Kapelle, wo sie morgen Allerheiligenblumen auf die Gräber legen würden. Die schlichten, weiß getünchten Mauern und die massiven Eichenbalken gaben ihr ein Gefühl von Sicherheit. Der erdige Geruch der Chrysanthemen würde die Luft auf dem Friedhof erfüllen und den Seelen der Verstorbenen zeigen, dass sie nicht vergessen waren und in Frieden ruhen durften.

Sie dachte kurz an Mathieu, der mittlerweile im Zug sitzen würde. Ihr Herz schlug ein klein wenig schneller, als sie sich an die Stunden erinnerte, die sie am Fluss verbracht hatten. Gegenüber anderen Menschen war er normalerweise schweigsam, aber wenn er mit ihr allein war, entspannte er sich und vertraute ihr seine Hoffnungen und Träume an. Sie lächelte beim Gedanken daran, wie seine dunklen Augen leuchteten, wenn er seine Arbeit im Weinberg beschrieb. Die heutige Reise war ihm sicherlich schwergefallen … Wie traurig musste es für ihn sein, Blumen auf das Grab seiner Mutter zu legen.

Als könnte Mireille ihre Gedanken lesen, sagte sie: »Mathieu ist nett. Es hat mich gefreut, ihn kennenzulernen.«

Eliane nickte. »Er ist uns allen ein guter Freund geworden.«

»Ich hatte aber den Eindruck, dass er für dich mehr als nur ein guter Freund sein will, *ma p'tite*«, erwiderte Mireille grinsend.

Eliane wurde rot, während sie sich darauf konzentrierte, dem Schwein den Nacken zu kratzen. Doch dann lächelte sie ebenfalls. »Ich mag ihn auch. Sehr sogar. Es fühlt sich ...« Sie verstummte.

»Ja?«, hakte Mireille nach.

»Es fühlt sich richtig an. So als hätten wir eine gemeinsame Zukunft. Ich kann uns zusammen sehen.«

»Nun, wenn es sich so anfühlt, dann ist es auch richtig.« Liebevoll drückte Mireille ihr den Arm. »Das freut mich.«

In diesem Moment öffnete Lisette das Küchenfenster, genoss einen Moment den Anblick ihrer ins Gespräch vertieften Töchter und rief dann: »Könntet ihr bitte Feuerholz mitbringen, wenn ihr wieder hereinkommt? Das Abendessen ist fast fertig.«

ABI
2017

Mein Schlafzimmer unter dem Dach der Mühle ist eine Oase der Ruhe und Ordnung inmitten der Baustelle.

»Wir haben oben angefangen und arbeiten uns jetzt nach unten«, hatte Thomas erklärt. Er und seine Bauarbeiter haben einen hellen, luftigen Raum mit weiß getünchten Wänden geschaffen und in den Dachschrägen ein Bad untergebracht. Darin gibt es eine altmodische Wanne mit Klauenfüßen und einen Handtuchhalter aus Holz, an dem zwei von Saras flauschigen Badetüchern hängen. Sie hat darauf bestanden, ein paar Wohnaccessoires aus dem Château herzubringen: einen verschlissenen, aber immer noch schönen Aubussonläufer; ein Aquarell, das Bienenstöcke unter einem blühenden Baum zeigt, und ein Moskitonetz, das sie über dem schmiedeeisernen Betthimmel drapiert hat. Wenn es wärmer wird, kann ich es ums Bett herum zusammenziehen und die Fenster offen lassen, damit der Wind vom Fluss her Abkühlung bringt, während ich schlafe.

Zuerst war Pru strikt dagegen, als ich ihr von meiner Entscheidung erzählte, das Yoga-Retreat zu verlassen und den Sommer über im Château Bellevue zu arbeiten. Aber nachdem Sara sie einlud, sich das Ganze persönlich anzuschauen, änderte sie ihre Meinung. Ich versprach ihr, regelmäßig SMS zu schreiben und sie auf dem Laufenden zu halten.

Schon in der ersten Nacht fühlte ich mich heimisch, obwohl ich mich doch in einem fremden Raum in einem fremden Haus in einem fremden Land befand. Die weiß getünchten Wände des Dachzimmers strahlen Ruhe und Frieden aus, und die honigfarbenen Holzdielen verströmen einen schwachen Duft von Bienenwachs.

Eine Atmosphäre der Beständigkeit umgibt die alte Mühle, weil sie so unerschütterlich neben dem Fluss steht, der in schäumenden Kaskaden über das Wehr strömt. Zwar dreht sich das riesige Mühlrad nicht mehr, aber Thomas hat gesagt, man könne es ohne Weiteres wieder in Gang setzen. »Noch vor ein paar Jahrzehnten wurde hier Mehl gemahlen«, hat er erklärt. »Bitte doch mal Sara, dir die Geschichte der Familie zu erzählen, die hier gewohnt hat. Die Gegend wirkt sehr friedlich, doch während des Krieges war sie von den Nazis besetzt. Bis heute gibt es in den umliegenden Gemeinden Spuren davon. Auch wenn die Wunden verheilt zu sein scheinen, sind doch bei einigen Menschen schlimme Narben zurückgeblieben.«

Ich blickte mich um und betrachtete die Weide, die ihre schlanken Zweige wie grüne Finger durchs Wasser gleiten ließ, die alten Gebäude, deren helle Mauern in der Frühsommersonne leuchteten, und den Teich unter dem Wehr, über dem blitzblaue Libellen schwebten. Es ist schwer, sich vorzustellen, dass es eine Zeit gab, in der es hier nicht so friedlich zuging. Aber während ich dort stand, schob ich meine Hände in die Ärmel meiner Bluse und spürte meine eigenen Narben, die ich immer verdeckt halte. Ich weiß sehr gut, dass man manchmal unter die Oberfläche blicken muss, um die geheime Geschichte von Orten zu entdecken. Und von Menschen.

Und dann erinnere ich mich an etwas, das Sara zu mir sagte,

als ich ins Mühlhaus gezogen bin und dabei bemerkte: »Schon komisch, dass wir hier zusammen gelandet sind, obwohl wir so unterschiedliche Leben führen.«

Sara hatte gelächelt. »Weißt du, Abi, wir alle haben unser Päckchen zu tragen. Vielleicht ist es das, was alle Menschen miteinander verbindet. Wenn du diesen Ort ein bisschen besser kennenlernst, wirst du es nach und nach entdecken.« Ihre Augen hatten wie zwei dunkle, unergründliche Tümpel gewirkt. »Dieses Fleckchen Erde ist etwas Besonderes. Zu allen Zeiten hat es Menschen angezogen, nicht nur die Touristen und die Besucher des Yoga-Retreats. Außerdem fließen in dieser Region drei Flüsse zusammen: der Lot, die Garonne und die Dordogne. Und drei Pilgerrouten, die vom Norden nach Santiago de Compostela führen, treffen hier aufeinander. Wer weiß? Nenn es, wie du willst, aber vielleicht gibt es tatsächlich etwas, das Menschen genau zu dem Zeitpunkt hierherzieht, wenn sie es am nötigsten brauchen.« Sie warf mir einen verschmitzten Blick zu. »Jedenfalls freue ich mich, dass sich jetzt unsere Wege gekreuzt haben.«

Und als ich nun am Fluss stehe und erneut mit den Fingern über meine unter den Ärmeln verborgenen Narben streiche, denke ich darüber nach, wie sehr auch ich mich freue, hier gelandet zu sein.

ELIANE
1939

Der Karsamstag war der einzige Tag im Jahr, an dem der alte Brotofen der Mühle angeheizt wurde. Eigentlich hatten alle in der Umgebung schon einen gusseisernen oder gar elektrischen Herd. Aber im Haushalt der Martins war es seit Generationen Brauch, die Hefezöpfe für Ostern im ursprünglichen Holzfeuerofen der Mühle zu backen.

Mathieu war mittlerweile ein häufiger Besucher, da er seine gesamte Freizeit mit Eliane verbrachte. In den vergangenen Monaten hatte man sie oft Seite an Seite im Garten am Fluss arbeiten sehen, wo sie das letzte Wintergemüse ernteten und die Beete für die Aussaat im Frühjahr vorbereiteten. An diesem Osterwochenende kam er zu ihnen, um Yves und Gustave beim Anheizen des Ofens auf die richtige Backtemperatur zu unterstützen. Währenddessen half Eliane summend in der Küche Lisette und Mireille – die erneut ein paar Tage aus Paris gekommen war –, den Teig zu kneten und geschickt zu Zöpfen zu flechten, damit diese erst in der Wärme neben dem Herd aufgehen und dann hinaus zum Holzofen gebracht werden konnten.

Der Frühling war schon immer Elianes Lieblingsjahreszeit gewesen, da er das Gefühl von Neubeginn in sich barg. Im eingefriedeten Garten des Châteaus wagten sich die Bienen jetzt täglich weiter aus ihren Stöcken und tranken selig den Nektar aus den unzähligen Blüten, die die Birnenbäume über den Bienenstöcken zierten.

In der vergangenen Woche hatte Monsieur le Comte Stuhl und Malutensilien hinausgebracht, um ein Bild von dieser Szenerie zu beginnen. »Diese Zeit wirkt immer so verheißungsvoll«, hatte er zu Eliane gesagt, als sie zarte, junge Salatblätter für sein Mittagessen pflückte. Dabei wussten sie beide, dass dieses Jahr von den Nachrichten jenseits der französischen Ostgrenze überschattet wurde.

Mireille hatte ihnen erzählt, dass Paris immer mehr zur Zuflucht von Österreichern und den Tschechoslowaken wurde, deren Länder mittlerweile von den Deutschen besetzt waren. Eliane fragte sich, wie es wohl wäre, eines Tages aufzuwachen und zu erkennen, dass die Heimat von den Feinden regiert wurde.

»Hast du keine Angst, dass Paris das nächste Ziel der Nazis sein könnte?«, fragte sie ihre Schwester.

Mireille schüttelte entschieden den Kopf und knetete den Teig noch einmal gut durch. »Das würden sie nicht wagen! Denk doch nur daran, wie wir mit den Alliierten zurückschlagen würden. Die sähen doch nicht tatenlos zu, wie die deutsche Armee einfach über die Grenze marschiert. In den Pariser Zeitungen liest man täglich von den politischen und diplomatischen Bemühungen, die darauf abzielen, diesen Wahnsinn zu beenden. Am Ende werden sie Erfolg haben, denn niemand will noch mal einen Krieg, der sich über ganz Europa ausbreitet. Aber die Flüchtlinge tun mir sehr leid. Eine von denen arbeitet bei uns im Atelier. Sie heißt Esther und kommt aus Polen. Und sie ist hochschwanger. Stell dir mal vor, wie verzweifelt sie gewesen sein muss, dass sie in diesem Zustand ihre Heimat aufgegeben hat und mit nichts als ein paar Habseligkeiten geflohen ist. Ihr

Mann ist bei der polnischen Luftwaffe. Manchmal sieht man komplette Familien, die geflüchtet sind, oft mit kleinen Kindern. Mittlerweile ist ganz Paris von ihnen überflutet. Es wird schon darüber geredet, ob man die Grenzen Frankreichs schließen sollte, damit nicht noch mehr kommen.«

Lisette hörte auf, das Gemüse in der Spüle zu waschen, und trocknete sich die Hände ab. »Ich wünschte, du würdest heimkommen, Mireille, wenigstens, bis sich die Lage ein bisschen beruhigt hat. Wir machen uns Sorgen um dich.«

»Keine Angst, Maman, in Paris ist es genauso sicher wie im Rest von Frankreich. Ich liebe meine Arbeit und gewinne viel Erfahrung beim Umgang mit der wunderschönen Couture. Eine solche Chance gibt es hier nicht für mich. Also werde ich erst mal dort bleiben. Sollte es sich tatsächlich zum Schlimmsten wenden, kann ich doch immer noch heimkommen.«

Die Sonne wurde kurz verdeckt, als Mathieu im Türrahmen erschien. »Gustave lässt ausrichten, der Ofen sei bereit«, verkündete er. Er kam zu Eliane und spähte über ihre Schulter, um zu sehen, was sie gerade machte. Sie drehte sich um, steckte ihm ein Stück Teig in den Mund und gab ihm einen Kuss auf die Wange. Er umarmte sie und zog sie an sich, bis ihm wieder einfiel, wo er war, und er mit hochrotem Kopf zu Lisette blickte.

Die aber lächelte ihn von der anderen Seite der Küche freundlich an und sagte: »Wir freuen uns schon darauf, morgen deinen Vater und deinen Bruder kennenzulernen, Mathieu. Es ist schön, dass sie Ostern mit dir feiern können und die Cortinis so nett waren, uns alle zum Essen einzuladen.«

Er schenkte ihr ein scheues Lächeln. »Ich weiß, und ich freue mich auch.« Dann schlang er selbstbewusster seinen Arm um Eliane und sagte: »Sie haben sich schon gefragt, warum ich sie nicht öfter besucht habe, wo beim Weinbau doch gerade nicht so viel zu tun ist. Zwar habe ich erklärt, ich müsste die Weinstöcke beschneiden, aber ich glaube, sie werden langsam misstrauisch.«

Mireille lachte. »*Ich* glaube, sie sind bereits mehr als misstrauisch … Schließlich ist Tulle nicht so weit von Coulliac entfernt, dass kein Klatsch von hier nach dort dringen könnte.«

»Der Teig ist doch bestimmt bereit«, warf Eliane ein, um das Thema zu wechseln, und lupfte eine Ecke des Tuchs, das die Hefezöpfe vor Luftzügen schützen sollte.

»Sie sehen perfekt aus«, sagte Lisette und lächelte.

»Na dann, stecken wir sie in den Ofen.«

Am Morgen des Ostersonntags wurden nach dem Gottesdienst in allen Dörfern die Glocken geläutet, die seit Karfreitag geschwiegen hatten, um nun die frohe Botschaft zu verkünden, dass Jesus Christus wiederauferstanden war. In feiner Garderobe fuhren die Martins zum Château de la Chapelle im Nachbarort St. André und hielten auf dem Schoß ihre Mitbringsel: goldbraune Hefezöpfe und einen Korb Eier, die Eliane mithilfe von Zwiebelschalen, Rotkohlblättern und Schalen von Roter Bete gelb, blau und lila gefärbt hatte.

Es war bereits warm genug, um den Aperitif draußen zu trinken. Ihre großzügigen Gastgeber, die Cortinis, empfingen sie herzlich und freuten sich, ihre Weine mit Freunden und Nachbarn teilen zu können. Unter der mächtigen Krone eines Walnussbaums, dessen frische grüne Blätter sich gerade erst zu entfalten begannen, war ein Tisch mit Pastete, Oliven, Radieschen und einer ganzen Batterie an Weinflaschen gedeckt worden.

Mathieu stellte die Martins seinem Vater und seinem Bruder vor, die beide genauso zurückhaltend waren, wie Mathieu zu Beginn gewesen war. Später jedoch, als der Wein floss und sie sich mitten in einer ausgelassenen Gesellschaft befanden, wurden sie gesprächiger. Luc plauderte und lachte mit Yves und Patrick, dem Sohn der Cortinis; und Monsieur Dubosq debattierte eifrig mit Gustave und Monsieur Cortini über die Landwirtschaft in Frankreich und die Vorzüge des Pflügens mit Maschinen statt mit Pferden. Mathieu und Eliane hielten unter dem Tisch Händchen und sahen zu, wie zwischen ihren Familien neue Bande geknüpft wurden.

Als sich schließlich alle vom Tisch erhoben, waren sie satt vom köstlichen Lammbraten, der mit etlichen Flaschen Jahrgangswein begossen worden war.

»Aber nun sagen Sie mal …«, wandte sich Monsieur Dubosq an Monsieur Cortini, »werden Sie aus meinem älteren Sohn einen richtigen Winzer machen?«

»Er hat großes Talent und packt sowohl im Weinkeller als auch im Weinberg tüchtig mit an. Wenn er bleiben möchte, würde ich ihn mit Freuden hierbehalten.«

»Gut zu wissen. Und was ist mit dir, Mathieu? Glaubst du, du wärst lieber ein Winzer, als deinen Lebensunterhalt mit Rindern und Getreide zu verdienen?«

»Ich … ich weiß nicht, Papa. Mir ist klar, dass du mich im Sommer bei der Ernte brauchst, aber mir gefällt es hier sehr. Ich mag die Arbeit im Weinberg und die Herstellung von Wein …« Er verstummte, weil er nicht mehr weiterwusste. Eliane drückte ihm verborgen unter dem Tischtuch beruhigend die Hand.

Monsieur Dubosq warf Mathieu unter seinen buschigen Augenbrauen einen durchdringenden Blick zu und lächelte. »Keine

Sorge, *mon fils*. Ich sehe, dass dir der Ort hier sehr guttut. Du lernst viel und wirst erwachsen. Und ich bin all diesen netten Menschen dankbar, dass sie deine Freunde geworden sind.« Bei dieser Bemerkung sah er mit seinen dunklen Augen zu Eliane herüber. »Wenn Monsieur Cortini bereit ist, dich zu behalten, dann finde ich bestimmt jemanden, der Luc und mir bei der Ernte hilft. Sehen wir mal, wie es sich entwickelt.«

Monsieur Cortini klatschte in die Hände. »Ausgezeichnet. Das verlangt aber nach einem besonderen Schluck. Ich glaube, ich hätte da noch eine Flasche Armagnac auf Lager …«

Als die Mädchen am Abend in ihrem Zimmer unter dem Dach der Mühle lagen und dem Schreien der Eulen lauschten, die in der Dunkelheit ihr Territorium für sich beanspruchten, flüsterte Mireille: »Eliane? Bist du wach?«

»Ja«, ertönte es von der anderen Seite des Zimmers.

»Das war ein schönes Osterfest, nicht?«

Schweigen. Dann: »Eines der besten.«

»Ich freue mich so, dass du und Mathieu glücklich miteinander seid. Ihr passt wirklich gut zusammen.«

»Seine Familie scheint nett zu sein, oder?«

»Aber ja. Luc kommt morgen mit Mathieu her, um mit Yves angeln zu gehen. Sie haben sich schon angefreundet. Und ich konnte sehen, dass du Monsieur Dubosq gefällst, auch wenn er nicht sehr gesprächig ist. Ich sehe jetzt, woher Mathieu seine stille Art hat.«

Als sie zum Rauschen des Flusses und im Licht des Mondes, das durchs Fenster neben ihrem Bett fiel, einschliefen, breitete sich ein zufriedenes Lächeln über Elianes Gesicht.

ABI
2017

»Dies ist Karen, meine rechte Hand.« Sara verteilt gerade Staub- und Putzlappen auf drei Plastikeimer, hält aber inne, um mich der tüchtig wirkenden Frau vorzustellen, die auf der Türschwelle erschienen ist.

»Freut mich, dich kennenzulernen, Abi.« Karen hat einen australischen Akzent, der fast so breit ist wie ihr Lächeln, und einen Händedruck, nach dem meine Finger ein, zwei Sekunden lang taub sind. »Sara hat mir schon von dir erzählt. Ich habe gehört, dass du gerade rechtzeitig aufgetaucht bist, um uns zu retten.«

»Eigentlich finde ich, dass es genau umgekehrt war.«

»Und wie ist dein Zimmer unten am Fluss? Nicht zu staubig?«

Ich schüttle den Kopf. »Das Zimmer ist perfekt. Es ist so friedlich dort – zumindest abends und nachts. Als ich heute Morgen ging, tauchte Thomas gerade mit einem Betonmischer auf.«

»Da bist du hier oben im Hochzeitsland definitiv besser dran.« Sie nickt und wendet sich zu Sara. »Was hast du denn diese Woche für uns vorgesehen?«

Sara wirft einen Blick in den dicken Ordner auf dem Tisch. »Die MacAdams und die Howards, Ankunft aller Gäste am Donnerstagnachmittag. Einhundertzwanzig Personen für die Hochzeit am Samstag, die üblichen Zeiten für die Trauungen und den Sektempfang davor; die Caterer und Floristen sind für Samstagmorgen gebucht. Wein ist schon im Keller. Heute Vormittag werden wir also die Zimmer auf Vordermann bringen. Abi, du kannst mit mir zusammenarbeiten, dann zeige ich dir alles.«

»Das klingt doch recht unkompliziert, oder?«, sage ich optimistisch und nehme meinen Eimer.

Grinsend greift Karen nach ihrem. »Abi, wie du sehr schnell herausfinden wirst, sind Hochzeiten nie unkompliziert.«

Das Château Bellevue wurde über den Ruinen einer alten Burg erbaut, erklärt mir Sara, während wir Betten beziehen, Kissen aufschütteln und die Räume lüften. Das Hauptgebäude bietet auf den beiden oberen Stockwerken Platz für ein Dutzend Schlafzimmer; im Erdgeschoss gibt es eine Küche und mehrere Empfangsräume, die unterschiedlich groß sind. Durch hohe Flügeltüren gelangt man durch den Hauptsalon auf eine Natursteinterrasse mit einer von Blauregen umrankten Pergola. Von der Terrasse schlängelt sich ein Weg zu einem riesigen Festzelt, in dem die Hochzeitsempfänge abgehalten werden. Und neben diesem Pavillon befindet sich eine hohe Scheune aus Naturstein, die mit einer Diskokugel, einem kompliziert aussehenden Soundsystem und einer Bar versehen ist, welche sich über eine ganze Wand erstreckt. Sara erklärt, dass Thomas den DJ spielt und Karens Mann Didier die Bar bedient. »Wenn besonders viele Gäste da sind, könnte es vorkommen, dass du in der Bar aushelfen musst.«

Außerdem zeigt sie mir den Garten, wo sie Blumen, Gemüse und Kräuter zieht, sowie den Swimmingpool und ein kleines Cottage, in dem sie und Thomas in den Sommermonaten wohnen, wenn das Hauptgebäude voller Hochzeitsgäste ist. Die Scheune hat einen Anbau, in dem der Gärtner, der außerdem als

Hausmeister arbeitet, untergebracht ist. »Er heißt Jean-Marc. In unserem ersten Jahr haben mehrere Studenten für uns gearbeitet, aber die sind weitergezogen. Jean-Marc arbeitet seit zwei Jahren für uns. Thomas und ich könnten ohne ihn einfach nicht auskommen. Und hier«, fährt Sara fort, »ist die Kapelle.«

Auf dem Giebeldach über einer alten Holztür sehe ich ein Steinkreuz. Als wir aus der Mittagssonne in die dämmrige Stille eintreten, scheinen die schlichten Steinwände uns fast zu umarmen. »Die Kapelle ist mittlerweile entweiht, aber wir können hier Trauungen anbieten, wenn das Brautpaar keine Zeremonie im Freien wünscht.«

Langsam gehe ich durch den Mittelgang und halte inne, um die Inschrift einer Grabplatte an der Seitenwand des Altarraums zu lesen.

Charles Montfort, Comte de Bellevue
18. November 1877–6. Juni 1944
Amor Vincit Omnia

»Er war während des Kriegs der Besitzer des Châteaus«, erklärt Sara. »Ein tapferer und in der Gegend hochgeschätzter Mann.«

»Was heißt dieser lateinische Spruch?« Ich zeige auf die Worte unter den Daten.

»Die Liebe besiegt alles«, übersetzt Sara.

»Dieser ganze Ort hier ist von so viel Geschichte umgeben«, sage ich, als wir auf den von den Gebäuden gesäumten Innenhof treten. »Wenn Steine reden könnten …«

Sara nickt. »Allerdings würdest du eher die Steine zum Reden bringen, als von den Einheimischen irgendwas aus der Vergangenheit zu erfahren. Die Kriegsjahre sind für viele noch nicht vergessen, da sie erst eine Generation zurückliegen. Und die

Leute hier halten gar nichts davon, sich mit diesen Erinnerungen zu befassen – sie sind immer noch zu schmerzlich. Vielleicht rührt man besser nicht an manchen Wunden, bis sie verheilt sind und man sie ans Tageslicht lassen kann.«

Mir fallen Thomas' Bemerkungen vom Vorabend wieder ein: von der Besetzung der Nazis und den immer noch dicht unter der Oberfläche vorhandenen Wunden. Und dann erinnere ich mich, dass er mir geraten hat, Sara nach der Familie zu fragen, die früher in der Mühle lebte. »Weißt du denn, wie es in jener Zeit hier war?«

»Nun, ich kenne nicht die ganze Geschichte dieses Anwesens, aber ich kenne die Geschichte einer Frau. Sie wuchs in der Mühle auf und arbeitete im Château für den Comte de Bellevue. Ihre Geschichte hat sie jahrzehntelang für sich behalten, aber vielleicht hatte sie das Gefühl, jetzt wäre der rechte Zeitpunkt, sie mit anderen zu teilen.« Nachdenklich hält Sara inne und streicht über das bestickte Tuch, das einen kleinen Altar direkt unter der Grabplatte bedeckt. Und dann sagt sie: »Ihr Name war Eliane Martin.«

ELIANE
1939

Nach dem Frühsommer konnte Eliane drei neue Bienenstöcke im Garten des Châteaus errichten. Im Laufe des Sommers schob sie in jedem Stock zusätzliche leere Rahmen über die Bruträume, damit die fleißigen Arbeitsbienen auch diese mit Honig füllen konnten. Der konnte dann geerntet werden, ohne die Königinnen und Drohnen zu stören, deren einzige Beschäftigung dem Erhalt ihres Volkes diente.

Monsieur le Comte war neuerdings nicht mehr so stark auf seinen Stock angewiesen, da das Geschwür an seinem Bein gut verheilt war, und nun beobachtete er aus sicherer Entfernung hinter der Gartenmauer, wie Eliane, mit Smoker und Imkerhut gewappnet, langsam von einem Bienenstock zum nächsten ging. Methodisch betäubte sie zuerst die Bienen mit Rauch, holte dann die wachsbedeckten, vom Honig schweren Rahmen heraus, strich sanft die Bienen davon ab und legte die Rahmen vorsichtig in neben ihr stehende Blecheimer. Nachdem sie sie durch leere ersetzt hatte, schloss sie die Stöcke wieder und überließ die Bienen ihrer Aufgabe, die neuen Rahmen mit frischen Vorräten aus süßem Nektar zu füllen.

In der Küche wimmelte es ebenfalls wie im Bienenstock. Francine war gekommen, um bei der Honigernte für ihren Marktstand zu helfen. Sie hielt die Rahmen in die Höhe, während Eliane mit einem breiten Messer darüberfuhr, um die

Wachsversiegelung zu entfernen, worauf aus den sechseckigen Waben sofort das klebrige flüssige Gold tropfte. Nachdem sie etwas vom Wabenhonig abgeteilt und beiseitegelegt hatte – der Comte de Bellevue aß ihn besonders gerne auf einer gerösteten Brioche zum Frühstück –, steckte sie die vollen Rahmen in die Honigschleuder. Dann fing Madame Boin an, mit viel Schwung an der Kurbel zu drehen, um die kostbare Flüssigkeit aus jeder einzelnen Zelle zu schleudern, während Francine den Honig durch den Ablaufhahn in sterilisierte Gläser füllte.

In der Zwischenzeit sammelte Eliane das Wachs und gab es in einen schmiedeeisernen Topf in der Nähe des Ofens, damit es durch die Wärme schmelzen konnte. Das heiße Wachs wurde dann durch ein sauberes Musselintuch gefiltert und in Gläser mit größeren Öffnungen gefüllt. Langsam breitete sich das Aroma des nach Honig duftenden Wachses in der Küche aus.

Madame Boin drehte summend an der Kurbel, während die Mädchen lachend und plaudernd arbeiteten und das Château mit Leben erfüllten.

»Ich hab gehört, Stéphanie unternimmt in letzter Zeit ziemlich oft Spaziergänge zum Château de la Chapelle«, bemerkte Francine und wrang ein feuchtes Tuch aus, um damit die klebrigen Öffnungen der Gläser abzuwischen.

Madame Boin schnaubte verächtlich. »Dieses Mädchen ist ständig auf der Jagd – und zwar nicht nach Kaninchen!«

»Nun, dann muss sie sich eine andere Beute suchen als Mathieu Dubosq. Wenn sie es auf ihn abgesehen hat, verschwendet sie nur ihre Zeit. Jeder weiß doch, dass er ausschließlich Augen für Eliane hat.«

Madame Boin schoss einen scharfen Blick zu Eliane, die Wachs in den Topf gab. »Vielleicht sollte er mal bei deinem Vater vorsprechen und es offiziell machen, Eliane. Dann würde diese Stéphanie endlich begreifen, dass sie ihn in Ruhe lassen sollte.«

Lächelnd schüttelte Eliane den Kopf und rührte schweigend um. Francine stieß sie mit der Hüfte an. »Was soll dann dieser verträumte Blick?«

Eliane tat so, als konzentrierte sie sich nur auf das Rühren des schmelzenden Wachses, aber ihre geröteten Wangen verrieten sie. Francine stieß sie erneut an. »Nun?«

Eliane wischte sich die Hände an ihrer Schürze ab und wandte sich zu ihren Inquisitoren. Sie zuckte die Achseln, gab jede Bemühung, ihre Gefühle zu verbergen, auf und sagte: »Ich liebe ihn, Francine. Und ich glaube, er liebt mich auch.« Ihre Augen leuchteten wie der tiefblaue Himmel an einem Sommerabend.

Ihre Freundin lachte, legte einen Arm um Elianes Schultern und drückte sie an sich. »Tja, das sieht man. Und jeder, der Augen im Kopf hat, weiß, dass er dich anbetet.«

Elianes Wangen wurden noch wärmer. Sie nahm ein paar weitere Wachsstücke und warf sie in den Topf. Dann wurde sie plötzlich ernst und sagte zu Francine: »Weißt du, ich habe keine Angst, dass Stéphanie oder eine andere Mathieu wegschnappt. Ich weiß, wir werden zusammen sein. Wir haben schon darüber gesprochen. Wir müssen nur warten, bis er seine Lehre beendet und sich irgendwo eine sichere Stelle als Winzer besorgt hat. Er weiß, dass er nicht dauerhaft im Château de la Chapelle bleiben kann, es sei denn, Monsieur Cortini und sein Sohn wollen den Weinberg beträchtlich vergrößern. Und das ist in diesen unsicheren Zeiten doch mehr als ungewiss.«

Madame Boin schüttelte stirnrunzelnd den Kopf und drehte noch heftiger an der Kurbel. »Wenn ihr mich fragt, muss man diese machtbesessenen Nazis aufhalten. Monsieur le Comte ist ganz krank vor Sorge, dass wir schon wieder in einen Krieg hineingezogen werden, was kein Mensch will. Er verbringt viel zu viel Zeit vor seinem vermaledeiten Radio, das tagein, tagaus Angst und Schrecken verbreitet. Wir dürfen uns nicht von diesen Barbaren terrorisieren lassen.«

»Finde ich auch. Wir können doch nicht einfach ignorieren, was vor sich geht«, warf Francine ein. »Ich habe gehört, dass sie Tausende von Menschen deportieren. Und die Lage mit den Flüchtlingen in Paris wird langsam unhaltbar. Gewalttätern muss man entgegentreten und nicht ausweichen in der Hoffnung, sie würden schon von selbst aufhören. Was meinst du, Eliane?«

»Ich finde, wir sollten einander versprechen, dass wir uns selbst treu bleiben werden, ganz gleich, was geschieht. Ganz gleich, wie schlimm es wird. Und wir sollten alles tun, um weiteres Blutvergießen zu vermeiden. Selbst wenn es im Moment so aussieht, als könnten wir nur beten, dass alle zur Vernunft kommen.«

»Aber was ist, wenn wir nur weiteres Blutvergießen vermeiden können, indem wir kämpfen?«, widersprach Francine.

»Dann werden wir kämpfen, wenn der Zeitpunkt gekommen ist«, erwiderte Eliane, und ein dunkler Schleier legte sich über ihre Augen. Doch dann, als hätte sich nur kurz eine Wolke vor die Sonne geschoben, hellte sich ihre Miene wieder auf. »Und nun«, sagte sie forsch, »gib mir die Deckel, damit wir die Gläser für den Markt fertig machen können. Sonst kommt der Samstag, und wir stehen immer noch hier und machen uns Sorgen über Dinge, die wir ohnehin nicht ändern können.«

ABI
2017

Da die Hochzeitsgesellschaft diesen Nachmittag eintreffen wird, sind Sara und ich in den Garten gegangen, um Blumen für die Zimmer und den großen Aufenthaltsraum zu pflücken und Kräuter zu schneiden, mit denen sie das Essen heute Abend würzen will. Sie erklärt mir, dass sie für die Feiern im Festzelt zwar Caterer und Floristen engagiert hat, sich aber mit ihrem Team um die Bewirtung der Gäste kümmert. Wie sie erzählt, war sie vor ihrem Umzug nach Frankreich Landschaftsgärtnerin, und ihr Talent spiegelt sich im Garten wider. Im Schutz der Mauern hat sie lange Beete voller Bauernblumen angelegt – verschwenderisch blühende Pfingstrosen, duftende Teerosen, Jungfern im Grünen mit leuchtend blauen Sternchenblüten und duftige Orangenrauten –, mit denen wir unsere Körbe füllen, um sie in der Küche in hübschen Vasen und Krügen zu arrangieren, die Sara beim Trödel ergattert hat. Die Sträuße kommen als Willkommensgruß auf die Nachttische der Gäste.

Jean-Marc, der Gärtner, winkt uns von seinem Aufsitzmäher zu, als er eine Schneise durch eine Gänseblümchenwiese zieht, die neben dem Festzelt angelegt wurde. So können Braut und Bräutigam auf dem Graspfad inmitten der weißen Blütenpracht Hochzeitsfotos machen.

Entlang der Wege, die zur Kapelle, zur Scheune und zum Swimmingpool führen, haben Sara und Jean-Marc Lavendel und langstielige weiße Blumen gepflanzt, deren Blüten wie Schmetterlinge über der lilafarbenen Pracht schweben. Cremefarbene Kletterrosen ranken an den Mauern und um die Fenster herum, und der schwere Duft des Blauregens erfüllt die stille Mittagsluft.

»Wie romantisch es hier ist«, bemerke ich und stelle mir vor, welch wunderbaren Hintergrund dies für die Fotos der Brautpaare abgeben muss. Mein eigenes Hochzeitsfoto sah da ganz anders aus. Zac und ich stellten uns kurz auf die Treppe vor dem Standesamt, und seine Mutter schoss ein Foto mit ihrem Handy. Sie gab mir mehr als deutlich zu verstehen, dass ihr Sohn etwas Besseres verdient hatte als ein armes Kindermädchen ohne Familie.

Ich erinnere mich noch genau an den Tag, an dem wir uns kennenlernten. Er übernachtete bei der Familie in London, für die ich arbeitete, und kam selbstbewusst und mit makellos gebügeltem Hemd in die Küche. Ich versuchte gerade, den kleinen Freddie mit Spaghetti Bolognese zu füttern, und ließ die Gabel wie einen Zug zu seinem Mund fahren. Ein paar Spritzer der Sauce waren auf meinem grauen T-Shirt gelandet, und meine Haare waren zu einem Knoten zurückgebunden, der eher zweckmäßig als schick war.

Zac wuschelte Freddie durchs Haar und reichte mir dann seine Hand. »Zac Howes, freut mich, Sie kennenzulernen.«

Ich legte Teller und Gabel zur Seite, wischte meine klebrigen Finger an der Jeans sauber und ergriff seine Hand. »Ich bin Abi. Die Nanny.«

Seine blauen Augen, die auf den ersten Blick etwas kalt auf mich gewirkt hatten, bekamen vor Belustigung lauter Fältchen, und da erkannte ich, dass er unglaublich gut aussah.

»Verstehe, Abi-die-Nanny, das ist aber ein interessanter Nachname.« Als er mich angrinste, fegte ich vor lauter Verwirrung den Teller vom Tisch. Freddie klatschte jauchzend mit seinen pummeligen Händchen, nahm eine auf dem Tisch gelandete Spaghetti und warf sie zu Boden, um seinen Beitrag zu leisten.

»Moment«, sagte Zac. »Ich räum das weg, und Sie kümmern sich um den kleinen Vandalen, bevor er noch mehr Chaos schafft.«

Da kam Freddies Mutter, die nicht gerade zu meinen Lieblingsarbeitgebern gehörte, auf ihren High Heels herein. »Was in aller Welt ist denn hier los, Abi? Was soll diese Unordnung?«, zischte sie, bevor sie Zac bemerkte, der auf allen vieren Spaghetti Bolognese von ihren Sandsteinkacheln klaubte. Daraufhin änderte sich sofort ihr Ton. »Oh, Freddie, ich hoffe, du warst kein böser Junge! Jetzt geht Abi mit dir nach oben, damit du ein schönes Bad bekommst.« Sie achtete darauf, nicht in die Nähe ihres kleinen Sohns zu kommen, weil sie nicht riskieren wollte, dass ihre hellrosa Yummy-mummy-Jeans mit Bolognese beschmiert wurde. »Und du, Zac, solltest das lassen. Komm, ich mixe dir einen Drink. Abi kümmert sich später um diese Bescherung.«

Zac bedachte mich mit einem mitfühlenden Blick. Freddie schlang seine klebrigen Ärmchen um meinen Hals und drückte mir einen dicken Schmatz auf die Nase. »Na dann komm, Freddo-Frosch«, sagte ich lächelnd. »Schauen wir mal, ob heute Abend schon wieder Krokodile in der Wanne sind.«

Als ich meine niedliche Last die Treppe hinauftrug, warf ich einen Blick über die Schulter. Zac sah mir nach.

Damals, wenn ich überhaupt länger darüber nachdachte, schob ich es auf das Licht, aber aus der Distanz schienen seine Augen erneut jegliche Wärme verloren zu haben.

ELIANE
1939

Wie in Trance lief Eliane am ersten Montagmorgen im September den Weg zum Château hinauf. Am Tag zuvor – einem goldenen Sonntag – hatten Mathieu und sie nachmittags am Ufer des Flusses gesessen und die kleinen Libellen beobachtet, die über dem Wasser schwebten. Es war genau die Zeit des Tages, in der die Strahlen der untergehenden Sonne so auf die Wasseroberfläche trafen, dass es aussah, als würden sie wie Kiesel darüber hüpfen. Einen kurzen Augenblick lang leuchtete der Fluss in goldenem Licht, das von den darübergebeugten Bäumen reflektiert wurde, sodass ihre Blätter ebenfalls wie rieselnde Goldmünzen glänzten.

So unvermittelt dieser Moment gekommen war, so schnell ging er wieder vorüber. Dann änderte sich der Lichteinfall, und alle Farben verblassten, während die Abenddämmerung ihren Schleier über den Fluss breitete. Mathieu stand auf und half Eliane auf die Beine.

Die verzauberte Stille wurde jäh unterbrochen, als ein Fahrrad schlitternd im Kies bremste und eine Fontäne aus kleinen Steinchen gegen die Scheune schleuderte. Yves sprang vom Rad und warf es so hastig gegen die Scheunenwand, dass es klappernd zu Boden fiel. Ohne sich darum zu kümmern, rannte er zum Haus.

»Eliane! Mathieu!«, schrie er, als er das Pärchen an der Weide stehen sah. »Es ist Krieg! Wir sind mit Deutschland im Krieg!«

Eliane spürte, wie ein kalter Schauer sie durchfuhr, und sie fröstelte trotz des warmen Abends. Sie hatte so lange und inständig gehofft, dass sich ihre Vorahnungen als überflüssig herausstellen würden. Aber im tiefsten Innern hatte sie gewusst, dass dieser Augenblick irgendwann kommen würde. Jetzt überwältigte sie große Traurigkeit. Instinktiv griff sie nach Mathieus Hand und umklammerte sie. Sein fester Griff beruhigte sie. Ihr war, als ginge seine Stärke auf sie über. Sie wusste, dass sie ruhig bleiben und der Panik widerstehen musste, die in ihr aufstieg.

Madame Boin war am nächsten Morgen im Château so aufgelöst, dass sie die Brioche für Monsieur le Comtes Frühstück nicht nur einmal, sondern zweimal anbrennen ließ. Eliane suchte Zuflucht im Garten, sah nach den Bienenstöcken und holte die Zutaten für die Mahlzeiten, die für diesen Tag geplant waren. Sie legte eine Handvoll Blätter Zitronenverbene in den Korb, um einen beruhigenden Tee für Madame Boin zu kochen.

Monsieur le Comte verbrachte den ganzen Tag in seiner Bibliothek und harrte vor dem Radio aus. Wenn Eliane ihm die Mahlzeiten brachte, hörte sie Bruchstücke der Nachrichten. Französische Truppen wurden nach Osten geschickt, um eine unbezwingbare Frontlinie zu bilden, die die Grenze Frankreichs schützen sollte. Großbritannien hatte sich ebenfalls den Alliierten angeschlossen.

Der Graf war bestrebt, sie zu beruhigen, und sagte: »Keine Sorge, Eliane. Unsere Armee wird sie rasch in die Flucht schlagen, zumal mithilfe unserer Nachbarn. Und glücklicherweise ist dein junger Mann Winzer, daher wird er nicht einberufen – wir müssen schließlich das Land während des Krieges ernähren.«

Aber seine Zuversicht klang zu bemüht, und er konnte die Furcht in seinen Augen nicht verbergen, als er sich wieder seinen Nachrichten zuwandte.

Zuerst kam es Eliane so vor, als wartete das ganze Land mit angehaltenem Atem darauf, dass der Krieg wirklich begann. Als sie den letzten Sommerhonig erntete, wanderte ihr Blick von ihrem Aussichtspunkt des hoch gelegenen Burggartens zum Himmel, um nach feindlichen Flugzeugen Ausschau zu halten. Aber alles war friedlich, und sie konnte sehen, dass die Einwohner von Coulliac im Tal ihren alltäglichen Beschäftigungen nachgingen. Und noch als der Herbst in den Winter überging, nahm das Leben seinen üblichen Lauf.

Zu Weihnachten kam Mireille nach Hause und tröstete Eliane darüber hinweg, dass Mathieu zu seiner Familie nach Tulle gereist war.

In der Mühle bereitete die Familie ihr traditionelles Weihnachtsessen vor. Mireille drehte den Fleischwolf, während Eliane Stücke von ihrem selbst aufgezogenen Schwein hineingab und das Hackfleisch würzte. Dann wickelten die Schwestern flach geklopfte Hackfleischfladen in ein Netz aus Schweinefett und brieten sie. Lisette machte den Kapaun für den Ofen fertig, und schon bald war das ganze Haus vom köstlichen Geruch nach gebratenem Fleisch erfüllt.

»Ich wünschte, du würdest es dir noch mal überlegen, Mireille«, sagte Lisette, als sie die Kartoffelschalen in einen Eimer fegte, um damit später die Hühner zu füttern. Sie machte sich Sorgen, weil ihre ältere Tochter in Paris bleiben wollte, obwohl Frankreich sich offiziell im Krieg mit Deutschland befand. Aber Mireille tat ihre Befürchtungen ab.

»Ehrlich, Maman, das Leben geht doch so weiter wie bisher. Unsere reichen Kundinnen bestellen wie eh und je Kleider; die Cafés und Läden sind geöffnet, und alles nimmt seinen ganz normalen Gang. Man nennt das Ganze schon *drôle de guerre* – eine Farce, weil nichts passiert. Vielleicht begreifen die Nazis, dass sie zu weit gegangen sind, und überlegen es sich anders.«

Der Winter war besonders hart – an einen kälteren konnten sich nicht mal die ältesten Einwohner von Coulliac erinnern. Eines Tages Anfang Januar, als eine meterdicke Eisschicht den Fluss bedeckte und das Wehr wie von einem schneeweißen Laken überspannt war, ging Gustave in die Scheune, um den Wagen zu starten und den Motor warmlaufen zu lassen. Die Feiertage waren vorbei, und es war an der Zeit, Mireille zum Bahnhof zu bringen.

Lisette ertrug es kaum, ihre ältere Tochter ziehen zu lassen. »Pass auf dich auf, Mireille, ja?«

»Keine Angst, Maman. Mir passiert schon nichts. Du weißt, ich liebe meine Arbeit – und was sollte ich hier schon machen, wenn ich zurückkäme? Ich würde mich zu Tode langweilen, wenn ich nur noch Vorhänge nähen und Röcke weiter machen könnte.«

Sie wandte sich zu Eliane und umarmte sie. »Pass auf alle auf«, murmelte sie, und ihre Schwester nickte.

Nachdem Mireille weggefahren war, ging Eliane den Hügel hinauf, um nach den Bienenstöcken zu sehen. Lächelnd beobachtete sie, wie die Bienen ihre Königin wärmten, indem sie sie umschwärmten und mit Muskelzittern Wärme erzeugten. Während sie ihnen einen Extravorrat Zuckerwasser gab, damit sie ausreichend Energie hatten, das Volk durch den Winter zu bringen, sagte sie zu sich: *Vielleicht hat der Winter nicht nur das Land, sondern auch den Krieg eingefroren.* Sie spürte die Kälte in sich hineinkriechen, blickte nach Norden und dachte voller Mitgefühl an die Soldaten, die die Maginot-Linie hielten und Frankreich gegen mögliche Angriffe der Deutschen verteidigten.

ABI
2017

»So, damit hättest du deine erste Hochzeit hinter dir«, bemerkt Sara. Sie ist erfolgreich verlaufen, obwohl eine der Brautjungfern etwas zu tief ins Prosecco-Glas geschaut hat, während sie der Braut beim Ankleiden half, und dann beim großen Auftritt spektakulär die Freitreppe hinunterfiel. Glücklicherweise hat sie niemanden mit sich gerissen. Karen und Sara haben sie in die Bibliothek geführt, dort auf ein Sofa gelegt und ihr einen Eimer an die Seite gestellt. Ich habe eine Weile auf sie aufgepasst, bis sie plötzlich wieder munter wurde. Als sie die Partygeräusche hörte, die aus der Scheune ins Haupthaus drangen, schwankte sie davon, um sich unter die Tanzenden zu mischen, nachdem ich ihr Kleid bestmöglich in Ordnung gebracht und sie gezwungen hatte, ein großes Glas Wasser zu trinken. Ich sprach kurz mit Karen, die daraufhin ihrem Mann Didier – der die Bar bediente – das Versprechen abnahm, dem Mädchen für den Rest des Abends keinen Alkohol mehr auszuschenken.

Jetzt sind Sara und ich gerade dabei, die offenen Fenster zu putzen, durch die frische Luft hereindringt.

»Wie gefällt dir die Arbeit?«, fragt Sara.

Ich entferne die letzten Flecken an der Glasscheibe. »Sehr gut. Ich schaffe es noch nicht, mit einer ganzen Hochzeitsgesellschaft umzugehen, aber ich mag die Arbeit im Hintergrund.«

Sara nickt und wringt einen Lappen über dem Eimer mit Seifenlauge aus. »Keine Angst, wir werden dich nicht sofort ins kalte Wasser schubsen. Nimm dir Zeit. Wie es aussieht, lernst du alles sehr schnell. Du bist uns eine große Hilfe. So, ich knöpfe mir schon mal das nächste Zimmer vor.«

Ich bemühe mich, meine Aufgabe so schnell wie möglich zu erledigen, um zu Sara zu stoßen und sie zu bitten, mir mehr von Eliane zu erzählen, dem Mädchen, das einst genau wie ich in der Mühle wohnte und im Château arbeitete. Während der Arbeit erhasche ich einen Blick auf mein Spiegelbild. Zwar sind meine Wangen immer noch etwas eingefallen, und der Bluterguss unter meinen Augen wirkt im hellen Lampenlicht sogar noch dunkler. Aber meine Wangen haben Farbe bekommen, und meine Schlüsselbeine heben sich nicht mehr so deutlich ab wie früher. Das frische und deftige Essen, das ich dreimal am Tag zuzubereiten und zu servieren helfe, tut mir gut. Als ich den Spiegel poliere, bemerke ich, dass meine sonnengebräunten Arme neue Muskeln bekommen haben. Mir gefällt das Gefühl von Stärke, das ich neuerdings spüre.

Jeden Abend, wenn nach dem Essen alles weggeräumt ist, gehe ich den Hügel hinunter zur Mühle und setze mich dort eine Weile unter das schützende Blätterdach der Weide, um den dunkler werdenden Fluss zu betrachten. Diese friedlichen Minuten sind Balsam für meine Seele und vertreiben sowohl die Anspannung in meinem Körper als auch die Unruhe in meinem Kopf, die mich seit Jahren stets begleitet haben. Wenn ich danach die Holztreppe zu meinem Dachzimmer hinaufgehe, spüre ich in meinen Muskeln die wohltuende Erschöpfung nach körperlicher Arbeit. Und wenn ich dann im sanften Mondlicht unter dem Moskitonetz liege, drifte ich in einen ruhigeren und tieferen Schlaf als all die Jahre zuvor, denn mich begleitet das beruhigende Rauschen des Flusses und die leisen Schreie der Eulen in den Bäumen am Ufer.

In der vergangenen Woche bin ich nur ein einziges Mal keuchend in der Dunkelheit hochgeschreckt, weil ich wieder einen der Albträume hatte, die mich früher jede Nacht heimsuchten. Da ich einen Moment lang nicht wusste, wo ich war, konnte ich die Angst des Traums nicht gleich abschütteln. Aber dann rief mich das Flöten eines Vogels in die Wirklichkeit zurück und erinnerte mich daran, dass ich geschützt unter meinem Moskitonetz lag und ein neuer Tag anbrach.

Und seltsamerweise habe ich auch das Gefühl, dass ich, je mehr mir Sara von Eliane erzählt, immer deutlicher ihre Anwesenheit in diesen alten Gemäuern spüre, die mich tröstet und beruhigt.

ELIANE
1940

Als der bitterkalte Winter endlich dem Frühling wich, dauerte der *Drôle de guerre* immer noch an. Im April begannen die Pflaumen- und Kirschbäume zu blühen, und die Bienen flogen geschäftig zwischen dem Stock und den Blüten hin und her, während jedes Volk mit seiner alljährlichen Vergrößerung beschäftigt war. Eliane sah liebend gern zu, wenn die zurückkehrenden Arbeiterinnen ihren Schwänzeltanz vollführten, um ihren Kolleginnen mitzuteilen, wo sie die besten Nektarquellen entdeckt hatten. So genau beobachtete sie sie, dass ihr ihre veränderten Bewegungen auffielen, als die Blüten der Obstbäume wie Schnee zu Boden rieselten und die Akazien pünktlich zum Maifeiertag ihr Festgewand anlegten. Dies war eine wichtige Zeit für ihre erste Jahresernte: In ein paar Wochen würde sie die Rahmen mit Akazienhonig herausholen und die helle, durchsichtige Flüssigkeit entnehmen.

Mathieu hatte viel im Weinberg zu tun, pflügte die Erde zwischen den Weinstöcken, um das Unkraut zu entfernen, und band die neu sprießenden Triebe an Drähten fest, die später die schweren Trauben stützen würden. Aber in jeder freien Minute kam er zur Mühle, um Eliane zu sehen. Am ersten Mai, dem traditionellen Feiertag der Arbeiter, brachte er in Zeitungspapier gewickelten wilden Spinat mit, den er zwischen den Weinstöcken gepflückt hatte, und einen Strauß Maiglöckchen. Die

Hälfte der Blumen reichte er wortlos Lisette, den Rest schenkte er Eliane.

Lisette schnupperte an dem Sträußchen. »Ah, *les muguets*«, seufzte sie. »Danke, Mathieu, die bringen uns sicher Glück.«

Es war ein wunderschöner Tag, und Eliane hatte einen Picknickkorb zusammengestellt. Sie und Mathieu bahnten sich einen Weg übers Wehr und machten auf der gegenüberliegenden Uferseite einen kleinen Spaziergang. Dann breitete Mathieu im Schatten einer Wildkirsche eine Decke auf der Wiese aus und legte sich darauf, während Eliane den Picknickkorb auspackte. Er streckte sich, freute sich über den freien Tag mitten in der Woche und genoss die Sonnenstrahlen, die gefiltert durch die Blätter drangen. Als er die Äste betrachtete, musste er lächeln. »Das wird ein gutes Jahr für die Kirschen.« Er zeigte nach oben, und Eliane folgte seinem Blick. Hier und dort sah man an den noch harten, grünen Kirschen einen Hauch von Rot, wo die wärmenden Strahlen der Sonne sie berührten.

Eliane reichte Mathieu eine Scheibe Brot, die sie mit selbst gemachter Pastete bestrichen hatte. »Ein außergewöhnlich gutes Jahr. Die Bienen sind auch sehr fleißig. Ich denke, sie wollen die verlorene Zeit durch den langen, kalten Winter aufholen.«

Nachdem sie gegessen hatten, lehnte sich Mathieu mit dem Rücken an den Baum, und Eliane lag mit dem Kopf auf seinem Bein. Er pflückte ein paar Gräser und flocht sie mit seinen kräftigen Fingern überraschend geschickt zu einem Band.

»Monsieur le Comte sagt …«, setzte Eliane an, doch er legte ihr sanft einen Finger auf die Lippen, um sie zum Schweigen zu bringen.

»Heute bitte nichts vom Krieg, Eliane. Es ist doch ein Feiertag, schon vergessen? Also feiern wir diesen Tag auch.«

Sie blickte lächelnd zu ihm auf und verlor sich so lange in seinen braunen Augen, bis seine Mundwinkel sich zu dem strahlenden Lächeln verzogen, das er nur ihr schenkte. Sie schloss ihre Finger um seine Hand und küsste sie. Dann umfasste er mit beiden Händen die ihre und wurde ernst.

»Eliane …«, begann er, verstummte dann aber und räusperte sich. Er fuhr fort: »Du weißt, wir haben schon über eine gemeinsame Zukunft gesprochen, und wir waren uns einig, dass wir erst Pläne machen können, wenn ich meine Ausbildung als *vigneron* abgeschlossen und irgendwo eine feste Anstellung gefunden habe. Wegen des idiotischen Kriegs ist die Lage etwas ungewiss – obwohl wir ja heute nicht darüber sprechen wollten …« Kurz verlor er den Faden, und sie sah ihn abwartend mit ihren klaren, grauen Augen an, die ihn beruhigten, gleichzeitig aber auch einen ziemlichen Ansturm der Gefühle in ihm auslösten. »Was ich sagen will, ist Folgendes: Weil ich dich noch nicht richtig gefragt habe – jedenfalls nicht ausdrücklich …« Sie lächelte, küsste noch einmal seine Hand und gab ihm damit den Mut, weiterzusprechen.

»Eliane, ich will dich heiraten«, platzte es aus ihm heraus. Besorgt runzelte er die Stirn und wartete auf ihre Antwort.

»Tja, Mathieu«, erwiderte sie ruhig, »das trifft sich ziemlich gut. Denn ich will dich auch heiraten.«

Da entspannte sich seine Miene, und ein strahlendes Lächeln breitete sich über sein Gesicht. Er nahm den geflochtenen Grasring und schob ihn ihr vorsichtig über den Ringfinger. »Eines Tages bekommst du einen echten, versprochen.«

»Dieses Versprechen bedeutet mir mehr, als ein Ring es je sein könnte, liebster Mathieu.«

Noch lange blieben sie zurückgezogen am anderen Flussufer,

während der goldene Maifeiertag sich dem Ende zuneigte – in einer Welt, in der es nur sie beide zu geben schien.

Und dann, nur zehn Tage nach dem Picknick am Fluss, wurden die Stimmen, die aus dem Radio drangen, schriller und lösten Angst aus mit der Nachricht, dass die deutsche Armee sowohl die Niederlande als auch Belgien und Luxemburg angriff. Mit Unterstützung der Luftwaffe rückte die Panzerdivision unaufhaltsam westwärts auf die französische Grenze vor.

»Keine Angst, die Maginot-Linie wird nicht fallen«, versicherte der Graf Eliane und Madame Boin, als er ihnen die Nachrichten des Tages überbrachte. In letzter Zeit trank er seinen Kräutertee am Nachmittag in der Küche, um sie auf den neuesten Stand zu bringen. »Die Briten und Franzosen haben Truppen an strategischen Stellen in Belgien, um Monsieur Hitlers Armee zurückzudrängen.«

Aber als Monsieur le Comte eines Nachmittags in der ersten Juniwoche in die Küche kam, wirkte er ernst. »Ich fürchte, heute habe ich schlechte Neuigkeiten.« Sein Tee blieb unberührt und wurde langsam kalt, während er ihnen erzählte, dass die französischen und britischen Truppen bis zum Ärmelkanal zurückgedrängt worden waren und an der Küste bei Dünkirchen ein verzweifeltes Rückzugsgefecht schlugen.

Ihr letzter Funken Hoffnung verlosch, als deutsche Elitebataillons die letzte Verteidigungslinie durchbrachen. Mitte Juni erreichten die Deutschen Paris. Verwirrung und Chaos brachen aus, als der Krieg das ganze Land wie eine mächtige, unaufhaltsame, gnadenlose Flutwelle überspülte. Der Präsident dankte ab, Mitlieder der Regierung flohen und ließen die Reste der französischen Armee führerlos zurück. Zwar kämpfte sie orientierungslos, aber tapfer weiter, wurde jedoch rasch von der erbarmungslosen Effizienz der deutschen Kriegsmaschinerie aufgerieben.

Als Mathieu eines Abends zur Mühle kam und sie am Esstisch beisammensaßen, fragte er Gustave und Lisette um Rat. »Ich mache mir Sorgen um meinen Vater und meinen Bruder, weil ich schon länger nichts von ihnen gehört habe. Mein Bruder wollte sich unbedingt freiwillig melden und in den Krieg ziehen, aber mein Vater brauchte ihn auf dem Bauernhof. Ich weiß nicht, was ich machen soll …«

Da antwortete Lisette sofort: »Du solltest nach ihnen sehen. Die Familie hat immer Vorrang. Vergewissere dich, dass es ihnen gut geht. Finde heraus, was dein Bruder vorhat, und hilf deinem Vater. Momentan ändert sich die Lage täglich. Für deinen Bruder wäre es das Beste, erst einmal abzuwarten, was passiert, bevor er sich unüberlegt den Kämpfen anschließt. Schließlich braucht dein Vater ihn auch.«

Gustave nickte bedächtig. »Das ist wahrscheinlich das Beste. Und sei es nur, um die Sorge um sie loszuwerden. Du musst dich vergewissern, dass es ihnen gut geht. Außerdem ist es nicht weit von hier, da werden dich die Cortinis doch ein paar Tage entbehren können, oder?«

Mathieu nickte. »Sie haben gesagt, ich könnte mir freinehmen. Wir haben gerade die Rankgerüste verstärkt, daher ist im Weinberg erst mal alles getan, und solange das gute Wetter sich hält, wird der Wein gedeihen. Aber …« Er blickte von seinem Teller auf und merkte, dass Eliane ihn ruhig ansah.

Sie lächelte ihm zu. »Du musst gehen, Mathieu. Sobald du sicher bist, dass alles in Ordnung ist, kommst du zurück.« Ihre Stimme verriet nicht, wie beängstigend sie die Vorstellung fand, dass er sie in dieser Zeit verließ. Momentan hatte sich die Lage wegen der Verhandlungen in Paris ein wenig beruhigt. Alle redeten von einem Waffenstillstand und hofften, er würde dem Land wieder Frieden und Stabilität bringen. Allerdings hatte Monsieur le Comte noch am Nachmittag gegrummelt, seiner Meinung nach sei »Waffenstillstand« nur ein anderes Wort für »Kapitulation«.

Als die Nacht hereinbrach und das Zwitschern der Vögel und das Zirpen der Zikaden dem Quaken der Frösche wichen, spazierte Eliane mit Mathieu am Fluss entlang. Im Schutz der Weide standen sie eine Weile eng beisammen.

»Ich will dich nicht verlassen«, flüsterte Mathieu und nahm ihre Hände in seine.

»Du verlässt mich doch auch nicht«, erwiderte sie. »Du bleibst bei mir, hier in meinem Herzen. Und es ist doch auch nicht für lange. Je eher du gehst, desto eher kommst du zurück. Bestell Luc und deinem Vater die herzlichsten Grüße von mir.«

Er nickte unglücklich, weil er wusste, dass sie recht hatte. Sie küssten sich ein letztes Mal, dann ließ er endlich ihre Hände los und ging zurück zum Weinberg, um zu packen und früh am nächsten Morgen nach Tulle aufzubrechen.

Als der Waffenstillstand nur wenige Tage später unterzeichnet wurde, war die französische Armee bereits stark dezimiert. Laut der spärlichen Radioberichte, die immer noch gesendet wurden, waren Hunderttausende Soldaten getötet und fast zwei Millionen gefangen genommen worden. In Vichy war Marschall Pétain mit der Bildung einer neuen französischen Regierung beauftragt worden – (»Alles nur Marionetten der Nazis«, meinte der Graf verächtlich.) –, die das südwestliche Drittel Frankreichs regieren sollte. Der Rest des Landes war von den Deutschen besetzt.

Auf der Karte wurde eine Linie quer durch Frankreich gezogen, um die besetzte und die unbesetzte Zone voneinander zu trennen.

»Sie haben die Brücke abgeriegelt!« Mit diesem Ausruf platzte Yves in die Küche. Er war unterwegs gewesen, um den örtlichen Bäckereien Mehl zu liefern.

»Wer hat die Brücke abgeriegelt, *mon fils?*«, fragte Lisette, die gerade den Tisch nach dem Abendessen abwischte.

»Die Deutschen! In Coulliac. Sie haben eine Demarkationslinie gezogen, die hier am Fluss entlang verläuft. Das Dorf gehört jetzt zur besetzten Zone – wir also auch. Aber direkt da drüben«, er wies durch die Küchentür, »am anderen Ufer, befindet sich die unbesetzte Zone, die der Vichy-Regierung unterstellt ist. Hast du schon mal so was Verrücktes gehört? Ich musste wieder umkehren, weil ich mit dem Wagen nicht über die Brücke durfte, um das Mehl auszuliefern.«

Wie erstarrt saß Eliane vor dem Sieb, über dem sie Erbsen enthülst hatte. Lisette warf ihr einen besorgten Blick zu und sagte dann, bemüht darum, ruhig und überzeugt zu wirken: »Die Brücke ist wahrscheinlich nur vorübergehend abgeriegelt, bis sie einen richtigen Grenzübergang errichtet haben. Schließlich leben und arbeiten Menschen auf beiden Seiten des Flusses. Die müssen ihn doch überqueren können.«

Yves schüttelte den Kopf. »Der Bürgermeister war da. Als ich ihn fragte, was denn los sei, zuckte er nur die Achseln und meinte, alles sei von nun an anders. Wir konnten beobachten, wie deutsche Soldaten am Rathaus die Trikolore abnahmen und durch ihre eigene Flagge ersetzten. Ich sag's dir, Maman, jetzt weht mitten in Coulliac die Hakenkreuzfahne.«

»Nun, man wird das sicher irgendwie regeln«, sagte Lisette gefasst, obwohl sie plötzlich das Gefühl hatte, die ganze Welt wäre auf den Kopf gestellt. »Wie soll ich denn sonst über den Fluss kommen, um Madame Blaye nächsten Monat bei der Geburt zu helfen? Und wie sollen wir unser Mehl nach Sainte-Foy bekommen?«

Da endlich sagte auch Eliane etwas, aber ihre Stimme klang schwach und zittrig. »Und wie soll Mathieu zurückkommen?«

Lisette umarmte sie fest. »Keine Angst, *ma fille,* er findet schon einen Weg. Und in der Zwischenzeit kannst du dich zumindest damit trösten, dass er in der unbesetzten Zone sicher ist.«

Doch als Eliane die Frage laut aussprach, die sie sich alle im Wirbel der letzten Tage wieder und wieder gestellt hatten, brach ihre Stimme: »Aber was ist mit Mireille, Maman? Was wird mit Paris, wo es jetzt in deutscher Hand ist?« Sie begann zu weinen.

Da man vom Telefon der Mühle aus nur im Ort anrufen konnte, stellte sich Gustave stundenlang an der Telefonzelle der Post in Sainte-Foy-la-Grande an, um zu versuchen, Mireille im Atelier zu erreichen. Doch als am anderen Ende der Leitung endlich das Rufzeichen ertönte, meldete sich niemand. Die Martins hofften inständig auf gute Neuigkeiten und warteten verzweifelt auf irgendein Zeichen von ihr. In den Zeitungen war ständig von Bombardierungen und einer Massenflucht aus Paris die Rede, nachdem die Deutschen die Hauptstadt besetzt hatten. Sie beteten dafür, dass Mireille ein Transportmittel gefunden hatte und sich auf dem Weg in die Mühle befand, zu ihrer Familie.

Doch sie warteten vergeblich, während die Minuten quälend zu Stunden und dann zu einer verschwommenen Abfolge von Tagen wurden.

ABI
2017

Ich frage mich, wie Eliane sich in jenen ersten Kriegstagen gefühlt haben mag. Nach so vielen Monaten in der Schwebe hatte sie vielleicht geglaubt, das Leben würde einfach so weitergehen, während die französische Armee die Grenzen sicherte. Vielleicht hatte sie sich sogar ein wenig entspannen können, während sie in der Küche und im Garten des Châteaus beschäftigt war. Oder arbeitete sie tagaus, tagein voller Sorge mit verkrampften Muskeln und geballten Fäusten, während sie ihren Pflichten nachkam und wartete?

Ich stelle den großen Wäschesack ab, den ich heute ganz allein die Treppen hochgehievt habe. Karen hat eben angerufen und gemeldet, sie sei beim Einkaufen im hiesigen Supermarkt auf einer Pfütze Speiseöl ausgerutscht und warte nun im Krankenhaus darauf, dass ihr Handgelenk gegipst werde. Ich drehe den Kopf nach rechts und links, um die verhärteten Muskeln in meinem Nacken etwas zu lockern. Jetzt ist die Verspannung der körperlichen Arbeit geschuldet, aber ich erinnere mich noch an Zeiten, als meine Muskeln aus anderen Gründen schmerzten: wegen der Physiotherapie zur Kräftigung meiner Arme oder wegen der Yogastunden, die mir bei der Rekonvaleszenz halfen, mir aber immer Muskelkater bescherten. Und ich erinnere mich noch gut an die Zeit, als ich ständig angespannt war, weil ich den nächsten Wutanfall von Zac befürchtete. Allerdings konnte ich mit seiner Wut immer besser umgehen als mit der Kälte, die darauf folgte wie die Nacht auf den Tag.

Zac änderte sich praktisch von dem Moment an, als wir aus den Flitterwochen zurückkamen. Oder mache ich mir etwas vor, und es war schon immer so gewesen, dass er mir willkürlich seine Liebe entzog, und das so ruckartig, als würde er mir einen Teppich unter den Füßen wegreißen? Wenn ich jetzt zurückblicke, erinnere ich mich, dass es tatsächlich Hinweise gab. Aber ich übersah sie.

Am Tag, nachdem wir uns kennengelernt hatten, rief er an.

»Hallo, ist da Abi-die-Nanny?«, fragte er. »Hier spricht Zac Howes.« Seine Stimme klang halb selbstsicher, halb scherzend. Damals deutete ich das als Freundlichkeit – vielleicht sogar als Freude darüber, meine Stimme zu hören. Aber heute weiß ich, dass es eher die Befriedigung einer Katze war, die ihre Beute im Visier hat und genüsslich mit der Jagd beginnt.

Ich dachte, er würde anrufen, um sich bei seinen Gastgebern für den Abend zuvor zu bedanken. »Hallo Zac. Ich fürchte, im Moment ist niemand da. Soll ich etwas ausrichten?«

»Nein, ist schon gut. Eigentlich wollte ich mit Ihnen sprechen.«

Das verwirrte mich. Ich konnte mir nicht vorstellen, was er von mir wollte. Aber dann sagte er: »Ich habe mich gefragt, ob ich Sie wohl mal zum Essen ausführen dürfte? Vermutlich haben Sie doch hin und wieder frei?«

»Nun ja, mein freier Abend ist montags. Und manchmal habe ich auch am Wochenende frei, allerdings nicht am Abend …« Ich hörte selbst, dass ich nervös plapperte, und befahl mir innerlich, den Mund zu halten und ihm das Reden zu überlassen.

»Na dann, gut. Hätten Sie nächsten Montagabend Zeit?«

Ich tat so, als dächte ich nach. »Mal sehen, welches Datum haben wir da?« Dabei wusste ich ganz genau, dass ich an diesem Abend nichts vorhatte – genauso wenig wie an den anderen Montagabenden in der nächsten Zukunft. Normalerweise verbrachte ich meine Freizeit vor dem Fernseher in meinem Zimmer, das sich unter dem Dach neben Freddies befand. »Äh, nein, ich glaube, nächsten Montag habe ich noch nichts vor.«

»Großartig. Dann hole ich sie um acht ab. Bis dann.«

»Danke, Zac. Ich freue mich schon«, sagte ich bemüht lässig, doch kaum hatte er aufgelegt, rannte ich schon die Treppe hinauf in mein Zimmer, riss die Tür zu meinem schmalen Schrank auf und suchte verzweifelt nach etwas Passendem zum Anziehen.

Bis es endlich Montag wurde, hatte ich mich für meine neueste Skinny Jeans, eine Tunika und ein kurzes Jäckchen entschieden und hoffte, damit zumindest ansatzweise schick zu wirken. Ich hatte mir den Kartoffelbrei aus den Haaren gewaschen (ein Überbleibsel von Freddies begeisterter Essensschlacht am Mittag) und war wesentlich gründlicher mit Haarfön und Glätteisen vorgegangen als normalerweise.

Dennoch fühlte ich mich immer noch linkisch und falsch angezogen, als er die Tür seines BMW aufhielt und mir in den Wagen half. An jenem ersten Abend stellte er mir jede Menge interessierter Fragen und hielt mich mit seinen durchdringend blauen Augen in Bann. Am Anfang fühlte ich mich wie ein Kaninchen im Scheinwerferlicht eines herannahenden Wagens, doch im Laufe des Essens – und weil er mir immer wieder Wein nachschenkte – entspannte ich mich langsam und genoss seine Aufmerksamkeit. Das war ein völlig neues Gefühl, aber es gefiel mir. Und ich wollte mehr davon.

Als er mich zum Abschied küsste, war er zärtlich und liebevoll. Sanft schob er mich ein Stückchen von sich weg und betrachtete mich amüsiert mit seinen blauen Augen.

»Kleine Abi«, sagte er, »wie perfekt du bist.«

Nur sechs Wörter. Mehr brauchte es nicht.

Ich deutete das Netz, das er um mich spann, als ein Versprechen auf Sicherheit. Ich deutete es als Liebe.

ELIANE
1940

Das Schlimmste ist die Ungewissheit, dachte Eliane, als sie den Wischmopp auswrang und in den Eimer stellte. Alle versuchten, so weit wie möglich die normale Routine aufrechtzuerhalten, daher hatte sie gerade einen weiteren Arbeitstag im Château beendet. Sie zog die Tür hinter dem frisch geputzten Küchenboden zu und lief unter den Mauerseglern am Abendhimmel hinweg den Hügel hinunter.

Der Comte hatte ihnen erzählt, es gebe Berichte von Luftangriffen weiter im Norden, aber nur spärliche Nachrichten über die Zahl der zivilen Opfer. Ganz kurz fragte sich Eliane, wie es sich wohl anfühlen mochte, wenn statt der Vögel Flugzeuge mit tödlichen Bomben über ihr in der Luft segelten. Sofort schnürte ihr die Angst die Kehle zu, und ihr Herz begann heftig zu klopfen.

»Bitte, Mireille! Wo bist du denn? Komm gesund zu uns zurück. Bitte komm heim«, sagte sie laut zu sich selbst, doch die Worte verwehten im schwachen Wind, der in den Blättern der Akazien am Wegesrand raschelte.

Als sie sich der Abbiegung zum Pfad Richtung Mühle näherte, stoben zwei Krähen von einem Zaunpfahl weiter oben auf. Sie zuckte zusammen, weil sie wild mit den Flügeln schlugen und ihr raues, zorniges Krächzen ausstießen. Dann blickte sie den Weg hinauf, um zu sehen, was sie aufgescheucht hatte. Da hinkte eine gebeugte, erschöpfte Gestalt auf sie zu. Zunächst dachte Eliane, es wäre eine alte Frau, doch als sie näher kam, hob sie den Kopf mit den zerzausten Haaren, und Eliane erkannte, wer es war.

»Mireille!«, schrie sie, rannte los und erreichte genau in dem Moment ihre Schwester, als diese stolperte und zusammensackte.

»Nimm sie«, murmelte Mireille und drückte Eliane ein Bündel aus Lumpen in die Hand, bevor sie das Bewusstsein verlor.

Das Bündel in Elianes Armen war überraschend schwer und warm. Und dann begann es zu wimmern, das Weinen eines Babys, das Hunger und Durst hatte.

Eliane saß an Mireilles Bett und streichelte ihr übers Haar, während diese ihr erzählte, wie sie aus Paris geflohen war und die letzten furchtbaren Tage mit Tausenden von Menschen auf der Straße verbracht hatte. Einige waren Flüchtlinge aus Polen, Österreich, Deutschland und der Tschechoslowakei, die zuvor schon einmal hatten fliehen müssen. Andere waren Pariser, die um ihr Leben und das ihrer Kinder fürchteten, als Bomben auf die Stadt fielen und der Feind näher rückte. Und manche, darunter auch Mireille, wussten einfach, dass sie in Zeiten wie diesen mit ihrer Familie zusammen sein mussten.

Sie war mit Esther, ihrer Kollegin aus dem Atelier, und deren Tochter Blanche, die gerade erst neun Monate alt war, aufgebrochen. Im Frühjahr zuvor war Esther allein und schwanger aus Polen gekommen. »Mein Mann glaubt, in Paris ist es für mich sicherer«, hatte sie an ihrem ersten Arbeitstag erklärt, als sie ihre Näharbeit auf ihren sanft gerundeten Bauch legte und mit raschen, akkuraten Stichen einen Saum nähte. »Ich hoffe, dies ist ein sicherer Ort, um ein Baby zu bekommen.«

Nachdem die Deutschen im Herbst in Polen einmarschiert waren, hatte sie die Nachricht bekommen, ihr Mann sei geflohen, um sich den polnischen Streitkräften in England anzuschließen. Er hatte geschrieben, sie und das Baby sollten in Paris bleiben, bis der Krieg zu Ende sei und er sie holen komme.

Doch als Paris fiel, hatte Mireille sie gedrängt, mit ihr nach Hause zu fliehen. »Wir gehen zusammen. Meine Eltern werden dich und Blanche beschützen.«

»Aber dann weiß Herschel nicht, wo wir sind, wenn er kommt«, hatte Esther protestiert und Blanche so fest an sich gedrückt, dass das Baby zu weinen anfing.

»Es ist besser, wenn er euch beide irgendwann gesund und munter findet, als in den Trümmern ausgebombter Häuser nach euch suchen muss«, hatte Mireille entgegnet. »Komm, Esther, pack alles zusammen, was du brauchst. Ein Freund von mir hat einen Wagen, da quetschen wir euch noch mit rein. Aber wir müssen sofort aufbrechen!«

Als Mireille das erzählte, begann sie zu weinen. Eliane hielt sie ganz fest und streichelte ihr übers Haar. »Wenn ich sie nicht zur Flucht bewegt hätte, würde sie vielleicht noch leben«, schluchzte Mireille.

Eliane wiegte sie sanft im Arm und sagte: »Oder sie wäre in Paris von einer Bombe getötet worden. Oder sie und Blanche wären, wenn sie überlebt hätten, von den Deutschen geschnappt und deportiert worden. Wir haben doch alle die Berichte von den Menschen gehört, die in diese ›Arbeitslager‹ gebracht wurden und nie wieder aufgetaucht sind. Du darfst dir keine Schuld geben.«

Als Mireille sich wieder beruhigt hatte, erzählte sie weiter.

Die ursprünglich geplante Tagesreise hatte sich rasch zu einem endlosen Albtraum entwickelt. Alle Straßen, die von Paris aus Richtung Süden verliefen, waren verstopft von Flüchtlingen, die sich zu Fuß, auf Rädern oder mit Pferdewagen voller Habseligkeiten bewegten. Sie versperrten den Weg für die Wagen, die ungeduldig versuchten vorbeizukommen.

Der Wagen, in den Mireille und Esther sich zwängten, bewegte sich in Schrittgeschwindigkeit vorwärts. Doch sie waren dankbar, dass das Fahrzeug zumindest einen gewissen Schutz vor den Menschenmassen und der sengenden Junisonne bot.

Später dann mussten sie den Wagen um andere Autos herummanövrieren, denen mitten auf der Straße das Benzin ausgegangen war. Irgendwann war auch ihr Tank leer, und sie mussten den Wagen aufgeben. Mireilles Freund wollte zurück zu einer Werkstatt gehen, die er ein paar Kilometer zuvor gesehen hatte, weil es dort vielleicht noch Benzin gäbe. »Ihr zwei nehmt das Kind und setzt euch zu Fuß in Bewegung. Orléans ist nicht mehr weit. Wenn ihr dort ankommt, versucht, eine Unterkunft an der Hauptstraße zu finden – dort gibt es überall Hotels und Cafés. Sobald der Wagen wieder fährt, werde ich euch folgen.«

Und so schlossen sich Mireille und Esther mit dem Kind der Flut der Menschen an, die sich langsam, voller Furcht und Erschöpfung Richtung Süden bewegten.

»Habt ihr in Orléans eine Unterkunft gefunden?«, fragte Eliane.

Mireille schüttelte den Kopf. »Keine Chance. Alles war voll. Die Menschen dort haben ihre Häuser gegen Plünderer verbarrikadiert und die Flüchtlinge aus ihren Gärten gejagt, wenn sie dort etwas zu essen suchten. Es war, als hätte ein Heuschreckenschwarm vor uns das Land heimgesucht und alles verwüstet. So jedenfalls sahen uns die Einheimischen. In jener Nacht schliefen Esther und ich unter einer Hecke und hielten das Kind zwischen uns warm. Esther versuchte, die Kleine zu stillen, hatte aber kaum noch Milch. Außerdem war Blanche bereits an festes Essen gewöhnt und wurde nicht satt. Am nächsten Morgen erbettelten wir ein kleines Stück Brot von einer anderen Familie und weichten es in ein bisschen Wasser auf.«

In dem Moment kam Lisette mit Blanche auf der Hüfte herein und brachte ihnen ein Tablett mit Hühnersuppe. Das Baby hatte ein bisschen Suppe und dazu etwas Ziegenmilch bekommen und sah schon besser aus.

»Iss, Mireille«, befahl Lisette. »Du musst wieder auf die Beine kommen, um uns mit der hübschen Kleinen hier zu helfen, nicht wahr, mein Liebling?« Sie drückte dem Baby einen Kuss auf den dunklen Lockenschopf.

Nachdem Mireille die Brühe und ein wenig Brot zu sich genommen hatte, fuhr sie fort.

Sie und Esther schlossen sich wieder dem Zug der Menschen an, weil sie dachten, es wäre besser, in Bewegung zu bleiben und sich Coulliac zu nähern, wo sie hoffentlich sicher wären, anstatt in einer Stadt zu warten, wo es weder Essen noch Unterkunft gab.

»In einer solchen Lage zeigen die Menschen ihr wahres Wesen«, bemerkte Mireille, als sie einen Schluck Wasser aus dem Glas auf ihrem Nachttisch trank. »Manche Menschen erwiesen sich als außerordentlich mitfühlend und großzügig, so wie die Familie, die an jenem Morgen ihr Brot mit uns geteilt hatte. Andere hingegen waren selbstsüchtig und böse. Vermutlich hatten sie jedoch einfach nur Angst und wollten überleben – so wie wir alle.«

Irgendwann kamen sie in die Nähe von Tours, zumindest dachte Mireille das, obwohl alles so langsam und ziellos voranging, dass sie nicht mehr sicher war, wie viele Kilometer sie zurückgelegt hatten. Sie versuchten, Straßen und Wege zu nehmen, die nicht so voll waren, verirrten sich dann aber irgendwann, sodass sie wieder die Hauptstraße suchten, die an einer Eisenbahnstrecke verlief. »Jemand behauptete, das wäre die Strecke nach Bordeaux, daher wussten wir, dass zumindest die Richtung stimmte«, erklärte Mireille.

In der drückenden Mittagshitze hatten sie sich im Schatten einer Platane hingesetzt, um sich auszuruhen und Blanche vor der Sonne zu schützen. Die wimmerte bereits seit über einer Stunde vor Hunger. Esther hatte vergeblich versucht, sie zu stillen, und die Kleine wurde immer hungriger. Schließlich hatte Esther ihre Tochter verzweifelt Mireille in die Arme gedrückt und sich die Bluse zugeknöpft. »Hier, vielleicht kannst du sie ein bisschen beruhigen. Ich frage mal herum, ob nicht noch irgendjemand etwas für sie zu essen abgeben kann.«

Damit war sie zurück zur Straße gehumpelt, und Mireille hatte begonnen, Blanche im Arm zu wiegen und ihr etwas vorzusingen.

Mit einem Mal hörte sie ein schrilles Heulen. Verwirrt blickte Mireille auf, um zu sehen, woher es kam. Das Heulen wollte einfach nicht aufhören. Wie in Zeitlupe sah sie, dass auch alle anderen Flüchtlinge auf der Straße sich verstört umschauten.

Dann blickte einer nach dem anderen hinauf zum Himmel. »Wie ein Feld voller Sonnenblumen, dachte ich in diesem Moment«, sagte Mireille und schluchzte auf. »Es war ein Flugzeug, ein deutsches. Der Lärm wurde immer schlimmer, es gab einen ratternden Kugelhagel, und ich hörte nur noch das Schreien und

Stöhnen der Menschen auf der Straße. Eine Frau sah mir direkt in die Augen und merkte, dass ich entsetzt auf ihr Kleid starrte, auf dem sich Blut ausbreitete. Erst dann blickte sie selbst an sich herab, knickte zusammen und sank zu Boden. Ich drehte mich um und drückte, mit dem Rücken zur Straße, Blanche schützend gegen den Baumstamm. Das Flugzeug kam noch zweimal zurück, und jedes Mal hörte man erst das schreckliche Heulen, als es zum Sturzflug ansetzte, und dann das Rattern des Kugelhagels. Ich hielt die Luft an und konnte erst wieder atmen, als es still wurde. Und dann erst roch ich den Staub. Und das Blut.«

Mireilles Stimme war nun vollkommen ausdruckslos.

»Ich stolperte über Menschen, die noch kurz zuvor an mir vorbeigegangen waren, rutschte auf ihrem Blut aus, das die ganze Straße bedeckte. Die meisten von ihnen bewegten sich nicht mehr, aber ein oder zwei streckten den Arm aus und flehten um Hilfe. Doch ich konnte nichts für sie tun, ich musste Esther finden. Immer wieder rief ich ihren Namen. Zwar hielt ich Blanche ganz fest an mich gedrückt, aber sie schrie so untröstlich, als wüsste sie, dass ihre Mutter fort war. Dann sah ich einen Streifen von der Bluse, die Esther getragen hatte. Die Bluse, die sie noch kurz vor dem Angriff zugeknöpft hatte. Sie war nicht mehr weiß, sondern blutgetränkt. Die Kugeln hatten sie in die Brust getroffen.«

Mireille verstummte, sie fand einfach keine Worte mehr. Aber Lisette und Eliane verstanden auch so. Sie sahen den Schock in ihrem Gesicht. Ihre normalerweise so ausdrucksstarken Züge waren starr vor Entsetzen, und in ihren dunklen Augen lag nichts als Schmerz.

Sanft reichte Lisette Eliane das schlafende Baby und nahm Mireille in den Arm. »Schsch«, tröstete sie sie, wiegte ihre Tochter und vergoss die Tränen, die Mireille nicht mehr hatte.

ABI
2017

Vom Fenster meines Dachzimmers aus kann ich sehen, wie das Mondlicht die Blätter in den Zweigen der Weide wie silberne Tränen glitzern lässt. Ich ziehe die Fensterläden zu, obwohl sie nicht richtig schließen, da der Riegel gebrochen ist und den Angeln ein paar Schrauben fehlen. Ich bin dankbar für das Moskitonetz über meinem Bett, das mich friedlich schlafen lässt, obwohl die Insekten um mich herumschwirren.

Die Nachttischlampe wirft einen goldenen Lichtkreis auf die Bodendielen, deren schwacher Geruch nach Bienenwachs sich mit dem Duft des Lavendelsträußchens und der weißen Rosen mischt, die ich heute aus dem Château mitgebracht habe. Kurz vor Feierabend kam Jean-Marc zu mir und reichte mir die Blumen mit einem schüchternen Lächeln. »Ich dachte, ein paar Blumen könnten dein Zimmer verschönern«, erklärte er.

Wenn ich mich in meinem Zimmer umschaue, sehe ich fast vor mir, wie Mireille nach der schlimmen Rückkehr aus Paris in ihrem Bett an der hinteren Wand liegt und Eliane und Lisette sie zu trösten versuchen.

Auch mir fehlten am Ende die Tränen, um meine Verzweiflung zum Ausdruck zu bringen. Aber zu Beginn meiner Ehe weinte ich oft. Nach dem ersten Jahr wusste ich Zacs Verhaltensmuster einzuschätzen. Ich spürte jede Veränderung in der Atmosphäre zwischen uns, sah, wie seine Wut immer weiter stieg, bis sie wie ein dunkles Wolkengebirge über mir aufragte und einen Sturm ankündigte, bedrohlich, und dann losbrach.

Zum Beispiel an unserem ersten gemeinsamen Weihnachten. Ich wollte unbedingt ein perfektes Fest zu Hause feiern, nach dem ich mich schon immer gesehnt hatte. Wir stellten eine Liste mit Gästen zusammen, die wir einladen wollten. Zwar waren das hauptsächlich Zacs Freunde und Verwandte, aber auch ein paar meiner Freunde und die Familien, für die ich gearbeitet hatte. Gemeinsam wählten wir die Karten aus, obwohl Zac meinte, die von mir bevorzugten wären zu kitschig oder geschmacklos. Daher einigten wir uns auf eine Auswahl von Bildern Alter Meister. Voller Stolz fügte ich kleine persönliche Botschaften für jeden hinzu und unterschrieb für uns beide. Jedes Mal, wenn ich unsere Namen daruntersetzte, war das wie eine Bestätigung, dass wir nun offiziell ein Paar waren.

Als Zac hereinkam, schrieb ich gerade die letzten, die ich am nächsten Tag zur Post bringen wollte, damit sie auch rechtzeitig zu Weihnachten ankamen. Er warf einen Blick über meine Schulter, als ich gerade *Alles Liebe von Abi und Zac* geschrieben hatte und mich zu ihm umdrehte, um ihm einen Kuss zu geben. Doch sein Gesicht hatte jeden Ausdruck verloren.

Als er über mich hinweg griff, zuckte ich instinktiv zusammen. Aber dieses Mal rührte er mich nicht an, sondern neigte sich nur vor und las stirnrunzelnd die Karte, die ich gerade geschrieben hatte.

»Wie viele hast du so unterschrieben?«, fragte er, und seine Stimme war so kalt wie der Winterregen, der in langen Schlieren die Fenster hinunterlief, sodass man die Lichter der Stadt wie durch einen Tränenschleier sah.

»Was meinst du, Zac? Ich verstehe nicht …«

»So!« Er fuhr mit dem Finger über unsere Namen, sodass die Tinte dort verwischte, wo sie noch nicht getrocknet war. »Abi und Zac.«

Ich sah ihn an und fragte mich, ob das eine Fangfrage sein sollte, aber mittlerweile war er so in Rage, dass er zitterte. Rasch senkte ich den Blick auf den Teppich unter dem Glastisch und konzentrierte mich auf das grafische Muster, als könnte dessen klare Struktur uns beide wieder beruhigen.

Zac nahm den Stapel mit Umschlägen, riss sie auf, rupfte die Karten heraus, las sie, warf sie auf den Boden und stieß immer wieder hervor: »Abi und Zac … Abi und Zac …«

Dann packte er meinen Arm und zog mich hoch. »Du wirst nie wieder deinen Namen vor meinen setzen«, zischte er mir ins Gesicht, und ich musste dem Drang widerstehen, mir die Spucketröpfchen vom Kinn zu wischen, weil ihn das nur noch wütender machen würde. »Du dummes Ding. Was für eine Geldverschwendung! Jetzt müssen wir alle Karten neu kaufen, und du wirst sie noch mal schreiben.«

A und Z. Ich hatte nicht mal darüber nachgedacht, sondern unsere Namen so geschrieben, wie es für mich richtig klang.

Der Regen schlug gegen das Glas, und die Lichter verschwammen.

Ich verbarg die blauen und dunkellila Blutergüsse unter meinen Ärmeln. Irgendwann würden sie verblassen, und dann konnte ich sie mit Concealer abdecken. Auch Zacs Laune würde sich wieder bessern. Er würde mich in den Arm nehmen und beteuern, dass er mich liebte, dass ich ihn wieder mal in Rage gebracht hätte, aber er mir verzeihen werde. Und ich würde versuchen, mich zu beruhigen und meine Fäuste zu lösen, aber ich war ständig angespannt, in Erwartung eines erneuten Wutausbruchs …

Ich wurde immer einsamer, zog mich in unsere luxuriöse Londoner Wohnung mit den Riesenfenstern zurück, fühlte mich abgeschnitten von der Außenwelt.

ELIANE
1940

Die Bekanntmachung, auf der ein schwarzes Hakenkreuz prangte, hing vor dem Rathaus in Coulliac und verbreitete sich wie ein Lauffeuer in der gesamten Gemeinde.

Auf Anordnung der neuen Regierung haben alle Einwohner der Gemeinde Coulliac im Rathaus vorstellig zu werden, um sich registrieren zu lassen und die neuen Ausweise in Empfang zu nehmen, die stets mit sich geführt werden müssen. Wer sich nicht ausweisen kann, wird verhaftet und kann deportiert werden.

Es war ein Schock, die Unterschrift des Bürgermeisters – ihres gewählten Volksvertreters – unter der Bekanntmachung zu sehen. Viele grummelten, er habe sich übereilt den Forderungen der Besatzer gefügt, aber die, die ein Radio hatten oder die Zeitung lasen, wiesen darauf hin, dass dies nun in der gesamten besetzten Zone offizielle Politik war. Hatte er da eine Wahl gehabt? Hatte überhaupt jemand noch eine Wahl?

Als die Martins am nächsten Morgen nach dem Frühstück vor dem Rathaus erschienen, wand sich schon eine lange Schlange um den kleinen Platz im Herzen des Orts. Der Platz füllte sich immer mehr, da wesentlich schneller Menschen eintrafen als die *mairie* verließen. Normalerweise herrschte bei solchen Zusammenkünften, am Markttag oder bei einer Feier etwa, eine fröhliche Atmosphäre; dann hallte lautes Stimmengewirr und Gelächter von den Mauern der Geschäfte, die den Platz säumten, und drang bis zu den Balkonen und Fenstern über ihnen. Aber heute waren die Menschen still und bedrückt. Wenn überhaupt, redeten sie nur leise miteinander, begrüßten sich gedämpft und fragten sich flüsternd, was dies wohl alles zu bedeuten hatte. Es herrschte gedrückte Stimmung. Die meisten Wartenden in der Schlange hielten den Blick gesenkt, um nicht die rot-weiß-schwarze Flagge zu sehen, die die französische Trikolore am Fahnenmast der *mairie* ersetzt hatte, oder gar die Aufmerksamkeit der deutschen Soldaten auf sich zu ziehen, die mit Gewehren über der Schulter am Eingang des Rathauses standen.

Während die Dorfbewohner langsam vorrückten, entdeckte Eliane Stéphanie, die vor ihnen in der Schlange stand. Als Stéphanie sich umblickte und sie bemerkte, lächelte Eliane, bekam aber nur ein kühles Nicken als Antwort. Und dann sah Eliane, wie Francine aus dem Rathaus kam. Sie hielt ihren neuen Ausweis in der Hand und las ihn mit verwirrter Miene, während sie langsam die Treppe herunterging. Als sie, die Augen immer noch auf das Dokument gerichtet, an ihnen vorbeikam, streckte Eliane die Hand aus und zupfte sie am Ärmel. Beim Anblick ihrer Freundin lächelte Francine und umarmte sie herzlich.

»Wie ist es denn da drin?«, erkundigte sich Eliane leise.

»Komisch«, erwiderte Francine kaum hörbar. »Da sind noch mehr Soldaten mit Gewehren, die den Bürgermeister und seine Sekretärin überwachen. Man muss Formulare ausfüllen und alle möglichen Fragen beantworten: wer man ist, woher man kommt, wer die Eltern und Großeltern waren, wo man wohnt, wann man geboren wurde und welche Religion man hat. Und dann kriegt man das hier.« Sie zeigte Eliane ihre Karte, damit sie sie lesen konnte.

»Was heißt das denn hier?« Eliane zeigte auf das große ›J‹, das quer auf den Ausweis gestempelt worden war.

»Das wusste ich zuerst auch nicht. Als ich bemerkte, dass nicht jeder so einen Stempel hat, fragte ich auf dem Weg hinaus die Sekretärin des Bürgermeisters. Sie sagt, sie sei angewiesen worden, bei allen Juden diesen Stempel zu benutzen.«

»Aber warum denn?«

Francine schüttelte den Kopf und sagte, kaum hörbar: »Weiß ich auch nicht genau. Aber das ist bestimmt kein gutes Zeichen.« Sie hielt inne und wandte sich zu Lisette, die Blanche auf dem Arm trug. »Ist das das Baby, von dem du mir erzählt hast? Wie zauberhaft sie ist!« Sie trat näher zu ihr und umarmte sie. Eliane bemerkte, dass Francine Lisette dabei etwas ins Ohr flüsterte.

Dann hob sie ein bisschen die Stimme, sodass alle in der Nähe es hören konnten, und sagte: »Wie traurig, dass der Cousin Ihres Mannes und seine Frau bei der Bombardierung umkamen, Madame Martin! Ein Glück nur, dass Sie ihr Baby aufnehmen konnten. Ich kann mir keine Familie vorstellen, in der man glücklicher aufwachsen könnte. Ich bin sicher, Ihr Cousin wäre erleichtert, wenn er wüsste, dass seine Tochter bei Ihnen ist.«

Lisette nickte und brachte hervor: »Ja, es war wirklich Glück, dass unsere Mireille die kleine Blanche in Paris aufspüren und zu uns nach Coulliac bringen konnte. Aber man stelle sich vor, in meinem Alter noch mal für ein Baby zu sorgen!«

Als Gustave das hörte, wirkte er verwirrt, aber Lisette lächelte ihm beruhigend zu. »Ich bin sicher, wir gewöhnen uns schnell wieder an unsere neue Elternrolle, nicht wahr, *chéri*? Schließlich ist Familie das Wichtigste.«

Eliane brauchte einen Moment, um zu begreifen, warum Francine das gesagt hatte, aber dann begriff sie, was ihre Freundin gerade für ihre Familie und für Blanche getan hatte.

Alle um sie herum lächelten mitfühlend und nickten beifällig. Stéphanie allerdings, die ebenfalls zugehört hatte, warf dem Baby in Lisettes Armen einen scharfen Blick zu und verzog das Gesicht.

Zum Abschied umarmte Francine Eliane noch einmal. »Da die Brücke jetzt abgeriegelt ist, wird der Bürgermeister erlauben, dass der Markt statt in Sainte-Foy hier in Coulliac abgehalten wird.« Sie zeigte auf eine weitere Bekanntmachung am Schwarzen Brett vor dem Rathaus. »Also sehen wir uns wie üblich am Samstag, oder? Hast du schon neuen Honig?«

Eliane spürte tiefe Zuneigung und Sorge zugleich, als sie Francine fest die Hand drückte und sich bis zum Wochenende von ihr verabschiedete.

Als Lisette dem gehetzt und überarbeitet wirkenden Bürgermeister erklärte, Blanches Papiere wären bei der Bombardierung vernichtet worden, stellte er der Kleinen bereitwillig einen Ausweis auf den Nachnamen ›Martin‹ aus. Die Geburtsurkunde, die Esther in die hastig zusammengepackte Tasche mit ihren Habseligkeiten gesteckt hatte, als sie und Mireille aus der Stadt fliehen mussten, hatten sie heimlich aus dem Bündel Papiere entfernt, und sie steckte nun tief in einer Tasche von Gustaves Overall.

Nachdem sie in die Mühle zurückgekehrt waren, nahm Lisette die Urkunde, glättete sie sorgfältig, faltete sie viermal und schob sie zwischen die Seiten eines schweren Buchs über Heilkräuter, das auf einem Regal in der Küche stand.

Als Eliane am nächsten Samstagmorgen früh hinunterkam, um alles Nötige für den Markt in Coulliac zusammenzusuchen, arbeitete ihr Vater bereits in der Scheune. Sie hörte ihn pfeifen, während er hämmerte und sägte. Doch kaum näherte sie sich der Scheunentür, die nur angelehnt war, verstummten die Geräusche.

»Was machst du da, Papa?«

Gustave entspannte sich, als er Eliane sah, und grinste. »Ich mache ein Schild, *ma fille*. Inspiriert von der Tüchtigkeit unserer neuen Regierung habe ich erkannt, dass es nachlässig war, die Öffentlichkeit nicht vor dem gefährlichen Wehr und den starken Strömungen hier zu warnen. Es wäre doch schrecklich, wenn jemand bei dem Versuch, den Fluss zu überqueren, sein Leben verlieren würde.«

Eliane lachte. »Das ist doch wieder einer von deinen Scherzen!«

Da wurde er plötzlich ernst. »Das ist kein Scherz. Es wird nicht lang dauern, bis die *boches*, die Deutschen, merken, dass sie nicht jeden Grenzübergang zur unbesetzten Zone blockieren konnten. Also tarne ich den, den wir hier haben, falls er mal gebraucht werden sollte.«

»Aber Papa, wenn die Deutschen zur Kontrolle herkommen, müssen sie nur aufs Wehr gehen, um zu merken, dass es gar nicht gefährlich ist, es zu überqueren.«

Wieder grinste Gustave. »Du hast den Fluss noch nie gesehen, wenn alle Schleusentore zu sind, oder?«

Sie schüttelte den Kopf. »Du lässt doch immer eins offen – entweder, um das Mühlrad zu umgehen oder es zu bewegen.«

»Das stimmt, und dadurch wird der Durchfluss reguliert. Aber wenn wir beide Schleusentore schließen, muss alles Wasser, das den Fluss hinunterkommt, über das Wehr fließen. Das ist schon ein ziemlich spektakulärer Anblick: Das Wasser steigt sprunghaft an, und über das Wehr ergießt sich ein reißender Strom. Jeder, der versuchte, es zu überqueren, würde sofort von den Füßen gerissen.«

Eliane nickte langsam und dachte über den Plan ihres Vaters nach.

»Ich weiß, es wirkt vielleicht etwas verrückt, was ich da vorhabe …« Gustave nahm das Schild, an dem er gearbeitet hatte. »Aber verrückte Zeiten verlangen nach verrückten Maßnahmen. Ich muss es zumindest versuchen. Wahrscheinlich werden die Deutschen ohnehin den ganzen Fluss abriegeln, aber wenn wir dafür sorgen, dass dieser kleine Abschnitt so gefährlich aussieht, dass es hier nicht nötig ist, dann könnte das vielleicht irgendwann von Nutzen sein.« Er nahm einen Hammer, einen spitzen Holzstift und das Schild, auf dem stand: *Achtung! Gefährliches Wehr! Lebensgefahr!*

»Kommst du mit und hältst das fest, wenn ich es anbringe? Danach fahre ich dich auch zum Markt.«

Eliane lächelte. »Wo es doch unsere Pflicht ist, die Öffentlichkeit vor Gefahren zu schützen? Selbstverständlich, Papa!«

Als Eliane mit ihrem Korb voller Honig und Bienenwachs auf dem Dorfplatz ankam, hatte Francine bereits einen Tapeziertisch aufgestellt, und zwar so weit wie möglich von der Hakenkreuzfahne am Rathaus entfernt. Sie hatte eine Decke mit fröhlichem Karomuster darüber gebreitet und stellte gerade Pyramiden aus Marmeladen- und Einweckgläsern auf. Ein paar weitere Markthändler bauten ebenfalls ihre Stände auf, aber der provisorische Markt in Coulliac war etwas ganz anderes als das geschäftige Treiben in Sainte-Foy.

Ein deutscher Soldat schlenderte mit lässig über die Schulter geworfenem Gewehr um den Platz herum und sah sich jeden Marktstand genau an. Als er den Tisch der Mädchen erreichte, hielt er inne.

»Was ist das?« Er zeigte auf das Glas, das Francine in der Hand hielt. Sie erstarrte. Dann senkte sie den Blick und antwortete: »Eingelegte grüne Pflaumen, *m'sieur*.«

»Kann man das gut mit Brot essen?«, fragte der Soldat mit ziemlich hartem Akzent.

Francine nickte. Ihre Hand zitterte, als sie ihm das Glas reichte, damit er es genauer betrachten konnte.

»Wie viel?« Er lehnte das Gewehr gegen den Tisch, suchte in seiner Tasche nach Münzen und bezahlte. »Danke. Einen guten Tag noch.«

Eliane baute ihre eigenen Gläser auf und fragte leise: »Alles in Ordnung, Francine?«

»Tut mir leid, es ist albern, dass ich so nervös bin. Aber es fühlt sich gar nicht gut an, so zu leben. Soldaten und Gewehre haben hier einfach nichts zu suchen. Was geschieht nur mit uns?«

Eliane seufzte. »Das ist der Krieg. Und ich fürchte, dies ist erst der Anfang.« Auch sie fühlte sich ängstlich. Wie gerne hätte sie Francine gesagt, sie solle sich nicht sorgen, sie habe nichts zu befürchten und alles werde wieder gut. Doch sie merkte, dass sie ihrer Freundin diesen Trost nicht spenden konnte, denn auch sie selbst spürte deutlich, dass Francines Angst nicht unbegründet war. »Aber jetzt los, da kommt unsere erste Kundin. Hilf mir mal mit dem Schirm«, sagte sie forsch und umarmte Francine kurz. »Sonst schmilzt das Bienenwachs.«

Die Kundin, die zielstrebig über den Platz hinweg auf ihren Stand zusteuerte, war die Sekretärin des Bürgermeisters.

»Guten Morgen, Eliane. Francine.« Sie arbeitete im Rathaus, solange die Mädchen denken konnten, und kannte jeden mit Namen. »Ich brauche noch ein bisschen Bienenwachs und außerdem ein Glas von der *Confiture aux myrtilles.*« Das Geld zählte sie genau auf dem Tisch ab und lächelte Eliane dabei zu. »Wie geht es der Kleinen heute?«

»Blanche geht es gut, vielen Dank.«

»Und deiner Schwester?«

»Schon viel besser. Ihre Füße verheilen gut.« Das stimmte zwar, aber Eliane wusste, dass Mireilles seelische Verletzungen noch viel länger brauchen würden, um zu heilen.

»Das freut mich zu hören. Herzliche Grüße auch an deine Eltern.« Dann fügte sie hinzu, als wäre ihr das gerade noch eingefallen: »Ach, vielleicht solltest du ihnen sagen, dass Montag ein Ortstermin bei der Mühle angesetzt ist. Manchmal ist es doch schöner, wenn man sich auf Besucher einstellen kann.«

Dann nickte sie knapp, packte die Waren in ihr Einkaufsnetz und schlenderte weiter.

Zwei Tage später ging das Motorengeräusch des vor der Scheune bremsenden Jeeps im Tosen des reißenden Flusses über dem Wehr unter. Es war noch früh, und Gustave und Yves hievten gerade volle Mehlsäcke auf die Ladefläche des Lieferwagens. Ein Offizier und ein Dolmetscher, beide in Uniform, stiegen aus und schätzten kurz die Lage ein. Gustaves Schild am Wehr sah aus, als hinge es schon seit Ewigkeiten dort, da er es mit Schmirgelpapier und ein bisschen Schlamm aus dem Fluss bearbeitet hatte. Der Offizier hob einen Stein auf und schleuderte ihn aufs Wehr. Sofort wurde er vom tosenden Wasser verschluckt und in die Tiefe gerissen. Daraufhin zog er die Augenbrauen hoch und wies den Übersetzer an, sich auf dem Klemmbrett, das er trug, eine Notiz zu machen.

Erst als das erledigt war, wandte er sich an Yves und Gustave.

»Guten Morgen, ich suche Herrn Martin, den Besitzer der Wassermühle.« Er musste brüllen, um das Tosen des Flusses zu übertönen.

»Der steht vor Ihnen«, erwiderte Gustave, wuchtete den letzten Sack auf den Wagen und staubte sich das Mehl von den Händen, bevor er die Plane befestigte.

»Vielleicht sollten wir hineingehen, wo etwas mehr Ruhe ist?«, fragte der Übersetzer zurückhaltend und höflicher als sein Vorgesetzter. »Es tut uns leid, dass wir Sie bei Ihrer Arbeit stören müssen, *monsieur*, aber es gibt ein paar Dinge zu klären.«

Gustave ging voran und führte die beiden in die Küche, wo sie sich einfach an den Tisch setzten. Gustave tat es ihnen gleich. Yves, der ihnen gefolgt war, blieb stehen und lehnte sich mit verschränkten Armen an den Türrahmen.

Nach einem Blick auf sein Klemmbrett begann der Übersetzer: »Wir würden Ihnen gerne ein paar Fragen stellen, ja, Monsieur Martin? Sie wohnen hier mit Ihrer Frau, zwei Töchtern und einem Sohn, korrekt?« Hier warf er einen kurzen Blick zu Yves. »Und einem Baby, der Tochter Ihres verstorbenen Cousins?«

»Genau«, erwiderte Gustave.

»Die Eltern des Babys kamen um, als Sie Bomben über ihnen abwarfen«, bemerkte Yves, aber sein Vater brachte ihn mit einem Blick sofort zum Schweigen.

Ohne auf Yves' Bemerkung einzugehen, fuhr der Übersetzer fort: »Und wie viele Fahrzeuge haben Sie?«

»Nur den Lieferwagen, den Sie draußen gesehen haben.«

»Fahrräder?«

»Eins, das wir alle benutzen. Meine Frau ist die hiesige Hebamme, daher muss sie manchmal kurzfristig zu Patientinnen.«

Der Mann nickte, übersetzte das seinem Vorgesetzten und machte sich eine Notiz.

»Sie nutzen den Lieferwagen, um die Bäckereien der Gegend mit Mehl zu beliefern?«

»Ja. Und dazu muss ich die Brücken bei Coulliac und Sainte-Foy überqueren, sonst komme ich nicht zu meinen Kunden.«

Daraufhin schüttelte der Offizier vehement den Kopf und sagte etwas auf Deutsch.

»Unter der neuen Regierung ist das nicht mehr erlaubt«, übersetzte sein Untergebener. »Die unbesetzte Zone wird sich selbst mit Lebensmitteln versorgen müssen. Von nun an werden Sie ein Drittel Ihres Mehls in ein Depot liefern, das wir am Ortsrand errichten. Es wird für Arbeiter in Deutschland benötigt. Den Rest dürfen Sie wie sonst auch an Ihre Kunden diesseits des Flusses verkaufen.«

»Und meine Frau?«, fragte Gustave ganz ruhig. »Was soll sie tun, wenn auf der anderen Seite ein Baby zur Welt kommt? Müssen die Frauen in der unbesetzten Zone auch allein klarkommen?«

Wieder gab es einen Wortwechsel zwischen den beiden Soldaten.

»Möglicherweise bekommt sie die Erlaubnis, die unbesetzte Zone zu betreten, wenn es aus medizinischer Sicht notwendig ist. Auf der anderen Seite gibt es einen sieben Kilometer großen Bereich, der sorgfältig überwacht wird, und jeder, der sich ohne gültige Papiere dort aufhält, wird den Behörden ausgeliefert und entsprechend bestraft. Ihre Frau muss bei der *mairie* vorstellig werden, um von uns eine Genehmigung zu erhalten. Und Ihnen stellen wir ebenfalls eine Erlaubnis aus, Ihren Lieferwagen zu fahren, da Sie nun einen wichtigen Kriegsbeitrag leisten. Das Fahrzeug ist von nun an ein offizielles Dienstfahrzeug, deshalb bekommen Sie jede Woche Benzincoupons zugeteilt, um Ihre notwendigen Fahrten zu absolvieren.«

Wieder sagte der deutsche Offizier etwas in einer schroffen Tirade, die Gustave zwar vom Wortlaut her nicht verstand, die aber unmissverständlich als Drohung empfunden werden konnte. Der Übersetzer gab sie in einer abgeschwächten Form wieder: »Bitte vergessen Sie nicht, Monsieur Martin, dass Sie und Ihre Frau durch diese Sondergenehmigungen privilegiert sind. Sie wären gut beraten, diese Privilegien nicht zu missbrauchen. Denken Sie daran, dass es strafbar ist, Lebensmittel zu horten oder Sabotage zu betreiben. Die zusätzlichen Rechte, die Ihnen gewährt wurden, bedeuten auch Verantwortung. Wir werden Sie beide genau im Auge behalten, um sicherzustellen, dass Sie dieser Verantwortung auch nachkommen.«

»*Vous comprenez?*«, stieß der Offizier mit bedrohlichem Unterton aus.

Gustave erwiderte den drohenden Blick des Deutschen ruhig und mit vollkommen ausdrucksloser Miene. »Ich verstehe Sie sehr gut, *m'sieur*.«

Wieder machte sich der Offizier ein paar Notizen auf seinem

Klemmbrett. »Sie und Ihre Frau sollten so bald wie möglich im Rathaus erscheinen. Die Verwaltung dort weiß Bescheid.«

Als sich alle erhoben, trat Yves einen Schritt beiseite, um sie vorbeizulassen. Dann sahen Vater und Sohn zu, wie die Soldaten mit aufspritzendem Schotter verschwanden und eine Abgaswolke hinterließen.

Sie folgten mit dem Blick der Rauchwolke und sahen, wie die Deutschen von der Einfahrt abbogen und den Hügel hinter der Mühle hinauffuhren.

»Sie wollen als Nächstes zum Château«, bemerkte Yves.

»Sieht so aus«, antwortete Gustave. Dann wandte er sich zum Lieferwagen. »Komm, bringen wir diese Lieferfahrt hinter uns.« Er deckte die Plane wieder ab und fing an, ein paar der Säcke abzuladen.

»Was machst du da, Papa?«, fragte Yves.

»Wenn wir den Deutschen ein Drittel unserer Produktion abgeben, sorgen wir besser dafür, dass unsere ›Produktion‹ entsprechend kleiner ausfällt«, knurrte Gustave. »Los, hilf mir, diesen Vorrat in den Tunnel hinter dem Schweinestall zu bringen.«

Eliane sah gerade nach ihren Bienenstöcken, als sie hörte, wie der Jeep vor dem Château hielt und dann zwei Wagentüren zugeschlagen wurden. In dieser friedlichen Umgebung und vor dem zeitlos eleganten Gebäude wirkte der Anblick des Militärfahrzeugs besonders grotesk.

Monsieur le Comte, der ihre Ankunft sicher vom Fenster der Bibliothek aus gesehen hatte, stand aufrecht auf der obersten Stufe der Eingangstreppe und stützte sich so wenig wie möglich auf seinen Stock. Die Soldaten grüßten ihn und schlugen die Absätze zusammen. Nach ein paar einleitenden Worten folgten sie ihm ins Gebäude.

Hastig schob Eliane die zusätzlichen Rahmen in einen der Bienenstöcke, eilte zurück zur Küche und zog dabei die Handschuhe und den breitkrempigen, mit einem Schleier versehenen Hut aus.

»Sie sind da! Haben Sie sie gesehen?«, fragte sie atemlos Madame Boin.

Die Köchin nickte, presste die Lippen zusammen und hackte die Zwiebel heftiger, als es notwendig gewesen wäre. »Habe ich.«

»Was machen wir denn jetzt?«

Madame Boin drehte sich zu Eliane. »Absolut nichts, mein Mädchen. Merk dir: Die beste Methode, das durchzustehen, ist, so normal wie möglich weiterzumachen. Ich habe die Absicht, unsere sogenannte neue Regierung zu ignorieren und einfach all das zu tun, was wir schon immer getan haben. Meine Anweisungen nehme ich von Monsieur le Comte entgegen und von niemandem sonst. Er ist seit mittlerweile siebenundzwanzig Jahren mein Arbeitgeber, und es braucht schon mehr als eine deutsche Armee, ehe ich ihn im Stich lasse. Hier …« Sie gab Eliane das Messer, mit dem sie gefuchtelt hatte. »Hack das Gemüse für mich klein. Ich muss jetzt das Brot in den Ofen schieben, sonst fällt der Teig wieder zusammen.«

Genau in diesem Augenblick erschien der Comte in der Küchentür. »Ah, Madame Boin, wären Sie bitte so gut, eine Kanne Kaffee für unsere Besucher zu kochen? Und für mich einen Tee aus Zitronenmelisse? Wir sind in der Bibliothek.«

Aber es war Eliane, die das Tablett nach oben brachte, denn trotz ihrer Behauptung, es gehe ihr sehr gut, zitterten Madame Boin vor lauter kaum unterdrückter Wut so heftig die Hände, dass der Kessel, den sie auf den Herd stellte, überschwappte und die Tropfen zischend und dampfend auf der heißen Platte tanzten.

Die Männer verstummten, als Eliane eintrat, und warteten, bis sie den Kaffee eingeschenkt und den Raum wieder verlassen hatte, bevor sie ihr Gespräch wieder aufnahmen.

Erst über eine Stunde später konnte man hören, dass die Soldaten abfuhren.

Der Comte kam in die Küche und balancierte ungeschickt das Tablett mit einer Hand. »Danke, Madame Boin und Eliane. Die beruhigende *Tisane* hat mir sehr geholfen. Wir werden hier einige Veränderungen vornehmen müssen. Unsere Besucher möchten noch länger Gast im Château Bellevue sein. Sie werden sich und einige ihrer Kameraden in unseren Räumlichkeiten einquartieren.«

Madame Boin keuchte auf, sank auf den nächststehenden Stuhl und fächelte sich mit dem Küchentuch Luft zu.

Eliane nahm allen Mut zusammen und fragte: »Aber was wird dann aus Ihnen, *monsieur*?«

»Sie meinten, ich könne mein Zimmer behalten. Aber ich glaube, es wäre entspannter, woanders zu wohnen. Daher werde ich, hoffentlich mit Ihrer Hilfe, ins Cottage umziehen. Das wäre in dieser unangenehmen Situation wohl das Beste.«

»Und wir?« Madame Boin fächerte sich noch heftiger Luft zu. »Was sollen wir tun? Und wer wird sich um Sie kümmern, *monsieur*?«

Da ließ er sich auf dem Stuhl ihr gegenüber nieder und bedeutete Eliane, sich ebenfalls zu setzen.

»Meine Damen«, begann er, räusperte sich dann aber. »Ich muss Ihnen nicht sagen, dass wir gerade außergewöhnliche

Zeiten erleben. Ich werde von keiner von Ihnen verlangen, etwas zu tun, mit dem Sie sich nicht wohlfühlen. Sollten Sie das Château Bellevue verlassen wollen, solange es von den Feinden besetzt wird, habe ich dafür Verständnis. Und sollten wir am Ende des Krieges alle noch da sein, wartet Ihre Arbeit hier auf Sie, wenn Sie sie noch wollen.«

Eliane lief eine Träne über die Wange, die sie schweigend wegwischte. Madame Boin wirkte völlig aufgelöst.

Erneut räusperte sich der Comte. »Aber ich möchte Ihnen auch eine Alternative vorschlagen. Möglicherweise brauchen Sie etwas Zeit, um gründlich darüber nachzudenken. Aber wir haben hier auf dem Château eine Gelegenheit. Eine einmalige Chance. Die Deutschen haben mir erklärt, dass sie hier eine Funkstation errichten wollen. Wegen der erhöhten Lage kann man hier ideal Funksignale senden und empfangen. Daher könnten wir ihre Aktivitäten und vielleicht sogar ihre Kommunikation überwachen, was unseren Landsmännern helfen würde, sich gegen diese Eindringlinge zu wehren. In London gibt es einen französischen General namens De Gaulle, der in den letzten Wochen Ansprachen übers Radio gesendet hat. Das erste Mal hörte ich von ihm bei der Unterzeichnung des Waffenstillstands. Da sandte er uns mitten in unserer größten Verzweiflung eine Botschaft der Hoffnung. Sie wurde in der Zeitung abgedruckt, und ich trage sie als Erinnerung ständig bei mir.«

Er zog einen abgegriffenen gefalteten Zeitungsartikel aus der Brusttasche seines Jacketts und las daraus vor: »Frankreich hat eine Schlacht verloren, aber Frankreich hat nicht den Krieg verloren. Daher fordere ich alle Franzosen, wo auch immer sie sich befinden, dazu auf, sich mir anzuschließen im Kampf, im Opfergeist und in der Zuversicht. Unser Vaterland ist in Lebensgefahr! Kämpfen wir alle, um es zu retten.«

»Haben Sie wirklich mit den Deutschen Kaffee getrunken, während Sie diesen Artikel in ihrer Brusttasche hatten?«, fragte Madame Boin ungläubig.

»Wie Sie sich vielleicht erinnern, habe ich zur Beruhigung Zitronenmelisse-Tee getrunken. Wenn Sie sich wie ich entschließen, General de Gaulles Aufruf zu folgen, dann überlegen Sie bitte, ob Sie nicht hier auf Ihrem Posten bleiben wollen. Ich weiß, das verlangt ein paar unangenehme Pflichten von Ihnen – zum Beispiel, feindliche Soldaten unter unserem Dach zu bewirten. Aber vielleicht gibt uns das auch hilfreiche Einblicke in ihre Pläne und Aktivitäten; dadurch könnten wir in der Lage sein, bei der Rettung unseres Landes zu helfen und es von der deutschen Besatzung zu befreien.«

Madame Boin blickte zwischen Eliane und dem Comte hin und her. Dann lachte sie so unerwartet auf, dass Eliane zusammenzuckte. »Wir drei bilden schon einen sehr merkwürdigen Geheimdienst! Wenn Sie mir die Bemerkung verzeihen wollen, *m'sieur*«, besann sie sich hastig auf ihre Manieren.

Der Comte lächelte. »Und genau deshalb, meine liebe Madame Boin, werden wir vielleicht erfolgreich sein. Wer wird uns drei hier im Château schon verdächtigen, etwas im Schilde zu führen?«

Die Köchin nickte langsam, als sie darüber nachdachte.

»Ich verlange nicht von Ihnen, sofort eine Entscheidung zu treffen«, sagte Monsieur le Comte. »Da unsere Welt erst heute Morgen aus den Fugen geraten ist, können Sie sich meinen Vorschlag in Ruhe überlegen. Jedoch …«, er hob warnend den Zeigefinger, »gedenke ich, alles zu tun, was in meiner Macht steht, komme, was da wolle. Also bitte ich Sie, mit niemandem darüber zu sprechen, nicht mal mit Ihrer Familie. Wir leben in unsicheren Zeiten, und der Krieg setzt uns alle so unter Druck, dass es leicht zu Verrat kommen kann. Sollten die Deutschen erkennen, dass ich sie nicht etwa höflich in meinem Haus willkommen geheißen habe, weil ich vor der neuen Ordnung kapituliere – sondern dass ich das Gegenteil anstrebe –, werden die Konsequenzen schwerwiegend sein, da mache ich mir keinerlei Illusionen.«

Madame Boin warf ihr Küchentuch auf den Tisch. »Ich benötige keine Bedenkzeit«, rief sie beherzt. »Sie brauchen doch jemanden, der sich um Sie kümmert, *m'sieur*. Und mit einem Haus voller Deutscher noch mehr als sonst. Ich bleibe.«

Eliane zögerte, weil sie sich an Madame Boins Ausspruch von eben erinnerte: *Die beste Methode, das durchzustehen, was vor einem liegt, ist, so normal wie möglich weiterzumachen.* War das noch möglich, wenn deutsche Soldaten im Château Bellevue lebten? Es schnürte ihr die Kehle zu, als sie plötzlich Mireille vor sich sah, wie sie mit einem Bündel im Arm auf sie zuwankte – und als sie an das dachte, was die Deutschen Blanches Mutter angetan hatten. Sie dachte auch an Mathieu, von dem sie seit über zwei Wochen nichts mehr gehört hatte. Wurde er in der unbesetzten Zone festgehalten und konnte sie nicht erreichen? Oder hatte er beschlossen, bei seinem Vater und seinem Bruder zu bleiben? Hatte er versucht, ihr Nachrichten zu schicken? Hatte er ihre Briefe bekommen? Wann konnten sie wieder zusammen sein? Die Sehnsucht nach ihm fühlte sich an wie eine Schraubzwinge in ihrer Brust, die ihr schmerzlich die Luft abdrückte und ihr Herz zusammenschrumpfen ließ. Wie konnte jemand einfach so beschließen, eine Linie über eine Karte zu ziehen und das Land in zwei Hälften zu teilen? Diese Linie hatte wie ein Skalpell durch Familien und Gemeinden geschnitten und Frankreich gespalten.

Da erkannte sie, dass es unmöglich war, einfach normal weiterzumachen. Denn die Welt war nicht mehr normal. Es war Zeit, für das zu kämpfen, was wichtig war. Es war Zeit, Widerstand zu leisten.

ABI
2017

Die Nachtluft drückt so schwer auf uns wie eine Decke. Ich liege unter dem Moskitonetz und habe die Fenster weit geöffnet, um auch den leisesten Windhauch ins Zimmer zu lassen.

Vom Hügel dringen schwach und rhythmisch die Bässe der Tanzmusik aus der Scheune, bis die Hochzeitsparty zu Ende geht. Mittlerweile habe ich mich an die Abläufe gewöhnt, obwohl jede Hochzeit einen ganz eigenen Charakter hat. Langsam gewinne ich auch an Selbstvertrauen. Während Karens gebrochenes Handgelenk noch verheilt, übernehme ich ein paar zusätzliche Aufgaben und habe nun auch Kontakt mit den Gästen. Zugegeben, mir war anfangs fast schlecht vor Angst bei der Vorstellung, mich unter die Menschen zu mischen, aber Jean-Marc war auch da, arbeitete hinter der Bar und half mir mit seinem beruhigenden Lächeln, wann immer ich vorbeieilte. Und natürlich gab es mir auch Sicherheit, dass Sara und Thomas in der Nähe waren. Außerdem waren alle Gäste freundlich, und wir hatten so viel Spaß, dass ich mich unwillkürlich entspannte und die Party mit ihnen genoss.

Ich nehme an, die meisten Hochzeiten sind fröhlich. Vielleicht hatte ich einfach nur Pech.

Während ich mich in der stickigen Dunkelheit hin und her wälze, denke ich über die Entscheidungen nach, die Eliane und ihre Familie treffen mussten.

Ich sinne über das nach, was Sara mir über Eliane erzählt hat. Als sie eine Entscheidung treffen musste, wählte sie ohne zu zögern den Widerstand.

Ich hingegen muss zu meiner Schande gestehen, dass ich mich erst am Ende widersetzt habe. Es dauerte Jahre, die nötige Kraft dazu zu sammeln, weil ich mich in Zacs Kontrollnetz einwickeln ließ. Systematisch zerstörte er mein Selbstwertgefühl, das wahrscheinlich nie besonders ausgeprägt gewesen war. Es war einfacher, drinnen zu bleiben, als hinauszugehen und mein neues Wohnviertel zu erkunden; es war einfacher, gegenüber meinen Freunden Ausreden zu erfinden, als noch einen Abend zu ertragen, wie kalt und unhöflich Zac sie behandelte.

Nach einer Weile verbrachten wir nur noch mit seinen Freunden Zeit. Zwar versuchte ich, mich ein paarmal allein mit meinen Freunden zu treffen, aber wenn ich dann nach Hause kam, hatte Zac den ganzen Abend über getrunken. Und wenn er betrunken war, wurde es noch schlimmer für mich. Ich war in Zacs Netz gefangen, und jeglicher Fluchtversuch war zum Scheitern verurteilt.

Ich versuchte, mir die Zeiten vor Augen zu führen, in denen er liebevoll und fürsorglich war, als wären seine Wutanfälle nur Wolken, die über den blauen Himmel zögen.

Zu dem Zeitpunkt wusste ich bereits, dass ich nicht ›normal‹ war, weil Zac mich ständig darauf hinwies. »Wenn ich gewusst hätte, wie gestört du bist, hätte ich dich niemals geheiratet«, bemerkte er eines Tages kalt, als er sah, dass ich zusammengerollt im Bett lag und stille Tränen vergoss. »Vielleicht hatte meine Mutter doch recht.«

Zu anderen Zeiten überschüttete er mich mit Geschenken, damit ich mich besser fühlte (oder wollte er nur sein schlechtes Gewissen beruhigen?). Er kaufte mir ein teures neues Handy. Ich war entzückt, als er es mir eines Tages beim Abendessen präsentierte. Aber dann nahm er es mir aus der Hand und bestand darauf, es für mich einzurichten. »Und sieh mal hier«, sagte er, rief Masken auf und drückte Knöpfe, »du kannst das hier aktivieren.« Er klickte auf das Icon ›Share My Location‹. »Dann sehe ich auf meinem eigenen Handy immer ganz genau, wo du bist.«

Er kaufte mir Kleidung, die gar nicht zu meinem Stil passte: maßgeschneiderte Kleider und Kostüme mit Seidenblusen. Sie waren teuer, aber ich fühlte mich nur in eine Verkleidung gezwungen, um jemand zu sein, der ich gar nicht war.

Ich vermisste meine Jeans und die klebrigen Umarmungen der Kinder, um die ich mich gekümmert hatte. Daher nahm ich eines Abends all meinen Mut zusammen und sagte, ich wollte mich wieder nach einer Arbeit umschauen, nur ein paar Stunden am Vormittag, um einer berufstätigen Mutter zu helfen.

Da wurden Zacs Augen dunkel, und ich wappnete mich gegen seinen Zorn, wich in die Kissen des Sofas zurück, auf dem wir saßen. Mit seinem Blick konnte er mich immer festnageln, dazu musste er mich einfach nur anstarren. Jetzt sah er mich eine Weile mit unergründlicher Miene an. Ich wandte den Kopf ab und konzentrierte mich stattdessen auf die funkelnden Lichter der Stadt unter dem blinkenden Positionslicht eines Flugzeugs, das sich zur Landung bereit machte. Als Zac mir eine Hand auf den Arm legte, zuckte ich zusammen.

»Oh, Abi«, seufzte er. Seine Stimme war leise und verzweifelt. »Ich habe wirklich versucht, dir alles zu geben, was du wolltest. Die meisten Frauen wären froh, nicht berufstätig sein zu müssen. Ich habe hart für diese Wohnung gearbeitet. Und so dankst du mir das? Indem du dich um die Kinder fremder Leute kümmern willst? Was ist denn mit meinen Bedürfnissen? Was ist denn mit einem eigenen Baby?«

Als ich das hörte, gefror mir das Blut in den Adern. Ich hätte liebend gern ein eigenes Kind gehabt, aber mich erschreckte die Vorstellung, dass ich dadurch für immer in seinem Netz gefangen wäre. Und meine Kinder auch.

Er nahm meine Hand. »Lass es uns doch versuchen, gleich heute Nacht!« Seine Miene war wieder sanft. »Wirf deine Pille weg, Liebes, und geh mit mir ins Bett.«

Im Bad öffnete ich den Schrank über dem Waschbecken und nahm die Schachtel mit den Antibabypillen heraus, die ich dort aufbewahrte. Ich wusste, dass er es überprüfen würde. Daher ließ ich einen halb aufgebrauchten Blister in der Schachtel und warf sie in den Mülleimer. Die anderen Blister aber versteckte ich in meinem Ärmel, wartete im Schlafzimmer, bis er sich selbst die Zähne putzen ging, und verstaute sie im Futter einer alten Handtasche, die ich im Kleiderschrank untergebracht hatte.

Rückblickend war dies vielleicht mein erster Akt des Widerstands.

ZWEITER TEIL

ELIANE
1940

Mit Erleichterung sah Eliane, dass ihre Schwester im Laufe des Sommers wieder zu Kräften kam. Der Aufenthalt in der Mühle tat Mireille gut, und die Kombination aus der einfachen, aber nahrhaften Hausmannskost, der liebevollen Fürsorge ihrer Familie und vielen friedlichen Tagen, die sie mit Blanche am Flussufer spielte, heilten langsam ihre seelischen Verletzungen. Da die Schleusentore wieder geöffnet waren, toste das Wasser nicht mehr ohrenbetäubend übers Wehr, sondern bildete das übliche sanfte Hintergrundplätschern zum Leben in der Mühle. Ende August zeigten Mireilles Augen wieder das charakteristische Funkeln, und dann, eines wundersamen Sonntagnachmittags, lächelten Lisette und Eliane einander an, da sie Mireille lachen hörten – was wie Musik in ihren Ohren klang.

»Jetzt seht euch dieses freche kleine Äffchen an«, rief Mireille aus und reichte Blanche ihrer Mutter. »Sie hat es doch tatsächlich geschafft, den ganzen Weg zum Teich zu krabbeln, um dort Schlamm zu essen.«

»Sie hat sich offenbar darin gewälzt!« Lisette musste ebenfalls lachen. »Aber du siehst nicht besser aus, Mireille. Was seid ihr doch für Schmutzfinken! Sieh dich mal an, du hast genauso viel Schlamm an den Händen wie sie.« Mit einem Zipfel ihrer Schürze wischte sie Mireille einen Fleck von der Wange.

»Nun, da sie ohnehin schon schmutzig war, fand ich, man

könnte auch gut noch ein paar Schlammkuchen backen«, sagte Mireille grinsend.

Lisette wusch Blanche Hände und Gesicht und brachte sie nach oben, um ihr die schlammigen Kleider auszuziehen. Mireille ließ sich währenddessen am Küchentisch nieder und blätterte müßig in der Zeitung der Vorwoche.

»Wie kommt Monsieur le Comte zurecht?«, fragte sie Eliane. »Es ist bestimmt nicht leicht für ihn, im Cottage zu wohnen, während sein Château voller *Boches* ist.«

»Es geht schon. Er ist ein couragierter alter Mann.« Mehr sagte Eliane nicht, da der Comte ihr immer wieder einschärfte, wie wichtig es war, verschwiegen zu sein, selbst gegenüber der eigenen Familie. »In Zeiten wie diesen kann Wissen etwas sehr Gefährliches sein«, hatte er gesagt. »Für Ihre Familie ist es sicherer, wenn sie nichts von dem weiß, was hier oben vorgeht. Aus demselben Grund werde ich Ihnen auch nicht die Einzelheiten von dem verraten, was ich hier tue; sollten die Deutschen es herausfinden, ist es besser für Sie und Madame Boin, wenn Sie nichts wissen.«

Eigentlich hatte Eliane nicht den Eindruck, als wäre auf dem Château etwas im Gange. Manchmal fragte sie sich, ob Monsieur le Comte leichte Wahnvorstellungen bekam. Allerdings verbrachte er noch einige Zeit mit dem Lesen in der Bibliothek des Châteaus – was die Deutschen ihm zugestanden, da er sie bereitwillig in seinem Haus untergebracht hatte –, und er nahm seine Mahlzeiten in der Küche ein. Am Nachmittag machte er normalerweise ein Nickerchen im Cottage und zog sich abends nach dem Essen früh in sein Schlafzimmer zurück, damit die Frauen noch rechtzeitig vor der Ausgangssperre aufräumen und nach Hause kommen konnten.

Madame Boin weigerte sich, die Küche zu verlassen, da das Château nun »von den *Boches* verseucht war«, wie sie es ausdrückte. Sie bereitete zwar die Mahlzeiten für die Deutschen zu, weil der Graf sie darum gebeten hatte, allerdings nur äußerst missgelaunt, und dabei knallte sie die Töpfe, so laut sie konnte. Auf Anweisung des Grafen deckte Eliane vor den Mahlzeiten der Deutschen den Tisch im Esszimmer und räumte ihn erst wieder ab, wenn diese schon gegangen waren, daher bekam sie sie kaum zu Gesicht. Die einzige Ausnahme war der Übersetzer – Oberleutnant Farber –, der als Mittelsmann fungierte und die Befehle der im Château Bellevue einquartierten Offiziere überbrachte. Eliane fand ihn recht angenehm, obwohl seine Uniform sie nervös machte. Die Insignien auf seiner Jacke – der silberne Adler mit den ausgebreiteten Flügeln und das eckige Hakenkreuz – schreckten sie ab.

Eines Freitagabends erledigte Eliane gerade die letzte Aufgabe der Woche und wischte den Küchenboden, da schrak sie zusammen, weil eine Gestalt auf der Türschwelle erschien. Es war Monsieur le Comte, der seinen Zeigefinger auf die Lippen presste und ihr einen versiegelten Umschlag gab. Verwirrt nahm sie ihn und sah in der eleganten Handschrift des Grafen den Namen ihres Vaters. Er bedeutete ihr, den Umschlag in ihre Schürzentasche zu stecken, und verschwand dann mit einem Kopfnicken den dunklen Pfad Richtung Cottage hinunter. Während sie ihm nachsah, bekam sie den Eindruck, dass er sich absichtlich im Schatten hielt und den wenigen Lichtstreifen auswich, die durch die Schlitze der Verdunklungsvorhänge drangen und hier und da den Garten erhellten.

Kaum war sie zuhause, gab sie ihrem Vater den Umschlag. Gustave nickte nur und steckte ihn, anstatt ihn zu öffnen, in seine Tasche. Eliane wusste, sie durfte ihm keine Fragen dazu stellen.

Sie erwähnte den Umschlag auch nicht gegenüber ihrer Schwester, als diese laut aus der Zeitung vorzulesen begann. »Da Paris praktisch entvölkert ist, fordern Unternehmen ihre Angestellten auf, wieder zur Arbeit zurückzukehren. Aufgrund der Zusicherungen, dass es nun, nach dem Waffenstillstand, keine Bombardierungen durch die Luftwaffe mehr geben wird, werden für einen begrenzten Zeitraum zusätzliche Züge zwischen Bordeaux und der Hauptstadt eingesetzt, damit die Angestellten auf ihre Posten zurückkehren können.«

Bevor Lisette nach Blanches Schlammkuchenschlacht nach oben gegangen war, um das Mädchen zu waschen, hatte sie ihre Heilmittel für die kommende Woche vorbereitet. Nun füllte Eliane ätherische Öle von großen Flaschen mit Glasstopfen in kleinere Fläschchen, die ihre Mutter bei ihren Visiten mitnahm. Jetzt hielt sie inne und blickte hinüber zu Mireille. Das, was sie gerade vorgelesen hatte, hing in der Luft und vermischte sich mit den Düften von Pfefferminze und Nelken.

»Wirst du zurückfahren?«, fragte sie.

Mireille ließ ihren Blick aus dem Fenster schweifen, doch Eliane konnte nicht sagen, ob sie den Fluss und die Weide sah oder ob sie immer noch das Bild der toten Menschen auf der Landstraße vor Augen hatte.

Langsam nickte Mireille, als sie zu einer Entscheidung kam. Sie wandte sich zu Eliane. »Ich bin jetzt wieder gesund und weiß, ich werde im Atelier gebraucht, da viele meiner Kolleginnen auch geflüchtet sind. Ich frage mich, wer geblieben ist …«

»Das wird Maman nicht gefallen«, bemerkte Eliane und wandte ihre Aufmerksamkeit wieder den Flaschen zu.

Mireille seufzte. »Ich weiß. Aber hier gibt es nichts für mich zu tun. Du und Maman kümmert euch so gut um Blanche, dass ihr meine Hilfe gar nicht braucht. Neulich habe ich von Monsieur le Directeur eine Karte bekommen. Er schreibt, wenn er nicht wie sonst weitermacht, dann übernehmen die Deutschen sein Geschäft und stellen ihre eigenen Leute ein. Also ist es doch besser, wenn er es behalten kann, oder? Er war ein guter Chef. Und er hat versucht, Menschen wie Esther zu helfen. Vielleicht gibt es noch andere Frauen wie sie, denen man Zuflucht und Arbeit geben kann. Vielleicht kann ich auch etwas dazu beitragen …«

Während sie sprach, wurde Mireilles Stimme immer kräftiger, und in ihren Worten schwang Zuversicht mit. In diesem Augenblick erschien Lisette mit Blanche, die gewaschen und umgezogen war und nach Lavendelöl duftete. Sie reichte Mireille das Kind, damit es auf ihren Knien hüpfen konnte.

»In diesem Fall«, erklärte Lisette, die Mireilles Worte offenbar gehört hatte, »musst du ganz sicher sein, dass du gesund genug bist, um zurückzukehren.«

Mireille strahlte. »Dann erlaubst du es, Maman?«

»Erst Anfang September und nur, wenn ich überzeugt bin, dass du dich vollkommen erholt hast.« Lisette strich ihrer älteren Tochter eine Locke aus der Stirn und blickte ihr in die dunklen Augen. »Ich kenne dich und weiß, wenn wir dich hierbehalten, wird deine Seele nicht heilen können. Aber in Paris, da bin ich mir sicher, wirst du einen Weg finden. Vergiss nur nicht, dass du immer zur Mühle zurückkommen kannst, sollte es nötig sein, Paris erneut zu verlassen. Dies ist dein Zuhause. Und das wird es immer sein.«

Eine Träne rann Mireille über die Wange. Sie vergrub ihr Gesicht in Blanches Locken, die ihren eigenen so ähnlich waren.

Lisette streichelte ihrer Tochter tröstend übers Haar und sagte lächelnd: »Jetzt weiß ich, dass es dir besser geht. Du kannst endlich wieder weinen.«

Am Montagmorgen ging Eliane wie üblich in den Garten des Châteaus, um nach den Bienenstöcken zu sehen und alle Zutaten für das Essen zu holen, das Madame Boin für diesen Tag geplant hatte. Die oberen Rahmen in jedem der Stöcke waren mit dem Sommerhonig gefüllt und mit Bienenwachs versiegelt. Diese Woche würde sie die letzte Ernte des Jahres sammeln und dafür sorgen, dass den Bienen noch genug Vorräte blieben, um den Winter zu überstehen. Sollte er so hart werden wie der letzte, dann würden sie noch etwas mehr brauchen, zumal sie wegen der Rationierung der Lebensmittel kaum Zucker abzweigen konnte.

Während sie die Rahmen wieder zurückschob, hörte sie, wie das Gartentor aufging. Sie drehte sich um und sah Monsieur le Comte.

»*Bonjour, monsieur.*«

»*Bonjour,* Eliane. Wie sind die Erträge heute?«

»Gut, danke, *monsieur.* Die Völker waren nach dem letzten Winter ziemlich dezimiert, aber sie haben überlebt und nun wieder ihre volle Stärke erreicht.«

Der Graf stützte sich auf seinen Stock und beugte sich etwas vor, um eine Biene zu betrachten, die gerade den Eingang eines Stocks erreicht hatte und eifrig ihre Achten beschrieb, um ihren Kolleginnen mitzuteilen, wo man den meisten Nektar fand.

»Ich bin immer wieder fasziniert davon«, sagte der Graf, richtete sich auf und lächelte Eliane zu. »Sie arbeiten so klug zusammen, und jede hat ihre eigene Aufgabe, die dazu beiträgt, dass das Volk als Ganzes weiterhin gedeiht.«

Er bedeutete Eliane, ihm zu folgen, und entfernte sich ein wenig von den Stöcken, um den Bienen nicht in der Flugbahn zu stehen und sie zu beunruhigen. »Zeigen Sie mir doch mal, was Sie hier in diesem Beet haben«, bat er sie.

Eliane verbrachte mehr Zeit im Garten, seit der Gärtner gekündigt hatte. Er hatte sich ein paar Monate vor dem Waffenstillstand als Soldat gemeldet und war nun vermutlich einer der Abertausend Kriegsgefangenen, die in deutsche Arbeitslager geschickt worden waren.

Eliane zeigte ihm die Spätsommerernte aus Gurken, Bohnen und Tomaten, doch der Graf wirkte abgelenkt, daher verstummte sie schließlich. Er starrte auf die sorgfältig gepflegten Beete, als interessierte er sich für das Gemüse, sagte jedoch leise: »Wären Sie bereit, sich für Ihr Volk einzusetzen wie diese Arbeitsbiene, Eliane?«

Auch sie schaute auf die Beete, als würde sie die Pflanzen betrachten. Mit kaum hörbarer Stimme antwortete sie: »Natürlich, *monsieur.*«

»Ich möchte Sie nicht in Gefahr bringen. Daher bitte ich Sie nur, selbst eine Art Tanz zu vollführen, um damit eine Nachricht zu übermitteln. Sie müssen weder wissen, wer die Empfänger sind, noch, wo sie sich befinden. Tragen Sie nur dieses Kopftuch, wenn ich es Ihnen sage …« Er holte ein gefaltetes quadratisches Seidentuch mit leuchtend rotem Muster hervor. »Und dann machen Sie mit Ihrem Korb einen kleinen Spaziergang rund um die Einfriedung des Gartens. Es ist wichtig, dass Sie das Kopftuch tragen und sich im Uhrzeigersinn bewegen. Wären Sie dazu bereit?«

Eliane blickte auf den leuchtenden Schal, den er ihr hinhielt. Schweigend nahm sie ihn und steckte ihn in die Tasche ihrer

Schürze. Danach murmelte sie: »Aber so ein Kopftuch aus Seide und mit diesem raffinierten Muster ist zu fein für ein Mädchen wie mich … Wird das den Leuten nicht auffallen?«

»Es gehörte meiner Mutter«, erklärte er. »Aber ich möchte, dass Sie es oft tragen; und wenn Sie jemand darauf anspricht, könnten Sie ihnen sagen, es sei ein Geschenk von Ihrer Schwester in Paris. Schließlich arbeitet sie in der Modebranche. Und sollten Sie bei einem Ihrer Spaziergänge je von einem unserer ›Gäste‹ aufgehalten werden, sagen Sie, dass Sie Wildblumen sammeln, aus denen Sie und Ihre Maman Heiltränke machen.«

»Ist gut, *monsieur*. Aber wie erfahre ich, wann ich meinen Spaziergang unternehmen muss?«

»Heute Morgen werde ich wie üblich in die Bibliothek gehen. Ich weiß, dass unsere ›Gäste‹ heute alle zu einem wichtigen Treffen in die *mairie* müssen. Wenn die Luft rein ist, komme ich in die Küche und bitte Madame Boin, mir einen Pfefferminztee zu kochen. Dies ist dann der Zeitpunkt für Sie, Ihren Tanz aufzuführen und die Botschaft zu übermitteln.«

»Verstehe«, flüsterte sie.

»Danke, Eliane.« Er zeigte erneut auf das Gemüsebeet, als hätten sie die ganze Zeit nur darüber gesprochen, und schlenderte dann zum Château zurück.

Tief in Gedanken versunken sammelte sie die Zutaten ein, die Madame Boin für ihr Essen brauchte, vergaß aber absichtlich die Pfefferminze.

An diesem Morgen herrschte im Château Bellevue das übliche Kommen und Gehen der deutschen Soldaten: Ein Kurier tuckerte mit seinem Motorrad die Auffahrt hoch, um Dokumente für den General zu bringen; ein paar Soldaten marschierten an ihrem Küchenfenster vorbei, um die Patrouille am Übergang der Brücke in Coulliac abzulösen; ein Militärfahrzeug hielt vor dem Haupteingang.

»Heute ziehen noch zwei ein«, bemerkte Madame Boin missbilligend, während sie und Eliane die zusätzlichen Betten in einem der Zimmer im oberen Stockwerk machten. »Wenn das so weitergeht, platzen wir noch aus allen Nähten.«

Als die Tür zum Nebenraum aufging, drangen das Rauschen eines Funkgeräts und deutsche Stimmen heraus. Die Funkstation befand sich dort, und mit einem Mal wurde Eliane klar, dass sie direkt über der Bibliothek lag, in der der Graf neuerdings so viel Zeit verbrachte.

Oberleutnant Farber klopfte an die offene Schlafzimmertür. »*Mesdames,* dies hier ist nicht so dringend. Es ist den Neuankömmlingen befohlen worden, ihr Gepäck unten in der Halle zu lassen, da zuerst andere Aufgaben auf sie warten. Es reicht vollkommen, wenn dieses Zimmer bis heute Nachmittag fertig ist. Außerdem müssen Sie heute nichts zum Mittagessen vorbereiten. Wir haben andere Arrangements getroffen.«

»*Oui, monsieur*«, erwiderte Madame Boin. Doch kaum waren seine Schritte im Gang verklungen, murrte sie: »Zuerst sagen sie uns wegen der Neuankömmlinge Bescheid, aber dann haben sie andere Pläne fürs Mittagessen. Wie soll ich unter solchen Bedingungen meine Küche führen?«

Während Eliane am Fenster stand und ein Kissen bezog, beobachtete sie, wie mehrere Soldaten in das Militärfahrzeug stiegen und Oberleutnant Farber dann den Jeep für den General zum Haupteingang brachte. Als er losfuhr, warf er einen Blick nach oben und sah sie am Fenster stehen. Er lächelte und nickte ihr kurz zu, bevor er den Wagen wendete und dem Militärfahrzeug die steile Zufahrt zum Ort hinunter folgte.

Nachdem sich der Staub hinter ihnen gelegt hatte, wurde es still im Château. Eliane folgte Madame Boin eilig in die Küche und machte sich daran, grüne Bohnen zu putzen. Nach ein paar Minuten hörte sie langsame Schritte und das Tock-tock eines Gehstocks.

Als der Comte die Küche betrat, lächelte er über das friedliche Szenario, das sich ihm bot. »Madame Boin, wären Sie wohl so freundlich, mir meine morgendliche *tisane* zuzubereiten? Heute hätte ich gerne Pfefferminze.«

»*Oui, monsieur.*« Sie stellte den Wasserkessel auf den Herd. »Aber Eliane, wo ist denn die Minze? Ich hab dich doch heute Morgen gebeten, mir welche mitzubringen.«

»Hab ich die vergessen? Tut mir leid, *madame*. Dann hole ich schnell welche.« Sie nahm den Weidenkorb, der an der Küchentür stand, und ging hinaus. Kaum war sie außerhalb von Madame Boins Sichtweite, stellte sie den Korb ab und zog das Kopftuch aus ihrer Schürzentasche. Das Tuch war eines der schönsten Dinge, die sie je gesehen hatte: ein Quadrat aus scharlachroter Seide mit einem Muster aus exotischen Vögeln und Blumen. Sie schüttelte es aus und fasste es an zwei Ecken, um daraus ein großes Dreieck zu falten, mit dem sie ihre Haare bedeckte. Dann knotete sie es wie eine Bäuerin am Nacken zusammen und nahm erneut ihren Weidenkorb. Schließlich machte sie sich auf zu ihrem Spaziergang außerhalb der Gartenmauern, und zwar im Uhrzeigersinn, wie der Graf gesagt hatte. Dabei spürte sie deutlich, dass jemand sie beobachtete. Tatsächlich fühlte sie sich ziemlich exponiert und auffällig, während sie durch den Garten ging, denn sie wusste, dass man sie sowohl von Coulliac aus sah – wo die Deutschen waren – als auch von der gesamten Umgebung aus. Unter dem Schal kribbelte ihre Kopfhaut vor lauter Nervosität, aber sie ging dennoch entschlossen weiter.

Schließlich nahm sie das Kopftuch wieder ab, faltete es sorgfältig und steckte es zurück in die Tasche. Dann ging sie eilig in den Garten, sammelte ein Büschel süß duftender Pfefferminze und brachte es zu Madame Boin.

Etwa eine halbe Stunde später hörte man, wie ein Fahrzeug heranfuhr und vor dem Haupteingang hielt.

»Nicht, dass die *Boches* zurückkommen und jetzt doch was zum Mittagessen wollen«, knurrte Madame Boin.

Eliane reckte den Kopf, um zu sehen, wer da kam, und erkannte überrascht den Lieferwagen ihres Vaters. »Es ist Papa!«, rief sie aus.

Gustave stieg fröhlich pfeifend aus und hievte einen Sack Mehl von der Ladefläche. Er kam zur Küchentür und klopfte laut.

»Guten Morgen, Madame Boin. Und dir auch noch mal einen guten Morgen, *ma fille.*« Er lächelte Eliane zu. »Nach meinen heutigen Lieferungen habe ich entdeckt, dass ich noch einen Sack übrig habe. Vermutlich habe ich vergessen, den im Depot abzugeben. Also dachte ich mir, anstatt unnötig kostbares Benzin zu vergeuden und noch mal dorthin zurückzufahren, schaue ich mal, ob ihr was davon braucht. Schließlich weiß ich doch, dass ihr ziemlich viele ›Gäste‹ zu verköstigen habt.«

Eliane fand es seltsam, dass ihr Vater für die Deutschen dieselbe ironische Bezeichnung verwendete wie Monsieur le Comte. Außerdem meinte sie, gehört zu haben, wie die Tür des Lieferwagens ein zweites Mal leise auf- und wieder zuging, aber Gustave plauderte so lebhaft mit Madame Boin, dass sie sich auch geirrt haben konnte.

Ihr Vater schien es nicht eilig zu haben, sondern erzählte die neuesten Nachrichten und Gerüchte, die er auf seiner Morgenrunde aufgeschnappt hatte. »Lisette hatte gestern einen anstrengenden Tag, da Madame Leblancs Wehen sich siebzehn Stunden hinzogen! Also musste Lisette die ganze Nacht aufbleiben. Aber es ist alles gut gegangen – heute Morgen um fünf kam ein gesunder Junge zur Welt. Als ich losfuhr, holte Lisette gerade ein bisschen Schlaf nach …«

Er verstummte, als der Comte erschien. »*Bonjour,* Monsieur le Comte.« Die beiden Männer gaben einander die Hände. »Wie Sie sehen können«, Gustave zeigte auf den Mehlsack, der an einem Stuhl lehnte, »habe ich gerade eine Extralieferung gebracht.«

»Das weiß ich sehr zu schätzen, Gustave. Danke, dass Sie an uns gedacht haben.«

»Na, dann fahre ich jetzt besser. Wenn Lisette schon wach ist, wird sie sich fragen, wieso ich so lange für meine Runde brauche. Einen schönen Tag noch, *monsieur*! Madame Boin.« Er hielt kurz inne, um Eliane einen Kuss auf die Stirn zu drücken, und sagte: »Wir sehen uns später.« Nachdem er wieder in seinen Lieferwagen gestiegen war, winkte er ihnen herzlich zu, als er Richtung Mühle an ihnen vorbeifuhr.

Als Eliane an diesem Abend heimkam, blieb sie am Fluss stehen und stellte sich ein paar Minuten unter das schützende Blätterdach der Weide. Das war ihr zu einer fast alltäglichen Gewohnheit geworden, seit Mathieu nicht mehr da war. Sie erinnerte sich an die Zeiten, in denen sie gemeinsam am Ufer des Flusses gesessen hatten. Jetzt wanderte ihr Blick zu den Feldern auf der anderen Seite und zum Wald hinter den Feldern, der im Mondlicht nur als dunkler Schatten zu erkennen war. Jenseits des Waldes hörte sie das schwache Rumpeln eines vorbeifahrenden Zuges, das in der Ferne verhallte.

Irgendwo da draußen war Mathieu, jenseits des Waldes, hinter der Bahnstrecke und weiteren Feldern, auf der anderen Seite der schmalen, steilen Täler des Périgord, die sich in der Höhe zu den Wiesen und Weiden des Corrèze verbreiterten. Dort half er seinem Vater und seinem Bruder auf dem Bauernhof bei Tulle. Sie wünschte sich von ganzem Herzen, irgendeine Nachricht von ihm zu bekommen. Nur ein paar Worte, damit sie wusste, dass er gesund und wohlauf war und immer noch an sie dachte. Sie erinnerte sich an die Tage, die sie am Fluss verbracht hatten, mit einem Picknick im Sonnenschein und Plänen für eine gemeinsame Zukunft, an die sie aus tiefster Überzeugung glaubten. Damals war sie sicher gewesen, dass sie füreinander bestimmt waren. Aber wer hätte auch voraussehen können, dass Frankreich durch eine Linie auf einer Landkarte geteilt würde? Und dass diese Linie eine solch unüberwindbare Barriere werden könnte?

In diesem Augenblick öffnete sich die Tür zur Mühle, und ein Lichtschein drang zu Eliane, die unter dem Baldachin der Weide verborgen war. Lisette kam heraus und zog die Tür rasch wieder hinter sich zu. Eliane beobachtete, wie ihre Mutter zur Scheune ging und irgendetwas vor sich hertrug. Sie hörte ein leises Klirren, wie von Porzellan, das auf einem Tablett klapperte, und roch etwas Pikantes – Suppe vielleicht? Oder einen von Lisettes Eintöpfen?

Sehr seltsam. Was wollte ihre Mutter dort mit dem Essen? Gerade als Lisette mit leeren Händen aus der Scheune zurückgeeilt kam, verließ Eliane den Schutz der Weide.

»Oh«, keuchte ihre Mutter und fuhr mit der Hand zur Kehle. »Ach, du bist es, Eliane. Hast du mich aber erschreckt!«

»Tut mir leid, Maman. Das wollte ich nicht.«

»Wie war dein Tag?«, fragte Lisette.

»Ach, gut. Wie üblich«, erwiderte Eliane. Zwar wollte sie unbedingt wissen, wer da vielleicht in der Scheune der Martins sein Abendessen einnahm, hütete sich aber, Fragen zu stellen, die ihre Mutter womöglich nicht beantworten wollte.

»Papa ist in der Küche. Ich glaube, er will mit dir reden.«

Eliane folgte ihrer Mutter ins Haus und blinzelte in der plötzlichen Helligkeit.

»Da ist sie ja!« Gustave zog den Stuhl neben seinem heraus und winkte Eliane zu sich an den Tisch. »Du hast deine Sache gut gemacht, *ma fille*. Dein Spaziergang war wichtig.«

Sie zuckte die Achseln. »War doch nur ein Spaziergang.«

Grinsend wuschelte er ihr durchs Haar. »Ein Spaziergang, der einiges möglich gemacht hat. Ereignisse, über die ich noch nicht sprechen kann, die aber etwas bewirken werden.«

Sie erwiderte sein Lächeln und steckte sich eine Strähne ihres glatten, honigblonden Haars hinters Ohr. »Und sitzt eines dieser Ereignisse gerade in der Scheune und isst sein Abendessen?«

Lisette holte erschrocken Luft. »Ich hab dir doch gesagt, dass es viel zu riskant ist, ihn dort zu lassen«, sagte sie vorwurfsvoll zu Gustave.

»Keine Sorge, *chérie*. Eliane weiß, dass nichts davon nach außen dringen darf. Also ist es nur fair, wenn wir sie einweihen. Abgesehen davon wird er morgen schon weg sein, wenn Yves und ich ihn mit dem Mehl für die Bäckereien in seine neue Unterkunft bringen.«

Gustave wandte sich zu Eliane. »Wie du dir schon gedacht hast, haben wir diese Nacht einen ›Gast‹ in der *moulin.* Er kommt aus England. Letzte Nacht ist er mit einem Fallschirm über der unbesetzten Zone abgesprungen und hat heute das Wehr überquert. Er bleibt eine Weile hier und hilft im Untergrund. Mehr musst du nicht wissen.«

»Verstehe«, sagte Eliane und nickte nachdenklich. »Und hatte mein Spaziergang heute irgendwas mit seiner Ankunft zu tun?«

»Allerdings. Du hast bestimmte Leute wissen lassen, dass die Luft rein ist, und hast damit dazu beigetragen, dass ihm und den anderen keine Gefahr droht.«

»Dürfte ich dann noch eine Frage stellen?«

»Nur noch eine. Aber ich kann dir nicht versprechen, dass ich sie beantworte.«

»Hast du heute Morgen, als du im Château Bellevue aufgetaucht bist, mehr als nur einen Sack Mehl abgeliefert?«

Er blickte in ihre klaren, grauen Augen und wog seine Worte sorgfältig ab. »Ja, Eliane, aber mehr kann ich nicht sagen.«

»Ist schon gut. Ich werde keine weiteren Fragen stellen.«

In ihrem Dachzimmer holte Eliane das scharlachrote Kopftuch aus ihrer Schürzentasche, breitete es auf ihrem Bett aus und strich mit den Fingerspitzen über die weiche, farbenprächtige Seide. Vor dem Hintergrund der weißen Tagesdecke wirkte es wie ein Zeichen der Hoffnung. Sie betete nur, dass der Fremde in der Scheune sicher war, ebenso wie ihre Familie hier und in Paris. Sie dachte an Monsieur le Comte, dessen Mutter einst dieses Kopftuch getragen hatte, und hoffte, es würde ihm Zuversicht spenden, dort oben im Château, inmitten all der deutschen Soldaten, bei seinen heimlichen Aktivitäten. Vor allem aber betete sie, etwas von seiner Pracht könnte wie der Strahl eines Leuchtturms Mathieu auf der anderen Seite erreichen.

Als sie am nächsten Morgen nach unten kam, saß ein Fremder am Küchentisch. Er trug unauffällige Arbeitskleidung, aber seine Gesichtszüge waren umso markanter: Seine Adlernase und ein harter Zug um den Kiefer strahlten Stärke und Entschlossenheit aus, nur abgemildert von einem Hauch Belustigung in seinen Augen, die die Farbe dunkelblauer Kornblumen hatten. Als er Eliane sah, stellte er seine Kaffeeschale ab und stand unbeholfen auf.

Sie gab ihrem Vater, der am Tischende bei der Tür saß, einen Kuss und sagte: »*Bonjour,* Papa.«

»*Bonjour,* Eliane. Darf ich dir Jacques Lemaître vorstellen?«

Der Fremde strecke ihr seine Hand hin. »*Enchanté, mademoiselle.* Es ist schön, Sie kennenzulernen.«

Sein Französisch war makellos bis auf einen kaum hörbaren Akzent, den man nicht einordnen konnte. Wenn man es nicht besser wusste, hätte man vielleicht gedacht, er käme etwas weiter aus dem Süden, aus dem Baskenland vielleicht oder dem Languedoc.

»Jacques wird in der Bäckerei von Coulliac arbeiten und in der Wohnung darüber unterkommen. Er ist ein Freund der Familie und hilft Monsieur Fournier, dessen Arthritis in letzter Zeit schlimmer geworden ist.«

Sie nickte. »Man wird sich über Ihre Unterstützung freuen, *m'sieur.*«

Jacques lächelte. »Sie tragen ein sehr schönes Kopftuch, Eliane.«

»Danke. Es ist ein Geschenk von meiner Schwester in Paris.«

Es war, als würden sie alle ihre Rollen einstudieren, hier in der Sicherheit der Mühle proben, damit sie für den Ernstfall vorbereitet waren.

Gustave leerte seinen Kaffee, zog ein großes getupftes Taschentuch hervor und wischte sich den Schnurrbart ab. »Also dann, Jacques, fahren wir. Monsieur Fournier möchte seine Mehllieferung sicher noch, bevor der Rest von Coulliac aufwacht.«

»*Au revoir,* Eliane«, sagte der Fremde. »Ich freue mich schon darauf, Sie wiederzusehen.«

»Willkommen in Coulliac, Monsieur Lemaître«, erwiderte sie. »Ich hoffe, Sie leben sich gut ein.«

ABI
2017

Es ist Montag – Ruhetag im Château Bellevue –, und ich sitze am Ufer und lasse meine Füße ins Wasser baumeln. Thomas und Jean-Marc haben heute Morgen in der Mühle gearbeitet, aber jetzt sind sie zum Mittagessen nach oben gegangen. Mittags ist es viel zu heiß, um draußen zu arbeiten.

Mittlerweile bin ich mutig genug, im Fluss zu schwimmen. Jean-Marc hat mir gezeigt, dass man aufs Wehr gehen und von dort in den tiefen Teich weiter oben steigen kann, solange man sich in der Mitte hält und die Schleusenkanäle meidet. Das Mühlrad steht schon seit einer Ewigkeit still, erstarrt in Raum und Zeit, und dient nur noch als Andenken an die Kriegsjahre, als es noch das Mehl für das tägliche Brot der Gemeinde mahlte. Aber das Schleusentor im Kanal ist geöffnet, sodass das Wasser erst wie ein schwarzes Band hindurchgezogen wird und dann weiß schäumend über das Wehr in den Fluss zurückströmt. Der tiefe Teich mitten im Fluss ist dunkel und kühl, plätschert munter über das Wehr und rauscht in Kaskaden in den goldbraunen Tümpel darunter, wo sich Fische in den Strudeln unter der Weide tummeln. Dort fließen die Wassermassen des Flusses wieder zusammen, bevor er weiterströmt, um schließlich ins Meer zu münden.

Ich suche mir einen Weg über die Ufersteine, setze mich unter die Weide und lehne mich mit dem Rücken an deren Stamm. Die Rinde ist rau und voller Risse und Rillen. Sara hat mir erzählt, in ihr sei ein Zusatzstoff von Aspirin enthalten, und Eliane und Lisette hätten daraus einen Tee gegen Schmerzen gebraut, als es wegen des Krieges kaum Schmerzmittel zu kaufen gab. Ich lehne meinen Kopf an die heilende Rinde, schließe die Augen und lasse das filigrane Muster der durch die Blätter gefilterten Sonnenstrahlen auf meinen Lidern tanzen. Meine Gedanken wandern zu Eliane, die an jenem Abend im Schutz dieses Baumes von Mathieu träumte, als Jacques in der Mühle auftauchte.

Ich frage mich, wie es sich wohl anfühlen würde, von einem Mann wie Mathieu Dubosq oder Jacques Lemaître geliebt zu werden. Einem gutherzigen Mann.

Das leise Rumpeln eines in der Ferne vorbeifahrenden Zuges reißt mich aus meinen Tagträumen. Es ist so friedlich hier, dass man alle Geräusche der Umgebung hören kann: das Flöten eines Vogels im Baum, das schwache Rattern eines vorbeifahrenden Zuges, die raschelnden Blätter der Trauerweide, das sanfte Rauschen des Flusses. Es ist ganz anders als meine Aussicht auf die Themse von Zacs Wohnung aus, wo das Lärmen der Großstadt alles andere übertönte.

Zac muss gespürt haben, wie einsam ich war. Und seit der Nacht, in der er versuchen wollte, eine eigene Familie zu gründen, hatte sich etwas verändert. Obwohl ich wahrscheinlich genauso wirkte wie immer, fügte ich mich nicht mehr in die von ihm auferlegte Rolle, die ich seit Beginn unserer Ehe bereitwillig eingenommen hatte. Mein kleiner Akt des Widerstands gab mir Kraft, jedes Mal, wenn ich abends die Antibabypille aus ihrem Versteck im Kleiderschrank holte und sie mit einem Schluck Wasser schluckte.

Vielleicht spürte Zac diese Veränderung auch, diesen winzigen Kontrollverlust, den er nicht genau bestimmen konnte.

Was auch immer seine Gründe waren, jedenfalls erlaubte er mir eines Tages mit gönnerhaftem Wohlwollen, ich könne studieren.

»Du solltest einen Universitätsabschluss machen«, schlug er vor, »während wir versuchen, eine Familie zu gründen. Was meinst du? Du sagst doch immer, es hätte dir leidgetan, dass du nach der Schule nicht hättest studieren können.«

Erst war ich sprachlos und dann dankbar. Also lag ihm mein Wohl doch am Herzen.

Ich strahlte übers ganze Gesicht. »Oh Zac! Im Ernst? Das wäre super!« Ich stellte mir vor, wie ich in einem vollen Hörsaal saß, wie ich Kaffee mit anderen Studenten trank, wie ich mit der U-Bahn eine Tasche voller neuer Bücher nach Hause brachte und mich hinsetzte, um einen Aufsatz zu schreiben …

Als seine Miene hart und steinern wurde, erkannte ich sofort meinen Fehler. Ich hatte mein Visier hochgeklappt und ihm meine wahren Gefühle offenbart, und das hatte ihm neue Macht über mich verliehen.

»Selbstverständlich wird das sehr kostspielig sein. Aber ich habe etwas bei der Fernuniversität herausgesucht. Da sind die Studiengebühren billiger, und du hast keine Fahrtkosten. Schließlich bin ich kein Dukatenesel.«

Zwar freute ich mich auch darauf, einen Abschluss an der Fernuni zu machen, hatte aber dennoch das Gefühl, die Wände der Wohnung schlössen sich immer enger um mich herum zusammen und die Stadt vor unserem Fenster rückte in immer weitere Ferne.

Ich sagte zu mir, wenn ich erst einen Abschluss hätte, würden sich mir auch mehr Möglichkeiten bieten. Ich könnte einen guten Job bekommen, auf eigenen Füßen stehen.

Und du würdest genug Geld verdienen, um zu gehen.

Es war ein erster Schritt. Und in diesem Augenblick war das besser, als gelähmt hinter den großen Panoramafenstern zu sitzen.

ELIANE
1940

Seit Neuestem zog sich der Comte nachmittags nicht mehr für ein Nickerchen ins Cottage zurück, sondern ging in die Kapelle. Nach dem Mittagessen senkte sich Stille über das Château, da die meisten Deutschen entweder auf ihren Posten in Coulliac waren oder, wenn sie freihatten, ihren Rausch von dem Wein ausschliefen, den sie mit Erlaubnis ihres Gastgebers zum Mittagessen aus dem Weinkeller kredenzt bekamen.

»Holen Sie täglich ein oder zwei Flaschen hoch«, hatte Monsieur le Comte zu Eliane gesagt. »Wie die Bienen brauchen unsere Gäste regelmäßig Nektar, um sich wohlzufühlen.«

Für Madame Boin war die Treppe, die von der Küche aus in den Keller führte, viel zu steil. Sie behauptete, ihr werde schwindelig. Also war es Elianes Aufgabe, hinunter ins dunkle, kühle Felsfundament zu steigen, auf dem das Château stand, und den Wein hochzubringen. »Fangen Sie auf der linken Seite der Regale an«, hatte der Graf sie angewiesen. »Die besten Flaschen sind auf der rechten Seite – die sparen wir uns für die Gelegenheiten auf, wenn wir, so Gott will, selbst etwas zu feiern haben.«

Am einen Ende des Weinkellers standen drei Holzfässer nebeneinander, und hölzerne Keile hinderten sie daran wegzurollen. Als Eliane das erste Mal hinunterging, hatte der Comte sie gebeten, sie sich genau anzusehen und ihm zu sagen, ob ihr etwas an ihnen aufgefallen war.

»Das mittlere scheint etwas tiefer zu sein, was merkwürdig ist, da alle eigentlich die gleiche Größe haben«, erzählte sie ihm.

Monsieur le Comte hatte genickt. »Beim nächsten Mal sehen Sie sich das genauer an, Eliane. Haben Sie von den Gerüchten gehört, es gebe einen Geheimtunnel, der das Château mit der Mühle verbindet? Nun, die Gerüchte stimmen. Das mittlere Fass steht auf einer Falltür im Boden, deshalb wirkt es ein bisschen tiefer.«

Eliane war nie in diesem Tunnel gewesen, aber jetzt kam er ihr jedes Mal in den Sinn, wenn sie Wein holen ging: ein geheimer Gang, der ihren Arbeitsplatz mit ihrem Zuhause verband.

Eines Nachmittags, als sie die steile Treppe hinuntergestiegen war, um Wein zu holen, fiel ihr auf, dass die Regale auf der linken Seite wegen der Großzügigkeit des Grafen bereits fast leer waren. Vor den Regalen auf der rechten Seite waren ein paar Kisten gestapelt, auf denen der Name eines hiesigen Winzers und das Jahr 1937 geschrieben standen. Gehörten diese auch zu dem kostbaren Vorrat an besseren Jahrgängen? Oder konnte sie die Flaschen aus den Kisten in die linken Regale stellen, um das zu ersetzen, was bereits getrunken worden war? Kurz darauf befand sie sich auf dem Weg in den Garten, um dort ein, zwei Stündchen zu arbeiten, bevor sie Madame Boin half, das Abendessen vorzubereiten. Da fiel ihr ein, sie könnte doch dem Comte einen Besuch in der Kapelle abstatten, um ihn nach dem Wein zu fragen. Die Kapelle war eines der ältesten Gebäude des Châteaus, und die abgerundeten Steine leuchteten warm in der Nachmittagssonne. Das alte Kreuz auf dem Giebel über dem Eingang wies himmelwärts und erhob sich über die Dächer der angrenzenden Gebäude.

Eliane klopfte leise an die verwitterte Holztür. Merkwürdigerweise meinte sie, drinnen zwei Stimmen zu hören, doch als sie die Tür aufschob, erhob sich Monsieur le Comte von seinem Platz neben dem Altar, direkt vor der Christusfigur am Kreuz, und schien offenbar allein zu sein. *Er hat wohl laut gebetet,* dachte sie.

Als sie ihm die Lage im Weinkeller erläuterte, lächelte der Graf so breit, dass seine Augen Fältchen bekamen. »Ah, ja, diese Weinkisten hatte ich ganz vergessen. 1937 war ein schrecklicher Jahrgang, viel zu viele Gerbstoffe und viel zu sauer. Der Winzer konnte den Wein nicht verkaufen, daher gab er ihn mir kostenlos zu einer anderen Lieferung hinzu. Es wird das Beste sein, ihn unseren deutschen Gästen zu servieren. Die perfekte Lösung! Sie können diese Flaschen gerne in die leeren Regale räumen. Nur achten Sie bitte darauf, ihn nicht mir zu servieren.«

Er ließ sich wieder auf seinem Platz neben dem Altar nieder. Dann, als wäre ihm das gerade erst eingefallen, fügte er hinzu: »Ach, Eliane, möglicherweise werde ich Sie morgen ersuchen, noch einmal einen Spaziergang zu machen, also vergessen Sie bitte nicht, Ihr Kopftuch mitzubringen.«

Sie berührte kurz den rotseidenen Schal um ihren Hals, und er nickte zufrieden. »Ich sage Ihnen Bescheid«, bekräftigte er.

Sie ließ ihn in der Kapelle zurück, in die die Sonne durch ein Buntglasfenster schien. Das Licht ließ die um seinen Kopf herumtanzenden Staubkörnchen funkeln und fiel auf seine im Schoß verschränkten Hände. Als sie die Tür sanft hinter sich zuzog, hörte sie wieder seine Stimme, ein unverständliches Gemurmel auf der anderen Seite der dicken Mauer.

Also machte sie sich am nächsten Tag, wie schon einige Male zuvor, wieder bereit, einen Spaziergang im Garten zu machen.

Die Anzahl und Richtung dieser Runden waren nicht immer gleich; sie wusste nie, welche Botschaft sie übermittelte – und an wen. Doch hoffte sie, neben den Nachmittagsgebeten des Grafen würden diese Nachrichten, die sie ins Blaue schickte, irgendetwas bewirken.

ABI
2017

Karen und ich putzen die Kapelle. Da der Sommer heute für Hitze sorgt, ist es ein wahrer Segen, in die dämmrige Kühle zu treten. Wir wischen den Steinboden und fegen die Überreste der letzten Hochzeit in unser Kehrblech. Das polierte Holz der Kirchenbänke schimmert im Licht, das durch die Buntglasfenster fällt.

Gemeinsam schütteln wir das frisch gewaschene Leintuch aus und breiten es über den kleinen Altar vor der Christusfigur. Karen beugt und streckt ihr Handgelenk, das manchmal noch ein bisschen steif ist, obwohl es sehr gut verheilt zu sein scheint, und wirft einen Blick auf meinen Arm. Als ich das bemerke, glätte ich eine nicht existente Falte im Altartuch, um meine Verlegenheit zu überspielen. Wegen der Hitze musste ich dieses Mal auf mein langärmliges Shirt verzichten. Ich weiß, es ist kein schöner Anblick. Die Knochen sind beim Brechen gesplittert und haben sich durch die Haut gebohrt. Die Klammern, die benutzt wurden, um es wieder zu richten, haben für noch mehr Narbengewebe gesorgt, daher wirkt mein Arm etwas unförmig. Die Narben der Schnittwunden leuchten hell auf der sanft gebräunten Haut, die ich dem Sonnenbaden an meinen freien Tagen verdanke.

Karen bedenkt mich mit ihrem offenen Blick. »Und ich bade in Selbstmitleid, bloß weil mein Handgelenk ein bisschen schmerzt. Dabei hat das da bestimmt viel schlimmer wehgetan.«

Ich zucke die Achseln, weil ich nicht mehr daran denken will. Weil ich die Bilder verdrängen will, die ungebeten vor meinem inneren Auge auftauchen. »Ja, mag sein. Aber das ist schon länger her. Und fast verheilt.«

Karen sieht mich einen Moment forschend an. »Du schlägst dich wacker, weißt du, Abi? Ich habe, seit ich hier bin, schon einige kommen und gehen sehen, und du gehörst zu den Guten.«

Ich weiß nicht, ob sie damit meine Arbeit im Château meint oder etwas anderes, aber ihre schlichte Freundlichkeit treibt mir die Tränen in die Augen. Ich bücke mich, um Feger und Kehrblech vom Boden zu nehmen und mich zu sammeln. Vom Garten draußen dringt das Motorengebrumm des Aufsitzmähers zu uns. Jean-Marc bringt ihn bestimmt vom Park in den Schuppen, um Mittagspause zu machen.

Als ich mich aufrichte, sieht Karen mich immer noch nachdenklich an und sagt dann grinsend: »Und ich schätze, ich bin hier nicht die Einzige, die das findet, weißt du?«

Als wir die Kapelle verlassen, halte ich einen Moment inne, bevor ich in die grelle Mittagssonne trete, und denke an den Grafen, der hier seine Nachmittage verbrachte. Und in diesem Augenblick, im Zwielicht der stillen Kapelle, habe ich das Gefühl, ich könnte leise flüsternde Stimmen hören, die Botschaften aus der Vergangenheit übermitteln.

ELIANE
1942

Auf dem Markt von Coulliac verbreitete sich wie ein Lauffeuer die Nachricht, dass es neuen Honig gab. Trotz der strengen Rationierung wurden die Lebensmittel knapp. Da Zucker eine der kostbarsten und seltensten Waren darstellte, bildete sich rasch eine Schlange vor Francines und Elianes Stand.

Die Leute waren es mittlerweile leid, für alles Schlange stehen zu müssen: vor der *mairie* für Passierscheine und Benzincoupons, vor der Bäckerei für das täglich weniger werdende Brot, vor dem Metzger, um ein mageres Stück Pferdefleisch zu ergattern, und an den Grenzübergängen, die überall auf Straßen errichtet wurden.

Die mageren Lebensmittelrationen wurden mit allem aufgebessert, was irgendwie erhältlich war. Manchmal mit Fischen aus den Flüssen, mit Wildkräutern wie Löwenzahn, Vogelmiere und *mâche* von den Wiesen; und wenn die Kornvorräte schwanden, wie so oft neuerdings, dann mahlten Gustave und Yves Esskastanien zu einem groben Mehl, aus dem man schweres, gelbliches Brot backen konnte, das einem wie ein Stein im Magen lag. Aber niemand beschwerte sich. Nach einem Winter, in dem man hauptsächlich mithilfe von Rüben und Artischocken überlebt hatte, freuten sich alle über die – wenn auch begrenzte – Fülle und Vielfalt, die Frühling und Sommer mit sich brachten. Das schwere Maronenmehl füllte immerhin das Loch im leeren

Magen. Aber Honig würde einen harten Kanten Brot in eine wahre Leckerei verwandeln.

Statt einer hohen Summe, die die meisten für ein Glas bezahlt hätten, wenn sie könnten, berechneten die Mädchen nur einen kleinen Betrag und verteilten die kostbaren Vorräte unter möglichst viele Familien von Coulliac. In manchen Fällen waren sie auch nicht abgeneigt, sich am *marché amical*, dem Schwarzmarkt, zu beteiligen, und tauschten heimlich ein Glas Honig gegen ein Stück Wurst oder ein paar verschrumpelte Äpfel von der Vorjahresernte. Diese Tauschware wurde hastig hinter dem Stand versteckt.

Oberflächlich betrachtet wirkte Francine unverändert munter und unbeschwert. Aber ein paar Tage zuvor war sie auf die *mairie* zitiert worden, wo ihr nach ein paar Stunden Schlangestehen ein gelber Stern ausgehändigt worden war, den sie von nun an deutlich sichtbar an ihrer Kleidung tragen musste. Eliane spürte geradezu ihre wachsende Angst. Kein Wunder, schließlich erschienen in den Zeitungen immer häufiger Berichte über Deportationen. Vor allem Juden wurden abgeholt und in Arbeitslager im Osten geschickt. Der Ton in diesen Zeitungsartikeln wurde immer judenfeindlicher.

Als Oberleutnant Farber an den Marktstand trat, um zum vollen Preis ein paar der wenigen Gläser Marmelade zu kaufen, zitterten Francines Hände so sehr, dass sie sein Wechselgeld fallen ließ. Jacques Lemaître, der als Nächster in der Schlange stand, half, die Münzen vom Kopfsteinpflaster aufzusammeln, und gab sie dem Soldaten.

»*Merci, monsieur*«, bedankte sich der Oberleutnant.

Jacques nickte nur freundlich und wandte sich dann, nachdem der Soldat Richtung *mairie* geschlendert war, an Eliane und

Francine und sagte: »Bitte ein Glas von Ihrem ausgezeichneten Honig, *mesdemoiselles*. Wie geht es Ihren Eltern? Und Ihrem Bruder?«, fragte er Eliane. »Haben Sie in letzter Zeit etwas von Ihrer Schwester gehört?«

Stéphanie, die hinter ihm stand und offenbar aufmerksam zugehört hatte, schob sich unter dem Vorwand an Jacques vorbei, das letzte Glas Marmelade aus Pflaumen zu begutachten, welche die Mädchen von wilden Streuobstwiesen gepflückt hatten.

»Erlauben Sie, *mademoiselle*«, sagte Jacques höflich und reichte ihr das Glas.

»Ach, danke, *m'sieur*. Ich glaube, wir sind uns noch nicht vorgestellt worden, oder? Aber mir ist, als hätte ich Sie in der Bäckerei arbeiten sehen.« Sie nannte ihren Namen und bot ihm affektiert ihre manikürte Hand.

»*Enchanté*«, erwiderte er. »Das stimmt, ich helfe Monsieur Fournier.«

»Hallo Eliane«, sagte Stéphanie und wandte sich ihr unvermittelt zu. »Das ist aber ein hübsches Kopftuch! In letzter Zeit sehe ich dich häufig damit. Ich frage mich, woher in aller Welt du das hast.«

»Von meiner Schwester Mireille«, antwortete Eliane.

»Ehrlich? Nicht von einem deiner dankbaren deutschen Soldaten oben im Château?«

Ohne darauf einzugehen, sagte Eliane fest: »Nein. Mireille hat es von einer dankbaren Kundin in Paris bekommen und es mir zum Geburtstag geschenkt.«

»Verstehe.« Stéphanies Lachen klang gekünstelt. »Ich frage mich, ob diese Kundin nicht doch eher ein *Kunde* war. Wie geht es denn dem entzückenden Kind, das deine Mutter bewundernswerterweise aufgenommen hat? Es muss doch schon ziemlich groß sein.«

Eliane spürte, dass Francine neben ihr vor Wut kochte. Mit einem ruhigen Lächeln erwiderte sie: »Blanche geht es sehr gut. Sie ist ein glückliches Kind, allerdings auch ziemlich eigensinnig.«

Stéphanie rümpfte die Nase, gab das Marmeladenglas an Jacques zurück und wandte ihm wieder ihre volle Aufmerksamkeit zu. »Dürfte ich Sie bitten, das wieder für mich zurückzustellen, *monsieur*?«

Erneut verzog Francine finster das Gesicht. »Nur ein Glas Honig bitte, Eliane.« Stéphanie musterte Francine kurz und starrte dann vielsagend auf den gelben Stern, der an ihre Bluse geheftet war. Sie verstaute den Honig in ihrem Korb und bot Jacques die Hand. »Bis zum nächsten Mal, *monsieur.*« Sie marschierte über den Platz und strich sich dabei über ihre glänzend schwarzen Haare.

»Auf Wiedersehen, Eliane, Francine«, verabschiedete sich auch Jacques und lächelte sie an. Gerade als er sich zum Gehen wandte, eilte die Sekretärin des Bürgermeisters zu ihm.

»Guten Morgen, Monsieur Lemaître«, sagte sie. »Ich habe den Zeitungsartikel, nach dem Sie neulich gefragt haben. Ich hoffe, Sie werden ihn interessant finden.«

»Aber ja, danke, *madame*. Das ist sehr freundlich von Ihnen.« Er rollte die Zeitung zusammen, die sie aus ihrem Einkaufskorb holte, und steckte sie sich unter den Arm. »Einen schönen Tag noch, die Damen.«

Und dann ging Jacques mit festem Schritt über den Marktplatz und steuerte die Tür zu seiner winzigen Wohnung über der Bäckerei an.

Am nächsten Tag, es war ein Sonntag, verstreute Eliane ein paar Essensreste im Hühnerstall und ließ sich dabei von Blanche helfen, die mittlerweile zu einer kräftigen Zweieinhalbjährigen herangewachsen war. Das kleine Mädchen lachte, als der Hahn mit den Flügeln schlug. Eliane war überrascht, als Jacques Lemaître den Weg zur Mühle heraufkam.

»Guten Morgen, Blanche und Eliane. Ist die Familie zuhause?«, sagte er, als er sich ihnen näherte.

»Natürlich. Bitte kommen Sie doch ins Haus.« Nachdem sie ihn hineingeführt hatte, bot sie ihm einen Platz am Tisch an und ging Lisette, Gustave und Yves holen. »Sie kommen gleich«, sagte sie dann. »Kann ich Ihnen etwas zu trinken anbieten? Ich fürchte jedoch, unser sogenannter Kaffee ist in letzter Zeit aus Eicheln gemacht. Aber wir haben auch *tisanes*, Lindenblüten oder Zitronenmelisse?«

Er entschied sich für Lindenblütentee und atmete tief den sommerlichen Duft der getrockneten Blüten ein, als Eliane den Tee zum Ziehen vor ihm abstellte. Eliane zog einen Stuhl heraus und ließ sich mit Blanche auf den Knien darauf nieder. Jacques sah zu, wie die beiden Backe-backe-Kuchen spielten und Blanche kichernd eine Wiederholung verlangte, kaum dass eine Runde zu Ende war.

Als ihre Eltern kamen, nahm Eliane Blanche und stand auf, um das Gespräch nicht zu stören, aber Jacques bedeutete ihr, sich wieder zu setzen.

»Was ich zu sagen habe, geht Sie alle an«, sagte er mit ernster Miene. »Ah, *bonjour,* Yves.« Er stand auf, um Yves die Hand zu schütteln, und klopfte ihm dann auf die Schulter. Eliane bemerkte, dass die beiden offenbar eine engere Freundschaft verband, als sie gedacht hatte.

»Ich habe die Kopie einer Liste bekommen«, sagte Jacques. »Sämtliche in der Gemeinde von Coulliac registrierten Juden werden abgeholt und in die Arbeitslager im Osten deportiert. Das ist für die gesamte besetzte Zone geplant.«

Eliane holte erschrocken Luft und drückte Blanche unbewusst so fest an sich, dass die Kleine protestierte und sich aus ihren Armen winden wollte.

»Auf dieser Liste stehen einige Ihrer Freunde und Nachbarn.« Jacques blickte zu Eliane.

»Francine«, flüsterte sie, und ihr wurde trotz des warmen Tages plötzlich kalt.

Er nickte. »Sie und zwei weitere in der unmittelbaren Umgebung. Wir versuchen auch, die anderen auf der Liste zu warnen.« Hier hielt er inne und blickte zu Yves, der nickte.

»Sag mir nur, wer. Heute Nachmittag mache ich mit einem Freund eine Radtour. Wir überlegen uns, wie wir an ihren Häusern vorbeifahren können.« Als Yves das sagte, sah Eliane ihn überrascht an. Ihr kleiner Bruder wirkte mit einem Mal so erwachsen und fast fremd.

Jacques nickte. »Danke, Yves. Uns bleibt nur wenig Zeit. Aber nicht vergessen: Geh kein Risiko ein.«

»Keine Sorge. Ich weiß, wie das läuft.«

»Was Francine und die anderen beiden betrifft«, fuhr Jacques fort und wandte sich wieder an Gustave und Lisette, »konnte ich einen *passeur* benachrichtigen, einen Agenten, der die drei in einem geheimen Unterschlupf versteckt. Von dort aus können sie in Sicherheit gebracht werden. Aber dazu müssen sie über den Fluss und durch einen Abschnitt der unbesetzten Zone, in dem es Patrouillen gibt. Da die Deutschen in letzter Zeit noch wachsamer sind, ist dies riskanter denn je.«

Gustave warf Lisette einen Blick zu, die mit gesenktem Kopf zugehört hatte. »Wir können sie über das Wehr bringen«, sagte er, »aber wie sollen sie dann zum Treffpunkt kommen?«

Lisette wich dem Blick ihres Mannes aus und hob den Kopf, um Jacques anzuschauen, der sie eingehend betrachtete.

»Ich habe die Genehmigung, in die unbesetzte Zone zu fahren. Wie es der Zufall will, habe ich auf einem Bauernhof bei Les Lèves eine Patientin, Madame Desclins, die ich längst mal wieder besuchen muss. Wann haben Sie die Aktion geplant?«

Jacques griff quer über den Tisch nach Lisettes Händen, die sie wie zum Gebet gefaltet hatte, und drückte sie. »Danke, Lisette. Sie wissen, wir würden nicht fragen, wenn es eine andere Möglichkeit gäbe. Aber es muss schnell gehen. Heute Nacht noch.«

»Dann wird es eine Notfallvisite. Ich weiß, Madame Desclins wird sich freuen, mich zu sehen. Es ist ihre erste Schwangerschaft, und sie ist entsprechend nervös. Ich habe ein paar Medikamente, die ich ihr unbedingt bringen will.« Lächelnd löste Lisette ihre Hände aus Jacques' Griff und stand auf. »Also tun wir, was getan werden muss.«

»Stopp!« Gustave brach die Stimme, als er zu ihr trat und ihren Arm ergriff. »Lisette, das kann ich nicht zulassen. Das Risiko ...«

Sanft legte sie ihre Hand auf seine und lächelte ihn an, obwohl es ein trauriges Lächeln war. »Du weißt, ich habe immer versucht, so normal wie möglich weiterzumachen und den Krieg möglichst auszublenden, um meine Familie und meine Patientinnen unbeschadet durch diese Zeiten zu bringen. Aber es gibt eine Frage, die ich mir jeden Tag stelle.« Sie blickte an ihm vorbei zum Wehr. »Wann ist eine Grenze erreicht? Was muss geschehen, ehe man selbst bereit ist, Widerstand zu leisten? Wenn dein Land bedroht wird? Das Haus deiner Nachbarn? Oder dein eigenes? Wenn deine Freunde in Gefahr sind? Oder deine Kinder?« Sie blickte Gustave ins Gesicht. »Jeder von uns muss diese Entscheidung für sich selbst treffen. Ob wir diesen Krieg nun gewinnen oder verlieren, wir werden mit den Folgen unserer Entscheidungen leben müssen. Ich habe mich gefragt: Was wirst du auf dem Gewissen haben, wenn all dies vorbei ist? Was wirst du tun, wenn du nicht länger den Kopf einziehen kannst? Nun, ich bin an diesem Punkt angelangt. Und ich habe meine Entscheidung getroffen. So wie ihr alle«, sie sah Eliane, Yves und Jacques an, »eine Entscheidung getroffen habt.«

Gustave ließ ihren Arm los und nickte. Eliane hatte ihren Vater noch nie so voller Angst gesehen.

Als es dunkel wurde, schlüpfte ein junges Paar in die Mühle. Eliane kannte sie vom Markt: Er war ein junger Mann, der seinen Lebensunterhalt mit der Reparatur von Uhren verdiente, bevor der Krieg solchem Luxus ein Ende bereitet hatte, und sie war seine hübsche, temperamentvolle Frau. Lisette begrüßte sie beide herzlich. »Daniel, Amélie, wie geht es mit der Morgenübelkeit?«

»Viel besser dank der *tisanes*, die Sie mir gegeben haben«, erwiderte die junge Frau lächelnd. Als Eliane genauer hinschaute, sah sie, dass ihr Bauch leicht gerundet war. Dabei war die Frau, wie die meisten von ihnen in dieser Zeit, so dünn, dass ihre Rippen und Hüftknochen hervorstachen.

Als es leise an der Tür klopfte, öffnete Eliane. Ohne ein Wort nahm sie Francine in die Arme, zog sie in die Küche und schloss rasch die Tür. Dann hielt sie ihre weinende Freundin ganz fest.

»*Courage*«, flüsterte sie. »Ihr werdet euch gegenseitig helfen müssen, stark zu bleiben.«

Francine nickte, wischte sich über die Augen und rang um Fassung. Sie wandte sich zu Lisette, die sich gerade Schuhe anzog. »Madame Martin, wir können Ihnen gar nicht genug danken.«

Lisette lächelte Francine beruhigend zu. »Keine Angst. Ihr werdet in Sicherheit gebracht. Es ist bestimmt nicht einfach, aber ich weiß, ihr werdet es schaffen.« Sie nahm ihren Korb mit den ätherischen Ölen und die Ledertasche mit ihren Geburtshilfe-Instrumenten.

Yves steckte den Kopf durch die Tür und sagte leise: »Der Wagen steht bereit, Maman. Wir haben die Plane festgezurrt.«

Eliane konnte kaum zusehen, als Gustave Lisette umarmte, bevor sie in den Wagen stieg. Sein Gesichtsausdruck war einfach herzzerreißend: eine Mischung aus Qual und Angst. Lisette lächelte ihm nur zu, als sie anfuhr, und streckte eine Hand aus dem Fenster, um ihm im Vorbeifahren die Schulter zu tätscheln. Sie wirkte so ruhig wie immer. »Bald bin ich wieder da«, versprach sie.

Die anderen warteten ein paar Minuten in der Sicherheit der Küche, damit Lisette genug Zeit hatte, über die Grenze an der Brücke von Coulliac zu kommen. Wahrscheinlich würden ihre Papiere gründlich geprüft werden. Und man würde wohl auch den Wagen durchsuchen. Aber sie war nur die hiesige Hebamme, die einer werdenden Mutter auf der anderen Seite des Flusses einen Besuch abstattete.

Als es Zeit war, umarmte Francine Eliane, als wollte sie sie nie mehr loslassen. »Ich werde niemals vergessen, was du und deine Familie für mich getan habt. Für uns alle«, sagte sie mit erstickter Stimme.

»Geht jetzt«, drängte Eliane. »Maman wartet gleich auf der Straße am gegenüberliegenden Ufer auf euch. Viel Glück. Und Francine? Ich weiß, eines Tages werden wir uns wiedersehen.«

Francine, Daniel und Amélie nahmen ihre Schuhe in die Hand und gingen barfuß über das Wehr. Gustave führte sie und stützte Amélie, als sie stolperte, bis sie am anderen Ufer waren. Dort zogen sie sich eilig die Schuhe an.

»Halten Sie sich zwischen den Bäumen am Feldrand«, flüsterte Gustave. In der Ferne sah man auf der Straße einen Wagen mit abgeblendeten Scheinwerfern herankommen. Sie blitzten kurz auf und wurden dann wieder dunkel. »Das ist sie. Los, *depêchez-vous!*«

Die drei schlängelten sich erst durch die Reihe Akazien am Feldrand und huschten dann geduckt an der Weißdornhecke entlang. Der Wagen hielt neben dem Gatter, und dann gingen die Scheinwerfer ganz aus, sodass nur noch die Sterne am Nachthimmel leuchteten. Lisette stieg aus dem Wagen, löste die Plane und klappte die Ladeklappe herunter. Daniel sprang auf und streckte die Hand aus, um Francine und Amélie beim Hinaufklettern zu helfen. Danach zog Lisette schnell wieder die Plane straff und befestigte die Schnüre in den Ösen. Ohne ein Wort stieg sie zurück in den Wagen und fuhr los, schaltete aber wieder nur das Standlicht ein, während sie über die Landstraße und dann weiter über die Wege fuhr, die sie kannte wie ihre Westentasche.

An der Mühle kam Gustave über das Wehr zurück zu Eliane und Yves, die in der Tür der dunklen Küche warteten. Er nickte ihnen zu und sagte: »Und jetzt warten wir. Und beten.«

ABI
2017

Ich kann mir nicht mal ansatzweise vorstellen, wie viel Mut es Francine und die anderen gekostet haben muss, einfach so zu fliehen. Für sie gab es kein Zurück mehr: Flucht oder Deportation in die Konzentrationslager. Die Chance zu überleben oder der sichere Tod. Es blieb ihnen gar keine Wahl.

Ich weiß, wie sehr es einen lähmt, ständig in Angst zu leben. Es nimmt einem alle Stärke und Energie, bis man gefangen ist wie eine Fliege in einem Spinnennetz. Je mehr man sich zu Anfang wehrt, desto enger werden die Fäden um einen gesponnen, bis jegliche Flucht scheitern muss.

Warum habe ich Zac nicht verlassen? Diese Frage habe ich mir oft gestellt. Ich sehe auch, dass andere sich diese Frage gestellt haben, im Behandlungsraum beim Physiotherapeuten oder in Selbsthilfegruppen. Die Betreuer und Psychologen haben es mir mit ihrem Fachjargon erklärt: Co-Abhängigkeit, mangelndes Selbstwertgefühl, die unterbewusste Überzeugung, seelische und körperliche Grausamkeit verdient zu haben, die gerade genug mit Aufmerksamkeiten versetzt war, um nicht zu fliehen.

Aber vielleicht war es in Wirklichkeit viel simpler: Ich hatte niemanden, zu dem ich mich flüchten konnte. Keine Familie, keine Arbeit, keine Freunde. Und als es so schlimm wurde, dass mir eigentlich nur noch die Flucht blieb, hatte ich dazu keine Kraft mehr. Die Angst vor der unbekannten Welt jenseits der

Glasscheiben wurde stärker als die Angst vor dem, was in den vier Wänden von Zacs Wohnung passieren konnte.

Das und vielleicht auch ein Hauch von Hoffnung, dass es irgendwann besser würde. Dass er sich ändern würde, wenn ich ihn ertrug. Deshalb blieb ich bei ihm.

ELIANE
1942

Es wurden die längsten zwei Stunden ihres Lebens. Langsam breitete sich immer mehr Angst in Elianes Brust aus, flatterte wie ein gefangener Vogel, bis sie endlich das Knirschen der Reifen auf dem Schotterweg hörten.

Yves und Eliane sprangen auf.

»Halt!«, befahl Gustave. Seine Kinder tauschten einen ängstlichen Blick, als ihnen klar wurde, dass man Lisette vielleicht gefolgt war oder dass ihre Mutter möglicherweise geschnappt worden war und jemand anderer den Wagen fuhr.

Nach einer weiteren Ewigkeit hörten sie Schritte, und dann ging die Tür auf. Lisette stellte Korb und Tasche ab und verriegelte sorgfältig die Tür hinter sich.

Sie lächelte erschöpft, nickte ihnen zu und sagte: »Und wieder einmal eine schwere, aber erfolgreiche Geburt. Alle sind gesund und wohlauf.«

In der blauen Stunde kurz vor Einbruch der Dunkelheit, als Eliane gerade die letzten widerspenstigen Hühner in ihren Stall scheuchte und Gustave und Yves die Mühle für die Nacht abschlossen, kamen die Deutschen.

Vom Fenster des Kornspeichers aus hatte Yves den Jeep und das Militärfahrzeug gesehen, die sich rasend schnell über die Landstraße näherten. Dann bremsten sie kurz ab und bogen in die Zufahrt zur Mühle ein, nur um gleich darauf wieder zu beschleunigen.

»Papa!«, brüllte er. »Die Schleusen!« Er fiel fast die Leiter hinunter in seiner Hast, zu der Vorrichtung zu kommen, die die Schleusenkanäle neben dem Mühlrad schloss. Nur mit vereinten Kräften konnten Yves und Gustave die Schleusen gegen die Macht des Wassers schließen, aber gerade als die Deutschen vor der Scheune bremsten, strömte der Fluss schäumend und spritzend über das Wehr.

Elianes Hände zitterten, als sie den Riegel vor den Hühnerstall schob. Sie holte tief Luft und ging den Soldaten entgegen, um Gustave und Yves noch zusätzliche Zeit zu verschaffen. Aus dem Jeep stieg der General in Begleitung von Oberleutnant Farber. Aus dem Militärfahrzeug sprangen ein halbes Dutzend Soldaten und hielten ihre Gewehre griffbereit.

»Guten Abend, Mademoiselle Martin«, sagte Oberleutnant Farber. Sein Ton war ruhig, doch sein Blick sehr ernst. Er nickte Gustave und Yves zu. »Ist Madame Martin zuhause?«

Lisette erschien in der Tür. Sie beruhigte die weinende Blanche, die sich beim plötzlichen Tosen des Flusses und dem Geräusch von quietschenden Bremsen und knallenden Wagentüren erschreckt hatte.

»Madame Martin, ich muss Sie bitten, uns zu begleiten.« Der Offizier trat einen Schritt auf sie zu.

»Darf ich fragen, worum es geht?«, fragte Lisette gelassen. Wegen des tosenden Stroms und ihres heftig klopfenden Herzens konnte Eliane ihre Mutter kaum verstehen.

»Wir hoffen eigentlich, das können Sie uns sagen, *madame.*« Sein Ton war fast beiläufig und stand in starkem Gegensatz zu der finsteren Miene des hinter ihm wartenden Generals.

»Eliane.« Lisette winkte ihre Tochter heran. »Bitte nimm Blanche und mach sie bettfertig.«

Als Lisette zum Jeep ging, trat Gustave vor. »Ich komme mit.«

Einer der Soldaten hob sein Gewehr, entsicherte es und zielte auf den Müller. Lisette holte erschrocken Luft.

»Runter mit dem Gewehr, Feldwebel.« Die Stimme von Oberleutnant Farber war immer noch ruhig. »Monsieur Martin, das ist zurzeit nicht möglich. Sie und Ihr Sohn werden hierbleiben. Diese Gruppe hier«, er zeigte auf die Soldaten hinter sich, »muss eine Aufgabe erledigen, und es wäre im Interesse aller, wenn Sie sie nicht dabei behindern würden. Wir treffen zusätzliche Vorsichtsmaßnahmen, um die Möglichkeit des Grenzübertritts an der Demarkationslinie noch weiter einzuschränken.«

Die Soldaten begannen bereits, Rollen mit Stacheldraht aus dem Militärfahrzeug zu laden.

»Aber Sie sehen doch, dass man den Fluss hier unmöglich überqueren kann«, warf Yves ein.

Der General starrte ihn grimmig an und bellte zornig etwas auf Deutsch.

»Dennoch«, erwiderte Oberleutnant Farber, »wird der Fluss hier abgeriegelt. Schließlich kann man heutzutage nicht vorsichtig genug sein.«

Hilflos mussten Gustave, Yves und Eliane zusehen, wie der Jeep wieder die Zufahrt hinunterfuhr und Lisette mitnahm.

Als die verbliebenen Soldaten anfingen, Pfähle in den Uferabschnitt zu hämmern und dazwischen gefährlich aussehenden Stacheldraht zu spannen, vermischte sich Blanches Heulen mit dem Geräusch ihrer Schläge und dem Tosen des Flusses.

In der ersten Nacht ohne Lisette war für Eliane, Gustave und Yves an Schlaf nicht zu denken.

Den Rest des Tages versuchte Eliane, Blanche zu beruhigen und sie schließlich in den Schlaf zu singen, aber die Kleine war quengelig und aufgeschreckt, weil sie hatte mit ansehen müssen, wie ihre ›*maman*‹ von den Soldaten weggebracht wurde, und weil das Hämmern auch dann noch nicht aufhörte, als die Nacht anbrach.

Endlich stiegen die Männer zurück ins Militärfahrzeug, das darauf die Zufahrt hinunterrumpelte. Vorsichtig zog Eliane den Verdunklungsvorhang zurück und blickte hinaus. Dort stand ihr Vater wie ein geschlagener Mann, und seine starken, geschickten Arme hingen nutzlos herab, während er das Ufer betrachtete. Im Licht des Mondes glitzerten die Stacheln des Drahtes gefährlich in der Dunkelheit. Es brauchte keine Worte: Wer hier den Fluss überqueren wollte, würde in Stücke gerissen.

Ohne Lisette fühlte es sich an, als wäre der Mühle das Herz herausgerissen worden. Elianes eigenes Herz war bleischwer und klopfte die ganze Zeit schmerzhaft vor lauter Angst um ihre Mutter. Wo war sie? Was würde man mit ihr machen? Hatte jemand gesehen, wie sie Francine, Daniel und Amélie durch die unbesetzte Zone zum Treffen mit dem *passeur* geschmuggelt hatte? In letzter Zeit konnte man niemandem mehr trauen. Aus allen möglichen Gründen verrieten die Leute einander: um Privilegien zu bekommen, alte Rechnungen zu begleichen, Familienmitglieder zu schützen oder die eigene Haut zu retten. Aber wenn die Deutschen mit Sicherheit gewusst hätten, dass das Wehr als Grenzübertritt genutzt worden war, dann hätten sie Gustave und wahrscheinlich auch Yves ebenfalls festgenommen.

Dann kam Eliane ein Gedanke, der sie vor Angst erschauern ließ: Vielleicht waren Francine und die anderen geschnappt worden und hatten der Gestapo Lisettes Namen verraten. Francine hätte sie ganz sicher nicht verraten, aber was war mit Daniel? Wenn er gehofft hatte, damit seine Frau und ihr ungeborenes Kind zu schützen … Hatte man sie gefoltert?

Es war unerträglich. Und doch mussten sie tatenlos abwarten.

Die Zeiger der Küchenuhr bewegten sich so quälend langsam, dass Eliane das nutzlose Ding am liebsten von der Wand gerissen hätte. Aber ihr blieb nichts anderes übrig, als das zu tun, was Lisette von ihr gewollt hätte: sich um Gustave, Yves und Blanche zu kümmern, ihnen so gut wie möglich zu helfen und stark zu bleiben. Der Gedanke an ihre Mutter – ruhig, gelassen, lächelnd – half Eliane, ihre Fassung wiederzugewinnen. Sie mussten weitermachen, für Lisette und in der verzweifelten Hoffnung, dass sie bald zu ihnen zurückkommen würde.

Drei lange Tage und Nächte wurde Lisette im Gestapo-Hauptquartier in Castillon festgehalten. Und dann geschah das Wunder, für das die Familie gebetet hatte.

Am Nachmittag des dritten Tages arbeitete Eliane im Château. Sie hatte Blanche in Gustaves Obhut gelassen, in der Hoffnung, es würde ihn ablenken, sich um das kleine Mädchen zu kümmern, anstatt verzweifelt mit dem Kopf in den Händen am Küchentisch zu sitzen.

Madame Boin hatte nur einen Blick in Elianes bleiches, gequältes Gesicht geworfen und sie an die frische Luft geschickt.

Da Eliane – wenn auch nur kurz – der drückenden, von Angst erfüllten Atmosphäre der Mühle entkommen war, zwang sie sich, nur an ihre Arbeit zu denken. Als sie ihre Harke nahm, empfand sie so etwas wie Trost beim Anblick der Bienen, die fleißig wie immer ihre Stöcke umschwirrten.

Es beruhigte Eliane, im Garten zu sein, und sie spürte, dass sie schon ein bisschen leichter atmen konnte, wenn sie sich nur auf ihre Pflichten konzentrierte und ihre liebevoll gepflanzten Kräuter von Unkraut befreite und wässerte. Der Duft von Thymian, Rosmarin und Minze erinnerte sie an Lisettes Heiltränke. Und dann, mit einem Mal, war sie überzeugt davon, dass ihre Mutter zu ihnen zurückkehren werde. Sie spürte es in den Knochen und im Blut, das durch ihre Adern strömte. Es war mehr als nur Hoffnung, es war Gewissheit.

Sie entfernte gerade die welken Blüten der Kletterrose am Gartentor, da schaute sie erschreckt auf, weil sie einen Wagen hörte. Beim Anblick einer grauen Uniform fingen ihre Hände an zu zittern. Oberleutnant Farber lehnte sich vom Fahrersitz heraus und winkte sie drängend zu sich.

Eliane umklammerte die Gartenschere und ging zu ihm. Der Motor des Jeeps lief noch.

»Kommen Sie, *Mademoiselle*. Keine Angst, Ihre Mutter wurde freigelassen. Sie ist in Coulliac. Ich bringe Sie zu ihr.«

Eliane zögerte und blickte ihm dann ins Gesicht. Sie hatte ihn selten direkt angeschaut, doch jetzt sah sie über die düstere Uniform hinweg, dass seine Miene offen und ehrlich wirkte und seine Augen, die fast so blau waren wie die von Jacques Lemaître, Mitgefühl ausstrahlten. Obwohl ihre Hände immer noch zitterten, steckte sie die Gartenschere weg und setzte sich auf den Beifahrersitz. Ihr war bewusst, dass Lisette drei Tage zuvor mit genau diesem Fahrzeug fortgebracht worden war, und kurz wallte Panik in ihr auf. Konnte sie Oberleutnant Farber vertrauen, oder wurde nun auch sie festgenommen? Aber der Ausdruck, den sie auf seinem Gesicht sah, war so aufrichtig und menschlich, dass sie ihm instinktiv vertraute.

Lisette saß an die Mauer gelehnt neben dem Brunnen mitten auf dem Markplatz. Niemand wusste, wie sie aus Castillon hergekommen war. Sie war wie aus dem Nichts aufgetaucht, auf die *place* gehumpelt und hatte, ohne nach rechts oder links zu schauen, geradewegs das Wasser angesteuert, das im Steinbecken rund um den Brunnen plätscherte. Die Frauen, die in der Schlange vor der Bäckerei anstanden, um die magere Ration Brot für ihre Familien abzuholen, hatten ihr verstohlene Blicke zugeworfen und sie ängstlich beäugt. Stéphanie, die einen leeren Einkaufskorb trug, hatte mit ihrer Nachbarin getuschelt.

Aus Lisettes normalerweise sehr ordentlichem Zopf hatten sich Haarsträhnen gelöst, und ihre Kleider waren durcheinander. Obwohl man von außen keinerlei Spuren körperlicher Gewalt sah, wirkte Lisette wie ein gebrochener Mensch. Sie schöpfte etwas Wasser mit den Händen und wusch damit ihr Gesicht.

Dann gab eine der Frauen ihren Platz in der Schlange auf und ging zu ihr. Sie setzte sich neben Lisette, reichte ihr ein zerschlissenes Taschentuch, umfasste ihre Hände und flüsterte ihr ermutigende Worte zu.

Als der Jeep auf den Platz fuhr, sprang die Frau neben Lisette hastig auf. Als sie Eliane sah, war sie erleichtert. »Siehst du, Lisette«, sagte sie drängend. »Deine Tochter kommt dich abholen.«

Aber Lisette blieb sitzen und starrte ausdruckslos auf den Brunnen, dessen kleine Fontänen im Sonnenlicht glitzerten.

Eliane rannte zu ihr und nahm sie in die Arme. »Maman«, flüsterte sie. »Ich bin hier. Komm zurück zu uns.«

Langsam wanderte Lisettes Blick zu ihrer Tochter. Sie hob die

Hand und fuhr mit den Fingern über ihre Wange. Zwar sagte sie immer noch nichts, nickte aber kaum merklich und ließ sich von Eliane langsam zum Jeep zurückführen. Dort nahmen sie nebeneinander auf dem Rücksitz Platz. Eliane schlang fest einen Arm um ihre Mutter, als könnte ihr das Kraft und neue Energie geben, doch als Lisette vor Schmerzen zusammenzuckte und aufkeuchte, lockerte Eliane sofort ihren Griff.

Oberleutnant Farber, der am Steuer sitzen geblieben war, legte den ersten Gang ein und fuhr sie zurück nachhause. Als sie an der Schlange vor dem Bäcker vorbeikamen, drehte sich Stéphanie um und sah ihnen nach. »Manche bekommen eine Sonderbehandlung«, sagte sie so laut, dass alle es hören konnten. Die meisten Frauen in der Schlange ignorierten sie, aber eine oder zwei schürzten missbilligend die Lippen und nickten.

Als der Oberleutnant sie an der Mühle absetzte, kam Gustave heraus, weil er den Wagen gehört hatte. Sanft nahm er Lisette in den Arm und blieb mit ihr eine halbe Ewigkeit eng umschlungen am Ufer stehen, das mit Stacheldraht abgesperrt war. Eliane ging mit Blanche ins Haus und machte Wasser heiß, um es für ihre Mutter ins Bad zu bringen.

Erst nachdem sie von Eliane gewaschen und in neue Kleider gesteckt worden war, kehrten Lisettes Lebensgeister zurück. Sie hielt Blanche auf ihrem Schoß fest. Gustave küsste ihre nassen Haare und begann sie langsam und vorsichtig zu kämmen. Blanche nahm das Gesicht ihrer *maman* in die kleinen Händchen und drückte ihr einen Kuss auf die Wange. Da endlich, als Lisette das Kind umarmte und die Liebe ihrer Familie bis in ihr Herz vordrang, kehrte das Licht in ihre Augen und die Farbe in ihre Wangen zurück.

»Möchtest du darüber sprechen?«, fragte Gustave später am

Abend, nachdem Blanche zu Bett gebracht worden und Yves zur Mühle gegangen war, um sie für die Nacht abzuschließen. Eliane erstarrte. Sie räumte gerade das Abendessen ab, das ihre Mutter kaum angerührt hatte.

Nach kurzem Zögern fing Lisette an zu weinen, und stille Tränen der Verzweiflung strömten ihr übers Gesicht. Dann setzte sie leise an, doch bei manchen Worten brach ihr die Stimme: »Im Nebenraum wurde ein Junge verprügelt. Ich hörte seine Schreie und musste ständig denken: Das könnte Yves sein. Ich wollte nur, dass die Schreie aufhörten. Aber als sie endlich aufhörten, war die Stille noch grauenvoller.«

Eine Träne rann Eliane über die Wange, während sie ihre Mutter betrachtete und sich nicht zu bewegen wagte, weil sie befürchtete, Lisette könnte wieder verstummen.

»Und du?«, fragte Gustave flüsternd. »Was haben sie dir angetan?«

Sie schüttelte den Kopf, und als sie ihn dann ansah, war ihre Miene trotzig und entschlossen. »Nichts haben sie mir angetan, Gustave, denn ich habe es nicht zugelassen. Was auch immer sie taten, erreichte mich nicht. Verstehst du? Ich beschloss, gar nicht dort zu sein, in diesem Raum mit den Betonwänden. Ich war die ganze Zeit hier, in der *moulin,* bei dir.«

Da fing auch Gustave an zu weinen, und sie wiegte ihn in ihren Armen wie ein Kind.

Schließlich lächelte Lisette ihren Mann und ihre Tochter an. »Aber wisst ihr was? Sie sind entkommen. Francine, Amélie und Daniel, die anderen auch. Das hörte ich aus den Fragen heraus, die die Gestapo mir stellte. Und am Ende mussten sie meine Geschichte glauben. Schließlich war der Wagen sowohl auf der Hin- als auch auf der Rückfahrt über die Brücke durchsucht worden. Irgendwann schickten sie auch die Polizei los, um Madame Desclins zu befragen. Sie bestätigte, dass ich Sonntagnacht bei ihr gewesen war, und zeigte der Polizei die Medikamente, die ich ihr gebracht hatte. Also mussten sie mich gehen lassen.«

Als Yves von der Mühle zurückkam, wandte sie sich zu ihm. Ihre Augen strahlten wie früher, und sie wirkte fast wieder wie die Frau, die sie kannten und liebten, als sie ausrief: »Sie sind entkommen, Yves! Sie sind alle entkommen.«

ABI
2017

Sara erzählte mir, dass Lisette es geschafft hatte, sich innerlich von dem abzuspalten, was ihr angetan wurde, dass sie sich vorgestellt hatte, woanders zu sein, in der Geborgenheit der *moulin*. Das ist wahre Stärke.

Früher habe ich manchmal dasselbe getan, mich aus meinem Körper entfernt. Im Bett war es mit Zac zuerst eine verführerische Mischung aus Zärtlichkeit und Leidenschaft. Aber dann veränderte sich etwas, bekam etwas Liebloses, Zorniges, Aggressives. Und irgendwann löste sich mein Geist von meinem Körper, und ich stellte mir vor, ich wäre woanders – überall, nur nicht bei ihm.

Ich spürte sein Bedürfnis zu dominieren, zu besitzen, zu kontrollieren. Er schenkte mir Zuneigung und entzog sie mir wieder, bis ich verwirrt und eingeschüchtert war. Ich wurde immer wachsamer, konnte mich keine Sekunde lang entspannen, rechnete ständig mit dem nächsten Konflikt, einer bissigen Bemerkung oder einem scharfen Blick, der mich sofort erstarren ließ, weil ich wusste, was auch immer ich als Nächstes tun oder sagen würde, konnte der Auslöser eines weiteren Wutanfalls werden.

Allerdings kam ich mir nicht mehr so gefangen in der Wohnung vor, nachdem ich erst das Studium an der Fernuni begonnen hatte. Weil ich andere Orte hatte, wohin ich gehen konnte, wenn auch nur in meinem Kopf. Ich studierte englische Sprache und Literatur, und Schriftsteller wie Charles Dickens, Jane Austen und George Eliot halfen mir, mich in andere Welten zu flüchten. Außerdem bekam ich für meine Hausarbeiten gute Noten, und nach und nach fing ich an zu glauben, dass ich vielleicht tatsächlich einen guten Abschluss machen konnte.

Ab und an konnte man auch Tutorien besuchen, anstatt sie online zu absolvieren. Ich erzählte Zac, sie wären obligatorisch, ein weiterer Akt des Ungehorsams. Zu der Zeit jagte es mir schon eine Heidenangst ein, allein die Wohnung zu verlassen, aber ich wusste, ich musste es zumindest versuchen. Doch danach, wenn die anderen in meiner Gruppe noch einen Kaffee zusammen trinken wollten, erfand ich jedes Mal eine Ausrede und eilte nach Hause. Ich wusste, Zac würde auf die Uhr starren und über Handy ständig kontrollieren, wo ich war. Jede unentschuldigte Verspätung würde Ärger bedeuten.

Dennoch gelang es mir damit, ein paar der Seidenfäden durchzuschneiden, die mich an ihn banden. Und ich spürte, dass mein altes Ich wieder aufflackerte wie eine winzige schwache Flamme.

ELIANE
1942

Am folgenden Samstag stand Eliane früh auf und packte ihre Honiggläser in Körbe, damit Gustave und Yves sie in den Lieferwagen laden und zum Markt fahren konnten. Zwar war es nicht dasselbe, ohne Francine auf dem Markt zu stehen, aber sie wusste, sie musste die Honigvorräte weiterhin so gerecht wie möglich verteilen, denn die Rationierung wurde immer schlimmer.

Der Fluss und die Wälder der Umgebung von Coulliac boten Fisch und Wild, die die mageren Zuteilungen ergänzten, für die sie viele Stunden beim Metzger oder Bäcker Schlange stehen mussten. Und die meisten Einwohner der Gemeinde hatten zumindest einen kleinen Garten, wo sie so viel Gemüse und Obst wie möglich anbauten. Aber Eliane wusste, dass es für die, die in größeren Städten wohnten, schwieriger war. Selbst in Coulliac hatten die deutschen Besatzer jedem von ihnen strenge Auflagen erteilt: Ein Drittel aller Erzeugnisse musste im Depot abgegeben werden. Für jeden, der Vorräte bunkerte, wurde Haftbefehl erlassen, und erst neulich war eine weitere Verfügung von der *mairie* ausgegeben worden, dass für die heimliche Aufzucht eines Schweins Gefängnis und die Beschlagnahmung des Tiers drohten.

Also war der Schweinestall in der Mühle zurzeit leer. Aber im Tunnel hinter der verborgenen Tür hatten die Martins mehrere in Musselintücher gewickelte Schinken und ein ganzes Sortiment an *pâtés, rillettes* und *grattons* in Gläsern. Sie streckten sie, soweit es ging, bedienten sich nur selten davon, und manchmal nahm Lisette ein Glas zu einer ihrer unterernährten schwangeren Frauen mit.

Als Eliane einmal auf einem ihrer Morgenspaziergänge Pilze sammelte, die ihre Köpfe durch die verrottende Laubdecke in den Wäldern steckten, sah sie plötzlich einen provisorischen, durch Zweige verdeckten Pferch, wo zwei dicke, schwarze Schweine zufrieden schnaufend und grunzend nach Eicheln wühlten. Sie lächelte und verwischte sorgfältig ihre Spuren. Irgendjemand würde dieses Jahr zu Weihnachten Schweinebraten bekommen.

Als sie jetzt Gustave und Yves half, die Körbe mit Honig auf den Wagen zu laden, schrak sie zusammen, als ein Trupp deutscher Soldaten zwischen den Bäumen am gegenüberliegenden Ufer erschien. Sie musste über den Stacheldraht hinweg spähen, um zu sehen, was sie machten.

Einer der Männer winkte ihr fröhlich zu, weil er vielleicht das Mädchen aus dem Château an dem hübschen roten Kopftuch erkannte, mit dem sie ihre dunkelblonden Haare aus dem Gesicht hielt. Dann zogen alle ihre Uniformjacken aus und machten sich mit Äxten und Zweimannsägen an die Arbeit.

Eliane holte erschrocken Luft. »Was machen die denn, Papa?«

»Sie haben den Befehl, die Bäume drüben zu fällen, weil sie immer noch befürchten, dass man den Fluss überqueren könnte, trotz des verdammten Stacheldrahts, der das ganze Ufer verschandelt. Jacques hat mir erzählt, sie roden die ganze gegenüberliegende Seite und lassen dort regelmäßig patrouillieren.«

Eliane fragte sich, woher Jacques so was wusste, hütete sich aber nachzufragen.

Sie nahm eines der Gläser mit Akazienhonig, den sie so sorgfältig abgefüllt hatte. Er war hell und durchsichtig wie Champagner. Am gegenüberliegenden Ufer fiel krachend ein Baum, und seine Blätter rieselten durch die Luft. Eliane stellte seufzend das Glas in den Korb zurück. Jetzt würde es keine Akazienblüten mehr geben. Zwar konnten die Bienen noch Nektar von den Wildblumen und den Apfelblüten sammeln, aber selbst sie mussten sich einschränken.

An diesem Tag ging das Geschäft schlecht. Nur wenige konnten sich einen Luxus wie Honig leisten. In letzter Zeit gab es kaum noch Zucker. Etliche Händler kamen überhaupt nicht mehr zum Markt, weil die Rationierung so streng war und sie so viel im Depot abgeben mussten, dass sie nichts mehr für den Verkauf übrig hatten. Die meisten konnten nur noch für sich und ihre Familie sorgen. Zwar stapelten sich an ein, zwei Marktständen ordentliche Pyramiden aus Artischocken, Kartoffeln, Gurken und Steckrüben, aber verglichen mit den Erträgen von früher wirkten sie farblos und wenig verlockend. Außerdem waren es alle leid, tagein, tagaus immer dasselbe zu essen.

Allerdings gab es noch den heimlichen Tauschhandel: Ein paar Kunden kamen an Elianes Stand vorbei, warteten so lange, bis niemand mehr da war, und boten unter der Karodecke, die den Tapeziertisch bedeckte, ein paar Kaninchenfelle oder eine Handvoll Eier im Tausch gegen ein kleines Glas Honig an. Öfter jedoch reichten sie einige Münzen herüber, um eines der größeren Gläser mit Bienenwachs zu erstehen. Lampenöl war ebenfalls knapp, und aus dem Wachs konnte man Kerzen ziehen, die sich bei den zunehmenden Stromausfällen als nützlich erwiesen.

Zwei Jungen, zehn und zwölf Jahre alt, erschienen neben dem

Marktstand. Sie trugen Kleider, die ihnen viel zu klein waren und überall Löcher und Flicken hatten, und waren so mager, dass die Knochen ihrer Handgelenke scharf hervorstachen. Der Ältere holte ein feuchtes, in Zeitungspapier eingeschlagenes Päckchen aus seiner inneren Jackentasche. »Würden Sie uns ein Glas Honig im Tausch gegen diese schönen Barsche geben?«, fragte er. Er wickelte das Päckchen aus, um zwei kleine Fische zu präsentieren, die, das wusste Eliane, sicher voller Gräten waren.

»Die haben wir heute Morgen geangelt«, fügte der Jüngere hinzu. »Und konnten es geheim halten. Heute ist Mamans Geburtstag, wir wollen ihr was schenken.«

Lächelnd gab Eliane ihnen eines ihrer kostbaren Gläser und wickelte den Fisch wieder ein. »Bringt die hier auch zu eurer Mutter. Dann habt ihr ein gutes Geburtstagsessen. Und die besten Wünsche von mir.«

»Danke, Honigfrau.« Die Brüder grinsten. Nachdem der Ältere das Päckchen wieder in seine Innentasche geschoben hatte, rannten sie nach Hause, wobei der Jüngere das Honigglas so ehrfürchtig vor sich hertrug, als wäre es eine Schmuckschatulle.

Als die letzten Gläser verkauft waren, fing Eliane an einzupacken, steckte die Tauschware vom *marché amical* in ihren Korb und verdeckte sie mit dem ordentlich gefalteten Karotuch.

»Guten Tag, Mademoiselle Martin«, ertönte die Stimme von Oberleutnant Farber. Sie schrak zusammen, fasste sich aber rasch.

»Guten Tag, *monsieur*.«

»Wie ich zu meinem Bedauern sehe, komme ich heute zu spät, um ein Glas von Ihrem köstlichen Honig zu kaufen.«

Sie nickte. »Leider ja. Und Marmelade kann ich Ihnen auch nicht anbieten, da es dafür nicht mehr genug Zucker gibt. Aber eigentlich müssen Sie den Honig nicht hier kaufen, wissen Sie? Ich bin verpflichtet, Sie und Ihre Kameraden jeden Morgen beim Frühstück im Château damit zu versorgen.«

»Trotzdem möchte ich den lokalen Handel unterstützen«, erwiderte er. Dann zögerte er kurz. »Wie geht es Ihrer Mutter?«, fragte er höflich.

»Besser, danke. Sie hat sich so weit erholt, dass sie wieder arbeiten kann.«

»Das ist schön.« Und dann, ohne die Miene zu verziehen, sagte er: »Sie vermissen Ihre Freundin bestimmt sehr. Die, die Ihnen hier beim Marktstand geholfen hat.«

Sein Ton war höflich, aber als sie zu ihm aufschaute, bemerkte sie seinen durchdringenden Blick.

Sie nickte kurz. »Ja, das stimmt. Ohne sie ist es doppelt so viel Arbeit. Deshalb muss ich jetzt auch weitermachen. Wenn Sie entschuldigen, *monsieur*.«

Er lächelte. »Natürlich, *mademoiselle*. Wenn Sie so viel zu tun haben, möchte ich Sie nicht aufhalten. Einen schönen Tag noch.«

»*Bonne journée, monsieur.*«

Nach diesem Gespräch zitterten ihr die Hände. Wieso war er nach seiner Frage zu Lisettes Befinden direkt auf Francine zu sprechen gekommen? Normalerweise konnte Eliane andere Menschen sehr gut einschätzen, aber aus Oberleutnant Farber wurde sie nicht schlau. Er war der Feind, und doch wirkte er so freundlich. War das echt? Oder nur ein Trick, um ihr Geheimnisse zu entlocken? Wie viel wusste er? Während sie beobachtete, wie er die Treppe zur *mairie* hinaufging, berührte sie unbewusst den Seidenschal, den sie an diesem Tag um den Hals geschlungen hatte.

Erst dann bemerkte sie, dass jemand sie vom anderen Ende des Platzes beobachtete. Ein junger Mann, groß wie ein Bär mit dunklen, wirren Haaren.

Ihr Herz machte einen Satz, und vor lauter Glück schossen ihr Tränen in die Augen. »Mathieu!«, rief sie, rannte ihm entgegen, und als er mit großen Schritten auf sie zukam, warf sie sich in seine Arme.

Sie warteten im Café de la Paix darauf, dass Gustave sie mit dem Lieferwagen abholte, und hielten einander fest an den Händen, während die Tassen mit bitterem Ersatzkaffee auf dem Tisch neben ihnen kalt wurden.

Eliane hatte so viele Fragen an ihn. Und so viel zu erzählen.

Andererseits durfte sie nicht vergessen, dass sie ihm auch vieles nicht erzählen durfte. Zum Beispiel, dass Blanche eigentlich nicht mit ihr verwandt war; sie durfte ihm nicht erzählen, dass Jacques Lemaître eines Nachts übers Wehr gekommen war und nicht nur dem Bäcker aushalf; sie konnte ihm nicht sagen, dass Yves einige jüdische Gemeindemitglieder wegen ihrer bevorstehenden Deportation gewarnt hatte, damit ihnen noch genug Zeit zur Flucht blieb; sie durfte weder verraten, was Lisette getan, noch, wohin Francine verschwunden war. Und sie konnte ihm nicht von ihren Spaziergängen rund um die Mauern des Châteaus erzählen. All diese Geheimnisse weckten in ihr das Gefühl, dass zwischen ihnen immer noch eine gewisse Distanz herrschte, obwohl er direkt neben ihr saß.

»Ich glaube es einfach nicht, dass du wirklich hier bist!« Sie strich über seine schwielige Handinnenfläche und die weichere

Haut seines Handrückens, die vom vielen Arbeiten im Freien sonnengebräunt war. Seine Hand fühlte sich nach der langen Zeit vertraut und gleichzeitig fremd an. »Wie hast du das geschafft? Wie bist du hierhergekommen?«

»Selbstverständlich über die Brücke«, lachte er. »Alles ganz offiziell. Ich kann dir versichern, dass meine Papiere in Ordnung sind.« Er holte einen gefalteten Passierschein aus der Brusttasche seiner Arbeitsjacke. »Ich muss für eine Woche nach Bordeaux, um in meine neue Stelle eingewiesen zu werden. Mir ist es gelungen, Arbeit beim *Service de Surveillance des Voies* zu bekommen.«

Verwirrt sah Eliane ihn an. »Beim Überwachungsdienst der Eisenbahn? Was hast du denn da zu tun?«

Er wich ihrem Blick aus. »Ich werde an den Gleisen zwischen Brive und Limoges patrouillieren, um subversive Aktivitäten zu verhindern.«

»Um subversive Aktivitäten zu verhindern? Was meinst du damit?«

»In letzter Zeit schlägt die Résistance immer häufiger zu. Die Bahnstrecke ist eine wichtige Verbindung zu Paris und Toulouse. Meine Aufgabe wird darin bestehen, dafür zu sorgen, dass die Züge ungefährdet fahren können. Zwar findet die Ausbildung in Bordeaux statt, aber ich konnte die Zuständigen überzeugen, dass der beste Weg dorthin über Coulliac führt. Also kann ich dieses und das nächste Wochenende mit dir verbringen, aber dann muss ich nach Tulle zurück. Ich habe versucht, dir eine Postkarte zu schicken, aber sie kam mit dem Stempel *Nicht genehmigt* zu mir zurück, weil ich den Grund für meinen Besuch angegeben hatte, und das ist wohl im Briefverkehr zwischen besetzter und unbesetzter Zone nicht erlaubt. Aber nun bin ich hier! Zwei Wochenenden mit dir, nach all der Zeit, das kommt mir vor wie ein Wunder.«

In diesem Augenblick tauchten Gustave und Yves mit dem Lieferwagen auf, um Eliane abzuholen. Sie waren überrascht und hocherfreut, Mathieu zu sehen, und umarmten ihn herzlich. »Komm«, sagte Gustave, nachdem Mathieu ihnen kurz erklärt hatte, wie er es hierhergeschafft hatte. »Wir dürfen nicht eine Sekunde deines Besuchs verschwenden. Fahren wir zurück zur Mühle. Lisette wird so froh sein, dich zu sehen. Aber sag, wie geht es deinem Papa? Und Luc ...?«

Sie luden Elianes Körbe in den Wagen, stiegen ein und fuhren nach Hause.

An jenem Abend saßen Eliane und Mathieu wie früher an der Weide. Allerdings konnten sie wegen des Stacheldrahts nicht mehr direkt am Ufer unter dem Baldachin der Blätter sitzen. Daher breiteten sie etwas höher an der Böschung eine Decke aus und badeten ihre Gesichter in der Wärme des Sommerabends.

Mathieu hatte einen leisen Pfiff ausgestoßen, als er die Maßnahmen sah, die die Deutschen an der Moulin de Coulliac getroffen hatten. Obwohl der gefährlich aussehende Stacheldraht ihnen die Sicht über den Fluss erschwerte, konnte man dennoch die Stämme der gefällten Akazien am anderen Ufer erkennen, wenn auch nur über einen weiteren Stacheldraht hinweg, der direkt nach der Fällung auch dort errichtet worden war.

»Wann haben Sie denn die Bäume gefällt?«, fragte er.

»Heute. Und auch der Stacheldraht ist neu. Sie verschärfen die Sicherheitsmaßnahmen.«

Er nickte und wandte ihr sein Gesicht zu. »Ich hab schon mal versucht, zu dir zu kommen. Eines Abends im letzten Jahr hatte ich eine Mitfahrgelegenheit bis nach Sainte-Foy. Den Rest des Weges ging ich zu Fuß und wich den Patrouillen aus, weil ich noch keinen Passierschein hatte. Wenn ich geschnappt worden wäre, hätte das entweder Gefängnis oder Deportation in ein Arbeitslager bedeutet. Aber dieses Risiko musste ich eingehen, weil ich dich unbedingt sehen wollte. Ich hab es bis dort drüben geschafft, aber als ich dort stand, bemerkte ich, dass die Schleusen geschlossen waren und man nicht mehr übers Wehr konnte. Ich versuchte es zwar, musste aber umkehren.«

Sie neigte sich zu ihm und gab ihm einen Kuss auf die Wange. »Oh, Mathieu. Aber ich wusste immer, dass du irgendwo da draußen bist.«

»Diese verdammten Postkarten … Gerade mal Platz für dreizehn Zeilen, in denen man schreiben soll, was man auf dem Herzen hat – und zwar in dem Wissen, dass alles gelesen wird und die Karte ohne Weiteres zurückgesendet oder vernichtet werden kann. Es ist einfach grässlich, dass dieser Krieg verhindert, offen miteinander zu sprechen. Sie haben uns nicht nur unser Land genommen, sondern auch unsere Stimmen.«

»Aber es gibt Dinge, die sie uns nicht nehmen können«, erwiderte sie sanft. »Unsere Flüsse, zum Beispiel. Sie können sie mit Stacheldraht versperren und die Bäume fällen, aber sieh dir das doch an.« Sie wies auf das Wasser, das wieder einmal golden im Abendlicht leuchtete. Einen Augenblick lang betrachteten beide den Tanz der saphirblauen Libellen. »Und sie können uns auch nicht unsere Hoffnungen und Träume nehmen. Ganz gleich, wie viele Regeln und Verbote sie uns auferlegen, ganz gleich, wie schlimm sie uns hungern lassen.«

Er küsste sie, dann saßen sie Hand in Hand da und sahen zu, wie das Wasser des Flusses vorbeiströmte.

Unvermittelt sagte Mathieu: »In Sainte-Foy traf ich einen Freund, der früher die Weine im Château de la Chapelle testete. Er meinte, den Cortinis gehe es gut. Aber außerdem erzählte er mir von einem Gerücht, dass es hier in der besetzten Zone eine Zelle der Résistance gebe. Offenbar übermittelt ein geheimes Netzwerk Nachrichten, die die Alliierten unterstützen. Es heißt, irgendwie sei es gelungen, Leute über die Grenze und durch die unbesetzte Zone in Sicherheit zu bringen. Hast du auch was davon gehört?«

Achselzuckend schüttelte Eliane den Kopf, ohne den Blick vom Fluss zu nehmen. »Coulliac ist so verschlafen wie eh und je. Wir alle versuchen nur, genug zu essen aufzutreiben. Für etwas anderes bleibt kaum Zeit.«

Plötzlich sah sie vor ihrem inneren Auge, wie Monsieur le Comte in der Kapelle des Château Bellevue neben dem Altar saß. Sie erinnerte sich, dass sie sich eingebildet hatte, mehrere Stimmen zu hören … Sie wusste, dass sie mit ihren Spaziergängen Botschaften aus London an die Résistance-Kämpfer in den Hügeln über Coulliac übermittelte, ihre Bewegungen lenkte und ihnen beim Planen ihrer Aktivitäten half. Und sie wusste, dass sie auch dieses Geheimnis nicht mit Mathieu teilen durfte. Obwohl sie seine Hand hielt und neben ihm saß, spürte sie, wie all diese Geheimnisse einen Keil zwischen sie trieben.

Als sie in der stillen Abendluft einen Zug in der Ferne vorbeirattern hörte, nutzte sie die Gelegenheit, um das Thema zu wechseln.

»Erzähl mir doch mehr über deine neue Aufgabe.«

»Tja, das ist für mich eine ganz neue Rolle. Die Eisenbahn stellt Leute ein, weil die Bahnstrecken geschützt werden müssen. Es gibt immer mehr Sabotageakte der Résistance, also gehört es zu meiner Aufgabe, diese Sabotageakte entweder zu verhindern oder die Gleise nachher wieder zu reparieren, damit die Züge ungehindert fahren können. Ich versuche schon sehr lange, eine Möglichkeit zu finden, dich zu sehen und gleichzeitig meinen Vater zu unterstützen. In letzter Zeit macht ihm sein Rücken wirklich Schwierigkeiten – manchmal kann er vor lauter Schmerzen kaum stehen, und Luc kann den Hof nicht allein bewirtschaften. Also muss ich bei ihnen bleiben, das verstehst du doch?«

Eliane nickte. »Natürlich …« Sie zögerte, bevor sie fortfuhr: »Aber, Mathieu, die Züge … was transportieren die eigentlich?«

Daraufhin senkte er den Blick, pflückte einen Grashalm und teilte ihn sorgfältig mit dem Daumennagel. »Wichtigen Nachschub von und nach Paris.«

Sanft drückte sie seine Hand. »Aber sie transportieren auch Waffen und Munition, die die Deutschen nutzen, um noch mehr Franzosen zu töten. Und manchmal befinden sich auch Menschen in den Zügen. Du musst doch selbst diese Viehtransporte gesehen haben, von denen wir alle gehört haben. Die deportieren Menschen, die nicht mehr zurückkehren, Mathieu.«

»Sie kommen in Arbeitslager«, erwiderte er.

Langsam und voller Kummer schüttelte sie den Kopf. »Frauen und Kinder, ganze Familien … Sie kommen in Gefangenenlager, wo die Bedingungen so schrecklich sind, dass man kaum überleben kann.«

»Woher weißt du das? Das sind doch nur Gerüchte.«

Sie sah ihn mit ihren klaren grauen Augen an und wiederholte: »Diese Menschen kehren nicht mehr zurück, Mathieu.«

Er wurde rot – vor Wut oder Scham, war nicht zu sagen –, und seine Miene wirkte gekränkt.

»Ich habe diese Arbeit angenommen, um dich sehen zu können, Eliane. Wir sind jetzt seit zwei Jahren getrennt, was für mich ein unerträglicher Zustand ist. Die Stelle ist nur Mittel zum Zweck, damit ich leichter die Zonen wechseln kann. Momentan habe ich zwei Jobs, tagsüber auf dem Hof, nachts bei der Eisenbahn. Und das tue ich für uns und für meine Familie, denn auch die muss genug zu essen bekommen. Wir haben wirklich zu kämpfen, weil so viel für den Krieg beschlagnahmt wird.«

Wieder ging ihr Blick zum Fluss, aber der Lichteinfall hatte sich verändert, und das Wasser war wieder trübbraun. Die Libellen waren verschwunden, und mit einem Mal wirkte der Fluss hinter dem Stacheldraht vollkommen trist.

»Ich weiß, Mathieu. Das verstehe ich.«

»Wir müssen alle Kompromisse eingehen. Das heißt nicht, dass ich aufseiten der Deutschen stehe. Ich muss das einfach tun, für dich und für meinen Vater und für Luc.«

Sie erschauerte leicht, trotz der sommerlich schwülen Luft. »Komm, lass uns hineingehen«, sagte sie leichthin und lächelte ihn an.

Aber als sie die Decke zusammenfalteten und sie zur Scheune zurückbrachten, konnten sie einander nicht in die Augen sehen.

Und als er am nächsten Tag am Bahnhof von ihr Abschied nahm, um in den Zug nach Bordeaux zu steigen, drückte er sie so fest an sich, als wäre die Vorstellung, sie loszulassen, einfach unerträglich.

Sie küsste ihn und sagte lächelnd: »Viel Glück bei der Ausbildung. Wir sehen uns nächstes Wochenende.«

Er nickte, ohne etwas erwidern zu können, wandte sich rasch ab und ging, ohne noch einmal einen Blick zurückzuwerfen.

ABI
2017

Es braut sich ein Sturm zusammen, genau wie der, der mich hierhergeführt hat. Ich spüre, wie er näher kommt: Die Luft ist drückend und der Nachthimmel tiefschwarz. Mächtige, bedrohliche Sturmwolken verdecken die Sterne. Ich habe die Fensterläden weit geöffnet, damit die Nachtluft das Dachzimmer etwas abkühlt. Aber es drängt nur heiße Luft herein, sodass ich einfach nicht einschlafen kann.

Plötzlich erhellt ein Blitz das Zimmer, und Sekunden später kracht Donner durch die Nacht. Ich schiebe das Moskitonetz beiseite und gehe zum Fenster. Ein weiterer Blitz erhellt kurz den Fluss und die Bäume dahinter, und ich neige mich aus dem Fenster, um die Fensterläden zuzuziehen.

Unbeholfen taste ich mich zum Bett zurück. Hinter den geschlossenen Fensterläden und dem Moskitonetz fühle ich mich sicher, weil ich weiß, dass der Sturm mich nicht erreichen kann.

Eliane und Mireille müssen in ihrer Kindheit und Jugend oft so dagelegen haben, während Gewitter tobten, Blitze zuckten und der Regen auf das Dach des Mühlhauses prasselte. Doch sie wussten, dass das Unwetter ihnen nichts anhaben konnte.

Ich kann mir vorstellen, dass der Krieg für Eliane auch wie ein Sturm war. Zuerst lauerte er noch am Horizont, und als er dann über sie kam und all die langen Jahre tobte, entschied sie sich, das Dachzimmer zu verlassen, sich ihm zu stellen und auch anderen zu helfen.

Heute Nacht spüre ich förmlich, wie sie mich vor jeder Bedrohung abschirmt.

Irgendwann werden die Pausen zwischen Blitz und Donner länger, und das Gewitter zieht weiter. Aus dem Prasseln des Regens auf dem Dach über mir wird ein leises beruhigendes Plätschern. Während ich in den Schlaf drifte, erscheint Eliane vor meinem inneren Auge.

»Es ist deine Entscheidung, Abi«, sagt sie zu mir. »Dort draußen ist die Welt und wartet, bis du bereit bist. Du bist stärker, als dir bewusst ist.«

Lächelnd entfernt sie sich und hinterlässt im Zimmer den Duft von Bienenwachs und Lavendel.

ELIANE
1942

In der Woche, als Mathieu in Bordeaux bei der Bahn eingearbeitet wurde, konnte Eliane sich kaum auf ihre Pflichten im Château konzentrieren. Es war Anfang August, und die heiße, schwüle Luft schien ihr alle Energie zu rauben. Als sie die Kräuter im Garten goss, hatte sie das Gefühl, durch dicke Suppe zu waten. Selbst die Bienen schienen langsamer als sonst zu fliegen und wirkten wie betrunken vom Sommernektar, mit dem sie die oberen Rahmen in den Bienenstöcken füllten. Eliane erntete den Honig, sooft sie konnte, wusste sie doch, dass in nur wenigen Wochen, wenn der Sommer dem Herbst wiche, die kostbaren Vorräte schwinden würden. Und sie würde ganz besonders darauf achten, den Bienen genug zu lassen, damit sie den Winter überstanden. Denn mittlerweile gab es gar keinen Zucker mehr, mit dem sie sie füttern konnte, sollten die Honigvorräte nicht reichen.

Doch nicht nur die Hitze raubte ihr alle Energie, sondern auch der Umstand, dass sie ständig an die Unterhaltung mit Mathieu denken musste. Er hatte recht: Er hatte lediglich eine Stelle angenommen, die ihm ermöglichte, seine Familie zu ernähren und zwischen den beiden Zonen hin und her zu pendeln, sodass sie sich von Zeit zu Zeit sehen konnten. Warum war sie dann so aus dem Gleichgewicht gebracht? Der Gedanke an die Züge, die Menschen in Lager brachten und verschwinden ließen, entsetzte sie einfach. Gleichzeitig hatte sie das Gefühl, sie und Mathieu befänden sich plötzlich auf den gegenüberliegenden Seiten einer unsichtbaren Grenze. Jetzt trennte sie nicht mehr nur die Demarkationslinie, sondern sie arbeiteten gegeneinander und wurden von den Strömungen des Krieges in entgegengesetzte Richtungen gerissen.

Und all die Dinge, die sie ihm nicht sagen konnte, standen zwischen ihnen wie eine Barrikade aus Stacheldraht.

Mathieu erschien kurz vor Mittag auf dem Marktplatz. Er kam um den Tapeziertisch herum, zog Eliane in seine Arme und drückte sie fest an sich. Sie küsste ihn, barg kurz ihr Gesicht an seiner Brust und atmete den Geruch seiner Jacke ein. Normalerweise roch diese nach frischer Luft und Heu vom Bauernhof, aber während der Woche in Bordeaux hatte sie fremde Gerüche von der Eisenbahn aufgesogen: Dieselgestank, Zigarettenrauch und Motorenöl, die Gerüche eines Fremden.

»Ich warte im Café«, sagte er, als ihr nächster Kunde auftauchte.

Er überquerte den Platz zum Café de la Paix, wo er seine Segeltuchtasche auf dem Kopfsteinpflaster abstellte und an einem der runden Metalltische einen Stuhl herauszog.

Dort saß er und beobachtete Eliane, die lächelnd und plaudernd die kleine Schlange an Kunden bediente. Er wurde jedoch rasch aus seinen Tagträumen gerissen.

»Ach, hallo Mathieu! Na, das ist aber eine Freude, dich nach so langer Zeit mal wiederzusehen.«

»Stéphanie. Freut mich auch.« Er stand auf und küsste sie auf beide Wangen.

Unaufgefordert nahm sie an seinem Tisch Platz. »Also, erzähl«, sagte sie mit unschuldig aufgerissenen Augen und legte ihm die Hand auf den Arm. »Was führt dich denn wieder nach Coulliac? Oh, ich muss dir so viele Fragen stellen, und du musst mir erzählen, was es Neues gibt. Es ist so langweilig, seit wir alles zusammenkratzen müssen, um genug zu essen zu bekommen, und ich kann dir gar nicht sagen, wie viele Stunden ich jede Woche Schlange stehen muss. Aber für dich in Tulle ist es wahrscheinlich leichter. Euch sitzen ja nicht jede Sekunde des Tages deutsche Soldaten im Nacken.«

»Aber wir haben die Polizei und die Bürgergarde, die die Gesetze der Vichy-Regierung durchsetzen«, erwiderte er nur, als er sie unterbrechen konnte. »Ich vermute, es ist ähnlich wie hier.«

»Sieh doch mal, wie dünn ich geworden bin«, fuhr sie fort, als hätte er gar nichts gesagt. »Ich muss doch schrecklich aussehen!« Affektiert strich sie ihre langen, schwarzen Haare zurück und wartete auf ein Kompliment von ihm.

Mathieus Blick wanderte zu Elianes schlanker Gestalt am Marktstand. Ihre Schürzenbänder waren eng um ihre Taille geknotet, um ihre lose Bluse zusammenzuhalten, und ihr Ledergürtel hatte ein paar neue Löcher bekommen, damit er nicht über ihre Hüften rutschte.

»Ich glaube, in den letzten zwei Jahren haben wir uns alle ziemlich verändert«, bemerkte er nur.

Stéphanie folgte seinem Blick und schlug ihm schmollend auf den Arm, um seine Aufmerksamkeit wieder zu gewinnen. »Und sieh nur, wie fadenscheinig mein Kleid ist. Man muss wohl das Beste aus dem machen, was man hat.« Wieder fischte sie nach einem Kompliment.

»Du siehst hübsch aus wie immer, Stéphanie«, erwiderte er höflich.

Sie lächelte und blinzelte ihn spöttisch an. »Willst du mich nicht auf einen Kaffee einladen?«

Als man ihnen das bittere Gebräu in kleinen, dickwandigen Tassen serviert hatte, sah Stéphanie, dass Jacques Lemaître aus der Bäckerei kam, um seine Mittagspause am Brunnen zu verbringen und mit Yves Martin zu plaudern, der auf seinem Rad eingetroffen war.

»Wer ist das denn?«, fragte Mathieu. »Ich glaube, den kenne ich nicht.«

Mit gespieltem Erstaunen drehte sich Stéphanie zu ihm um. »Jacques? Die Aushilfe des Bäckers. Der ist schon eine ganze Weile hier. Wie du sehen kannst, ist er dick mit Familie Martin befreundet. Haben sie dir nichts von ihm erzählt? Er verbringt viel Zeit mit Yves. Und mit Eliane«, konnte sie sich nicht verkneifen.

»Nein, sie haben ihn mit keinem Wort erwähnt«, sagte Mathieu achselzuckend. »Allerdings hatten wir auch kaum Zeit, uns zu unterhalten.«

»Aber jetzt sag doch mal, womit du so beschäftigt bist.« Stéphanie neigte sich näher zu ihm. Dann hörte sie zu, wie er von seiner Einweisung in die neue Stelle bei der Eisenbahn erzählte.

»Es ist ja so beruhigend, zu wissen, dass du dich um die allgemeine Sicherheit kümmerst. Nicht, dass ich noch mit dem Zug fahren oder auch nur den Ort verlassen würde. Ist es in Bordeaux schön?«

Wieder zuckte er die Achseln. »Ja, wenn einem Städte gefallen. Aber für meinen Geschmack waren da viel zu viele Menschen.«

Zunehmend gereizt, weil er nicht im Geringsten auf ihre Flirtversuche einging, ließ sich Stéphanie gegen ihre Stuhllehne sinken und betrachtete müßig den Marktplatz. Als Oberleutnant Farber aus der *mairie* auftauchte, stieß sie Mathieu an.

»Da ist noch einer von Elianes neuen Freunden, den sie dir gegenüber bestimmt nicht erwähnt hat.« Ihre Augen glitzerten boshaft, doch das bemerkte Mathieu nicht, weil er beobachtete, wie der Deutsche sich Elianes Marktstand näherte.

Der Offizier sagte etwas zu ihr, woraufhin sie lächelnd nickte. Dann griff sie in einen Korb neben dem Stand und stellte ein Glas Honig vor ihm auf den Tapeziertisch. Er zählte ein paar Münzen ab und gab sie ihr, worauf sie diese in ihren Geldgurt steckte. Aber dann schien der Soldat es nicht eilig zu haben weiterzugehen. Da keine anderen Kunden am Stand waren, plauderte er noch ein Weilchen mit Eliane. Mathieu sah, wie sie erneut lächelte und den leuchtenden Schal zurechtrückte, den sie um den Hals geschlungen hatte.

Schließlich nahm der Oberleutnant das Glas Honig, schlenderte zurück zur *mairie* und blieb an der Treppe kurz stehen, um mit einem der deutschen Wachhabenden zu reden, bevor er wieder im Rathaus verschwand.

»Es muss schön sein, Freunde bei den Behörden zu haben«, bemerkte Stéphanie bemüht beiläufig. »Natürlich ist sie im Vorteil, weil sie im Château Bellevue täglich mit den Deutschen verkehrt. Wie angenehm es sein muss, Extrarationen zu bekommen. Anscheinend haben die Martins mehr zu essen als wir anderen, denn sie tauchen überall auf und verteilen ihre Almosen an uns arme Bedürftige. Während alle anderen ihre Erzeugnisse abgeben müssen, darf Mademoiselle Eliane ihren Honig behalten und verkaufen. Ich habe auch gehört, dass sie irgendwie zusätzliche Benzincoupons organisiert hat, damit ihr Vater sie in seinem Lieferwagen bringen und abholen kann.«

Mathieu leerte den Rest seines bitteren Kaffees und stellte die Tasse klirrend auf dem Unterteller ab.

»Ich glaube, das ist nicht richtig, Stéphanie«, sagte er.

Doch sie sah, dass ihre Bemerkungen etwas in ihm auslösten, und wieder blitzten ihre Augen boshaft auf. Sie seufzte, als wäre sie sehr besorgt. »Ach, Mathieu …« Erneut legte sie ihre Hand sanft auf seinen Arm. »Wie gerne würde ich dir das ersparen … ich weiß, wie nah ihr beide euch gestanden habt, bevor du gehen musstest. Aber als deine Freundin habe ich das Gefühl, ich müsste dir die Wahrheit erzählen.«

»Die Wahrheit? Was soll das heißen?« Jetzt hatte sie seine volle Aufmerksamkeit.

»Sieh doch«, sagte sie und wies nickend auf Jacques Lemaître, der sich nun Elianes Stand näherte. »Sie flirtet mit jedem. Mit der Aushilfe des Bäckers, mit diesem deutschen Offizier – ich kann dir sagen, dass sie nicht lange gewartet hat, nachdem du weg warst.«

Mathieus Gesicht wurde rot vor Zorn. »Das ist nicht wahr! So ist Eliane nicht.«

»Ich fürchte leider doch, zumindest in letzter Zeit. Natürlich darf man nicht zu hart über andere urteilen: Der schreckliche Krieg hinterlässt bei den Menschen seine Spuren. Aber siehst du das Tuch, das sie um den Hals trägt?«

Er nickte. Das hatte sie am vergangenen Wochenende auch getragen, wie er sich erinnerte.

»Nun, man sagt, das hätte sie von ihrem deutschen Geliebten. Und woher sonst sollte sie ein solches Tuch haben? Sie präsentiert es, wo sie geht und steht.«

»Sie hat mir erzählt, es wäre ein Geschenk von ihrer Schwester in Paris«, entgegnete er.

Stéphanie lachte. »Ach, das hat sie gesagt? Das einzige Geschenk, das die Martins von Mireille bekommen haben, ist dieses Baby, mit dem sie aus Paris aufgetaucht ist. Es heißt, Eliane wäre nicht die einzige Mademoiselle Martin, die mit den Deutschen verkehrt. Mireille hat ihr uneheliches Kind bei der Familie abgeladen und ist dann so schnell wie möglich wieder nach Paris verschwunden. Wir fanden das alle sehr komisch, dass sie so eilig zurückwollte, aber natürlich müssen die Verlockungen der Großstadt, wenn man ständig von deutschen Offizieren zum Essen und Tanzen ausgeführt wird, einfach unwiderstehlich sein. Zumal, wenn man das Kind versorgt weiß. Um der Schande zu entgehen, behaupten sie, es wäre die Tochter von Gustaves Cousin.«

Jetzt war Mathieu alles Blut aus dem Gesicht gewichen, und seine Haut wirkte trotz der Sonnenbräune fahl und verschwitzt.

»Ich glaube kein Wort von dem, was du sagst, Stéphanie«, sagte er mit erstickter Stimme.

Daraufhin zuckte sie nur mit ihren schmalen Schultern. »Dann eben nicht. Ich weiß, es ist bestimmt ein schrecklicher Schock für dich, die Wahrheit zu hören. Mir bleibt nichts anderes übrig, als dir zu verraten, was wirklich los ist. Nur zu deinem Besten. Ich kann einfach nicht mit ansehen, wie man dich zum Narren hält. Aber mir persönlich ist es gleich, ob du mir glaubst oder nicht.« Sie stand auf, zupfte ihr Kleid zurecht und strich ihre Haare glatt. »Danke für den Kaffee, Mathieu. Und viel Erfolg bei deiner Arbeit. Melde dich doch mal wieder, wenn du hier vorbeikommst.«

Mit einem Blick zu Eliane, um sich zu vergewissern, dass diese es auch ja mitbekam, neigte sie sich zu Mathieu und verabschiedete sich mit einem Kuss auf beide Wangen.

Mathieu saß nur wie erstarrt da, während Stéphanies Worte in seinem Kopf nachhallten. Nach ein paar Minuten schob Yves sein Rad zu ihm. »*Salut,* Mathieu! Darf ich mich zu dir setzen?«

»Ja, bitte. Ich brauche dringend vernünftige Gesellschaft.«

Yves grinste ihn an. »Ja, ich habe gesehen, wie Stéphanie dich belagert hat. Dieses Mädchen gibt einfach nicht auf, das muss man ihr lassen.«

»Wer ist denn der Typ, mit dem du am Brunnen geredet hast?«, erkundigte sich Mathieu.

»Jacques? Netter Kerl. Arbeitet in der Bäckerei, ich hab ihn bei den Mehllieferungen kennengelernt.«

Mathieu fiel auf, dass Yves, der sonst immer so offen und ehrlich war, ihm nicht in die Augen blicken konnte.

»Allerdings gibt es mittlerweile kaum noch richtiges Mehl auszuliefern«, fuhr Yves vor. »Also mahlen wir Maronen. Und Mais und Hafer. Tierfutter. Aber vermutlich geht es euch in der unbesetzten Zone genauso, oder? Es sind harte Zeiten ...«

Mathieu fiel auf, dass Yves schnell von Jacques Lemaître abzulenken versuchte. Aus irgendeinem Grund wollte er nicht über seinen großartigen neuen Freund reden.

Mathieu blickte über den Platz. Eliane bemerkte es und winkte ihm. Sie rückte den Seidenschal zurecht, damit er ordentlicher aussah, und fing an, den Marktstand abzubauen.

Anstatt ihr zu helfen, wie er es sonst getan hätte, sah Mathieu ihr nur gedankenverloren zu und hörte kaum auf Yves' belangloses Geplauder.

Auf der kurzen Rückfahrt zur Mühle war er sehr still, und er rührte auch kaum das Mittagessen an, das Lisette aus Zutaten von Elianes *potager* zubereitet hatte: eine kräftige Gemüsesuppe mit Maronenbrot, weichem Ziegenkäse und, zu Ehren von Mathieus Besuch, ein paar Scheiben von dem kostbaren Schinken, den sie im Tunnel hinter dem Schweinepferch lagerten.

Aber Mathieu konnte die Zweifel nicht abschütteln, die Stéphanie in ihm geweckt hatte.

Nachdem sie aufgegessen hatten, sagte er: »Komm, Eliane, machen wir einen Spaziergang am Fluss.«

Sie fasste nach seiner Hand und drückte sie fest, aber er reagierte nicht darauf. Als sie am Ufer entlanggingen, über den schmalen, staubigen Weg, der am Stacheldraht vorbeiführte, fragte sie: »Mathieu? Stimmt was nicht?«

Da blieb er stehen und sah sie an. Er streckte die Hand aus und berührte den prächtigen Seidenschal, den sie immer noch lose um den Hals trug. »Woher hast du den?«, fragte er mit kaum hörbarer Stimme.

Sie senkte den Blick. »Hab ich dir doch gesagt – er ist ein Geschenk von Mireille.«

»Eliane«, drängte er nun flehend. »Sag mir die Wahrheit. Woher hast du diesen Schal?«

Da blickte sie auf und sah ihm direkt in die Augen. »Es tut mir leid, Mathieu. Aber das kann ich dir nicht sagen.«

»Verstehe«, flüsterte er. »Und Blanche ...? Wer sind ihre richtigen Eltern?«

Sie runzelte verwirrt die Stirn, weil er das Thema wechselte. »Auch das darf ich dir nicht verraten. Ich würde dir gerne die Wahrheit erzählen, aber es geht nicht«, flüsterte sie.

Da wandte er sich zum Fluss. Anscheinend bereitete es ihm Mühe zu sprechen, denn er schluckte mehrmals, bevor er ansetzte: »Oh, Eliane. Was hat dieser Krieg nur mit dir gemacht?« Seine Stimme zitterte von dem unerträglichen Schmerz, der sein Herz zusammendrückte.

Sie streckte die Arme aus, um ihn zu umarmen, aber er wich zurück. »Mathieu«, bat sie, »sieh mich an.«

Widerstrebend wandte er ihr sein Gesicht zu. Er biss sich heftig auf die Lippen, und seine Augen waren rot von unterdrückten Tränen.

»Dieser Krieg hat mir dasselbe angetan wie dir«, sagte sie. Ihre Stimme war im Gegensatz zu seiner ruhig und fest. »Ich musste Entscheidungen treffen, genau wie du. Wir alle versuchen nur zu überleben.«

»Aber der Krieg kann doch nicht ewig dauern! Und was ist dann? Wenn er vorbei ist, wird jeder mit dem leben müssen, was er getan hat.«

»Ja, Mathieu«, erwiderte sie. »Wir müssen mit dem leben, was wir getan haben. Aber jeder von uns wird auch mit dem leben müssen, was wir *nicht* getan haben.«

Eine Weile standen sie nur schweigend da, dann drehten sie sich um und gingen, jeder in seine eigenen Gedanken versunken, zurück.

»Was möchtest du nun tun?«, fragte Eliane, als sie sich der Mühle näherten.

Er zuckte die Achseln. »Ich war schon viel zu lange nicht mehr bei meinem Vater und Luc. Wenn ich jetzt aufbreche, erwische ich noch den Zug aus Sainte-Foy, mit dem ich heute Abend zuhause bin.«

Da rann ihr eine Träne über die Wange und fiel auf den Schal, sodass sich ein blutroter Fleck auf der leuchtenden Seide bildete. »Mathieu«, sagte sie mit erstickter Stimme, »es tut mir leid.«

Er nickte, weil er kein Wort herausbrachte. Dann fragte er leise: »Erinnerst du dich an das, was ich letzte Woche sagte? Sie haben uns nicht nur unser Land genommen, sondern auch unsere Stimme.«

Sie schaute ihm in die Augen. »Aber sie können uns nicht für immer zum Schweigen bringen. Irgendwann wird der Tag kommen, an dem die Wahrheit ausgesprochen werden kann.«

Er schüttelte den Kopf. »Mit einem Mal scheint mir die Wahrheit sehr kompliziert zu sein. Tut mir leid, Eliane, aber am besten hole ich jetzt meine Sachen und verschwinde.«

Sie begleitete ihn bis zur Brücke. Dann sah sie, wie er den Wachen seine Papiere zeigte und durchgewunken wurde. Und als er sich, ohne einen Blick zurückzuwerfen, entfernte, schien die Grenze, die sie trennte, unüberwindlicher denn je.

DRITTER TEIL

ELIANE
1943

Im November 1942 übernahmen die deutschen Besatzer die Kontrolle über ganz Frankreich und sandten Truppen in die zuvor unbesetzte Zone. Für Coulliac änderte sich durch die Entfernung der Demarkationslinie allerdings wenig – im Gegenteil, wie es aussah, gab es noch mehr Straßenblockaden, und die Grenzübergänge an den Brücken blieben bestehen. Es war weiterhin verboten, ohne Passierschein den Ort zu wechseln, und dieses Dokument zu bekommen, war genauso schwer wie zuvor.

Tag für Tag wartete Eliane auf eine Postkarte von Mathieu. Die Karten, die sie ihm selbst sandte, verschwanden unbeantwortet im Nichts. Dabei hätte jede Antwort von ihm ihr zu verstehen gegeben, dass er ihr ihre Geheimniskrämerei verzieh und ihr wieder vertraute. Aber es kam nichts. Sie redete sich ein, dass er ihr vielleicht eine Karte geschrieben hatte, die aber nicht durchgelassen worden war. Nur konnte sie kaum selbst daran glauben.

Über Nacht hatte es Frost gegeben, und Nebel wallte über dem Fluss auf, als Eliane eines Februarmorgens früh zur Arbeit aufbrach. Sie hörte Stimmen – Gustave und Yves hatten irgendetwas an den Schleusentoren zu tun –, konnte ihre Gestalten aber nur undeutlich erkennen. Offenbar versuchten sie, etwas Schweres aus dem Fluss zu hieven, also ging sie zu ihnen, um zu sehen, ob sie ihnen helfen konnte. Als der Nebel sich in einem kurzen Wirbel hob, keuchte sie auf. Gustave hörte das, drehte sich um und rief laut: »Bleib zurück! Komm nicht näher!«

Aber sie hatte bereits die Leiche gesehen, die am Eingang eines der Schleusentore festhing. Yves versuchte, mit seinem Federmesser die Kleider des Mannes von dem Stacheldraht loszuschneiden, in dem sie sich verfangen hatten.

Mit vereinten Kräften zogen Vater und Sohn die Leiche ans Ufer. Flusswasser strömte aus den Kleidern des Mannes, doch dann sah Eliane, wie das Wasser erst rosa und dann rasch dunkelrot wurde. Sein Brustkorb war von Kugeln durchlöchert.

Gustave riss einen leeren Mehlsack auseinander und bedeckte damit so gut es ging die Leiche.

»Wer ist das, Papa?«, fragte Eliane. Sie hatte das Gesicht nicht genau erkennen können, das vom Wasser bleich und aufgedunsen war. Einen schreckerfüllten Augenblick lang befürchtete sie, es könnte Jacques Lemaître sein.

Gustave schüttelte mit grimmiger Miene den Kopf. »Niemand, den ich kenne. Aber ganz sicher ein *maquisard*. Die Deutschen sind wild entschlossen, die Résistance auszulöschen. Sie müssen ihn geschnappt und exekutiert haben.«

Yves, der neben der Leiche kniete, stürzte plötzlich davon und übergab sich auf der Wiese. Gustave ging zu ihm, klopfte ihm auf den Rücken, murmelte etwas Tröstliches und half ihm wieder auf die Beine.

»Eliane, bring deinen Bruder ins Haus und sag Maman, was passiert ist.«

»Aber was machen wir denn jetzt, Papa?«

»Ich warte bis neun Uhr und fahre dann zur *mairie,* um es zu melden.« Sein Gesicht war fast genauso bleich wie das seines Sohnes. »Fühlst du dich in der Lage, zur Arbeit zu gehen,

Eliane? Ich glaube, es wäre das Beste, wenn wir versuchen, so normal wie möglich weiterzumachen.«

Sie nickte. »Es geht schon.«

»Ach, Eliane?«

»Ja, Papa?«

»Hast du dein Seidentuch dabei? Ich könnte mir denken, dass du es heute für einen Spaziergang brauchen wirst, sobald sich der Nebel gelichtet hat.«

Sie zog den Schal aus ihrer Schürzentasche. Wortlos band sie ihn über ihrem Haar zusammen, fasste Yves am Arm und führte ihn zurück in die Mühle.

ABI
2017

Als ich mich bettfertig mache, wandern meine Gedanken zu dem, was Sara mir heute über Eliane erzählt hat. Ich lehne mich aus dem Fenster, um die Fensterläden zu schließen, und mein Blick fällt auf den Fluss, der leise im Mondlicht Richtung Meer strömt. Ein Schauer durchfährt mich, als ich das Flattern der Fledermäuse höre, die in der Dunkelheit über das schwarze Wasser des Mühlenteichs fliegen. Es ist schwer, sich vorzustellen, dass dort eine Leiche im Wasser gelegen hat.

Ich schiebe den schweren Metallriegel vor, um das Bild auszusperren. Jean-Marc ist heute gekommen, um die Fensterläden zu reparieren, da sie sich nur schwer schließen ließen. Er hat mir getrocknete Lindenblüten mitgebracht, aus denen ich mir gerade einen Tee gekocht habe. Er duftet süß nach Sommer. Träge strecke ich meine Beine unter dem Laken aus und nippe an meiner *tisane*. Es ist neu für mich, mich so ausbreiten zu können. In Zacs Bett rutschte ich immer weit auf meine Seite, bis zum Rand der Matratze, und nahm möglichst wenig Platz ein. Wenn ich ihn unabsichtlich berührte, zuckte ich zusammen vor Angst, ihn zu wecken. Ich machte mich immer kleiner, bis ich mich fragte, ob ich irgendwann vollkommen verschwinden würde.

Ich trinke meinen Tee aus, stelle die Tasse auf dem Nachttisch ab und lösche das Licht. In der Dunkelheit jenseits höre ich draußen das leise Plätschern des Wassers.

Während ich langsam in den Schlaf sinke, driften Gedanken und Erinnerungen durch meinen Kopf. Ich war kurz davor, mein eigenes Ich, meinen Lebenswillen zu verlieren. Ich dachte, er wäre schon erloschen. Aber im letzten Moment flackerte er wieder auf.

ELIANE
1943

Gustave hatte recht gehabt: An dem Tag, als sie die Leiche des *maquisard* aus dem Fluss zogen, bat der Comte Eliane tatsächlich, einen Spaziergang um die Gartenmauern zu machen, sobald die fahle Wintersonne den Nebel aus dem Tal vertrieben hatte. Diesmal dauerte er jedoch länger: drei Runden gegen den Uhrzeigersinn. Obwohl es kühl war, schwitzte Eliane unter ihrem Kopftuch und fühlte sich ungeschützter denn je den Blicken der Beobachter ausgesetzt, wo auch immer sie sein mochten. Immer wieder tauchte das Bild des Toten vor ihrem inneren Auge auf, der sich im Stacheldraht verfangen hatte, und während sie lief, war ihr übel und schwindelig. Sie konnte erst wieder erleichtert aufatmen, als sie die Schwelle zur Küche des Châteaus betrat.

Sie band geschäftig die Kräuter, die sie gesammelt hatte, zu kleinen Sträußen zusammen, um sie später über dem Ofen im Mühlhaus zum Trocknen aufzuhängen.

Als sie an diesem Abend heimkehrte, war niemand in der Küche. »Papa? Maman? Yves?«, rief sie. Im Zimmer darüber hörte sie schnelle Schritte hin- und hergehen und knackende Bodendielen. Als sie hinaufeilte, sah sie, dass Lisette in Yves' Zimmer hastig Kleider aus seinem Schrank holte und in einen Seesack packte. Nebenan im Elternschlafzimmer begann Blanche in ihrem Kinderbett zu weinen.

»Was ist denn los?«, fragte Eliane verstört.

»Yves muss verschwinden«, antwortete Lisette. »Als dein Vater heute Morgen zur *mairie* ging, um das mit dem Toten zu melden, gab ihm die Sekretärin des Bürgermeisters eine Verfügung für Yves mit. Es gibt ein neues Gesetz zum Arbeitsdienst, dem *Service du travail obligatoire*. Diese Verfügung wurde heute auch auf dem Platz angeschlagen. Jetzt werden nicht mehr Arbeiter mit bestimmten Fähigkeiten, sondern ganze Altersgruppen in die Arbeitslager geschickt. Yves wurde befohlen, sich in den nächsten Tagen zu melden.«

»Yves ...«, flüsterte Eliane. Sie dachte an die Züge, die sie immer in der Ferne vorbeirattern hörte. Und dann fiel ihr noch etwas ein. »Was ist mit Mathieu? Das betrifft ihn doch auch.«

Lisette hörte kurz auf, einen Wollpullover zusammenzufalten. »Ja, aber keine Angst. Mathieu muss nicht gehen. In der Verfügung stand, Angehörige bestimmter Berufsgruppen wären davon ausgenommen, zum Beispiel die Polizei und die Feuerwehr. Und der Überwachungsdienst der Eisenbahn.«

So viele Gefühle strömten auf Eliane ein, dass sie kaum noch klar denken konnte. »Aber Yves ... in einem Arbeitslager ...«

Lisette presste die Lippen zusammen und schüttelte den Kopf. »Dein Bruder wird in kein Arbeitslager gehen.«

»Aber warum packst du dann ...«

»Er hat beschlossen, sich bei den *maquisards* zu verstecken. Noch heute Nacht. Er und dein Vater regeln gerade ein paar Dinge in der Mühle, damit Papa sie leichter allein betreiben kann. Daher packe ich für ihn. Er kann ohnehin nicht viel mitnehmen ...« Lisette brach ab, weil ihr der Kummer die Kehle zuschnürte.

Eliane trat zu ihrer Mutter, nahm sie in die Arme und hielt sie fest, als sie schluchzend und mit zuckenden Schultern das Gesicht in die Falten des Pullovers drückte.

»Was kann ich tun?«, fragte Eliane.

Aus dem Nebenraum wurde Blanches Weinen immer lauter. Lisette lächelte und wischte sich mit dem Handrücken die Tränen weg. »Geh die Kleine trösten. Nimm sie mit in die Küche und gib ihr einen Kamillentee. Ich komme gleich nach. Und Eliane, wir müssen tapfer sein, wenn wir uns von Yves verabschieden. Schenken wir ihm zum Abschied die Erinnerung an unser Lächeln und unsere Liebe. Von jetzt an wird er alle Stärke und Zuversicht brauchen, die wir ihm mitgeben können.«

Blanches dunkle Locken klebten vom Weinen am Gesicht, und sie streckte die Arme aus, als Eliane sich zu ihr herunterbeugte. Sie schlang die Händchen um Elianes Hals und klammerte sich so fest an sie, als wollte sie sie nie wieder loslassen.

Eliane sagte tröstend: »Schsch, *ma petite*, ist schon gut. Alles wird gut.«

»Eyann, wo Ywe?«, fragte Blanche. Sie lernte nur langsam sprechen, aber ihr Wortschatz vergrößerte sich zusehends – obwohl Eliane für sie immer noch »Eyann« blieb.

»Er kommt gleich und gibt dir eine dicke Umarmung. Dann geht er eine Weile fort, aber er kommt bald wieder.« Sie hoffte inständig, dass dies die Wahrheit war, um ihrer selbst und um Blanches willen.

»Ywe kommt wieder?«, fragte Blanche, mit vom Weinen zusammengeklebten Wimpern.

»Ich hoffe es.«

»Ich hoffe es«, wiederholte Blanche. »Bald.«

Eliane gab ein paar getrocknete Kamillenblüten in heißes Wasser und goss das Ganze in eine kleine Porzellantasse mit Schmetterlingen, die Blanche liebte. Dann wiegte sie das Mädchen auf ihrem Schoß und sang ihr leise etwas vor, während sie an ihrem Tee nippte.

Als die Tür aufging, strömte kalte Winterluft in die warme Küche, und die Männer kamen herein. Gustave gab sich alle Mühe, ruhig und zuversichtlich zu wirken, sich auf Praktisches zu konzentrieren und Yves noch ein paar letzte Ratschläge zu geben. »Halte deine Füße trocken, sonst wirst du es bereuen. Ich habe deine Stiefel heute noch mal eingewachst. Hör auf das, was die anderen sagen – sie haben mehr Erfahrung als du. Und ganz bestimmt werden sich euch noch mehr anschließen, die lieber in der Wildnis überleben wollen, als in ein Arbeitslager gesperrt zu werden.«

Yves war still, wesentlich verhaltener als sonst, und auf Eliane wirkte er reifer, doch gleichzeitig noch erschreckend jung. Am liebsten hätte sie geweint, weil ihr kleiner Bruder gezwungen war, diese Entscheidung zu treffen, die Geborgenheit seines Zuhauses zu verlassen, um auf der Flucht zu sein und sich obdachlos mit einer Gruppe Fremder durchzuschlagen. Aber sie rief sich Lisettes Worte in Erinnerung und zwang sich stattdessen zu einem Lächeln. Zwar sagte sie nichts, aus Angst, die Fassung zu verlieren, aber sie nickte ihm zu und sang dann leise eines von Blanches Lieblingsliedern – nicht nur für das kleine Mädchen auf ihrem Schoß, sondern auch für Yves. »*Il y a longtemps que je t'aime …*« So lange habe ich dich geliebt …

Als Yves kurz ihre Schulter berührte, versagte ihr die Stimme, aber sie holte tief Luft und sang weiter, während Yves sich zu Blanche herabbeugte, um ihr einen Kuss auf die Locken zu drücken. Das kleine Mädchen legte seine Arme um seinen Hals und sang lächelnd mit.

Als das Lied endete, riss er sich los, verließ abrupt die Küche und lief, immer zwei Stufen auf einmal nehmend, die Treppe hinauf.

Nach ein paar Minuten erschien er wieder mit seinem Seesack in der einen Hand und umfasste Lisettes Taille mit der anderen. Sie hatte ihre Tränen getrocknet und versuchte wie Gustave, tapfer zu sein.

Als es leise an der Tür klopfte, wirbelte Eliane auf ihrem Stuhl herum. Jacques Lemaître stand auf der Türschwelle, nickte ihnen zu, ergriff Yves' Hand und drückte sie fest.

»Bereit?«, fragte er nur. »Es ist Zeit.«

Yves nickte, weil er kein Wort herausbrachte. Er umarmte sie nacheinander und hielt seine Mutter einen Augenblick länger fest. Über ihre Schulter hinweg sah Eliane, wie Lisette die Augen zusammenkniff und ihr Gesicht sich vor Schmerz verzog.

Schließlich ließ Yves sie los und warf seinen Seesack über die Schulter. Jacques klopfte ihm auf den Rücken und lächelte die Familie an. »Keine Angst, wir passen gut auf ihn auf. Wann immer es möglich ist, lasse ich Sie wissen, wie es ihm geht.«

»Danke, Jacques. Gott sei mit euch.« Lisette streckte die Hand aus, um ihren Sohn noch mal zu berühren, aber er hatte sich schon umgedreht und ging zur Tür. Also ließ sie sie sinken und zupfte stattdessen an ihrer Schürze. Eliane umfasste die Hand ihrer Mutter und drückte sie fest, um ihnen beiden Kraft zu spenden.

Dann schloss sich die Tür hinter Yves und Jacques, und die beiden verschwanden in der Nacht.

Seit Anfang des Jahres war eine neue Abteilung der französischen Polizei ins Leben gerufen worden: die Miliz, die mit der Gestapo zusammenarbeitete. Als Eliane an diesem Wochenende auf dem Markt ihre wenigen Gläser Honig und Bienenwachs neben ein paar Konserven mit Apfelmus aufbaute, den sie mangels Zucker mit Wildem Schwarzkümmel gesüßt hatte, war sie sich der beiden *miliciens* mehr als bewusst, die in ihren braunen Hemden und blauen Jacken neben dem Brunnen standen und das Kommen und Gehen auf dem Marktplatz beobachteten. Sie erkannte, dass einer der beiden aus dem Ort stammte.

Stéphanie ging mit ihrem Einkaufskorb an den *miliciens* vorbei, lächelte ihnen zu und warf die Haare zurück. Der jüngere der beiden straffte sich und machte eine Bemerkung, woraufhin sie sich zu ihnen umdrehte und ihnen den Inhalt ihres Korbs zeigte. Sie lachte und flirtete, während sie mehrere Minuten miteinander sprachen. Eliane sah, wie Stéphanie sich zu ihnen beugte, als wollte sie ihnen etwas anvertrauen, und dann über ihre Schulter hinweg zu Elianes Marktstand blickte. Die beiden Milizionäre schauten auf, folgten ihrem Blick und starrten Eliane abschätzig an. Nach einem weiteren Wortwechsel ging Stéphanie weiter, wischte sich beiläufig ein Staubflöckchen vom Bund ihrer Bluse und wich Elianes Blick aus, als sie am Honigstand vorbeikam.

Kurz darauf schlenderten die *miliciens* auf Eliane zu und ließen sich dabei alle Zeit der Welt. Ihr Atem bildete kleine Wölkchen in der kalten Morgenluft.

»Guten Morgen, *messieurs*«, sagte sie höflich, als sie ihren Stand erreicht hatten.

»Mademoiselle Martin?«, fragte der Mann, dessen Gesicht ihr bekannt vorkam.

»*Oui, monsieur.*«

»Verraten Sie uns, *mademoiselle*«, setzte der Mann mit leiser Stimme an, die aber gleichzeitig so bedrohlich klang, dass ihr die Hände zitterten, als sie das Karotuch auf dem Tisch zurechtzupfte, »wo wir Ihren Bruder finden können?«

Daraufhin blickte Eliane ihm fest in die Augen, was ihn leicht zu verunsichern schien. »Ich wünschte, das wüsste ich, *m'sieur*. Wir haben ihn seit einer Ewigkeit nicht mehr gesehen.« Sie hielt den Blickkontakt aufrecht.

Am Ende war er es, der blinzelte und den Blick zu den Gläsern auf ihrem Stand senkte. Die Augen seines Kollegen huschten hin und her. Er erinnerte Eliane an eine Schlange, weil er sich immer wieder über seine aufgesprungenen Lippen leckte.

»Und Ihr Freund? Mathieu Dubosq, nicht wahr? Hören Sie noch von ihm?«

Erschrocken starrte Eliane ihn an. Was hatte Mathieu mit Yves zu tun? Er war doch damit beschäftigt, die Eisenbahngleise zu sichern. Sie holte heimlich tief Luft, um sich zu beruhigen, und ermahnte sich, sich nicht zu verraten. »Von Mathieu habe ich nichts mehr gehört, seit er Coulliac verlassen hat. Ich glaube, er ist wieder zuhause in Tulle. Außerdem ist er nicht mehr mein Freund.«

»Die kann ziemlich gut lügen, was?«, sagte die Schlange höhnisch zu seinem Kollegen.

Der erste *milicien* runzelte die Stirn. »Nun, sollten Sie zufällig etwas von einem der beiden hören, geben Sie uns doch Bescheid. In Ordnung, Mademoiselle Martin? Wir würden ihnen gerne ein paar Fragen stellen, und zwar zu subversiven Aktivitäten wie zum Beispiel der Zerstörung von Staatseigentum.«

Dann gingen sie weiter, blieben aber hier und da an den Ständen stehen, um die Händler zu befragen. Die wenigen Einwohner von Coulliac, die sich an diesem kalten Morgen hinausgewagt hatten, zogen sich bei ihrem Anblick zurück. Die Milizionäre hatten wegen ihrer skrupellosen Brutalität gegenüber ihren eigenen Landsleuten bereits den Ruf gewonnen, schlimmer zu sein als die Gestapo. Da sie die Sprache sprachen und alles in der Umgebung kannten – jeden Informanten mit eingeschlossen –, waren sie noch gefährlicher.

Eliane sah ihnen zu, wie sie über den Markt gingen. Mittlerweile waren es sogar noch weniger Stände, da es am Ende eines weiteren harten Winters kaum noch etwas zu verkaufen gab. Die Lebensmittel waren so knapp geworden, dass fast alle Familien *jours sans* eingeführt hatten – Tage, an denen sie nichts aßen.

In der Mühle streckten sie ihre spärlichen Vorräte so weit wie möglich, und erst gestern hatten sie die letzten Kartoffeln und Rüben aus dem Gemüsegarten am Fluss ausgegraben. Mit knurrendem Magen schaute Eliane in den eisengrauen Himmel und sehnte sich nach den ersten Anzeichen des Frühlings, wenn Wälder und Felder wieder zum Leben erwachen und sie mit neuer Nahrung versorgen würden; wenn die Bienen sich wieder an die Arbeit machen würden, um aus den Blüten der Obstbäume frischen Honig herzustellen.

Und dann hörte sie wundersamerweise ein Geräusch am Himmel, als hätte sie es durch ihren Wunsch herbeigerufen: das Krächzen der ersten grauen Kraniche, die über ihre Köpfe hinwegflogen. Es waren nur wenige, die Vorhut der Männchen, die ihre endlos lange Reise zu den Brutstätten im Norden hinter sich brachten. Die Weibchen und die Jungvögel, die im Vorjahr geschlüpft waren, würden später folgen, in riesigen, losen Reihen aus Tausenden Vögeln gleichzeitig, die über den blauen Frühlingshimmel ziehen und die Luft mit ihrem klagenden Ruf erfüllen würden. Elianes Herz klopfte ein bisschen schneller. Die ersten *grues* des Jahres gaben Anlass zur Hoffnung. Noch ein bisschen aushalten, und dann würde es wieder Frühling.

Sie hoffte nur, Yves würde die Vögel ebenfalls sehen, wo auch immer er jetzt sein mochte.

Und sie hoffte, der Weg der Zugvögel würde über Mathieu hinwegführen, wenn er durch die Felder des Bauernhofs pflügte und den Boden für die Ernte des nächsten Jahres vorbereitete.

Als sie sah, wie sie gen Norden zogen, beschwor sie sie innerlich, weiter nach Osten abzudriften, über Paris hinweg zu fliegen, um eine Verbindung zwischen ihr und Mireille zu schaffen.

»Wir sind alle noch hier«, sagte sie leise zu sich. »Noch ein bisschen aushalten – dann kommt der Frühling.«

ABI
2017

Wie können wir die Widerstandskraft aufbringen, um auszuhalten? Diese Jahre voller Hunger und Isolation von der Außenwelt müssen doch ihren Tribut von Eliane und ihrer Familie gefordert haben. Aber die Martins hatten auch etwas, an dem sie sich festhalten konnten: ihre Gemeinschaft. Sie hatten einander.

In meiner tiefsten Einsamkeit, als ich spürte, wie ich innerlich verkümmerte wie eine Pflanze ohne Licht, Wasser und Nahrung, zwang mich etwas in meinem Inneren, meine Fühler auszustrecken. Gerade als ich das Gefühl hatte, auch noch die letzten Reste an Kraft zu verlieren, sprang ein tief verwurzelter Überlebensinstinkt an.

Als Sam, ein fröhliches Mädchen in meiner Tutoriumsgruppe, vorschlug, einen Kaffee trinken zu gehen, erfand ich dieses eine Mal keine Ausrede, sondern ertappte mich dabei, wie ich sagte: »Na klar. Das wäre schön.«

Ich war selbst von mir überrascht, denn ich hatte gar nicht zusagen wollen. Mir schwirrte der Kopf, als die kleine Gruppe die Straße zum nahen Café überquerte. Was machte ich denn da? Zac würde ausrasten. Was sollte ich ihm sagen? Dennoch brachte mich etwas dazu, bei der Gruppe zu bleiben, ihr durch die Tür in das helle, warme Café zu folgen, mir einen Stuhl zu nehmen und einen Caffè Latte zu bestellen. Und in der nächsten Dreiviertelstunde erinnerte ich mich wieder daran, wie es sich anfühlte, mit ein paar freundlichen Menschen zu plaudern und zu lachen, ich stimmte in das allgemeine Murren darüber ein, dass es vollkommen unmöglich war, ein Buch wie *Ulysses* zu verstehen – geschweige denn eine schlüssige Hausarbeit darüber zu schreiben –, und hörte mir kleine Anekdoten aus dem Leben anderer Menschen an.

In dieser Dreiviertelstunde erinnerte ich mich daran, wie es sich anfühlte, ich zu sein.

Selbstverständlich gab es Ärger, als ich heimkam. Ich spürte es, kaum dass ich den Schlüssel ins Schloss gesteckt hatte. Zac saß mit Blick auf die Wohnungstür auf der Couch und hatte eine fast leere Flasche Rotwein auf dem Tisch vor sich stehen. Der Fernseher lief, aber er beachtete ihn nicht. Er starrte ins Leere, und seine Augen waren kalt.

Er sah mich nicht an, sondern saß einfach nur da und wartete darauf, dass ich den ersten Schritt machte. Katz und Maus.

Ich hängte meinen Mantel auf, streifte meine Stiefel ab und wandte mich dann mit einem Lächeln zu ihm, mit dem ich meine Angst zu überspielen versuchte. Ich spürte, wie meine Schultern sich anspannten, und bemerkte, dass ich meine Hände zu Fäusten geballt hatte.

Auf dem Heimweg hatte ich mir verschiedene Ausreden überlegt: Bei der U-Bahn hätte es mal wieder einen Unfall gegeben, oder ich hätte aus einer Laune heraus beschlossen, den Bus zu nehmen. Aber dann nahm ich allen Mut zusammen und rückte einfach mit der Wahrheit heraus.

»Tut mir leid, dass ich spät dran bin. Ein paar von uns sind nach dem Tutorium noch einen Kaffee trinken gegangen.« Mein Ton war leicht und munter. Vielleicht würde ich damit durchkommen.

Aber eigentlich wusste ich, dass es nicht so sein würde. Ich wusste, was passieren würde. Ich wusste, ich würde nie wieder nach dem Tutorium einen Kaffee trinken gehen.

ELIANE
1943

Trotz des langen Schattens, den der endlose Krieg warf, verhielt sich Monsieur le Comte immer noch so zuvorkommend gegenüber den Deutschen, die bei ihm einquartiert waren, dass sie dem gebrechlichen alten Mann weiterhin die tägliche Nutzung seiner Bibliothek und seiner Kapelle gestatteten. Manchmal kochte Madame Boins Zorn über, wegen des Mangels an anständigen Zutaten und des faden Essens, das sie zubereiten musste. Oft bekamen sie nur noch winzige Stücke Pferdefleisch vom Metzger; und sie schwor, wenn der Krieg erst vorüber wäre, würde sie nie wieder eine Rübe anrühren.

Der Comte bat Eliane immer häufiger, ihre Spaziergänge zu machen. Das Seidentuch war mittlerweile etwas ausgeblichen und an den Ecken zerschlissen, obwohl sie es jedes Wochenende mit größter Sorgfalt wusch, flickte und bügelte. Aber sein prächtiges Muster war noch deutlich zu sehen.

Doch in letzter Zeit fühlte sich Eliane auf ihren Runden immer unbehaglicher. Wer beobachtete sie? Sie versuchte, den Gedanken an die *miliciens* zu verdrängen, die sie an jenem Tag vor einigen Monaten am Marktstand aufgesucht hatten. Stattdessen redete sie sich ein, Yves und seine Kameraden von der Résistance würden über sie wachen.

Nachdem Yves untergetaucht war, besuchte Jacques sie häufiger in der Mühle. Eliane war dankbar, dass er Gustave half, wo er nur konnte, und hin und wieder berichtete er, Yves gehe es gut, er komme mit seinen neuen Kameraden bestens zurecht und versichere, er würde seine Füße trocken halten und seine Unterwäsche täglich wechseln. Als Lisette das hörte, musste sie lächeln. »Typisch Yves«, sagte sie. »Immer einen Scherz auf den Lippen.«

Eliane fiel auf, dass Jacques es gar nicht eilig zu haben schien, die Mühle zu verlassen, wenn er seine Nachrichten überbracht oder ein paar Brote aus der Bäckerei abgeliefert hatte. Er blieb oft noch ein Weilchen, trank eine *tisane* und erkundigte sich bei Eliane, wie ihr Tag gewesen war. Sie sprachen nie über etwas Wichtiges, doch sie spürte, wie ihre Beziehung sich vertiefte. Auch nahm sie wahr, dass er sie neuerdings zum Abschied immer auf die Wangen küsste und nur widerstrebend aufbrach, um in seine Wohnung über der Bäckerei zurückzukehren.

Sie ertappte sich ebenfalls manchmal dabei, wie sie an ihn dachte, während sie ihren Pflichten im Château nachkam oder mit Blanche in der Mühle spielte: Wie ihm die Haare über die blauen Augen fielen; wie seine Miene sich aufhellte, wenn er sie sah; wie sein Ausdruck immer wieder rasch von Ernst und Konzentration zu Freude und Vergnügen wechselte. Jacques lebte mittlerweile seit drei Jahren im Ort und spielte seine Rolle so gut, dass sie fast vergaß, dass er ein Engländer war, der höchstwahrscheinlich bald schon wieder in seine Heimat zurückkehren würde.

Als der Winter das Land aus seinem eisigen Griff entließ und die ersten wilden Narzissen ihre Köpfe durchs Gras am Ufer steckten, waren die Martins erleichtert, dass es für Yves nun einfacher werden würde, in welcher Höhle oder Behausung im Wald er auch untergekommen sein mochte.

In der Zeitung wurde immer häufiger von Anschlägen der Résistance berichtet: Sabotage-Akte an Brücken und Bahngleisen, Plünderung des Lebensmitteldepots bei Coulliac. Zwar wurden diese Aktivitäten aufs Schwerste verurteilt, doch weckten die Berichte auch die Hoffnung, dass sich das Blatt vielleicht bald wenden würde. Allerdings blieben die Anschläge niemals ungestraft. Immer wurden Menschen von der Miliz und der Gestapo zur Befragung abgeholt. Manche kehrten nach Hause zurück, geschlagen und gebrochen, nicht mehr in der Lage, ihren Nachbarn in die Augen zu blicken, da sie unter der Folter Informationen preisgegeben hatten. Andere kehrten nie mehr zurück. Manchmal wurden ganze Familien abgeholt.

Und immer noch rumpelten in der Ferne die Züge vorbei, bedrohlich, gnadenlos, mit ihrer Fracht aus verunsicherten und ängstlichen Menschen.

In jenem Frühling kamen in ganz Frankreich Gerüchte einer bevorstehenden Invasion der Alliierten auf. Die Armee der Besatzer blieb in Alarmbereitschaft und musste in Frankreich ausharren, während die Russen die Ostfront angriffen. Doch die Wochen gingen ins Land, ohne dass es zur Invasion kam. Eliane spürte, dass die deutschen Soldaten im Château Bellevue immer angespannter wurden, obwohl sie weiterhin den Wein aus den Beständen des Grafen genossen.

Mittlerweile hungerte das ganze Land, und es kam häufig zu Stromausfällen. Die Lebensmittelpreise waren so hoch wie nie, aber die Martins kamen über die Runden, weil sie Fische in den Schleusenkanälen fingen und die Wälder und Wiesen nach Essbarem durchforsteten. Doch schon bald verdorrte alles Frühlingsgrün unter der unbarmherzigen Sommersonne. Nur Elianes Bienen arbeiteten unentwegt weiter und ernteten Nektar aus den Wildblumen, die widerstandsfähig genug waren, die Hitze auszuhalten.

»Papa! Was machst du denn hier?«, fragte Eliane verblüfft, als ihr Vater in der Küchentür des Châteaus auftauchte. Er schwitzte und atmete so schwer, als wäre er gerannt. Seine Kleider, die lose an seiner einst so kräftigen Gestalt herabhingen, waren mehlbestäubt, und ein Schmutzstriemen zog sich quer über sein Gesicht. Er lehnte sich einen Augenblick an den Türrahmen, um wieder zu Atem zu kommen. »Ist Monsieur le Comte hier? Ich muss mit ihm sprechen – dringend!«

»Aber ja, ich glaube, er ist in der Kapelle.«

»Könntest du ihn für mich holen? Es ist sicherer, wenn ich hier warte, falls jemand draußen ist.«

Eliane vermutete, damit meinte er die Deutschen, von denen an diesem Nachmittag einige dienstfrei hatten und sich nach dem Mittagessen in den Schatten der Terrasse vor dem Salon zurückgezogen hatten, um ein Nickerchen zu machen.

Sie nickte und eilte durch den Garten zur Tür der Kapelle, klopfte an und wollte sie öffnen, doch sie war versperrt. Wieder hörte sie von innen leises Stimmengemurmel, dann das Scharren eines Stuhls und darauf die langsamen Schritte des Comte, die sich zum Klopfen seines Gehstocks langsam den Gang herauf bewegten.

»Tut mir leid, Sie zu stören, *m'sieur,* aber mein Vater ist hier und sagt, er müsse Sie dringend sprechen.«

Der Comte nickte, zog die dicke Holztür hinter sich zu und schloss sie mit einem schweren Schlüssel ab, den er in die Jackentasche steckte. »Gehen Sie voran, meine Liebe.«

An der Küchentür zögerte Eliane, weil sie nicht wusste, ob sie die beiden allein lassen sollte. Doch der Graf winkte sie herein. »Vielleicht müssen Sie wieder einen Spaziergang machen, Eliane. Außerdem denke ich, dass Sie mittlerweile schon viel von dem wissen, was vor sich geht.« Er lächelte sie freundlich an und nickte.

»Es geht um Jacques«, sagte Gustave ohne Umschweife, als befänden sie sich schon mitten im Gespräch. »Er ist in Gefahr.«

Der Graf nickte. »Wir wussten ja, dass das wahrscheinlich nur eine Frage der Zeit sein würde. Die Miliz schnüffelt schon seit Monaten herum, und wie wir wissen, können ihre brutalen Verhörmethoden sehr überzeugend sein.«

»Wir müssen ihn sofort aus Coulliac rausschaffen.«

»Wo ist er jetzt?«

Gustave warf einen Blick zu Eliane. »Heute ist er oben in den Hügeln, er hatte dort ein Treffen mit unseren Freunden. Mittlerweile dürfte er auf dem Rückweg sein, aber in der Bäckerei warten schon die Deutschen auf ihn. Ich habe sie gesehen, als ich dort Mehl auslieferte. Ein Offizier der Gestapo blickte aus dem Fenster seiner Wohnung, und auf dem Platz waren Soldaten.«

»In diesem Fall müssen wir ihn unbedingt warnen. Es ist noch nicht zu spät dafür, dass unsere Freunde ihn abfangen. Eliane, würden Sie wohl einen kleinen Spaziergang unternehmen?«

Statt einer Antwort löste Eliane einfach den Schal von ihrem Hals und schlang ihn sich um den Kopf.

»Heute ist die Laufrichtung etwas anders als üblich«, erklärte der Graf. »Ich möchte, dass Sie sich zur hinteren Seite der Gartenmauer begeben und dort auf und ab gehen. Bitte fahren Sie damit fort, bis ich komme und Bescheid sage, dass Sie aufhören können. Ja?«

Sie nickte und nahm ihren Korb. »Sollte jemand fragen, so sammle ich wilden Anis, der an dieser Seite der Mauer wächst. Wir können ohnehin mehr davon brauchen.« Madame Boin benutzte die Samen und Blätter als Ersatz für Zucker, um die Säure der Früchte zu mildern.

Neben dem Pfad, der an der Gartenmauer verlief, schwebten die weißen Blütendolden des wilden Anis über ihren farnähnlichen Blättern. Sie bildeten gerade die ersten grünen Samen, die stolz aus den Blüten ragten. Eliane ging hin und her und blieb kaum einmal stehen, während sie die Pflanzen pflückte und in den Korb an ihrem Arm legte, den Kopf hoch erhoben.

Auf dieser Seite des Châteaus fiel das Gelände steil ab, und das Tal darunter war mit dichtem Wald bedeckt, der alles Mögliche verbergen konnte. Zum Beispiel eine Gruppe *maquisards*. Oder *miliciens*. Oder eine Patrouille deutscher Soldaten. Oder Jacques Lemaître. Sie versuchte, nicht daran zu denken, wer sie wohl beobachtete. Auf der gegenüberliegenden Seite des Tals stieg das Gelände wieder steil an, und die Bäume wichen trockenen Büschen – dem *maquis,* von dem die Widerstandskämpfer ihren Namen hatten. Während sie hin und her spazierte, meinte sie, dort etwas aufblitzen zu sehen, als wäre das Sonnenlicht von irgendetwas reflektiert worden. Kurz darauf erschien Monsieur le Comte auf seinen Stock gestützt.

»Danke, Eliane. Haben Sie genug geerntet, dass Madame Boin zufrieden ist?«

Sie zeigte ihm ihren Korb mit Pflanzen.

Er nickte beifällig. »Bringen Sie den jetzt in die Küche zurück, meine Liebe. Ihr Vater ist wieder zur Mühle gefahren. Es ist alles in Ordnung.«

Er ging zurück zur Kapelle. Als Eliane ihm nachblickte, durchfuhr sie trotz der Nachmittagshitze ein leichter Schauer, wie von einer bösen Vorahnung; mit einem Mal kam er ihr viel zu alt und gebrechlich vor, um direkt unter den Augen der Deutschen gefährlichen Widerstand zu leisten.

Als sie an jenem Abend zur Mühle zurückging, kam ihr nichts ungewöhnlich vor. Hinter dem Stacheldraht floss friedlich der Fluss, und in den letzten Sonnenstrahlen auf der Wasseroberfläche schwebten Insekten. Hier und da tauchte ein Fisch auf, um sich eines der winzigen Insekten zu schnappen, verschwand wieder und hinterließ nur einen Kreis sich ausbreitender Wellen. Doch als sie die Küche betrat, tigerte Gustave unruhig hin und her.

»Oh, Gott sei Dank, da bist du ja endlich, Eliane!«, rief er aus.

»Aber ich komme doch nicht später als sonst, Papa«, erwiderte sie lächelnd.

»Ich weiß. Aber die Miliz wird uns heute Abend ganz sicher einen Besuch abstatten. Sie versuchen herauszufinden, wo Jacques Lemaître abgeblieben ist, da er heute Nachmittag nicht in seine Wohnung über der Bäckerei zurückkehrte. Ich bin sicher, sie wollen vor allem mit mir sprechen, aber vielleicht werden sie auch dich und deine Mutter befragen. Also wäre es besser, du bist nicht hier, wenn sie kommen.«

»Wo ist Maman?«

»Oben, sie bringt Blanche ins Bett.«

»Aber Papa …«, protestierte sie, doch er brachte sie zum Schweigen.

»Keine Widerrede, *chérie*. Außerdem habe ich eine neue Aufgabe für dich. Du musst mir helfen, Jacques zu verstecken.«

»Wo ist er jetzt?«

»In der Scheune. Doch dort müssen wir ihn so schnell wie möglich rausholen.«

»Und wo können wir ihn verstecken?«

Gustave verzog seinen Mund zu einem grimmigen Lächeln. »Wir haben das perfekte Versteck. Und zwar direkt unter den Füßen der Deutschen.«

»Der Tunnel?«

Er nickte. »Der Tunnel. Komm, nimm diesen Korb mit Essen, den deine Mutter vorbereitet hat. Es ist auch eine Flasche Wasser darin. Wir müssen sofort los.«

An der Scheune zog er das Tor auf und rief leise.

»Hallo Eliane«, sagte Jacques, als er aus der Dunkelheit im Inneren der Scheune auftauchte. »Sie haben das heute sehr gut gemacht. Ich verdanke Ihnen mein Leben.« Er trug einen Koffer, der schwer aussah.

»Ist es Ihnen gelungen, noch etwas aus Ihrer Wohnung zu holen?«, fragte sie.

Er schüttelte den Kopf. »Nein. Das ist ein Sprechfunkgerät. Glücklicherweise hatte ich es dabei, weil wir heute Nachmittag etwas ans Netzwerk gesendet haben. Bei einer Durchsuchung der Wohnung wäre nichts Verdächtiges gefunden worden. Also konnten wir ein sehr wertvolles Instrument und gleichzeitig kompromittierende Beweise retten.«

Gustave hatte bereits das grobe Holzgatter des Schweinepferchs aufgestoßen und räumte die Latten und Wellblechplatten weg, die an der rückwärtigen Wand lehnten. Dahinter befand sich ganz am Ende des Schweinestalls eine behelfsmäßige Tür im Felsen. Er holte einen Schlüssel aus der Tasche und steckte ihn in das rostige Schloss. Mit etwas Mühe konnte er ihn herumdrehen. Dann stieß er die Tür auf und bedeutete ihnen, ihm zu folgen. Nachdem sie eine Öllampe angezündet hatten, die auf einem Sims im Felsen stand, sahen sie ihre Vorräte an Wein und Mehl, die mittlerweile sehr dezimiert waren. In dieser geheimen Vorratskammer gab es keinen Schinken mehr, und die Gläser mit Pastete und *grattons* waren längst aufgegessen.

Auf der anderen Seite der kleinen Kammer führte eine schmale Öffnung in die Dunkelheit. Gustave gab Eliane die Lampe und zeigte dorthin. »Folgt dem Gang bis nach oben. Er ist ziemlich lang und gewunden. Wenn ihr eine Gabelung erreicht, haltet euch links. Schließlich kommt ihr zu der großen Höhle, die sich direkt unter dem Château befindet. Bleibt dort. In der Lampe ist genug Öl, um es für ein paar Stunden hell zu haben, und im Korb befinden sich Streichhölzer und Kerzen. Wenn es wieder sicher ist, holen wir dich, Eliane. Aber es könnte auch sein, dass du dort übernachten musst. Du weißt ja, wie hartnäckig unsere Freunde von der Miliz sein können.«

Er küsste sie auf die Stirn und drückte sie einen Augenblick fest an sich. Ihr fiel auf, wie dünn seine Arme geworden waren; und doch waren sie stark und verliehen ihr den Mut, die Lampe zu nehmen und Jacques in die Dunkelheit unter dem Fels zu führen.

Bevor Gustave sie allein ließ, zeigte er auf einen massiven Riegel auf der anderen Seite der Tür. »Legt den vor, wenn ich weg bin«, sagte er zu Jacques und drückte ihm noch mal die Hand.

Jacques nickte. »*Bon Courage,* Gustave.«

»Gleichfalls.« Er drehte sich abrupt um und ging.

Nachdem Jacques die Tür verriegelt hatte, schlüpften sie durch die Öffnung in der hinteren Wand der Vorratskammer und betraten den Tunnel, der sofort steil anstieg. Eliane hielt die Lampe hoch, um ihren Weg zu beleuchten. Der Tunnel war hier ganz schmal, und Jacques musste den schweren Koffer umständlich vor sich halten, um hindurchzukommen. Doch während sie immer weiter gingen und dabei manchmal einem glatten Gang folgten, der vor Tausenden von Jahren vom Wasser in den Kalkstein gegraben worden war, und manchmal steile, hohe Stufen hinaufsteigen mussten, die von Menschenhand gehauen worden waren, verbreiterte sich der Tunnel allmählich. In der Dunkelheit war es still und kühl, und es fühlte sich an, als hätten sie sich Hunderte von Meilen von dem warmen Abend draußen entfernt. Genau wie Gustave gesagt hatte, kamen sie an eine Gabelung und wählten den linken Weg, der bergauf führte. Der Tunnel wurde immer breiter und weniger steil, bis sie fast aufrecht den Kalksteingang entlanggehen konnten, der durch einen alten Fluss in den Felsen gegraben worden war. Schließlich öffnete er sich vor ihnen, und sie entdeckten im Licht von Elianes Lampe, dass sie sich in einer großen Höhle befanden. Der Boden war trocken und mit feinem Staub bedeckt, und mehrere Meter über ihnen wölbte sich die Decke.

Keuchend vor Anstrengung stellte Jacques das Sprechfunkgerät ab, bewegte seine Finger und streckte den Rücken, der vom Tragen des schweren Koffers durch den endlosen Tunnel schmerzte, den er zum großen Teil nur gebückt hatte durchqueren können.

Am hinteren Ende der Höhle waren weitere Stufen in den Fels geschlagen worden, die steil nach oben führten. Eliane ging dorthin und hob ihre Lampe. Als sie sah, dass ganz oben an der Treppe eine Öffnung war, die von einem Weinfass verschlossen wurde, lächelte sie. Sie drückte ihren Zeigefinger auf die Lippen, damit Jacques sich leise verhielt, und zeigte zur Decke.

»Der Weinkeller des Châteaus. Die Küche ist direkt darüber – und die Deutschen ebenfalls.«

»Keine Angst, die werden uns nicht hören können. Zwischen ihnen und uns liegen mehrere Meter Fels und der Weinkeller.«

Das Licht der Laterne warf Schatten auf sein Gesicht, als er sie anlächelte und ihre Hand nahm. »Was für ein Ort! Ich habe das Gefühl, als wären wir in eine Parallelwelt geraten. Wie merkwürdig und wie wundervoll ist es doch, hier in dieser Höhle zu sein. Und ja, Sie haben recht: direkt unter den Nasen der Deutschen. Sind Sie sicher, dass sonst niemand von diesem Tunnel weiß?«

Eliane nickte. »Nur der Comte de Bellevue war mal hier unten, und das ist wahrscheinlich viele Jahre her. Heutzutage würde er nicht mal die Treppe zum Weinkeller hinunterschaffen, geschweige denn diese steilen Stufen im Fels. Papa nutzt nur die ersten Meter des Tunnels am anderen Ende, und wie Sie gesehen haben, hält er den Eingang gut versteckt. Sie werden hier sicher sein, bis man Sie ohne Risiko rausschaffen kann.«

»Und Sie?« Er strich ihr tröstend mit dem Daumen über den Handrücken, und sie erwiderte sein Lächeln. »Sie haben doch nichts dagegen, mit mir hierzubleiben, Eliane, oder? Ich weiß, es ist bestimmt schwer für Sie, zu wissen, dass die Miliz und die Gestapo vielleicht die Mühle durchsuchen. Aber es ist besser, dass Sie nicht dabei sind, wenn sie das tun.«

Ein Anflug von Angst huschte über Elianes Gesicht. »Papa und Maman … Eigentlich sollte ich bei ihnen sein.«

Er legte ihr die Hand auf den Arm, um sie zu beruhigen. »Sollten Ihre Eltern wirklich befragt werden, glauben Sie nicht, es wird ihnen helfen, Sie in Sicherheit zu wissen? Ihr Vater hat doch gesagt, er kommt Sie holen, wenn alles vorbei ist.«

Sie nickte widerstrebend, weil er recht hatte.

Jacques streifte seine Jacke ab und breitete sie auf dem Boden der Höhle aus. »Keine Angst, Ihren Eltern droht keine Gefahr. Es gibt keine Beweise gegen sie. Solange der Tunnel ein Geheimnis bleibt, sind wir alle in Sicherheit.« Tröstend legte er seinen Arm um sie und fügte hinzu: »Ich verspreche, ich beschütze Sie, Eliane.«

Seine Brust war so breit, und sein Hemd roch nach Wald – nach frischer Luft, Pinienharz und Laub –, als sie ihr Gesicht dagegen drückte und seinen Duft einatmete, den Duft dieses vertrauten Fremden, der bei ihnen lebte und so viel riskierte, um bei der Unterstützung der französischen Résistance zu helfen.

»Waren Sie heute bei Yves?«, fragte sie.

Als sie zu ihm aufblickte, sah sie, dass seine blauen Augen mit solcher Zärtlichkeit auf sie gerichtet waren, dass ihr Herz einen Schlag aussetzte. Zwar hatte sie gewusst, dass sie einander näherkamen, aber bis zu diesem Augenblick war ihr nicht klar gewesen, dass er sie liebte.

Er lächelte und flüsterte, als könnte jemand sie hören: »Ja, das war ich. Es geht ihm gut. Mittlerweile ist er einer der Erfahreneren in der Gruppe. Sie haben viel zu tun und planen – nein, mehr kann ich nicht sagen.« Er verstummte, und sie sah, dass er sich über sich selbst ärgerte, weil er schon zu viel verraten hatte. Aber vielleicht war er nicht mehr so wachsam wie sonst, weil auch er sich hier, in dieser ganz anderen Welt, mit ihr zusammen sicherer fühlte.

»Ich weiß«, sagte sie. Und dann stellte sie sich auf die Zehenspitzen und berührte mit ihren Lippen flüchtig seinen Mund. Auch sie war, in diesem Kokon, der den Krieg mit seinen Gefahren und Entbehrungen vollkommen ausschloss, nicht mehr so wachsam wie sonst. Aber dann trat sie einen Schritt zurück, verwirrt und beschämt angesichts solcher Kühnheit, die für sie so untypisch war.

Um ihr über den Moment der Verlegenheit hinwegzuhelfen, wies Jacques gespielt förmlich auf die Jacke am Boden und sagte: »Mademoiselle Martin, nehmen Sie doch Platz, damit wir gemeinsam dinieren können. Schließlich befinden wir uns in einem äußerst exklusiven Restaurant. Das Essen soll hier köstlich sein.«

Lachend entspannte sie sich wieder, setzte sich auf den Boden und löste den Seidenschal von ihrem Kopf, sodass ihr das honigblonde Haar auf die Schultern fiel. Dann zog sie den Korb heran, den Lisette für sie gepackt hatte.

Mit einem gefährlich aussehenden Armeemesser, das er aus einer geheimen Innentasche seiner Jacke holte, schnitt er Scheiben von dem harten, gelben Maronenbrot und belegte sie dick mit cremigem, mit Kräutern besprenkeltem Ziegenkäse. Es gab auch zwei riesige rote Tomaten, die in Elianes *potager* am Fluss in der Sonne gereift waren, und die schnitt er ebenfalls in Scheiben und legte sie auf den Käse. »Ihre *tartine, mademoiselle*. Ich hoffe, es mundet.« Damit reichte er ihr mit überschwänglicher Geste das Brot.

»Köstlich«, verkündete sie, nachdem sie ein großes Stück davon abgebissen hatte. »Aber halt, da fehlt doch noch was.«

Sie stieg die grob gehauenen Stufen zum Weinkeller hinauf und drückte gegen das Fass, bis es langsam zur Seite gegen ein anderes rollte. Nur das Licht der Laterne in der Höhle drang bis hierher, sodass sie sich an den Weinregalen entlangtasten musste. Sie nahm eine Flasche und stieg damit wieder die Stufen hinunter. Kurz hielt sie inne, um nach dem Seil zu greifen, das an dem Spundloch des Fasses hing. Als sie sanft daran zog, rollte das Fass an seinen Platz zurück und verbarg wieder die Öffnung mit der Treppe darunter.

Mithilfe von Elianes Taschenmesser entfernten sie den Korken.

»Na, *das* nenne ich jetzt wirklich ein feines Diner«, bemerkte Jacques. Wieder legte er seinen Arm um ihre Schultern. »Ich könnte mir keinen besseren Abend vorstellen.«

Nachdem sie aufgegessen hatten, drehten sie die Lampe herunter, um sich das restliche Öl für den nächsten Morgen aufzusparen. Dann legten sie sich auf seine Jacke, und Jacques hielt Eliane ganz dicht bei sich.

Sie berührte mit den Fingerspitzen sein Gesicht und fuhr in der undurchdringlichen Dunkelheit seine Züge nach. »Wie ist dein richtiger Name?«, flüsterte sie.

Er zögerte kurz. Dann erwiderte er flüsternd: »Jack Connelly.« Das sprach er mit englischem Akzent aus, was sie zuerst irritierte. Mit einem Mal war der französische Akzent von Jacques Lemaître verschwunden, und auf Englisch schien er jemand ganz anderer zu sein.

»Jack Connelly«, wiederholte sie und presste ihren Finger auf seinen Mund, als wollte sie sein Geheimnis versiegeln.

Da suchte er in der Dunkelheit ihre Lippen und küsste sie. Und dann flüsterte er, mit demselben makellosen englischen Akzent: »Jack Connelly loves Eliane Martin.«

ABI
2017

Sara und ich putzen das Gemüse für das heutige Abendessen. Auf der Gästeliste für die Hochzeit dieses Wochenendes stehen zwei Vegetarier, eine Veganerin, eine Person mit schwerer Nussallergie und drei, die keinen Fisch essen. Sara hat ihre große Sammlung an Kochbüchern zurate gezogen und wieder einmal eine kreative und köstliche Menufolge zusammengestellt. Jetzt schneide ich so viele Gurken mit dem Spiralschneider, dass es für eine kleine Armee reichte.

»Du willst mir also sagen, dass Eliane und Jacques sich in jener Nacht genau unter unseren Füßen versteckt haben?«, frage ich staunend.

Sara grinst. »Ganz genau. Wenn du fertig bist, zeige ich es dir, wenn du möchtest.«

Als ich den Spiralschneider kurz niederlege, um von den letzten Gurken die Enden abzuhacken, wäscht sie sich die Hände und öffnet die Tür zum Weinkeller. Sie nimmt eine Taschenlampe von einem Regal neben der Tür, blickt mich über die Schulter hinweg an und fragt lächelnd: »Also, willst du die Höhle jetzt sehen oder nicht?«

Es ist alles genau so, wie sie es beschrieben hat: drei Fässer in einer Ecke des Weinkellers, die steilen Stufen im Fels, die zur Höhle unter der Küche führen, das Licht der Taschenlampe tanzt über die gewölbte Decke über uns, der trockene, staubige

Boden mit einigen Fußabdrücken – ich frage mich, ob sogar noch welche von Eliane und Jacques dabei sind.

Sara winkt mich zu einer Seite der Höhle, richtet das Licht der Taschenlampe auf die Felswand und zeigt wortlos auf etwas.

»Da sind sie!«, rufe ich staunend.

In der Felswand ist ein Herz zu sehen, so deutlich, als wäre es erst gestern dort hineingeritzt worden: E. M. und J. C.

Ich fahre mit den Fingerspitzen über das Herz und die Buchstaben und versuche, mir vorzustellen, was sie wohl empfunden haben, als sie sich nur wenige Meter unter den deutschen Soldaten versteckten. Angst, vielleicht. Vielleicht aber auch einfach nur Liebe.

ELIANE
1943

Sie hätte nicht gedacht, dass sie schlafen konnte, als sie neben Jack auf dem staubigen Höhlenboden lag. Aber irgendwann wachte sie eng an seinen warmen Körper geschmiegt, im Schutz seiner Arme auf. Er war bereits wach. Sie fragte sich, wie viele Stunden er wohl in der Dunkelheit neben ihr gelegen und ihren Schlaf beobachtet hatte. Er tastete nach den Streichhölzern im Korb und zündete die Lampe an.

»Wie spät ist es?«, fragte sie. Normalerweise brauchte sie keine Uhr, da sie die Tageszeit anhand der Intensität des Lichts, der Länge der Schatten und der Geräusche der Vögel und Insekten um sie herum bestimmen konnte. Aber in der dunklen Höhle fehlte ihr jegliches Zeitgefühl.

Jack hielt seine Armbanduhr ans Licht. »Kurz nach sechs. In der Bäckerei wäre ich schon seit Stunden auf den Beinen. Einer der Vorteile vom Leben auf der Flucht ist, mit einer schönen Frau im Bett liegen zu bleiben.«

Eliane wurde rot und war nur dankbar, dass man das im trüben Licht der Laterne nicht sehen konnte. Sie hatte noch nie eine Nacht allein mit einem Mann verbracht – auch nicht mit Mathieu. Als sie an ihn dachte, fühlten sich ihre Wangen noch wärmer an. Obwohl sie seit über einem Jahr nichts mehr von ihm gehört hatte, fühlte sie sich, als hätte sie ihn betrogen.

Jack war aufgestanden und ein paar Meter zurück in den Tunnel gegangen, um sich zu erleichtern. Als er zurückkehrte, setzte er sich nicht wieder neben sie, sondern schlenderte zu der vom Wasser geglätteten Felswand der Höhle und holte sein Messer hervor. Eliane reckte den Kopf, als er anfing, etwas in den Stein zu ritzen. Sie stand auf, ging zu ihm und hielt die Lampe höher, um es besser sehen zu können. Er hatte mit der Spitze seines Messers ein Herz in den Fels geritzt und fügte nun ihre Initialen hinzu: E. M. und J. C.

Er drehte sich um, drückte ihr einen Kuss auf die Stirn und trat einen Schritt zurück, um sein Werk zu bewundern. »Da«, sagte er, »der Beweis, dass dies alles nicht nur ein Traum war. Der Beweis, dass du und ich wirklich hier waren. Und der Beweis, dass wir inmitten eines Krieges voller Angst und Hass Liebe gefunden haben. Das soll allen ein Zeichen sein, die in Zukunft hier in die Höhle kommen, dass es das Wichtigste auf der Welt ist, Liebe erlebt zu haben.«

Sie umarmte ihn fest, weil sie nicht an die Welt da draußen denken wollte; weil sie sich wünschte, dieser Moment würde nie vergehen …

Aber dann erstarrten sie beide. Im Weinkeller über ihnen waren schwach, aber deutlich Schritte zu hören.

Jack umfasste sein Messer und schob sich vor Eliane, um sie abzuschirmen. »Geh zurück in den Tunnel«, flüsterte er drängend.

Dann wurde das Fass über den Steinstufen rumpelnd zurückgerollt. Ein Paar kräftiger Waden mit blauen Adern erschien an der Öffnung zu den Stufen, begleitet von pfeifendem Atem und grummelndem Murmeln.

»Madame Boin!« Eliane verließ den schützenden Schatten.

Die Köchin bückte sich, ziemlich in ihren Bewegungen eingeschränkt durch ihren beträchtlichen Körperumfang, und spähte im trüben Laternenlicht zu ihnen.

»Oh, *mon Dieu*«, jammerte sie. »Ich hätte nie gedacht, dass ich in meinem Alter noch diese Stufen hinuntersteige. Die wären fast mein Tod gewesen! Was ich alles so auf mich nehmen muss ... Eliane, der Comte sagt, du sollst heute nicht zur Mühle hinuntergehen. Dort ist es nicht sicher. Die Miliz ist da. Stattdessen sollst du in die Küche kommen, so dass sie dich wie sonst auch bei der Arbeit finden, falls sie kommen und das Château überprüfen. So schöpft niemand Verdacht, dass du etwas über den Verbleib von Monsieur Lemaître wissen könntest. Guten Morgen, *m'sieur*«, sagte sie dann, als hätte sie Jacques erst jetzt bemerkt. »Der Comte lässt ausrichten, dass Sie hierbleiben müssen, bis jemand von der Mühle Sie abholen kann. Lang dürfte es nicht dauern, denn die *miliciens* werden nichts finden, also wird ihnen schnell langweilig werden.«

Nicht zum ersten Mal staunte Eliane, wie viele Menschen heimlich zusammenarbeiteten, um wichtige Nachrichten zu übermitteln. Im Stillen bewunderte sie Madame Boins Mut. Natürlich wusste sie, dass auch sie einen Beitrag zu den geheimen Aktivitäten rund ums Château leistete, doch in den ganzen drei Jahren hatten sie sich nie darüber unterhalten.

Nun stieg sie gehorsam die steilen Stufen zum Weinkeller hinauf. Als Madame Boin das sah, sagte sie resigniert: »Du wirst mir helfen müssen, wieder in die Küche zu kommen. Wenn ich vorausgehe und einen meiner Schwindelanfälle bekomme, erdrücke ich dich glatt, und das möge doch der Himmel verhüten ...«

Eliane bückte sich leicht, um einen letzten Blick in die Höhle zurückzuwerfen. Jack lächelte ihr zu und bedachte sie mit einem

Luftkuss. Sie hatte keine Ahnung, wann sie ihn wiedersehen würde, aber sie ließ ihre Augen ein letztes Mal auf ihm ruhen und prägte sich alles ein: seine markanten Gesichtszüge, seine breiten Schultern, die starken Arme und seine Augen, die immer leuchteten wie der Sommerhimmel, wenn er sie ansah.

Dann rollte sie das Weinfass wieder an seinen Platz und stieg vor Madame Boin die Treppe des Weinkellers hinauf.

Nach der Dunkelheit und Kühle in der Höhle wirkte die Küche des Châteaus warm und so hell, dass Eliane blinzeln musste. Sie reichte Madame Boin die Hand, um ihr die letzten Stufen hinaufzuhelfen.

»Wenn du möchtest, kannst du dich kurz frisch machen, meine Liebe, und dann mache ich dir Frühstück und eine Tasse heißen Kaffee. Eine ganze Nacht in dieser dunklen Höhle verbringen zu müssen! Was kommt als Nächstes?«

Eliane musste lächeln, als sie sich ihr Haar zurückstrich und den Schal wieder richtete, denn sie erinnerte sich daran, wie Jack sie in jener anderen, unterirdischen Welt in den Armen gehalten hatte: in einer Welt, in der Liebe einfach in Stein geritzt werden konnte; in einer Welt, die so weit entfernt war von den Problemen der Wirklichkeit.

Als Eliane und Madame Boin später das Abendessen vorbereiteten, hielt ein schwarzer Wagen vor dem Haupteingang des Châteaus. Vom Rücksitz stiegen der General und Oberleutnant Farber aus und von den Vordersitzen zwei andere Männer. Sie trugen keine Uniform, sondern schwarze Hemden und lange Mäntel, trotz der Hitze. Ihre Kappen hatten dasselbe Emblem wie die deutschen Uniformen: einen eckigen silbernen Adler mit ausgebreiteten Flügeln. Dazu trugen beide am linken Arm eine leuchtend rote Armbinde mit einem schwarzen Hakenkreuz auf einem weißen Kreis.

Als Madame Boin aus dem Küchenfenster blickte, kniff sie leicht die Augen zusammen, trocknete sich die Hände an der Schürze ab und wandte sich zu Eliane. »Sieht so aus, als würde die Gestapo uns einen Besuch abstatten. Bleib ganz ruhig, Mädchen. Denk dran, sie wissen nichts. Und was noch wichtiger ist: Wir wissen auch nichts.«

Kurz überkam Eliane die Angst, sie würden zur Kapelle gehen, um Monsieur le Comte zu sprechen. Aber ein paar Minuten später klopfte es an der Küchentür.

Oberleutnant Farber trat ein und wirkte angespannter als sonst. Eliane sah, dass seine Kiefermuskeln arbeiteten, als er sagte: »Bitte, Madame Boin und Mademoiselle Martin, wären Sie wohl so freundlich, mich in den Salon zu begleiten? Dort möchten Ihnen zwei Herren gerne einige Fragen stellen.«

Die beiden Frauen banden ihre Schürzen ab und hängten sie ordentlich über eine Stuhllehne. Eliane nahm den Schal ab und strich sich die Haare zurück, als sie dem Oberleutnant und Madame Boin durch den Flur zur Eingangshalle folgte. Die Türen zum Salon standen offen, aber als die Frauen eingetreten waren, schloss der Oberleutnant sie mit einem leisen Klicken, das Eliane nervös zusammenzucken ließ.

Der General und die beiden Männer in den schwarzen Mänteln saßen auf den Sofas mit Blick auf den riesigen Kamin am hinteren Ende des Raums. Über dem massiven Sims hing das Wappen der Comtes de Bellevue, auf einer Kalksteinplatte mit derselben hellbeigen Farbe, die auch der Fels in der Höhle unter ihnen hatte. Eliane richtete ihren Blick darauf, als sie und Madame Boin vortraten, und zog Kraft aus dem lateinischen

Motto, das in eine Fahne über den beiden Löwen gemeißelt war: *Amor Vincit Omnia.* Die Liebe würde ihr helfen, alles durchzustehen, was auch immer kommen mochte: die Liebe zu ihren Eltern, zu Yves, der irgendwo da draußen in den Hügeln lebte, und zu Jack Connelly. Versteckte er sich immer noch in der Höhle unter ihnen? Oder war es mittlerweile jemandem gelungen, ihn durch den Tunnel abzuholen und beim *maquis* zu verstecken?

Madame Boin und Eliane stellten sich nebeneinander mit dem Rücken zum Kamin vor den Männern auf. Oberleutnant Farber nahm auf einem eleganten Louis-XV-Sessel Platz.

»Die Damen.« Der kleinere der beiden Gestapo-Offiziere, ein wieselähnlicher Mann mit fliehendem Kinn, sprach zwar Französisch, aber im Gegensatz zu Oberleutnant Farbers Akzent klang seiner hart. »Wir haben erfahren, dass im Dorf von Coulliac ein feindlicher Agent lebte. Leider ist er untergetaucht. Wir sind jedoch sicher, dass alle anständigen Bürger dieser Gemeinde ihre patriotische Pflicht tun und uns dabei helfen wollen, den Flüchtigen aufzuspüren – und weitere Verräter, die ihn bei seinen Umtrieben unterstützt und gewarnt haben.«

Er hielt inne und wartete darauf, dass die Frauen etwas sagten.

Madame Boin setzte eine überzeugend verblüffte Miene auf und wandte sich zu Eliane. »Ein feindlicher Agent? In Coulliac? Wer in aller Welt sollte das denn sein? Hast du eine Ahnung, Eliane?«

Eliane nahm sich ein Beispiel an Madame Boin und schüttelte langsam den Kopf, als durchforste sie ihr Gedächtnis. »Nicht die geringste. Aber was für ein Schock zu erfahren, dass so jemand mitten unter uns gelebt hat.«

»Dürften wir fragen, wer dieser Agent ist, *messieurs?*«, erkundigte sich Madame Boin.

Der kleinere Offizier schnalzte missbilligend mit der Zunge. »Ich hoffe, Sie glauben nicht, Sie könnten Spielchen mit uns treiben. Entweder wissen Sie es bereits, oder es geht Sie nichts an. Haben Sie irgendwas im Ort gesehen oder gehört? Vielleicht, als Sie dort einkaufen waren? Oder«, er richtete seine leicht zusammengekniffenen Augen auf Eliane, »als Sie an Ihrem Marktstand waren? Wir haben Hinweise von einem besorgten Bürger bekommen, der glaubt, Sie hätten möglicherweise sogar Umgang mit dieser Person.«

Wieder tat Eliane so, als würde sie angestrengt nachdenken, bemühte um eine ausdruckslose Miene, um nicht zu zeigen, wie sehr seine Frage sie beunruhigte. Plötzlich erinnerte sie sich daran, dass Stéphanie an ihrem Stand vorbeigegangen war, nachdem sie mit den *miliciens* geredet hatte. Doch sie verdrängte dies sofort wieder, denn sie durfte sich nicht von der kaum verhüllten Drohung ablenken lassen, dass jemand sie denunziert haben könnte.

Sie sah ihn ruhig aus ihren grauen Augen an. »Aber nein, *monsieur*. In letzter Zeit habe ich immer weniger Kunden, und das sind alles Personen, die ich schon seit Jahren kenne. Abgesehen von Oberleutnant Farber, natürlich.« Sie sah ihn geradewegs an und lächelte leicht. »Er ist einer meiner besten Kunden.«

Als die Offiziere sich umdrehten, um den Oberleutnant zu mustern, senkte der, überrascht davon, plötzlich im Mittelpunkt zu stehen, den Blick und betrachtete das Muster des Aubusson-Teppichs unter seinen blank geputzten Stiefeln.

Der größere Gestapo-Offizier sagte auf Deutsch etwas zum General und seinem Kollegen, und zwar in einem höhnischen

Tonfall, der beide zum Lachen brachte. Oberleutnant Farber wurde dunkelrot. Nervös zupfte er an seinem Hemdkragen. Dann sah er seine Vorgesetzten an, zuckte die Achseln, breitete die Hände aus und lächelte reuig, als wollte er sagen: *Tja, was soll man machen?*

Der wieselähnliche Offizier starrte Eliane so lange abschätzend an, dass ihr vor Angst und Hass übel wurde. »Verstehe«, sagte er schließlich. »Nun, wir verschwenden hier eindeutig unsere Zeit, oder, Oberleutnant?«

Wieder zuckte Oberleutnant Farber die Achseln. »Ich glaube schon.« Er mied sorgsam Elianes Blick.

»Nun denn. In diesem Fall können Sie sich wieder Ihren Pflichten zuwenden, meine Damen. Schließlich darf das Essen des Generals nicht zu spät auf den Tisch kommen.« Noch einmal musterte er Eliane mit seinen Knopfaugen, als wollte er seine Beute taxieren. »Aber noch eine kleine Warnung, *mademoiselle*. Wir behalten Sie im Auge, ganz egal, wer Ihre Freunde sein mögen.«

Die beiden Gestapo-Offiziere erhoben sich, setzten die schwarzen Kappen auf, schlugen die Hacken zusammen und salutierten vor dem General.

Als Eliane und Madame Boin zur Küche zurückeilten, hörte Eliane, wie der Wagen ansprang und losfuhr. Erst dann konnte sie wieder ruhiger atmen.

»Dieser Oberleutnant Farber ist schon komisch«, bemerkte Madame Boin und rührte im Frikassee auf dem Herd. »Dass wir diesmal so leicht davongekommen sind, haben wir ihm zu verdanken.«

Eliane nickte. »Stimmt, er ist nicht wie die anderen. Aber führt er etwas im Schilde, oder ist er einfach nur menschlich?«

Madame Boin hielt inne, stemmte die Hände in die Hüften und warf Eliane mit hochgezogenen Augenbrauen einen merkwürdigen Blick zu. Sie schürzte die Lippen und schüttelte den Kopf.

Plötzlich kam Eliane der Gedanke, Madame Boin könnte sie verdächtigen, tatsächlich eine Liaison mit dem Offizier zu haben. Ihr drehte sich der Magen um, und ein Ausdruck des Entsetzens huschte über ihr Gesicht.

»*Madame,* aber Sie glauben doch nicht, dass mich mit diesem Mann etwas anderes verbände als eine mehr als oberflächliche Bekanntschaft?«

Madame Boin schüttelte lächelnd den Kopf. »Nicht für eine Sekunde, Eliane. Ich kenne dich doch und weiß, was du alles tun würdest, um die Menschen zu schützen, die du liebst – und was du niemals machen würdest. Ich kann täglich miterleben, wie mutig und aufrichtig du bist. Dieser verflixte Krieg dauert schon so lange, dass wir nicht mehr wissen, wie es ist, menschlich zu sein. Hätten wir mehr Männer wie Oberleutnant Farber und Monsieur le Comte auf der Welt, dann gäbe es vielleicht nie mehr Krieg.«

Beruhigt band sich Eliane wieder ihre Schürze um und fing an, die Kartoffeln für das Abendessen zu schälen. Aber dann fielen ihr der Blick des Gestapo-Offiziers und seine gehässige Drohung ein, sie würden sie im Auge behalten. Hieß das, sie hatten gesehen, wie sie um den Garten herumspaziert war? Hatten sie darin das Muster erkannt? Und wer hatte Eliane bei ihnen gemeldet? War es tatsächlich Stéphanie?

Bei der Vorstellung fingen ihre Hände so stark an zu zittern, dass sie mit dem Messer ausrutschte und sich in den Daumen schnitt. Das Wasser in ihrer Schüssel färbte sich rot, bevor sie die Blutung mit dem Saum ihrer Schürze stillen konnte.

ABI
2017

Das Wappen der Comtes de Bellevue hängt immer noch über dem Kamin im Salon. Während ich den ovalen Tisch mit den Intarsien poliere, der am anderen Ende des Raums steht, stelle ich mir vor, wie Eliane und Madame Boin dort vor der Gestapo gestanden haben. Welch ein eindrucksvolles Gespann waren sie doch, die alte Köchin und das junge Mädchen, die gemeinsam auf ihre Weise Widerstand leisteten.

Als ich das überschüssige Bienenwachs von der Tischplatte mit der schimmernden Patina entferne, denke ich an Mireille, die wieder nach Paris gegangen war und nur selten mit ihrer Familie kommunizierte, abgesehen von den wenigen Postkarten, die die einzig erlaubte Korrespondenz im besetzten Frankreich waren.

Ich werfe meinen Lappen in den Eimer mit den Putzmitteln und eile zurück in die Küche. Dort hat Sara gerade unseren Morgenkaffee gekocht und deckt den Tisch. Karen gesellt sich zu uns, stellt ihren Eimer ab, und Jean-Marc kommt vom Garten herein. Er tritt sich die Füße an der Matte ab und wäscht sich die Hände an der Spüle. Dann zieht er einen Stuhl neben meinem heraus, streift die Kappe ab, die er draußen immer trägt, und legt sie auf den Tisch neben sich. Als ich ihm einen Becher Kaffee zuschiebe, dankt er mir mit einem Lächeln.

Ich gebe etwas Milch in meinen Becher und frage Sara nach Mireille, worauf sie nickt und einen Teller mit Keksen herumreicht. »Mireille hat in Paris ihre ganz eigene Rolle übernommen. Die Wohnung über dem Atelier, wo sie arbeitete und Kleider für die nähte, die es sich noch leisten konnten, wurde als Unterschlupf genutzt. Mireille war eine sogenannte *passeuse,* Mitglied einer Gruppe, die anderen bei der Flucht half. Wahrscheinlich gab es viele, die von einem Unterschlupf zum nächsten flüchteten und so auf einer geheimen Route bis zu den Pyrenäen und dann über Spanien nach Portugal gelangten. Von Lissabon aus konnte man dann per Schiff nach Amerika und war in Sicherheit.« Sara grinst mich an. »Mireille hat auch ihren Teil beigetragen. Aber das ist wahrscheinlich eine Geschichte für sich.«

Karen leert ihren Kaffee, steht auf und wischt sich ein paar Kekskrümel von den Händen. Sie will wieder an die Arbeit.

»Wann wirst du sie Abi denn vorstellen?«, fragt sie Sara.

Mein Kaffeebecher verharrt in der Schwebe, als mir klar wird, was sie da gerade gesagt hat. Bis vor Kurzem war Elianes Geschichte für mich etwas aus grauer Vorzeit, und ich hatte angenommen, die Martin-Schwestern wären mittlerweile gestorben, selbst wenn sie den Krieg überlebt haben sollten.

»Eliane lebt?«, frage ich. »Und Mireille auch?«

Sara lächelt. »Sie sind beide weit über neunzig.«

»Und Yves?«, frage ich begierig.

Sara schüttelt den Kopf. »Leider hatte er vor ein paar Jahren einen Schlaganfall und lebte danach nur noch wenige Monate. Aber seine Schwestern sind immer noch gesund und munter. Wenn du möchtest, besuchen wir sie bald mal zum Tee.«

Ich strahle. »Oh ja, gerne!«

Sara und Karen machen sich wieder an ihre Arbeit, und Jean-Marc erhebt sich und setzt sich seine Kappe auf. Dann sieht er mich an und zögert, als wolle er Mut sammeln, um etwas zu sagen. Ich sehe ihn mit hochgezogenen Augenbrauen fragend an.

»Weißt du, Abi, wenn du lächelst, siehst du vollkommen anders aus«, bemerkt er schüchtern. »Das solltest du wirklich viel öfter tun.«

ELIANE
1943

Es war der Tag vor *Toussaint*, und über Nacht hatte der erste Frost des Jahres jeden Zweig und jeden Grashalm mit silbrigem Puder überzogen. Aber jetzt löste die immer noch warme Oktobersonne den Nebel über dem Fluss und den glitzernden Raureif in Luft auf.

Eliane ging gerade zum Hühnerstall, dicht gefolgt von Blanche, die nur zu gerne beobachtete, wie der Hahn herausstolzierte, seine Flügel ausbreitete und krähend verkündete, dass der Tag nun beginnen konnte. Hinter ihm kamen in einem Wirbel aus Federn und misstönendem Gegacker die Hennen herausgeflattert und fingen sofort an, im Staub nach Insekten zu scharren.

Eliane hielt den Korb, während Blanche in den strohbedeckten Nestern im Stall nach Eiern suchte. Durch den nahenden Winter schwanden die Erträge schon merklich, und die Hennen waren ziemlich mager, da sie nur von dem lebten, was sie im Gras am Ufer ergattern konnten, und kein Getreide mehr bekamen. Ihr Federkleid war stumpf und dünn, und sie zankten sich ständig um die mickrigsten Käfer und Egerlinge und versuchten, sie einander wegzuschnappen. Eliane seufzte und dachte: *Genau wie die Menschen.* Es war leichter, sich freundlich zu verhalten, wenn es reichlich Essen gab und man satt und zufrieden war. Neuerdings ging es nur noch ums nackte Überleben, und das schien das Schlimmste in jedem hervorzurufen. Im Großen und Ganzen hatten die Einwohner von Coulliac stets zusammengehalten. Aber seit die Gestapo und die Miliz die Maßnahmen verschärften, um die zunehmenden Sabotageakte der *maquisards* zu unterbinden, gab es immer häufiger Denunziationen und gegenseitige Verdächtigungen. Unter dem kontinuierlichen Druck des Krieges begann der Gemeinschaftssinn zu schwinden.

Sobald die Sonne die Bienenstöcke genügend aufgewärmt hatte, wagten sich die Arbeiterinnen hinaus und suchten unermüdlich Nektar im struppigen wilden Thymian und im letzten Klee. Nur sie allein schienen dem Würgegriff des Krieges entkommen zu sein.

»Hier, Eyann. Ein, zwei, drei, vier.« Blanche zählte stolz und nahm ein Ei nach dem anderen aus ihrer Schürze, um sie sorgfältig ins Körbchen zu legen.

»Gut gemacht, Blanche, sehr schön. Ein Ei für Papa, eins für Maman, eines für Eliane und eins – oh, für wen ist denn das letzte?«

»Für mich!«, kicherte Blanche und klatschte in die Hände.

»Aber ja doch, wie dumm von mir!« Eliane nahm die Kleine in die Arme und drückte einen Kuss auf den dunklen Lockenschopf. »Und sollen wir jetzt Pilze suchen? Wenn wir einen großen, fetten, saftigen Steinpilz finden, kann Maman für Prinzessin Blanche ein köstliches Omelette zum Mittagessen zubereiten.«

Sie gingen den schmalen Pfad am Ufer zurück, und Eliane hielt Blanche an der Hand, damit die hüpfende Kleine nicht an den Stacheldraht kam. Da sahen sie, dass ein schwarzer Wagen vor dem Eingang der Mühle stand.

»Aua! Eyann, zu fest!«, protestierte Blanche, als Eliane unbewusst ihre Hand zusammenquetschte.

»Entschuldige, Blanche.« Sie löste ein wenig ihren Griff, aber vor lauter Angst hatte sie das Gefühl, ihr Magen würde von einer eisernen Klaue umfasst.

Als sie sich dem Haus näherten, kamen die beiden Offiziere der Gestapo aus der Küche. Offensichtlich hatten sie auf sie gewartet.

»Mademoiselle Martin.« Der kleinere der beiden Männer begrüßte sie lächelnd, doch seine Augen musterten sie kalt und wieselgleich wie immer. »Wie angenehm, Sie wiederzusehen.«

»*Messieurs*«, erwiderte Eliane bewusst neutral und bemühte sich, ihre Stimme fest klingen zu lassen.

»Wir haben eine Aufgabe für Sie, *mademoiselle*. Sie begleiten uns bitte im Wagen.«

Eliane nickte, da ihre Stimme versagte, als Lisette und Gustave im Türrahmen auftauchten. *Wenigstens sind sie in Sicherheit,* dachte sie. Sie reichte ihrer Mutter den Korb und schob Blanche zu Gustave, der die Arme nach ihr ausstreckte.

Da sagte der größere der beiden Offiziere, dessen Nacken über den Kragen seines Hemds quoll und dessen Doppelkinn den Knoten seiner schwarzen Krawatte verdeckte, etwas auf Deutsch zu seinem Kollegen. Der lächelte kalt und nickte.

»*Non*. Das kleine Mädchen kommt auch mit.«

Eliane erstarrte entsetzt. »Aber *monsieur*, sie ist doch erst vier Jahre alt. Bitte, was auch immer ich für Sie tun soll, lassen Sie sie bei meinen Eltern bleiben.«

Der Mann schüttelte den Kopf. »Sie wird uns ebenfalls von Nutzen sein.«

Als Lisette zu weinen anfing, dachte Eliane kurz, Gustave würde sich auf die Offiziere stürzen. Sie streckte die Hand aus, um ihn aufzuhalten, und wandte sich zu dem Mann.

»In diesem Fall möchte ich bitte wissen, was unsere Aufgabe sein soll. Sie ist noch ein kleines Mädchen. Ich muss also wissen … braucht sie einen Mantel? Kann sie etwas zu essen bekommen, bevor wir aufbrechen? Wann werden wir zurückkommen?«

Das Wiesel lachte. »Sie haben Mut, *mademoiselle*. Das gefällt mir an Ihnen. Nun gut. Wie Sie wahrscheinlich wissen, hat der sogenannte Widerstand in letzter Zeit viele Sabotageakte unternommen, und zwar in dem vergeblichen Bemühen, die Behörden daran zu hindern, kriegswichtige Aufgaben durchzuführen. Heute Abend wird ein Zug mit wichtigen Gütern auf dem Weg nach Bordeaux durch diese Gegend fahren. Wir sammeln ›Freiwillige‹ ein, um dafür zu sorgen, dass der Zug es sicher bis an sein Ziel schafft. Sie und Ihre kleine Schwester werden, zusammen mit ein paar anderen, in einem offenen Wagen am Anfang des Zuges mitfahren, sodass jeder, der ihn vielleicht stoppen will, Sie sehen kann. Also ja«, lachte er, »ein Mantel wäre wohl eine gute Idee. Schließlich werden die Nächte schon ein bisschen kühl.«

Entsetzt starrte Eliane ihn an. »Bitte, *monsieur,* setzen Sie Blanche dem nicht aus. Sie ist doch noch so klein.«

Er presste die Lippen zu einem Strich zusammen und starrte sie wütend an. »Und genau deshalb kann sie uns nutzen. Vielleicht überlegen es sich diese Kriminellen zweimal, ein Kind zu ermorden. Wir haben ihre Aktionen satt, wir haben schon zu viele Männer und Güter wegen ihrer verräterischen Umtriebe verloren. Holen Sie den Mantel der Kleinen. Und Ihren eigenen ebenfalls.« Dann lächelte er grausam und sagte, als wäre ihm das gerade erst eingefallen: »Ach, und binden Sie sich das rote Kopftuch um, das Sie so mögen, Mademoiselle Martin. Damit werden sie Sie bestimmt erkennen.«

Während Eliane ihre Mäntel holte, bestrich ihre Mutter hastig eine Scheibe Maronenbrot mit Honig, klappte sie zusammen, wickelte sie in Wachspapier und steckte Eliane das Päckchen in die Tasche, als sie sie an der Tür umarmte. »Bleib stark, Eliane«, flüsterte sie. »*Courage.*«

Gustave kümmerte sich nicht darum, ob ihn jemand sah, als er mit dem Wagen vor dem winzigen Cottage hielt, in dem der Comte untergekommen war. Er hämmerte gegen die Tür, aber niemand öffnete. Verzweifelt blickte Gustave zur Kapelle. Er würde alles in Gefahr bringen, wenn er dort gesehen wurde: Sollte jemand ihn beobachten, wollte er dessen Aufmerksamkeit nicht auf das versteckte Funkgerät lenken. Denn wenn dies entdeckt würde, wäre das das Todesurteil für ihn und den Grafen. Dennoch musste er bewirken, dass die für heute geplante Operation gestoppt wurde. Eliane und Blanche ... Die Vorstellung war unerträglich.

Wieder hämmerte er an die Cottagetür, und endlich, zu seiner großen Erleichterung, hörte er, wie sich schlurfende Schritte, begleitet vom Tappen des Gehstocks, durch den schmalen Flur näherten. Als die Tür aufging, fiel Gustave fast über die Schwelle, doch der Comte stützte ihn.

»Gustave! Was ist denn? Beruhigen Sie sich, und erzählen Sie es mir.«

Als er kurz die Lage schilderte, runzelte der Comte die Stirn und nickte.

»Keine Frage, die Operation muss gestoppt werden. Keine Angst, Eliane und Blanche wird nichts passieren – und auch den anderen nicht. Ich sag Jacques Bescheid. Er wird sie aufhalten können.«

»Oh, Gott sei Dank!« Vor lauter Erleichterung stiegen Gustave die Tränen in die Augen. »Wenn ihnen irgendwas passiert wäre … wenn Yves persönlich für ihren Tod verantwortlich wäre … wie sollte er damit leben? Wie sollten wir alle damit leben?«

»Warten Sie hier. Ich gebe die Nachricht durch und komme gleich zurück.«

Gustave wischte sich mit seinem getupften Taschentuch die Augen und putzte sich die Nase, während er durchs Fenster des winzigen Cottage zusah, wie Monsieur le Comte durch den Garten zur Kapelle humpelte. An der Tür blieb er stehen und holte so gemächlich den Schlüssel aus seiner Tasche, als hätte er überhaupt keine Eile. Dann verschwand er im Inneren und zog die schwere Eichentür hinter sich zu.

Nach einer Ewigkeit, die jedoch höchstens eine halbe Stunde gedauert haben konnte, tauchte er wieder auf, verschloss erneut sorgfältig die Tür und kam zum Cottage zurück.

Er nickte Gustave zu, der von seinem Platz aufgesprungen war. »Jacques weiß Bescheid und versteht den Ernst der Lage. Aber er hat kein Transportmittel – die anderen sind bereits zur betreffenden Stelle gefahren, um alles vor Einbruch der Dunkelheit vorzubereiten. Er fragt, ob Sie ihn am üblichen Treffpunkt mit Ihrem Lieferwagen abholen könnten. Sie müssen sofort los.«

Gustave umfasste die Hand des Grafen und küsste sie. »Ich kann Ihnen gar nicht genug danken, *monsieur*. Sie retten meine Familie.«

»Gehen Sie jetzt«, erwiderte der Comte de Bellevue drängend. »Und Gott sei mit Ihnen.« Als er Gustave losfahren sah, schickte er ein Stoßgebet zum Himmel, damit Gott all die Unschuldigen vor dem Unglück beschützte, das ihnen in dieser Nacht drohte. »Und bitte, lass es unterwegs keine Straßensperre geben«, fügte er hinzu. »Jede Sekunde zählt.«

Der schwarze Wagen hielt an der *mairie* von Coulliac hinter einem Armeelaster mit Planenabdeckung. Der Platz war wie ausgestorben bis auf ein Grüppchen, das auf den Stufen des Rathauses zwischen zwei deutschen Wachen stand. Vor dem Krieg hätte es am Vortag von *Toussaint* hier von Menschen gewimmelt, die noch für das große Familienessen zu Allerheiligen einkaufen wollten: besonders gutes Fleisch, frische Austern aus Arcachon und besondere Pâtisserie aus der Bäckerei. Aber solche Köstlichkeiten existierten nur noch in ihrer Erinnerung, und in den Läden gab es weder Waren noch Kunden. Beim Anblick des Armeelasters und der immer größeren Gruppe, die dort zusammengetrieben wurde, waren die Einwohner von Coulliac zurückgewichen, hatten sich hinter ihre Blendläden und Gardinen geflüchtet, getrieben von der Angst, selbst herausgepickt und zu den anderen auf der Treppe der *mairie* gebracht zu werden.

Der Wind frischte auf und unterbrach die unheimliche Stille, als er über den Platz fegte, Wassertropfen vom Brunnen auf das Kopfsteinpflaster spritzen und den Staub gegen die Fassaden der verrammelten Häuser wehen ließ.

Die Gestapo-Offiziere bedeuteten Eliane und Blanche auszusteigen und sich der Gruppe vor der *mairie* anzuschließen. Elianes leuchtendes Kopftuch leuchtete zwischen den tristen, zerschlissenen Kleidern der anderen.

Die wachhabenden Soldaten schoben die Gruppe zum Laster. Sie öffneten die Ladeklappe und hoben die Kinder hinein. Die Erwachsenen mussten selbst hinaufklettern, so gut es eben ging. Eliane erkannte die beiden Jungen, die am Geburtstag ihrer *maman* ein paar Fische gegen ein Glas Honig hatten eintauschen wollen. Eine dünne, verhärmte Frau, die wohl ihre Mutter war, befand sich ebenfalls dort, genauso wie der Bäcker und seine Frau, Monsieur und Madame Fournier. Monsieur Fournier litt mittlerweile so stark an Arthritis, dass die Wachen große Mühe hatten, ihn auf die Ladefläche des Lasters zu hieven.

Keiner sagte etwas, als sie sich auf die Holzbänke an beiden Seiten des Lasters setzten, aber Eliane umarmte Blanche, die auf ihrem Schoß saß, und lächelte den beiden Jungen beruhigend zu.

Nachdem die Wachen die Plane wieder geschlossen und festgezurrt hatten, sprang der Motor an, und sie fuhren los.

Im Schutz des Motorengebrumms sprach Eliane die Kinder an und bemühte sich, ihre Stimme so ruhig und fröhlich wie möglich klingen zu lassen.

»Weiß irgendwer, wohin wir fahren? Nein? Nun, ich kann euch sagen, dass wir für ein großes Abenteuer ausgewählt wurden. Wir werden mit dem Zug reisen, und zwar in einem Sonderwagen ganz vorne.«

»Noch vor der Lokomotive?«, erkundigte sich der Ältere der beiden Brüder.

Eliane nickte. »Vor der Lokomotive. Es wird kalt und laut sein, aber auch aufregend, weil die meisten Menschen nie die Gelegenheit bekommen, in diesem Sonderwagen zu fahren.« Sie sah nacheinander die anderen aus der Gruppe an, deren Gesichter im Dämmerlicht bleich vor Angst wirkten, lächelte ihnen zu und ermutigte sie damit zum Mitspielen.

Madame Fournier, die die Hand ihres Mannes hielt, nahm Elianes Stichwort auf. »Wir halten zusammen. Es wird ein bisschen so wie auf der Kirmes – oder auf der Achterbahn in Paris. Habt ihr schon mal Bilder davon gesehen?«

Monsieur Fournier gluckste. »Da werden aber alle in Coulliac neidisch auf uns sein, dass wir für dieses Abenteuer ausgesucht wurden und sie nicht.«

Die anderen nickten und zwangen sich, für die Kinder zu lächeln.

Der jüngere der beiden Brüder griff nach der Hand ihrer Mutter. »Keine Angst, *maman*. Auch wenn es im Zug sehr laut ist, wir passen auf dich auf.«

Verstohlen wischte sich die Frau mit dem ausgefransten Ärmel ihres Mantels eine Träne aus dem Augenwinkel und drückte dem Jungen einen Kuss auf den Schopf. »Wie könnte ich je Angst haben, wenn ich meine mutigen Jungs bei mir habe?«

Der Laster ruckelte und schwankte. Monsieur Fournier gelang es, einen Zipfel der Plane zu lüften. »Sieht so aus, als wären wir auf der Straße nach Bergerac«, sagte er.

Irgendwann, nachdem der schwankende Laster immer langsamer durch die schmalen Straßen des Orts gesteuert war, blieb er stehen. Die Soldaten zogen die Plane zurück und ließen die Ladeklappe herunter, damit sie herausklettern konnten. Eine der Wachen blieb mit der Waffe im Anschlag bei ihnen, damit keiner flüchten konnte, der andere verschwand im Bahnhofsgebäude.

Ein paar Einwohner eilten vorbei und warfen verstohlene Blicke auf die zusammengedrängte Gruppe aus Frauen, Kindern und einem gebeugten alten Mann und fragten sich, welches Verbrechen sie wohl begangen haben mochten, dass sie zu dieser

Zeit am Vorabend von *Toussaint* zum Bahnhof von Bergerac gebracht wurden. Furcht und Schuldgefühle in gleichem Maße trieben sie nach Hause zurück, wo sie genau wie die Einwohner von Coulliac ihre Fenster und Türen verrammelten. Sie hatten schon zu viele Deportationen mit angesehen, zu viele Menschen, die wie Tiere in Güterzüge getrieben wurden, zu viel Angst und Verzweiflung.

Die Soldaten drängten die Gruppe durch das Bahnhofsgebäude auf den Bahnsteig hinaus. Während sie warteten, schnitt der kalte Wind wie ein Messer durch ihre dünnen Mäntel und Jacken, sodass sie vor Kälte und unterdrückter Angst zitterten. Eliane holte das in Wachspapier gewickelte Brot aus ihrer Tasche, teilte es und sorgte dafür, dass jeder ein, zwei Bissen davon abbekam.

»Geben Sie den Kindern meinen Anteil«, wehrte Madame Fournier ab.

Eliane schüttelte den Kopf. »*Non, madame.* Es ist zwar nicht viel, aber wir alle brauchen Kraft für diese Fahrt.« Sie wandte sich den Kindern zu und versuchte, sie von der Kälte und der Nervosität während des Wartens abzulenken. »Weiß einer von euch, wie meine Bienen diesen Honig für unser Butterbrot hergestellt haben?«

Der jüngere der beiden Brüder hob die Hand, als wäre er in der Schule. »Sie essen ihn von den Blumen und dann kacken sie ihn in die Honigwabe.«

»Iih! Das klingt aber nicht sehr appetitlich!« Seine Mutter starrte misstrauisch auf ihr Stückchen Brot.

Eliane musste aufrichtig lachen. »Das stimmt ungefähr, aber doch nicht ganz. Die Bienen sammeln Nektar von den Blumen, indem sie ihn mit ihren Zungen aufsaugen; aber der Nektar wird in einem besonderen Magen aufbewahrt, der Honigmagen genannt wird. Und der ist getrennt von dem anderen, mit dem sie Nahrung verdauen. Wenn ihr Honigmagen voll ist, dann fliegen sie zurück zum Bienenstock. Danach geben sie den flüssigen Nektar über ihre Zunge weiter, und zwar an die nächste Biene und so weiter; und alle kauen darauf, damit daraus klebriger Honig wird. Eigentlich soll der Honig die Nahrung für die Bienen sein, aber glücklicherweise sind sie sehr großzügig und machen zusätzlich Honig, damit wir ihn einsammeln und auf unser Brot streichen können.«

»Das klingt, als würden sie alle richtig gut zusammenarbeiten«, bemerkte Madame Fournier.

»Das stimmt. Genau, wie wir auf dem Zug zusammenarbeiten werden. Eine Biene allein ist nicht besonders stark, aber wenn sie zusammenhalten, dann sind sie stark genug, um sogar den härtesten Winter zu überleben. Und so furchterregend, dass sie sogar die schlimmsten Raubtiere wie Bären abschrecken.«

In diesem Augenblick trug der Wind, der über die Gleise fegte, das leise Rattern eines nahenden Zuges heran. Eliane hob Blanche hoch und drückte sie fest an sich. »Bereit für unser großes Abenteuer, *ma princesse?*« Blanche nickte lächelnd, aber Eliane spürte, wie ihr kleiner Körper vor Kälte und Angst zitterte.

Plötzlich blitzte Mathieus Gesicht vor Elianes innerem Auge auf. War er irgendwo da draußen und bewachte die Gleise? Hatte er zugesehen, wie genau dieser Zug vorbeifuhr, und war zufrieden gewesen, weil er seine Arbeit gut machte und ein weiterer Transport reibungslos verlief? Ohne zu ahnen, dass er diesen Zug zu ihr und Blanche schickte? Hätte es ihn gekümmert, wenn er die zitternden, hilflosen Passagiere gekannt hätte, die sich auf diese furchtbare Reise begeben mussten?

Bei der Vorstellung bekam sie einen bitteren Geschmack im Mund. Und doch ertappte sie sich dabei, wie sie wünschte, er wäre da; sie sehnte sich nach seiner beruhigenden Umarmung, seiner Stärke, die sie beschützen würde. Sie schüttelte den Kopf, um diese verwirrenden Gefühle loszuwerden.

Konzentrier dich, befahl sie sich selbst. *Mathieu kann dir jetzt nicht helfen. Du musst selbst stark bleiben und das durchstehen.*

Als der Zug in den Bahnhof einfuhr, tauchten bewaffnete Soldaten aus dem Gebäude auf, traten Zigaretten aus und zogen sich Wintermäntel über. Instinktiv drängte sich das Grüppchen dichter zusammen. Schweigend beobachteten sie, wie der Zug hielt und dann ein offener Waggon von einem Abstellgleis vor die Lokomotive manövriert wurde. Bis auf eine Bretterumrandung bestand der Waggon nur aus Ladefläche.

»*Allez-y.*« Einer der Soldaten bedeutete ihnen mit seinem Gewehr, dass sie die Rampe hinaufgehen sollten, die neben dem Waggon abgestellt worden war. »Und denken Sie nicht mal dran, vom Wagen zu springen. Ich fahre beim Lokführer mit und habe Befehl, auf jeden zu schießen, der einen Fluchtversuch unternimmt.«

»Lasst uns das Ganze ein bisschen geordnet angehen«, sagte Madame Fournier zur Gruppe. »Wenn ein paar der größeren Erwachsenen mit dem Rücken zur Umrandung stehen und wir die Kinder in die Mitte nehmen, werden sie zumindest ein bisschen vom Wind abgeschirmt.« Sie drehte sich um, drückte sich an das Geländer, und ihr Mann stellte sich neben sie und fasste jeden der beiden Jungen bei der Hand, um sie auf der Fahrt ein bisschen zu stützen.

Eliane stellte sich vorn in die Mitte, mit dem Rücken zu den Gleisen, die vor dem Zug durch Hügel und Wälder verliefen, und über breite Brücken, die die Flüsse zwischen ihnen und dem etwa zwei Stunden entfernten Bordeaux überspannten. Sie hielt Blanche fest an sich gedrückt und zog sie zu sich unter den eigenen Mantel um den kalten Wind von ihr fernzuhalten und ihr ein Gefühl von Sicherheit zu geben. In der anbrechenden Dämmerung wirkte das leuchtend rote Kopftuch wie eine Laterne am Bug eines Schiffes.

Die Soldaten stiegen in den Zug, die Türen knallten, und dann wurde der im Leerlauf brummende Motor immer lauter und kraftvoller. Zischend lösten sich die Bremsen, und langsam und bedrohlich setzte sich der Zug in Bewegung.

»Festhalten«, rief Madame Fournier den Kindern zu. »*Courage, mes enfants!* Unser Abenteuer beginnt!«

Ungeduldig trommelte Gustave mit den Fingern auf das Lenkrad, während er in einer Schlange vor der Straßensperre an der Brücke von Port Sainte-Foy wartete. Anscheinend war es nur eine Routinekontrolle – die Soldaten sahen sich die Papiere an und winkten die Fahrer dann durch –, aber manche von ihnen brauchten viel zu lange, um ihre Dokumente hervorzuholen. Gustave biss die Zähne zusammen und knurrte: »Kommt schon, ihr hattet zehn Minuten, um alles bereitzuhalten.«

Seine eigenen Papiere lagen schon längst auf dem Beifahrersitz bereit.

Als er an der Reihe war, prüfte der Soldat die Dokumente und sah Gustave lange und durchdringend an. »Ihr Grund, um diese Zeit unterwegs zu sein?«, bellte er.

»Letzte Mehllieferung zu den Bäckern da drüben. Ihnen sind die Vorräte ausgegangen, und sie brauchen dringend Nachschub für den Feiertag morgen.« Der Soldat sah auf der Ladefläche

che nach, entdeckte ein paar Säcke Mehl, nickte ruckartig und winkte ihn durch.

Langsam fuhr Gustave über die Brücke und achtete sorgsam darauf, sich nicht durch übermäßige Eile zu verraten. Doch kaum war er auf der anderen Seite, trat er aufs Gas und raste durch die dunkler werdenden Straßen von Sainte-Foy. Am Ortsausgang bog er in einen steilen und gewundenen Weg durch die Hügel ein, und sein Lieferwagen ruckelte und kam ins Schleudern, als er so schnell wie möglich über die schmale Schotterstraße fuhr. Er hielt vor einem verwitterten Holzkreuz mit eingeschnitzter Jakobsmuschel, das einen Abschnitt des Pilgerwegs markierte. Da tauchte aus einem nahen Wäldchen eine dunkle Gestalt auf und rannte auf den Wagen zu.

»Tut mir leid, dass es so lange gedauert hat. Ich wurde von einer Sperre an der Brücke aufgehalten«, erklärte Gustave.

Jacques kletterte auf den Beifahrersitz. »Ich hatte schon Angst, du würdest es vielleicht nicht schaffen. Es sollte noch genug Zeit sein, aber wir müssen so schnell wie möglich fahren.«

»Wohin?«, fragte Gustave.

»Zur Eisenbahnbrücke, direkt vor Le Pont de la Beauze.«

Gustave nickte grimmig, legte den Gang ein und beschleunigte erneut auf der Schotterstraße.

»Nimm die Abkürzung hier durch den Weinberg«, wies Jacques ihn an, worauf Gustave das Steuer herumriss und in einen Wirtschaftsweg einbog. Sie rasten hüpfend über den mit Spurrillen gefurchten Boden, durchquerten die erst vor Kurzem abgeernteten Weinstöcke und kamen auf der anderen Seite wieder auf die Landstraße. Der Fluss glitzerte vor ihnen, als der Herbstmond groß und golden vor ihnen aufging. Vom Wind zerfledderte Wolkenfetzen zogen über ihn hinweg. Man konnte sich ohne Weiteres vorstellen, dass in dieser Nacht die Seelen der Toten unterwegs waren.

»Hier halten!« Jacques wies auf einen halb verborgenen Pfad, der in den Wald neben der Landstraße verschwand.

Gustave stellte den Motor aus, und die beiden Männer sprangen aus dem Wagen. Jacques führte sie zwischen den Bäumen hindurch zu einer Stelle, wo die Bahngleise über einen Damm auf die Backsteinbrücke zuliefen, die die Dordogne überspannte. Zuerst war alles ganz still, aber dann fingen die Gleise schwach an zu summen. Da kam ein Zug.

Weiter oben meinte Gustave, das kurze Aufblitzen einer Taschenlampe bemerkt zu haben, die sofort wieder verlosch. Sie rannten los, preschten durchs Unterholz. Es war zu spät, um noch vorsichtig zu sein.

Gustave fiel keuchend hinter Jacques zurück, weil er Seitenstiche hatte, aber der Gedanke an Eliane und Blanche im Zug und an Yves unter der Brücke trieben ihn vorwärts.

Da ertönte ein Schuss. Und fast gleichzeitig schrie Jacques etwas. Und dann stolperte er, fiel vorwärts, direkt in die Arme von Yves, der aus der Gruppe der Männer unter dem Brückenbogen aufgetaucht und durch die Bäume auf sie zugerannt war.

Die Bahngleise summten jetzt lauter, und der Wind trug das Rattern des Zuges zu ihnen.

»Stopp!«, brüllte Gustave außer Atem. »Eliane und Blanche – sie sind in dem Zug. Stopp!«

Unter der Brücke wurde es hektisch, und dann saß er plötzlich neben Yves und Jacques auf dem feuchten, von Blättern gepolsterten Waldboden.

Immer noch nach Luft schnappend, drängte er sich an sie, als das Vibrieren der Gleise ohrenbetäubend laut wurde.

Genau in diesem Augenblick teilten sich die Wolken, und der helle Mond erleuchtete den Zug.

Die unter der Brücke kauernden Männer sahen kurz einen roten Seidenschal, der im Wind flatterte, und das bleiche, vor Angst und Kälte zusammengekniffene Gesicht eines Kindes. Und dann, in einem heftigen Wirbel aus Wind und Lärm, raste der Zug vorbei und ratterte weiter über den Fluss Richtung Bordeaux.

»*Mon Dieu*, das war knapp!« Erleichtert wandte sich Gustave an Yves und Jacques.

Aber Yves blickte nicht auf. Er hielt Jacques im Arm und beugte sich über ihn, um seinen Mantel aufzuknöpfen. Als er den dicken, groben Stoff beiseiteschob, sah man einen dunklen Fleck, der sich auf Jacques' Hemd ausbreitete.

Und wo das Mondlicht auf ihn fiel, konnte Gustave sehen, dass sich sein Hemd genauso leuchtend rot färbte wie Elianes Seidenschal.

Endlich, an der breiten Mündung der Gironde, wurde der Zug langsamer. Ganz Bordeaux war wegen der Verdunklung schwarz, aber der Mond schimmerte tanzend auf dem weitläufigen Fluss und beleuchtete sowohl die helle Silhouette der Gebäude am Ufer als auch die bleichen Gesichter der Gruppe im Frontwagen.

»Jetzt sind wir fast da!«, rief Eliane den anderen zu. Ihre Stimme wurde vom tosenden Wind und dem ohrenbetäubenden Motorenbrummen übertönt, doch sie sahen sie lächeln, und das gab ihnen die Kraft, die letzten Minuten mit tauben Fingern und schmerzenden Armen durchzuhalten.

Als der Zug am Gare Saint-Jacques von Bordeaux hielt, öffneten sich die Waggontüren, und die deutschen Soldaten strömten hinaus auf den Bahnsteig. Sofort machten sie sich daran, Holzkisten mit Waffen und Munition aus den Güterwagen zu laden, und stapelten alles, um es danach in wartende Armeelaster zu schaffen.

Die kleine Gruppe aus Coulliac blieb, wo sie war, wie gelähmt von der Kälte, der Angst, ihren angespannten Nerven und der Unsicherheit, was als Nächstes kam.

Inmitten des Lärms und Stimmengewirrs, die im Bahnhof widerhallten, fragte der ältere der beiden Brüder: »Müssen wir die Fahrt auch noch zurück machen?« Da strömten Blanche stille Tränen über die kalten, vom Wind geröteten Wangen, allein von der Vorstellung, das Ganze noch mal durchstehen zu müssen.

Eliane rieb dem Kind die Arme, um es zu beruhigen und zu wärmen, und blickte sich nach jemandem um, den sie fragen konnte. Und dann, mitten im chaotischen Treiben, entdeckte sie ein vertrautes Gesicht.

»Oberleutnant Farber!«, rief sie.

Er bahnte sich einen Weg zu ihnen und hielt, während er sich um Soldaten und Holzkisten herumschlängelte, seinen Blick auf Elianes scharlachrotes Kopftuch geheftet.

Dann streckte er die Arme aus, um ihr Blanche abzunehmen. »Kommen Sie«, sagte er. »Es ist Zeit, Sie nach Hause zu bringen.«

Er half der Gruppe vom Güterwagen und führte sie durch einen Seiteneingang zu einem Armeelaster. Der Fahrer sprang aus dem Wagen, drückte seine Zigarette mit dem Stiefelabsatz auf dem Kopfsteinpflaster aus und half den Kindern auf die Ladefläche. Wieder einmal brauchte es die Unterstützung beider Männer, damit Monsieur Fournier hinaufklettern konnte, so steif und schmerzerfüllt waren seine arthritischen Gliedmaßen nach der schrecklichen Fahrt. Seine Frau nahm auf der Ladefläche neben ihm Platz und rieb seine knotigen Hände, um sie aufzuwärmen und ihm ein wenig den Schmerz zu lindern.

Er lächelte sie an, küsste sie auf die Wange und sagte: »Gott sei Dank, wir haben es geschafft.«

Erschöpft, wie sie waren, schliefen einige von ihnen ein, als der Wagen sie schaukelnd an den Weinbergen von Bordeaux vorbei zurück nach Coulliac brachte. Aber Eliane wachte über sie, denn ihre Nerven waren noch viel zu gereizt, um sich zu entspannen.

Endlich hielt der Laster mit einem Ruck, und Oberleutnant Farber öffnete die Plane am hinteren Ende. »Eliane, Sie sind zuhause. Wir sind an der *moulin.*« Er lächelte den anderen zu, und seine Zähne schimmerten schwach im Mondlicht. »Für Sie dauert es auch nicht mehr lang. In ein paar Minuten sind wir in Coulliac.«

Er reichte Eliane die Hand, um ihr beim Aussteigen zu helfen. Sie nahm ihr Kopftuch ab, stopfte es in die Manteltasche und schüttelte ihre Haare aus, sodass sie ihr über die Schultern flossen. Im Mondlicht leuchteten sie in einem hellen Gold. Der Offizier hob die schlafende Blanche in Elianes Arme.

Sie sprachen nicht, aber er drückte ihren Arm, bevor er wieder in die Fahrerkabine des Lasters stieg.

Eliane trug das Mädchen etwas mühsam wegen ihrer steifen, schmerzenden Beine den Weg zur Mühle hinauf. Als Blanche im Schlaf wimmerte, beruhigte sie sie sanft: »Ist schon gut, *ma princesse.* Wir sind jetzt zuhause.«

Während sie sich dem Haus näherte, sah sie, dass aus einer Ecke des verdunkelten Küchenfensters ein schmaler Lichtstreifen herausdrang. Sie hatte jegliches Zeitgefühl verloren, wusste aber, dass es weit nach Mitternacht sein musste. Bei dem Gedanken, dass ihre Eltern noch wach waren und auf ihre Rückkehr warteten, schwand ein bisschen die Angst, die ihr Herz in den letzten Stunden im Klammergriff gehalten hatte.

Sie versuchte, die Tür zu öffnen, aber merkwürdigerweise war sie von innen verriegelt. »Maman! Papa!«, rief sie und klopfte. »Ich bin's, Eliane.«

In der Küche hörte sie hektische Geräusche, dann riss Gustave die Tür auf. »Eliane! Blanche! Gott sei Dank ist euch beiden nichts passiert.« Er schloss sie in seine ausgezehrten, aber immer noch starken Arme, und sie ließ sich an die tröstlich breite Brust ihres Vaters sinken und schloss für einen Moment dankbar die Augen.

Doch dann spürte sie eine Veränderung in der Atmosphäre des Hauses. Statt des vertrauten Geruchs roch sie etwas anderes, alten Schweiß mit einem Hauch von wildem Thymian und Piniennadeln. Als sie an Gustave vorbeiblickte, sah sie, dass die ganze Küche voller Menschen war.

Sie brauchte ein paar Sekunden, um die Szene vor ihren Augen zu erfassen. Am Ofen standen drei Männer mit buschigen Bärten und schmutzigen, zerrissenen Kleidern. Drei Gewehre lagen wild durcheinander auf dem Küchentisch. Einer der Männer trat vor, als Eliane ihn anblickte, und verzog gequält sein wettergegerbtes Gesicht. Er streckte die Hand nach ihr aus. »Es tut mir leid«, sagte er mit brechender Stimme. »Ich dachte, es wären die Deutschen …« Er ließ die Hand sinken und stand schweigend neben seinen Gefährten. Und dann bemerkte sie, dass die drei auf etwas vor ihnen auf dem Küchenboden starrten.

Lisette und Yves knieten auf den harten Steinplatten und wandten ihre Gesichter Eliane zu. Doch anstatt erleichtert zu lächeln, zeigten ihre Mienen nur Ohnmacht und Trauer.

Und dann erkannte sie, dass sie neben einem Körper knieten, mit blutigen Tüchern in der Hand, weil sie beide verzweifelt versuchten, den Blutstrom zu stillen, der aus Jacques Lemaîtres Bauch quoll.

Eliane drückte ihrem Vater Blanche in die Arme und sank zwischen ihrer Mutter und ihrem Bruder auf die Knie. Beide streckten die Arme nach ihr aus, um sie zu trösten.

»Jack«, flüsterte sie und umfasste seine leblosen Finger, deren Haut im Licht der Öllampe bereits wächsern wirkte.

Seine Lider flatterten kurz, dann öffnete er die Augen. Zuerst waren sie trüb, doch als er sie ansah und lächelte, wurden sie wieder strahlend blau. Er versuchte, etwas zu sagen, brachte aber nur ein Krächzen hervor und hustete, während sich sein Gesicht vor Schmerz verzog.

»Schsch«, beruhigte sie ihn, »nicht reden. Es ist alles gut.« Sie drückte seine Hand an ihr Herz, wollte mit reiner Willenskraft verhindern, dass die Lebenskraft aus ihm herausströmte, und betete, der dunkelrote Blutstrom möge endlich versiegen. Aber sie wusste, es war bereits zu spät.

Als sie mit ihrer anderen Hand sanft sein Gesicht umfasste, schloss er wieder die Augen. Seine Lippen bewegten sich, um Worte zu formen, und sie neigte sich näher zu ihm, um ihn zu verstehen.

Mühsam brachte er hervor: »Du riechst nach Honig und Sonnenschein. Trotz allem. Die Dunkelheit dieser Welt kann das Licht nicht trüben, das von dir ausgeht, Eliane.«

Sie neigte sich tiefer zu ihm und küsste ihn auf die Stirn.

Und so duftete die Luft, die er mit seinem letzten Atemzug einsog, nach Bienenwachs und dem leichten Wind am Fluss. Und sein Herz war erfüllt von Liebe, selbst als es immer langsamer schlug, stockte und schließlich stillstand.

Sie begruben ihn unter einer jungen Eiche am Rand eines kleinen Wäldchens. Das Grab wurde nicht markiert, aber einer der *maquisards* schnitt in die Rinde des Baums eine lange vertikale Linie, die von zwei kürzeren horizontalen Linien gekreuzt wurde, das Croix de Lorraine, das Symbol der Freien Französischen Kräfte, das deutlicher hervortreten würde, je mehr der Baum wuchs. Nachdem die anderen gegangen waren, stand Eliane noch lange am Grab und verlor sich in ihren Erinnerungen. Sie erinnerte sich daran, wie seine Augen immer aufgeleuchtet hatten, wenn er sie sah, und wie er sie schüchtern anlächelte, wenn sie allein waren. Dann war von seinem üblichen Selbstvertrauen nichts mehr zu merken. Sie erinnerte sich an jeden einzelnen Augenblick der Nacht, die sie gemeinsam in der Höhle unter dem Château de Bellevue verbracht hatten, an den Wein, den sie getrunken, und die Geheimnisse, die sie ausgetauscht hatten; das Gefühl der Wärme und Sicherheit, wenn sie in seinen Armen lag; und an das geborgene Gefühl, in dieser unterirdischen Welt für wenige kostbare Stunden ganz weit weg von der Realität zu sein.

Schließlich erhob sie sich und pflückte einen Strauß aus herbstlichen Blumen und Beeren, die sie auf die Rasenstücke legte, mit denen man die frische Erde auf Jacks Grab getarnt hatte. Auf den ersten Blick wirkte der Feldrand unberührt, abgesehen von dem einsamen Sträußchen im Gras. Sie warf einen letzten langen Blick darauf und prägte es sich ein, sodass sie es wiederfinden würde.

Aus dem Tal hörte sie Glockengeläut. Jetzt war *Toussaint,* und alle Familien aus Coulliac gingen zum Friedhof, um Blumen auf die Gräber ihrer Verstorbenen zu legen. Eliane fragte sich: *Was ist mit Jacks Familie? Leben seine Eltern noch? Hat er Geschwister? Wer wird ihnen erzählen, dass er in der Fremde gestorben ist und in einem unmarkierten Grab liegt?* Sie wünschte, sie könnten erfahren, dass er im Kreis von Freunden gestorben war. Dass er für seinen Mut und seine Selbstlosigkeit geachtet und bewundert worden war. Dass er gestorben war, weil er in der Hölle des Krieges ihr, Blanche und Yves das Leben gerettet hatte. Sie wünschte, sie könnten erfahren, dass er geliebt worden war.

Sie schrak zusammen, weil sie im Wäldchen plötzlich eine reglose Gestalt sah. Es war Yves, der wohl zurückgeblieben war, als seine Gefährten das Grab verließen. Jetzt trat er zu ihr und legte seinen Arm um sie. Sie vergrub ihr Gesicht an seiner Schulter und fing an zu schluchzen.

Schweigend stand er da und ließ sie weinen. Und dann, als ihr Schluchzen leiser wurde, strich er ihr eine Haarsträhne aus dem tränenüberströmten Gesicht. »Eliane«, sagte er, »hör mir zu. Du glaubst, du hast beide Männer, die du geliebt hast, verloren. Aber das stimmt nicht. Mathieu ist immer noch da. Und wenn dieser Krieg vorbei ist, wirst du erfahren, dass du ihn niemals wirklich verloren hast. Dass er immer da war.«

Sie löste sich von Yves und blickte ihm ins Gesicht. »Was meinst du damit? Wie sollte ich Mathieu jemals wieder lieben? Er gehört jetzt zur anderen Seite. Er hat gegen Jacques gearbeitet – und gegen dich.«

Yves schüttelte den Kopf. »Das hat er nicht, Eliane. Mehr darf ich dir nicht sagen, aber du musst mir glauben. Das hat er nicht.«

Er umarmte sie ein letztes Mal und verschwand ohne einen Blick zurück zwischen den Bäumen.

Als sie sich vom Grab abwandte und langsam den Hügel hinunterging, fielen ihre Tränen auf die trockenen Wiesen. Und die hohen Gräser neigten die Köpfe und duckten sich im kühlen Novemberwind.

ABI
2017

An meinem nächsten freien Tag erklärt mir Sara den Weg, und dann steige ich die Felder von Coulliac hinauf bis zu der Stelle, wo der Wald beginnt. Ich muss erst ein bisschen suchen, aber dann entdecke ich sie: eine Eiche mit dem Lothringerkreuz im Stamm.

Ich weiß, dass Jacks Körper hier nicht mehr liegt. Nach dem Krieg wurden seine Eltern über den Tod ihres Sohnes und sein provisorisches Grab unterrichtet, sodass sie ihn nach Hause holen und auf dem Friedhof in der Nähe seiner Familie beerdigen konnten. Aber ich spüre, dass ein Teil von ihm immer hier sein wird, in den Hügeln über Coulliac.

Während mein Blick über das Tal schweift, vergleiche ich unwillkürlich Jack Connellys Beerdigung mit der Trauerfeier, die für Zac in der großen Londoner Kirche abgehalten wurde. Ich saß auf der vordersten Bank neben seiner Mutter, spürte aber die Wellen des Hasses, die von ihr ausströmten, als sie, den Blick starr auf den Sarg gerichtet, sich immer leicht von mir wegneigte. Sie hatte alles arrangiert, vom Empfang und der Gästeliste bis zu dem Lilienbouquet auf dem schön gemaserten Deckel des Buchenholzsarges. Ich konnte mir kaum vorstellen, wie verzweifelt sie gewesen sein musste, ihren einzigen Sohn zu verlieren. Und noch schlimmer war wohl, dass seine junge Ehefrau, die sie so hasste, ihn überlebt hatte. Als der Vikar mit dem

Gottesdienst begann, hörte ich förmlich ihre Gedanken: *Warum ist sie noch da, wenn er doch gegangen ist? Warum ist nicht Abi bei dem Unfall gestorben, sondern Zac?*

Ich spürte selbst, wie meine Schuldgefühle durch den Stoff meines schwarzen Mantels drangen. Der Unfall lag schon Wochen zurück – mittlerweile begann mein geschwollenes Knie mit den Blutergüssen langsam zu heilen, und die Knochen meines Armes wuchsen allmählich zusammen. Es hatte unendlich lange gedauert, bis die Polizei die Untersuchung zum Unfall abgeschlossen hatte, nachdem ich und andere Zeugen befragt und der Autopsiebericht ausgestellt worden waren. Verlust der Kontrolle über den Wagen durch den massiven Alkoholgehalt im Blut, lautete der offizielle Befund.

Obwohl ich der Polizei erzählt hatte, dass ich ins Steuer gegriffen hatte. Obwohl ich wusste, dass ich ihn umgebracht hatte, weil er versucht hatte, mich umzubringen.

Die Trauerfeier war schon schlimm, obwohl Zacs Mutter es zumindest in der Kirche geschafft hatte, mir gegenüber eine gewisse Höflichkeit aufzubringen, um den Schein zu wahren. Aber danach, als wir im Krematorium unter uns waren, zeigte sie ihr wahres Gesicht. Nachdem sich die Vorhänge hinter dem Sarg wieder geschlossen hatten, drehte sie sich auf ihrem harten, hochlehnigen Stuhl zu mir. Instinktiv streckte ich die Hand nach ihr aus, vermutlich in der Hoffnung, wir würden uns am Ende vielleicht doch noch trösten oder versöhnen. Aber sie starrte mich nur hasserfüllt mit kalten Augen an und zuckte vor meiner Berührung zurück. Ich ließ die Hand sinken, und sie ging einfach, überließ es einem der Bestatter, mir auf die Beine zu helfen und mir die Krücke zu reichen, die beim Gehen mein Knie entlastete. Es war ein freundlicher, väterlich wirkender Mann, der mich zum Apartment zurückbrachte. Nachdem er mich sicher aus der schwarzen Limousine zurück ins Gebäude geführt hatte, tätschelte er mir den Arm an einer nicht gipsbedeckten Stelle und sagte: »Machen Sie sich keine Gedanken, meine Liebe. Die Trauer bewirkt merkwürdige Dinge. Ich habe genug Beerdigungen gesehen, um zu wissen, dass sie entweder das Beste oder das Schlechteste in einem Menschen zum Vorschein bringt. Jeder braucht Zeit, um zu trauern.«

Das war am Tag von Zacs Bestattung der einzige Moment, in dem mir die Tränen kamen. Ein paar freundliche Worte von einem Fremden waren der einzige Trost, der mir an diesem Tag gespendet wurde.

Der Unfall. Lange Zeit habe ich nicht mehr daran gedacht. Ich frage mich immer noch, was damals wirklich passierte.

Wir befanden uns in seinem Wagen und fuhren vom Sonntagessen bei seiner Mutter zurück. Wie üblich hatte er ein paar Gläser Wein getrunken, trotz meiner besorgten Blicke und des vorsichtigen Einwands, das Glas Port am Ende der Mahlzeit sei vielleicht zu viel, um dann noch fahren zu können.

»Unsinn, Abigail. Zac kennt seine Grenzen. Ich fand schon immer, dass es nichts Unattraktiveres gibt als eine meckernde Ehefrau«, hatte seine Mutter gekontert und ihm ein Glas aus der Kristallkaraffe eingeschenkt, die auf der polierten Anrichte im Esszimmer stand.

»Soll ich nicht lieber fahren?«, hatte ich ihn auf dem Weg zum Wagen gefragt. Da hatte er mich gehässig grinsend verspottet, mir den Wagenschlüssel vor die Nase gehalten und so getan, als würde er betrunken den Gartenpfad hinuntertaumeln.

»Komm schon, Zac, bitte. Lass mich fahren«, hatte ich ihn gebeten, eindringlicher diesmal.

Das war ein Fehler.

Sofort wurde seine Miene frostig und seine Augen kalt. Oft beschreiben Menschen Wut als heiß und lodernd, aber Zacs Zorn war immer eiskalt.

»Rein mit dir!«, zischte er. »Sonst kannst du nach Hause laufen.«

Ich hätte nicht einsteigen sollen.

Ich hätte laufen sollen.

Ich hätte nicht mit ihm heimfahren sollen.

Ich hätte ihn verlassen sollen, genau dort.

Im Wagen schwieg er. Ich versuchte, alles wiedergutzumachen und seinen Zorn mit belanglosem Geplapper zu lindern: wie lecker das Essen gewesen war, wie gut seine Mutter aussah, nachdem sie endlich die schlimme Erkältung überwunden hatte, dass das Wetter kommende Woche anscheinend besser werden sollte.

Er hatte nicht reagiert, sondern war wortlos zu schnell losgefahren und durch den Ort gebrettert, sodass die Schilder mit den Geschwindigkeitsbegrenzungen warnend aufblitzten und rasend schnell hinter ihm verschwanden. Ich hatte mein Handy hervorgeholt, um die Wetteraussichten zu prüfen. Während des Essens hatte ich es ausgeschaltet, wie ich es immer machte. Aber als ich es nun wieder einschaltete, gab es ein Signal von sich. Ich warf einen Blick auf das Display und wischte die Nachricht weg.

»Willst du mir nicht sagen, von wem die ist?«, fragte Zac bissig.

»Von einer der Studentinnen aus meiner Tutoriumsgruppe. Sie fragt nach, ob es mir gut geht, weil sie mich schon eine Weile nicht gesehen hat.«

»Zeig her«, hatte er befohlen und seine linke Hand vom Steuer gelöst. Daraufhin war der Wagen, der viel zu schnell über die gewundene Landstraße raste, leicht ausgebrochen, und ein entgegenkommender Fahrer hatte die Scheinwerfer aufblitzen lassen und wütend mit der Hand gestikuliert.

»Zac, nicht! Sei vorsichtig.«

»Gib mir das Handy, Abi«, sagte er unnatürlich ruhig.

»Hier, guck.« Ich drehte das Handy so, dass er die SMS sehen konnte.

»Sam?«, fragte er. »Wer zum Teufel ist Sam?« An seinem Kiefer zuckte ein Muskel.

»Sam ist ein Mädchen. Nur eine Studentin aus meiner Tutoriumsgruppe, wie ich bereits sagte.«

»Gib mir das Handy, Abi.«

»Ja, aber erst wenn wir zuhause sind. Dann kannst du es dir ansehen. Es gibt keine weiteren Nachrichten. Ich bin nicht zu den letzten zwei Treffen erschienen, sondern habe online gelernt.«

Und da verlor er die Beherrschung. »Ich sagte, gib mir das verdammte Handy!«, brüllte er so laut, dass ich mich zusammenkrümmte, als würden Schläge auf meinen Kopf und meine Arme niedergehen.

Dann bemerkte ich, dass er direkt auf einen der Bäume zuraste, die die Bankette der Landstraße säumten. Erschrocken griff ich mit der rechten Hand ans Steuer, um den Wagen wieder auf Kurs zu bringen, doch er schlug mir mit der Handkante so hart auf den Unterarm, dass mein Arm taub wurde. Vor Schmerz und Angst schrie ich auf und zog meine Hand zurück. Wir prallten nicht gegen den Baum, aber der Wagen schleuderte hin und her, und dann röhrte der Motor auf, als Zac das Gas durchdrückte und absichtlich auf den nächsten Baum zuraste.

In diesem Augenblick erkannte ich, dass er vorhatte, mich umzubringen. Vielleicht auch sich selbst, aber er wollte die Beifahrerseite des Wagens in voller Geschwindigkeit gegen den Baum steuern und mich damit auslöschen.

Woher hatte ich plötzlich diese Kraft? Heute weiß ich, dass meine nächste Bewegung ein reiner Reflex war. Aber ich glaube, das war noch nicht alles. Es war Zorn über das, was er mir angetan hatte, es war die Widerstandskraft des menschlichen Geistes.

Ich packte erneut das Steuer und drehte es zur Seite, widerstand seinen Anstrengungen und fand endlich meine eigene Kraft wieder. Ich spürte, wie der Wagen auf die erhöhte Bankette geriet, den mächtigen grauen Baumstamm um wenige Millimeter verfehlte und dann in einem fast anmutigen Bogen abhob, sich zur Seite neigte und auf einen entgegenkommenden Laster zuflog.

Ich wappnete mich gegen den Aufprall und spürte, wie meine Knie sich in einem so brennenden Schmerz verdrehten, dass mir übel wurde und dann schwarz vor Augen.

Und danach spürte ich gar nichts mehr. Nur eine seltsame Ruhe, als der Wagen um uns beide herum zerfiel. Und als alles schließlich zu Ende war, blickte ich zu ihm hinüber. Seine Augen waren erstaunt aufgerissen. Er öffnete den Mund, als wollte er etwas sagen, doch dann verdrehten sich seine Augen, und seine Gesichtszüge entglitten ihm.

Ich weiß noch ganz genau, was ich in diesem Moment empfand. Erleichterung, sonst nichts, bevor ich vor Schmerzen das Bewusstsein verlor.

Später, als ich wieder zu mir kam und Zacs Gesicht sah, während man seine Leiche aus dem Wagen schnitt, fühlte ich immer noch kaum etwas. Selbstverständlich war das der Schock;

dennoch erinnere ich mich, wie es war, seine vertrauten Züge in dem blutleeren Gesicht zu sehen und zu spüren, dass er nicht mehr da war.

Sein Körper hatte viel weniger Blessuren als meiner. Er hatte massive innere Verletzungen davongetragen, als das Lenkrad seinen Brustkorb zerquetschte, seine Knochen zerschmetterte und Herz und Lunge durchbohrte.

Meine Verletzungen waren viel deutlicher zu sehen, aber nicht tödlich: Schnitte an den Armen, der Unterarm rechts in einem grotesken Winkel gebogen, wo die Knochen gebrochen waren; ein ausgekugeltes Knie und weitere Schnittwunden an den Oberschenkeln. Alles heilbar, mit viel Zeit. Es war das Trauma, das viel tiefer ging, das mich mehr verkrüppelte als meine verletzten Gliedmaßen.

Aber trotz meines Schocks und des Chaos um mich herum, trotz der Tatsache, dass die Sanitäter mich vor seinem Anblick schützen wollten, erinnere ich mich immer noch an seine erstarrten, wächsernen Gesichtszüge – und an meine fassungslose Erleichterung.

»Kleine Abi, wie perfekt du bist …« Bis heute höre ich seine Worte, die er am Ende unserer ersten Verabredung sagte. Und jetzt weiß ich genau, was diese Worte bedeuteten. Für ihn war ich ein leeres Blatt, auf das er schreiben konnte, was er wollte. Ich war bereits ziemlich isoliert, also würde es leicht werden, mich zu kontrollieren. Ich sehnte mich verzweifelt nach Zuneigung, wusste aber nicht, was echte Liebe ist. Die Liebe, die meine Mutter für mich empfunden haben mochte, hatte sich längst in billigem Wodka aufgelöst, und seitdem begnügte ich mich mit der Liebe der Kinder, für die ich sorgte, immer in dem Wissen, dass sie größer werden und mich vergessen würden, wenn ich zu einer anderen Familie weiterzog. Wie naiv war ich doch gewesen, so geschmeichelt von seiner Aufmerksamkeit, dass ich sie als Liebe deutete. Ich wünschte es mir so sehr, dass ich mir etwas einbildete, was gar nicht existierte.

Mit den Fingerspitzen streiche ich über das in die Eiche geritzte Kreuz.

Ich streiche mit den Händen über die Ärmel meiner Bluse, spüre die Narben unter der dünnen Baumwolle und staune darüber, dass mein Körper sich selbst geheilt hat, genauso wie der Baum.

Das Kreuz ist nun ebenso ein Teil der Eiche wie ihre Äste und Wurzeln – so wie meine Narben für immer ein Teil von mir sein werden. Der Körper findet einen Weg, die Wunden zu schließen und mit den Narben zu leben. Zu heilen.

Und, ja, sogar zu wachsen.

ELIANE
1944

Der Winter hatte sich unendlich lang hingezogen. Eliane war vor Schmerz und Trauer so erstarrt, dass sie selbst die ersten warmen Frühlingstage nicht richtig wahrnahm. Trotz Yves' Worten hatte sie das Gefühl, beide Männer, die sie geliebt hatte, für immer verloren zu haben. Und der Krieg ging weiter, zehrte Frankreich auf, ließ das ganze Land ausbluten. Allerdings hatte sich das Blatt jetzt gegen die deutsche Armee gewendet, das merkte man an der düsteren Stimmung der Soldaten, die das Château besetzten und lange Monate fern von Heimat und Familie in einem fremden, ausgehungerten Land verbrachten, wo man sie hasste und fürchtete. Die offiziellen Zeitungsberichte wurden stark zensiert und verschleierten die Rückschläge der Besatzer. Aber Monsieur le Comte kam an den Winterabenden in die Küche, um am warmen Ofen seinen Tee zu trinken, und dann überbrachte er Eliane und Madame Boin flüsternd die Nachrichten von der wachsenden Widerstandsbewegung, den Luftangriffen der Alliierten, von Siegen der Russen und Niederlagen der Deutschen. Als der Frühling nahte und der Comte immer häufiger von Schlägen gegen Hitlers Wehrmacht berichtete, keimte zarte Hoffnung in ihnen.

Eines Morgens Ende Mai entkernten Eliane und Madame Boin in der Küche die ersten Kirschen, die Eliane von einem Baum gepflückt hatte, der durch seine vor Wind und Frost geschützte Lage in einer sonnigen Ecke hinter der Scheune schon früher als andere Bäume Früchte trug. Als sie die Steine aus dem Fruchtfleisch schnitt, färbte der aromatische Saft ihre Finger rot.

Da betraten Oberleutnant Farber und der General die Küche. Die Frauen legten ihre Messer nieder, wischten sich die Hände an einem feuchten Tuch ab und wandten sich respektvoll den Soldaten zu. Der General suchte nur selten die Küche auf. Viel häufiger kam Oberleutnant Farber allein, um offizielle Anweisungen zu überbringen, oder Monsieur le Comte gab hin und wieder den Wunsch der Deutschen nach einem besonderen Abendessen weiter.

Der General sagte etwas, das der Oberleutnant übersetzte: »Meine Damen, unsere Einheit ist weiter in den Norden abberufen worden. Wir danken Ihnen, dass Sie alles getan haben, um unseren Aufenthalt im Château Bellevue so angenehm wie möglich zu gestalten. Dennoch wird das Château nicht lange leer stehen. Wir ziehen morgen ab, und dann haben Sie etwa zwei Tage Zeit, um alles für die nächsten Besucher vorzubereiten. Eine andere Einheit, die sich ebenfalls auf dem Weg nach Norden befindet, wird durch diese Region kommen. Das Château wird für ein paar Tage als Stützpunkt genutzt – oder vielleicht auch länger, bis weitere Order kommt. Momentan ist die Lage etwas unübersichtlich. Oberleutnant Farber wird als Verbindungsoffizier für die neue Einheit hierbleiben, da er sich mit allem auskennt. Aber wer weiß, vielleicht kommen auch wir schon bald zurück, wenn die Gerüchte einer drohenden Invasion sich als falscher Alarm herausstellen.«

Er knallte die Hacken zusammen und entfernte sich, dicht gefolgt von Oberleutnant Farber.

Die nächsten vierundzwanzig Stunden vergingen in einem hektischen Wirbel aus Lärm und Aktivitäten, während die Soldaten packten und sich zum Abmarsch bereitmachten. Ein paar Stunden nachdem auch die Letzten aufgebrochen und mit dröhnenden Armeelastern Richtung Bahnhof gefahren waren, hielt Eliane vor ihren Bienenstöcken inne und hob den Kopf, weil sie das ferne Rattern eines Zuges hörte, der wohl Soldaten und keine Deportierten transportierte. Sie hatte das Gefühl, dass alles sich zu einem dramatischen Wendepunkt steigerte. Würde dies für Frankreich das Ende des Schreckens bedeuten oder nur den Anfang von etwas noch Schlimmerem?

Als das Rattern des Zuges in der Ferne verklang, schloss sie den Bienenstock, an dem sie gearbeitet hatte, nahm ihre Eimer mit Honigrahmen und trug sie zurück ins Château.

Die neuen ›Gäste‹ im Château Bellevue unterschieden sich deutlich von den Soldaten, die das Château in den letzten vier Jahren besetzt hatten. Die Soldaten des Panzerregiments trafen ein, gerade als Eliane und Madame Boin die letzten Betten machten. Sie hatten in den Schlachten an der russischen Front gekämpft. Ihr Blick war stumpf von dem, was sie gesehen, und ihre Seelen litten unter dem, was sie getan hatten. Als ihre Panzer den Weg zum Château Bellevue herauffuhren, zogen sie eine dichte Staubwolke mit sich, die noch lange nach Verstummen der dröhnenden Motoren in der Luft hing.

Eliane ging ihren Pflichten mit gesenktem Blick nach. Die neuen Soldaten in ihren schwarzsilbernen Uniformen verströmten etwas Finsteres, und wann immer sie einem von ihnen begegnete, musste sie die Angst hinunterschlucken, die in ihr aufstieg.

Wenn sie nicht gerade Madame Boin half, verbrachte sie so viel Zeit wie möglich im Garten, goss die neuen Setzlinge, kappte dürre Zweige, die im Winter abgestorben waren, und jätete das Unkraut zwischen den Gemüsebeeten. Sie vergrub sich in ihre Arbeit und war dankbar, dass sie dadurch nicht mehr so deutlich spürte, wie schwer es ihr ums Herz war. Immer noch trauerte sie um Jack und ging oft durch die Felder zu der jungen Eiche am Wäldchen, um sein Grab zu besuchen. Dort war das Gras wieder gut angewachsen, und die Wildblumen breiteten sich wie eine Decke über sein Grab. In den Wintermonaten hatten die schlanken Äste der Eiche mit den spärlichen knittrig braunen Blättern wie leblos gewirkt. Aber eines Morgens im Frühling bemerkte sie die ersten neuen Blätter an jedem Zweig, die sich zaghaft wie zartgrüne Rüschen entfalteten. An diesem Tag hatte sie ihr Gesicht zur aufgehenden Sonne gewandt und ostwärts nach Tulle geblickt, sich gefragt, was Mathieu wohl gerade machte. *Denkt er je an mich? Wie überlebt er die Verzweiflung und Entbehrungen, die dieser Krieg uns aufzwingt?* In gewisser Weise fand sie es einfacher, um Jack zu trauern als um Mathieu. Der Tod gab einem das Gefühl von Endgültigkeit. Anders, als wenn man von jemandem verlassen wird. Ihr Herz sehnte sich immer noch nach Mathieu – Yves' Worte an Jacks Grab hatten sich in ihrem Kopf eingenistet und einen Anflug von Hoffnung aufkommen lassen, die wie eine Flamme in der Dunkelheit flackerte. Dennoch ermahnte sie sich immer wieder, dass sie seine Entscheidung, sie zu verlassen, akzeptieren musste. Und selbst wenn Yves recht hatte und sie Mathieu tatsächlich verzeihen sollte, war bereits so viel Zeit vergangen und so viel passiert, dass sie nicht mehr dieselben waren wie vor dem Krieg, jung und sorglos.

»Wo bleibt Monsieur le Comte?«, grummelte Madame Boin. »Sein Abendessen verkocht ja völlig.«

Eliane, die gerade Töpfe und Pfannen spülte, blickte aus dem Fenster in den Garten hinaus. Es war ein wunderschöner Juniabend, und die Schwalben segelten durch die stille Sommerluft und umkreisten das Steinkreuz über der Kapelle. »Ich glaube, er betet noch und braucht wohl länger als sonst.«

Gerade als sie zur Kapelle blickte, tauchte der Comte daraus auf, fummelte mit dem Schlüssel herum und verschloss hastig die Tür hinter sich. Fast fluchtartig hinkte er durch den Garten, bewegte sich schneller, als sie es je zuvor bei ihm gesehen hatte. Rasch trocknete sie ihre Hände an der Schürze ab und ging ihm entgegen.

Als er die Küche betrat, blitzte in seinen Augen etwas auf: Eliane erkannte darin reinen Triumph.

»Eliane! Madame Boin! Es ist so weit. Der Tag ist gekommen. Die Alliierten sind an den Stränden der Normandie gelandet! Ich habe gerade die Nachricht von General de Gaulle aus London gehört. Sein Aufruf an alle lautet: Es ist die Pflicht aller Einwohner Frankreichs, mit sämtlichen Mitteln zu kämpfen, die ihnen zur Verfügung stehen. Kommen Sie mit, Eliane? Zu einem letzten Tanz, um unseren Brüdern in den Hügeln mitzuteilen, dass die Stunde gekommen ist, sich zu erheben und unser Land zurückzuerobern?«

Eilig holte sie den Seidenschal aus ihrer Schürzentasche. »Selbstverständlich, *monsieur.*« Mit zittrigen Fingern knotete sie ihn am Nacken zusammen. »Was soll ich tun?«

Zu ihrer Überraschung trat er zu ihr, zog ihr das Tuch sanft vom Kopf und drückte es ihr in die Hand. Dann umarmte er sie fest, löste sich von ihr und sagte: »Gehen Sie an der hinteren

Mauer auf und ab, so wie Sie es schon einmal getan haben. Nur müssen Sie dieses Mal das Tuch so hochhalten, dass es jeder sehen kann und weiß, Frankreichs Stunde ist gekommen.«

Madame Boin schnalzte missbilligend die Zunge und sagte kopfschüttelnd: »Dann achte aber nur darauf, dass das keiner unserer ›Gäste‹ sieht, Mädchen …«

Da drehte sich Monsieur le Comte zu ihr und umarmte sie ebenfalls, was sie vor lauter Verblüffung sofort zum Schweigen brachte.

»Keine Angst, Madame Boin, die sind viel zu sehr mit ihren eigenen Befehlen beschäftigt, als sich um ein paar hilflose Zivilisten zu kümmern.« Wie zur Bestätigung hörten sie das Trampeln schwerer Stiefel auf der Haupttreppe des Châteaus und schroff gebellte Befehle. »Kommen Sie, Eliane«, sagte er lächelnd. »Es ist Zeit.«

»Aber *monsieur*, Ihr Abendessen …«, protestierte Madame Boin.

»Das esse ich später. Jetzt muss ich wieder in die Kapelle. Sobald unsere Freunde vom *maquis* Elianes Signal sehen, werden sie ans Funkgerät kommen, um von mir die Neuigkeiten zu erfahren.«

Er eilte ins Freie und tappte hastig mit dem Gehstock über den staubigen Hof.

Sie fühlte sich auffälliger denn je, als sie den schmalen Pfad an der Außenseite der Gartenmauer entlangging. Zögernd zuerst hielt sie das zerfranste Seidenviereck in die Höhe. Erschrocken fuhr sie zusammen, als ein paar Mauersegler an ihr vorbeizischten, die mit ihren Flügeln die Luft durchschnitten, bevor sie über die Felswand segelten, die steil zum Tal abfiel. Aber dann fasste sie allen Mut, spürte, wie das Adrenalin durch ihre Adern strömte, hielt den Schal am ausgestreckten Arm in die Höhe und schwenkte ihn wild in der Luft. Hin und her ging sie und verkündete – endlich! – die Botschaft der Hoffnung für die *maquisards* in den Hügeln, ohne sich darum zu kümmern, ob die Miliz oder die Gestapo sie ebenfalls sahen.

Doch als sie auf der gegenüberliegenden Seite der Gartenmauer Aufruhr und Lärm hörte – schwere Stiefel, die knirschend über den Hof rannten, Gebrüll, zuknallende Lastertüren –, wich sie an die Mauer zurück. Kurz war die Abendluft erfüllt von lautem Dröhnen, als die Motoren der auf dem Feld unter dem Château stehenden Panzer ansprangen. Da setzte sie sich wieder in Bewegung, weil sie sich sicherer fühlte. Offenbar stimmte es, was der Graf gesagt hatte: Wenn die Soldaten so mit den Vorbereitungen beschäftigt waren, nach Norden zu fahren, um die Invasion in der Normandie zurückzudrängen, dann bemerkten sie wohl kaum eine Küchenhilfe bei ihrem Abendspaziergang.

Doch genau in dem Augenblick, als die Motoren der Panzer zu einem lauten Crescendo anschwollen, ertönte eine Salve Schüsse aus dem Garten. Erst mehrere einzelne aus einem Gewehr und dann das Rattern einer Maschinenpistole. Plötzlich pochte Elianes Herz so laut in ihren Ohren, dass es selbst die Panzermotoren übertönte.

Hektisch blickte sie sich um. Was sollte sie tun? Weitergehen, bis der Comte kam und ihr sagte, sie könne aufhören, oder nachsehen, was passiert war?

Sie zwang sich weiterzugehen. *Dreimal an der ganzen Mauer entlang,* befahl sie sich, *und dann gehe ich zu Monsieur le Comte und frage ihn, ob ich weitermachen soll ... Gewiss haben die maquisards mich mittlerweile gesehen.*

Vor lauter Erleichterung machte ihr Herz einen Satz, als sie ein letztes Mal am Ende der Mauer kehrtmachte und am anderen Ende eine Gestalt auftauchen sah. Doch dann hielt sie inne, weil ihr bewusst wurde, dass es nicht der Comte de Bellevue war, der sie von ihrer Pflicht entbinden kam, sondern Oberleutnant Farber.

Sie stopfte den Seidenschal in ihre Tasche und legte sich im Stillen schon eine Ausrede zurecht.

Aber er forderte von ihr keine Erklärung, sondern rannte auf sie zu, ohne darauf zu achten, wie schmal der Pfad war und wie steil die Felswand daneben abfiel.

Sie erstarrte, weil Panik sie ergriff und sie damit rechnete, er würde seine Pistole zücken und schießen. Sie wusste, selbst wenn sie versuchte, wegzurennen, wäre sie immer noch ein leichtes Ziel, da sie zwischen der Gartenmauer und dem Abhang gefangen war.

Als er näher kam, rief er etwas, doch sie konnte es im Dröhnen der Panzermotoren nicht verstehen. Dann erreichte er sie außer Atem und ergriff ihren Arm. »Rasch, *mademoiselle,* wir dürfen keine Zeit verlieren. Die Soldaten rücken ab, aber vorher zerstören sie noch so viel wie möglich. Sie und Madame Boin müssen sich verstecken. Ich kann Sie nicht beschützen.«

»Ich habe Schüsse gehört«, sagte sie. »Aus dem Hof.«

»Keine Zeit für Erklärungen«, drängte er. »Sie müssen jetzt mitkommen und sich mit Madame Boin verstecken.«

»Und mit Monsieur le Comte? Wir müssen ihn holen.«

Da verzog sich das Gesicht des Offiziers zu einer Maske aus Wut und Trauer. Er schüttelte nur den Kopf und zog sie über den Pfad zurück zur Küche.

»Das ist zu spät, Eliane. Sie haben ihn entdeckt. Die Schüsse – sie kamen aus der Kapelle.«

Eliane keuchte schockiert auf und blieb abrupt stehen. »Nein!«, rief sie aus. »Wir müssen ihn holen!«

»Eliane«, wiederholte er, diesmal sanfter. »Es ist zu spät.« Erneut zog er sie am Arm, fester nun. »Wir können nichts mehr für ihn tun. Der Graf hätte gewollt, dass Sie sich in Sicherheit bringen.«

Benommen ließ sie sich in der Deckung der Gartenmauer von ihm zur Küche führen. Auf dem Hof des Châteaus herrschte heilloses Chaos. Fahrzeuge fuhren wild manövrierend hin und her, Soldaten rannten kreuz und quer. Ein paar Fenster des Châteaus waren zerbrochen, die Buchsbaumhecken vor dem Eingang waren platt gewalzt. Als Eliane den Kopf reckte, um einen Blick zur Kapelle zu werfen, sah sie, dass die schwere Tür aus den Angeln gehoben worden war und schief an der Mauer lehnte. Zwei schwarz uniformierte Soldaten tauchten aus dem dunklen Inneren auf und trugen Geräte und eine unordentlich aufgewickelte Drahtrolle heraus, die sie auf die Ladefläche eines Jeeps warfen, bevor sie davonbrausten.

Eliane wollte über den Hof rennen, um zu sehen, was mit Monsieur le Comte geschehen war, doch Oberleutnant Farber schob sie vor sich her in die Küche. Dort stand Madame Boin mit ihrem größten Ausbeinmesser in der Hand und drückte sich gegen die Kellertür. Erleichterung huschte über ihre entsetzte Miene, als sie Eliane erblickte. »Oh Gott sei Dank, sie haben dich nicht geschnappt.«

»Verstecken Sie sich, rasch!«, befahl Oberleutnant Farber und wies auf die Kellertür. Von Panik getrieben eilte Madame Boin, so schnell sie ihren massigen Körper bewegen konnte, die steilen

Stufen hinunter. Eliane zögerte kurz und ergriff Oberleutnant Farbers Hand. Sie sah ihn eindringlich an und sagte: »Danke, *monsieur*.«

Er nickte lächelnd. »Verriegeln Sie die Tür, und bleiben Sie unten. Kommen Sie bis morgen früh nicht heraus. Dann wird es sicher sein, weil wir alle weg sind.«

Einen Moment noch hielt sie seinen Blick fest und hatte das Gefühl, als würden aller Lärm und Trubel verblassen, weil hier zwei Menschen standen, die einander trotz all der Unmenschlichkeit um sie herum verstanden.

»*Adieu,* Oberleutnant Farber.«

»*Adieu,* Eliane.«

Sie schloss die Kellertür hinter sich und schob die schweren Eisenriegel oben und unten vor, bevor sie Madame Boin in den Keller folgte. Die Köchin hatte einen Kerzenstummel gefunden und zündete ihn an. Flackernd warf er sein schwaches Licht auf die gewölbten Steinwände.

»Wir können fliehen« rief Eliane aus und ging zu den Weinfässern, die in einer Ecke lagen. »Durch den Tunnel zur Mühle. Dort können wir Alarm schlagen und zurückkommen, um Monsieur le Comte zu holen.«

Doch Madame Boin ließ sich an der rauen Wand zu Boden sinken und wirkte ungewöhnlich furchtsam und verletzlich. »Das schaffe ich nicht, Eliane. Selbst wenn es mir gelingen würde, nach unten in die Höhle zu klettern, würde ich im Tunnel stecken bleiben. Wenn es sein muss, gehst du allein, aber ich muss hierbleiben.«

Da erkannte Eliane, dass Madame Boin recht hatte. Im Tunnel gab es Stellen, vor allem am steilen, unteren Ende, wo selbst sie und Jacques sich kaum hatten durchzwängen können.

»Keine Angst«, sagte sie. »Ich lasse Sie nicht allein.« Sie wusste auch, dass sie das Leben ihres Vaters in Gefahr bringen würde, wenn sie ihn mit hineinzöge. »Wir machen es genau so, wie Oberleutnant Farber gesagt hat, und warten hier.«

Madame Boin nickte und sackte auf dem Boden zusammen. Im Kerzenschein sah Eliane Tränen über ihre geröteten Wangen strömen. »Glaubst du, sie haben ihn umgebracht?«

Eliane musste nicht fragen, wen sie meinte. »Ich weiß es nicht«, erwiderte sie langsam. »Aber sie haben das Funkgerät gefunden.«

Da weinten die beiden Frauen zusammen, vergossen Tränen der Verzweiflung und Ohnmacht, Tränen der Wut und Frustration und ließen endlich alle aufgestauten Gefühle der vergangenen vier Jahre los, während sie sich auf dem kalten Steinboden des Weinkellers aneinanderdrängten.

Schließlich flackerte die Kerze und verlosch. Finsternis hüllte sie ein.

An Schlaf war nicht zu denken. Über ihnen herrschte Stille, aber Eliane war sich nicht sicher, ob die Soldaten weg waren. Die massiven Felswände um sie herum hielten alle Geräusche von der Außenwelt ab. Seite an Seite saßen sie in der Dunkelheit und waren nur froh über die beruhigende Gesellschaft der anderen, während die Stunden verstrichen.

Sie verloren jegliches Zeitgefühl. »Glaubst du, es ist schon Morgen?«, flüsterte Madame Boin irgendwann und versuchte vergeblich, etwas auf ihrer Armbanduhr abzulesen, deren Zifferblatt in der Dunkelheit nicht zu sehen war.

»Nein. Ich glaube nicht. Eher gegen Mitternacht. Wir sollten noch warten.«

»Schsch! Was ist das?«

Beide erstarrten, als sie leise Schritte auf dem Küchenboden über ihnen hörten. Jemand versuchte, die Kellertür zu öffnen, die Klinke quietschte leicht, als sie sich hob und senkte. Dann klopfte es an der Tür, und eine Stimme rief: »Eliane? Bist du da unten?«

»Yves!«, rief sie aus und stürzte die Treppe hinauf, um die Tür zu entriegeln. Aufschluchzend warf sie sich ihrem Bruder in die Arme. »Oh Yves, sind sie weg? Die Soldaten? Monsieur le Comte …« Doch sie brachte die Worte nicht heraus.

Er zog sie beiseite und rief über seine Schulter hinweg: »Sie ist hier, Papa. Madame Boin auch. Es geht ihnen gut. Komm, hilf mir mal.«

Gustave kam von draußen hereingeeilt und nahm Eliane in seine starken Arme, während Yves die Hände ausstreckte, um Madame Boin die Treppe heraufzuhelfen.

Danach ließ sie sich auf einen Stuhl sinken und fächelte sich Luft zu, während sie versuchte, wieder zu Atem zu kommen.

Durch die offene Tür konnte Eliane die glitzernden Sterne am Nachthimmel über ihnen sehen, doch über den Hof fiel ein seltsames orangefarbenes Licht und warf zuckende Schatten auf den Kies. Sie wollte darauf zugehen, doch Gustave streckte die Hand aus und fasste sie am Arm.

»Warte, Eliane. Bevor du da rausgehst, muss ich dir etwas sagen …«

Sie wandte ihm den Kopf zu und sah seine gequälte Miene in dem unheimlichen Licht. »Was denn, Papa?«

»Wir haben Monsieur le Comte in der Kapelle gefunden«, sagte er und schüttelte langsam den Kopf.

»Sie haben ihn umgebracht.« Eliane sprach aus, was sie bereits gewusst hatte.

Gustave nickte unglücklich. »Er liegt neben dem Altar. Offenbar schon ein paar Stunden.«

»Er hat mit dem Funkgerät die Nachrichten weitergegeben. Ich habe gesehen, wie sie es mitgenommen haben.«

Das seltsame Licht tanzte und flackerte. Mit einem Mal hob Eliane den Kopf. Es roch beißend nach Rauch, aber auch noch nach etwas anderem. Es erinnerte sie an etwas … etwas Süßes … Karamell oder die Pralinen, die Lisette früher zu Weihnachten machte.

Da erkannte sie, was dort brannte, und sie riss sich von ihrem Vater los und rannte zum Garten.

Ein tanzendes Flammenmeer wogte dort, warf sein Licht auf die Gemüsebeete und die Äste des Birnbaums in der Ecke und schoss immer wieder Funkenschauer in den nächtlichen Himmel.

Verzweifelt versuchte sie, die Flammen mit einer halb gefüllten Gießkanne zu löschen, doch das Feuer hatte die Bienenstöcke schon umschlossen.

»*Non! Non! Non!*«, schrie sie und schlug gegen das brennende Holz, zuerst mit der Schürze und dann mit den bloßen Händen. Das glühende Wachs brannte sich in ihre Haut, und der siedende Honig versengte ihre Hände, während Funken von den lodernden Gerippen der einstigen Bienenstöcke um sie herumsprühten und drohten, sie ebenfalls in den tödlichen Tanz der Flammen zu ziehen.

Und dann war ihr Vater bei ihr, schlang seinen starken Arm um sie und zog sie in Sicherheit.

Ganz fest hielt er sie, als sie hilflos schluchzend dastand und zusah, während ihre Bienenstöcke zu Haufen brennender Asche zerfielen und der beißende Duft nach verbranntem Honig in ihre Lungen drang. »Warum?«, flüsterte sie. »Warum haben sie das getan?«

»Um uns weiter auszuhungern«, erwiderte ihr Vater grimmig. »Vielleicht auch, um dich zu bestrafen, weil sie dich nicht finden konnten. Oder es war nur ein letzter Akt sinnloser Zerstörung, bevor sie verschwanden. Welchen Sinn hat es, in diesem Krieg nach Gründen zu suchen?«

Er stützte sie und hielt sie aufrecht, als sie zusammenzubrechen drohte. »Haltung, Eliane«, sagte er. Seine Stimme schwankte, aber dann wurde sie wieder fest. »Lass nicht zu, dass sie dich auch zerstören. Gib dir selbst dieses Versprechen. Wir werden das hier überleben. Wir lassen nicht zu, dass sie uns besiegen. *Courage, ma fille, courage.*«

Madame Boin und Eliane bemühten sich nach Kräften, das Château wieder auf Vordermann zu bringen, das von den abziehenden Soldaten in einem furchtbaren Zustand hinterlassen worden war. Sie fegten Scherben zusammen, schrubbten Schmierereien von den Wänden im Salon und sammelten persönliche Habseligkeiten der Soldaten ein, die bei ihrem plötzlichen Aufbruch vergessen worden waren. »Was sollen wir damit machen?«, fragte Eliane und hielt eine schwarze Uniformjacke hoch, die einem Soldaten des Panzerregiments gehört hatte. Die silbernen Insignien schimmerten trüb im Licht, das durch ein zerbrochenes Schlafzimmerfenster hereindrang. Gustave maß es gerade ab, um es mit Brettern zu verrammeln.

Madame Boin schnaubte. »Verbrennen wäre noch zu gut dafür.«

Gustave warf über die Schulter hinweg einen Blick darauf. »Wir schaffen am besten alles auf den Speicher, falls sie zurückkommen, um es abzuholen. Werft es vor der Treppe auf einen Haufen, dann bringe ich es für euch unters Dach.«

Die Kapelle in Ordnung zu bringen, war ihre quälendste Aufgabe gewesen. Gustave und Yves hatten die Leiche des Comte ins Château getragen, damit sie für die Beerdigung vorbereitet werden konnte. Während Madame Boin ihn wusch und in einen seiner einst feinen Anzüge kleidete, schrubbte Eliane die Steinplatten neben dem Altar. Sie brauchte mehrere Eimer Wasser und ein ganzes Stück von der weichen, nicht besonders wirksamen Seife – mehr hatten sie mittlerweile nicht mehr zum Reinigen –, um das Blut vom Boden zu entfernen. Obwohl sie ihr Bestes gegeben hatte, blieb noch ein dunkler Fleck, wo Monsieur le Comte verblutet war, als er zum letzten Mal das Funkgerät betätigte und seine Landsleute drängte, sich zu erheben und dem Kampf gegen Frankreichs Feinde anzuschließen.

Und doch fühlte es sich seltsam an, dass die deutschen Soldaten so plötzlich und spurlos verschwunden waren. Kaum hatten die Besatzer Coulliac verlassen, verkündete der Bürgermeister als Erstes, dass Monsieur le Comte zwei Tage lang öffentlich aufgebahrt werden würde, damit jeder, der wollte, ihm die letzte Ehre erweisen konnte. Die Menschen, die an dem schlichten Kiefernsarg vorbeigingen, waren zerlumpt und mager, und ihre knochigen Hände ragten aus ausgefransten Ärmeln hervor, als sie ihre abgegriffene Kappe oder zerschlissene Baskenmütze abnahmen, doch hielten sie den Kopf hoch und warteten mit stiller Würde in der Schlange. Und endlich wehte vor der *mairie* wieder die französische Trikolore.

Zwar war eine Nachrichtensperre verhängt worden, doch an jeder Straßenecke, in allen Cafés und Schlangen vor den Läden kursierten Gerüchte von zunehmenden Aktivitäten der Résistance. Telefonleitungen waren zerstört und Bahngleise und Brücken gesprengt worden, um das hastige Vorrücken der Deutschen Richtung Norden zu sabotieren. Madame Fournier hatte von der Sekretärin des Bürgermeisters gehört, dass die Panzerdivisionen, die sich aus dem südlicher gelegenen Montauban nach Limoges bewegten, wiederholt durch Störmanöver und sogar Straßenschlachten in einigen Orten aufgehalten worden waren. Eliane fragte sich, wo Mathieu war und was er in all diesem undurchschaubaren Chaos wohl machte. Er würde doch ganz sicher nicht weiterhin gegen die Résistance arbeiten und versuchen, die Bahnstrecken zu schützen? Wo auch immer er sein mochte, Eliane sandte doch ein stilles Gebet in den Himmel, dass er und seine Familie außer Gefahr waren. Denn sie nahm an, dass die Route der im Süden stationierten Panzerdivisionen ziemlich nah an Tulle vorbeiführte.

Als die letzten Trauernden am Sarg des Comte gestanden hatten, kam die Sekretärin des Bürgermeisters, um die *mairie* für die Nacht abzuschließen. Am nächsten Tag würde der Trauergottesdienst in der Kirche von Coulliac stattfinden – die genug Platz für alle Trauernden bot –, bevor die Leiche von Charles Montfort, dem Comte de Bellevue, unter den Steinplatten in der kleinen Kapelle des Châteaus zur letzten Ruhe gebettet würde. Eliane und Madame Boin, die an der Wand zum letzten Mal über den Grafen gewacht hatten, erhoben sich von ihren Stühlen.

»Ich habe gehört, in der Gegend deines jungen Mannes gab es ziemlich heftige Kämpfe«, bemerkte Madame la Secrétaire zu Eliane.

»Er ist nicht mehr mein junger Mann«, erwiderte Eliane, obwohl ihr Herz vor Angst einen Satz machte.

Die Sekretärin des Bürgermeisters warf ihr einen prüfenden Blick zu. »Wenn du das sagst, Eliane. Jedenfalls wurde mir zugetragen, man hätte die *Boches* ziemlich gründlich aufhalten können. Wo ist denn dein Bruder momentan?«

Eliane zuckte die Achseln. »Das weiß ich so wenig wie Sie. Seit er nach dem Abzug der Deutschen zum Château kam, habe ich ihn nicht mehr gesehen.«

»Na, er hat sicher einiges zu tun.« Mitfühlend tätschelte die Sekretärin Elianes Hand, da ihr angesichts der Gefahr, in der ihre Lieben steckten, alles Blut aus dem Gesicht gewichen war. »Keine Angst, so Gott will, ist alles bald vorbei und unsere Angehörigen kehren gesund und munter nach Hause zurück. Geh jetzt heim und schlaf ein bisschen. Morgen wirst du all deine Kraft brauchen.«

Kurz nach Tagesanbruch weckte Yves sie aus einem unruhigen Schlaf. Einen Moment lang wusste sie nicht, wo sie war. Sie hatte geträumt, sie befände sich wieder in der Höhle unter dem Château Bellevue und Mathieu wäre bei ihr. Sie versuchte, ihn zu trösten, weil sie sah, dass er große Schmerzen hatte, doch währenddessen hörte sie, dass oben der Eingang zum Tunnel einstürzte. Sie erkannte, dass es keinen Weg mehr ins Freie gab, und hatte verzweifelt, mit aufgerissenen, blutigen Händen versucht, die Steine am Ende des Tunnels wegzuräumen. In der Angst, die Höhle würde ebenfalls einstürzen, war sie zu Mathieu zurückgeeilt und hatte ihn im Arm gehalten, als er sich in dem fahlen Licht auflöste, das durch die Fenster ihres Dachzimmers fiel, wo ihr Bruder sie heftig rüttelte.

»Wach auf, Eliane, wach auf!«

»Yves? Was ist denn? Geht es dir gut?«

Er nickte. »Es ist etwas passiert. In Tulle. Ich will rüber, um Mathieu zu suchen. Kommst du mit? Es könnte sein, dass dort Menschen Hilfe brauchen. Nimm Mamans Korb mit.«

»Was ist mit Papa? Und Maman?«

»Die bleiben hier. Ich weiß nicht, was wir vorfinden werden; vielleicht sind es ja nur Gerüchte. Sollen sie hierbleiben und sich um Blanche kümmern. Wir hinterlassen ihnen eine Nachricht, wo wir hin sind.«

Sie stiegen in den Lieferwagen, und dann gab Yves Gas, raste den Weg hinunter, bog auf die Straße und fuhr ostwärts Richtung Sonnenaufgang.

»Was hast du denn gehört?«, erkundigte sich Eliane und blinzelte gegen die Sonne, als der Wagen um eine Kurve bog und die Reifen leicht über den Schotter rutschten.

Den Blick starr auf die Straße gerichtet, antwortete Yves: »In Tulle gab es eine Straßenschlacht. Fast hätten es die *maquisards* geschafft, den Ort von den Besatzern zu befreien. Aber die Deutschen schickten bewaffnete Einheiten aus Brive als Verstärkung. Die Jungs konnten ihnen nicht standhalten und mussten am Ende fliehen.«

Eliane dachte darüber nach. »Sind sie entkommen?«

Yves presste die Lippen zusammen und schluckte, bevor er darauf antworten konnte. »Die meisten, glaube ich. Aber die Deutschen trieben alle zusammen, die sie aufspüren konnten, ganz egal, ob sie was mit der Sache zu tun hatten oder nicht. Es gab Vergeltungsmaßnahmen.« Er verstummte, offenbar, um sich auf die Überquerung der schmalen Brücke von Coulliac zu konzentrieren, die als eine der wenigen in der Zerstörungswut der letzten Tage intakt geblieben war.

Eliane gefror das Blut in den Adern. »Vergeltungsmaßnahmen?«

Yves zuckte die Achseln. »Bestätigt ist nichts. Es gibt nur Gerüchte …«

Sie wandte den Kopf, um ihn von der Seite anzusehen. Mit einem Mal kam er ihr so viel älter vor, fast schon fremd, und nichts erinnerte mehr an den sorglosen Jungen von einst. Alles, was er gesehen und getan hatte, hatte Spuren in seinem Gesicht hinterlassen, das im Morgenlicht wie aus weißem Marmor gemeißelt schien. Doch trotz allem schaffte er es kaum, von dem zu sprechen, was angeblich in Tulle passiert war. Seine Kiefermuskeln waren angespannt, und er schluckte hart. Und dann sagte er: »Es gab Hinrichtungen.«

Einen Augenblick lang dröhnte die Stille so laut in ihren Ohren, dass ihr schwindelig wurde.

»Mathieu …?«, fragte sie, doch ihre Stimme brach.

»Ich weiß es nicht, Eliane.« Er schüttelte heftig den Kopf, als wollte er die Bilder vertreiben, die sich ihm aufdrängten. »Ich weiß es nicht.«

Das Auffälligste war die Stille, als sie Tulle erreichten. Normalerweise hätte der Ort an einem Samstagmorgen gewimmelt vor Leuten, die sich in Cafés und vor Läden trafen. Stattdessen umfing sie unheimliche Stille, während der Lieferwagen langsam durch die Straßen manövrierte. Und als sie um die letzte Ecke bogen und die Ortsmitte erreichten, trat Yves hart auf die Bremse.

Die Szene, die sich ihnen auf der Hauptstraße bot, war so unwirklich, dass sie sie nicht sofort erfassten. An jedem Laternenpfahl der Straße hingen Leichen, schwer und reglos. Aus der Ferne wirkten die Toten fast friedlich, als ob sie die Hände hinter dem Rücken gefaltet und die Köpfe zum Gebet gesenkt hätten.

Beim Motorengeräusch des Lieferwagens zuckten hier und da Gardinen in den Wohnungen über den Läden. Als Yves den Motor ausstellte, war die Stille viel lauter als der Wagen, dröhnte so bedrohlich in ihren Ohren, dass Eliane erneut schwindelig wurde. Sie musste hart schlucken, um sich nicht zu übergeben. Sie holte tief Luft und drehte sich um, weil sie nach Lisettes Korb greifen wollte. Es war ihr ein kleiner Trost, ihn festzuhalten, dabei wusste sie doch, der Inhalt dieses Korbs würde den Menschen an den Laternenpfählen nicht mehr helfen können.

Vorsichtig stiegen sie aus, und Yves knallte die Fahrertür zu. Dies wirkte offenbar wie ein Signal, wie eine Aufforderung, die Menschen freizulassen, die geschockt und traumatisiert von dem Geschehen in ihren Wohnungen gefangen waren. Eine Tür nach der anderen öffnete sich, und die Einwohner stolperten auf die Straße.

Yves streckte die Arme aus, um eine Frau zu stützen, die am ganzen Körper zitterte. »Schon gut. Sie sind in Sicherheit«, sagte er zu ihr in dem vergeblichen Versuch, sie zu trösten. Er wandte sich zu Eliane. »Nimm du sie«, bat er. »Kümmere dich um sie.«

Er hielt einen Jungen auf – höchstens zwölf –, der auf der Straße auf sie zugelaufen kam. »Warte!«, sagte Yves zu ihm. »Hilf mir mit den Leitern. Wir müssen sie runterholen.«

Zwei Leitern lagen am Ende der Straße, nachlässig dort hingeworfen, nachdem sie für ihren mörderischen Zweck genutzt worden waren.

»Mein Bruder …«, keuchte der Junge mit schockstarrem Gesicht.

»Welcher von ihnen ist es?«, fragte Yves grimmig.

»Der da drüben.« Der Junge zeigte auf einen Laternenpfahl, wo die Leiche eines mageren Halbwüchsigen hing.

Yves starrte ihn an. »Wir holen ihn runter. Warte du hier bei meiner Schwester.«

Mittlerweile waren ein paar Frauen und ein paar alte Männer aufgetaucht, die Yves um Hilfe bat, die Leitern an den ersten Laternenpfahl zu lehnen. »Wir müssen gemeinsam versuchen, sie langsam herunterzuholen«, erklärte er. »Wenn Sie helfen können, stellen Sie sich unter mir auf. Immer zwei sichern die Leitern. Die anderen müssen sich bereithalten, die Körper zu stützen, sobald wir die Stricke gelöst haben.« Eine kräftige Frau stieg eine der Leitern hinauf, und Yves nahm die andere. »Wenn Sie sie losbinden, halte ich sie fest, ja?«, fragte er sie. Die Frau nickte nur und konzentrierte sich auf ihre Aufgabe.

Dann holten sie die Leichen herunter, eine nach der anderen. Insgesamt waren es über neunzig Männer und Jungen.

Eliane gab ihr Bestes, um die zu trösten, die zusahen, wie ihr Vater, ihr Mann oder ihr Bruder von dem Strick um ihren Hals losgebunden wurden. Sanft wurden die Toten in ausgestreckte Arme herabgelassen und auf den Asphalt gelegt. Decken und Laken wurden als provisorische Leichentücher gebracht, um sie behutsam damit zu verhüllen.

Während Yves zugange war, kamen immer mehr Einwohner aus ihren Häusern und brachten weitere Leitern oder stützten die, die von ihrer Trauer überwältigt wurden.

Es war eine quälende Aufgabe, aber sie hielten nicht eine Sekunde inne, sondern rückten methodisch von einem Laternenpfahl zum nächsten vor. Eliane kniete gerade mitten auf der Straße bei einer hochschwangeren Frau, die sich auf ihren toten

Mann geworfen hatte, als ihr eine große Gestalt ins Auge fiel, die sich einen Weg durch die Menschenmenge und die Toten auf dem Asphalt bahnte.

Zuerst erkannte sie ihn nicht. Mit seinen zottigen Haaren und dem Bart, der fast sein ganzes Gesicht verdeckte, sah er aus wie ein typischer *maquisard*. Aber etwas an seinem Gang – ein Bär von einem Mann, der sich mit überraschender Anmut bewegte – veranlasste sie, genauer hinzuschauen.

»Mathieu!«, flüsterte sie zunächst, da ihr die Kehle so zugeschnürt war, dass sie seinen Namen kaum herausbringen konnte. Aber dann gewann sie ihre Kraft wieder und rief lauter.

Er wandte seinen Kopf zu ihr um, und da bemerkte sie, dass seine Augen erfüllt waren von einem wilden Entsetzen, das sie noch nie zuvor bei ihm gesehen hatte.

Eliane stand auf und ging auf ihn zu, doch selbst, als sie ihn berührte, starrte er weiterhin geschockt auf die verbliebenen Leichen, die immer noch an den Masten hingen. Als sie seinem Blick folgte, sah sie, wie Yves behutsam die Leiche eines jungen Mannes in die ausgestreckten Hände derer reichte, die unter ihm warteten. Tränen strömten ihrem Bruder übers Gesicht. Und da wurde ihr bewusst, dass der Tote, der dort zu Boden gelassen wurde, Luc war.

Mathieu heulte auf wie ein verwundetes wildes Tier, als er neben der Leiche seines Bruders in die Knie ging. Eliane brach das Herz, als sie hilflos neben ihm stand und zusah, wie Yves seine Leiter an den nächsten Laternenpfahl stellte, um Mathieus Vaters herunterzuholen und neben Luc zu legen.

In diesem Augenblick, als es nichts mehr zu sagen gab, fiel ihr nur noch ein, was Gustave ihr gesagt hatte, als ihre Bienenstöcke verbrannten: »Haltung, Eliane. Lass nicht zu, dass sie dich auch zerstören. Wir werden das überleben. Wir lassen nicht zu, dass sie uns besiegen. *Courage*!« Sie kniete sich neben Mathieu, nahm ihn in ihre Arme und hielt ihn mit aller Kraft fest, die ihr noch geblieben war.

Die Leichen wurden auf dem Friedhof bestattet; siebenundneunzig Gräber wurden gegraben, siebenundneunzig Männer und Jungen aus Tulle zur letzten Ruhe gebettet. Es gab weitere Gerüchte von schrecklichen Vergeltungsmaßnahmen und Verwüstungen der deutschen Armee auf dem Rückzug zu ihrer letzten Schlacht auf französischem Boden. Doch die Einwohner der kleinen Stadt Tulle waren so überwältigt von ihrer eigenen Trauer, dass die Geschichten von anderen Gräueltaten sie zu dem Zeitpunkt kaum erreichten. Es war schlichtweg unmöglich, zu begreifen, was geschehen war – und doch würde die Gemeinde lernen müssen, damit zu leben.

Nach den Bestattungen halfen Eliane und Yves Mathieu in den Wagen und nahmen ihn mit zur Mühle in Coulliac. Da er in Tulle keine Familie mehr hatte, hießen die Martins ihn mit offenen Armen willkommen.

Aber die Hinrichtung seines Vaters und seines Bruders hatte ihn gebrochen. Wie betäubt von der Trauer und dem Entsetzen darüber, was er hatte mit ansehen müssen, brachte er kein Wort mehr heraus. Er vergoss auch keine Tränen, sondern hatte sich in sein tiefstes Inneres zurückgezogen. Er wirkte wie erstarrt, vollkommen reglos und abwesend. Langsam befürchtete Eliane, nie wieder zu ihm durchdringen zu können. Tag für Tag saß sie mit ihm am Fluss, redete ihm leise gut zu, sprach von Hoffnung und Liebe in der Annahme, dies könne ihn vielleicht zurück ins Leben rufen.

Erneut drangen Nachrichten zu ihnen durch, diesmal nicht nur Gerüchte, sondern auch Berichte in Zeitungen und im Radio: Im Norden tobte eine erbitterte Schlacht. Die Deutschen kämpften an allen Fronten ums nackte Überleben, doch dank der Alliierten und mit vereinten Kräften des Widerstands in ganz Frankreich hatte sich das Blatt unwiderruflich gewendet.

An einem grauen Morgen, als Sturmwolken über den Sommerhimmel zogen, saß Mathieu unter den Ästen der Trauerweide, hatte die Hände um die Knie geschlungen, den Kopf gesenkt und blickte trüb auf den vorbeiströmenden Fluss. Eine Weile stand Eliane nur da und beobachtete ihn. Ihr tat das Herz weh vor lauter Trauer um den Mann, den sie liebte, doch glaubte sie, wenn sie nur den Schlüssel zu seinem Schmerz finden konnte, würde sie etwas von dem Mann wiederfinden, in den sie sich einst verliebt hatte. Als die Sonne kurz durch einen Spalt zwischen den Wolken drang, blinkte der Stacheldraht auf, der immer noch das Ufer versperrte. Doch hinter dem Draht glitzerte das Wasser auf dem Wehr wie eine Million tanzende Lichter.

Auf einmal wusste Eliane, was sie zu tun hatte.

Sie rannte zur Scheune und zog eine große rostige Zange aus einem Haufen ungenutzter Werkzeuge. Ohne einen Blick auf Mathieu zu werfen, ging sie zum Ufer, wo das Drahtgewirr den Fluss gefangen hielt. Die Zange war verrostet, doch es gelang ihr, die Schneiden zu öffnen. Sie schob sie über ein Stück des Drahts und ließ sie mit ganzer Kraft zuschnappen. Sie musste mehrfach neu ansetzen und heftig zudrücken, aber schließlich knickte der Draht, dann brach er und schnellte wie eine Sprungfeder zurück. Sofort nahm sich Eliane den nächsten Strang vor. Doch da entriss ihr eine große, starke Hand die Zange, und sie trat beiseite, um Mathieu an den Stacheldraht zu lassen. Er machte kurzen Prozess damit, zerrte den durchgeschnittenen Draht weg, ohne auf die Schnitte in seinen Händen zu achten, und schnappte schwer atmend immer wieder mit der Zange zu. Als der letzte Draht zurücksprang, warf er die Zange zu Boden. Eliane betrat das Wehr, ohne sich die Schuhe auszuziehen, und streckte die Hand nach ihm aus.

Da endlich sah er ihr in die Augen. Ihr klarer, ruhiger Blick schien durch seinen Schmerz zu dringen, und ihr Lächeln schmolz das Eis, in dem sein Herz steckte. Langsam gingen sie bis zur Mitte des Wehrs, dann drehte sie sich zu ihm um. Die Sturmwolken zogen weiter und ließen einen makellos blauen Sommerhimmel zurück. Und endlich kamen ihm die Tränen, die alles reinwuschen.

Sie ergriff seine Hände, und dann standen sie da, mitten im Fluss, bis zu den Knöcheln umspült von der schäumenden Gischt. Das Rauschen des Wassers übertönte sein herzzerreißendes, gequältes Schluchzen, und seine Tränen fielen auf den schaumig-weißen Schleier über dem Wehr.

Als er sich wieder beruhigte, lehnte sie sich zu ihm und küsste sein Gesicht. »Ich liebe dich, Mathieu.«

Er löste sich von ihr, um ihr Gesicht zu betrachten, das er so lange vermisst hatte. Und seine Stimme war brüchig und rau, doch es war seine Stimme, die er endlich wiederfand, als er sagte: »Ich liebe dich auch, Eliane.«

ABI
2017

Elianes kleines Steincottage befindet sich ein paar Täler vom Château Bellevue entfernt, inmitten eines nach Süden blickenden, sonnenverwöhnten Weinbergs, über dem sich die höher liegenden Wälder erstrecken. Genau wie Eliane es sich vorgestellt hatte, hat Mathieu wohl tatsächlich in einem der hiesigen Châteaus eine Stelle als Winzer gefunden, sodass sie heiraten und einen eigenen Hausstand gründen konnten.

Ich bin nervös, als Sara den Wagen auf dem Hang vor dem Cottage parkt. Wir sind zum Morgenkaffee bei Eliane und Mireille eingeladen. Ich habe in meinem Kopf ein so klares Bild von den Martin-Schwestern, dass ich mich frage, ob ich nicht enttäuscht sein werde, wenn sie völlig anders sind.

Sara steuert mich an der üppig von hellrosa Rosen umrankten Vordertür vorbei und dann über eine Auffahrt um das Cottage herum, die den Hügel hinauf zu einem wesentlich größeren Haus führt, welches zwischen den Bäumen über uns kaum zu sehen ist. Wahrscheinlich ist dies das Château des Weinbergs.

Die Hintertür des Cottage ist nur angelehnt, und als Sara klopft, drehe ich mich um und betrachte Elianes Garten.

Inmitten des grünen Weinbergs sind drei ordentliche Gemüsebeete angelegt worden: Ich erkenne die scharlachroten Blüten von Feuerbohnen, die an einem Bohnenzelt ranken, und am Ende dieser Reihe leuchtend gelbe Sonnenblumen, die mich bei Weitem überragen und mit dem Gesicht dem täglichen Lauf der Sonne folgen. Im Beet, das uns am nächsten liegt, sehe ich saftig wirkende Tomaten in verlockenden Trauben hängen und Gurken, die sich unter den dicken Blättern ihrer eigenen Ranken verstecken. In Terrakottatöpfen verströmen Kräuter ihren durchdringenden Duft und erfüllen damit die Luft um uns herum. Ein Stück weiter oben, wo der Garten auf den Weinberg trifft, bilden mehrere Bäume eine Art Schutzwall. Und unter den Bäumen stehen drei weiße Bienenstöcke – ein Anblick, der mich zum Lächeln bringt.

Noch weiter oben, fast auf dem Plateau des Hügels, wo der Weinberg bis zum Wald reicht, sehe ich eine weiß getünchte Mauer, die ein kleines Stück Land umschließt. Sara bemerkt meinen Blick. »Das ist der Friedhof der Familie, die das Château besitzt«, erklärt sie. »Mathieu liegt dort begraben.«

In dem Moment wird die Hintertür weit aufgerissen, und eine Frau tritt heraus, die viel zu jung ist, um Eliane oder Mireille sein zu können. Sie schließt Sara herzlich in die Arme und küsst sie auf beide Wangen, um sich dann mir zuzuwenden.

»*Bonjour,* Abi«, sagt sie. »Ich habe schon viel von dir gehört.«

Breit grinsend legt Sara der Frau einen Arm um die Schulter. »Das ist meine kleine Überraschung.«

Verwirrt und mit einem unsicheren Lächeln mustere ich die Frau. Sie hat rosige Wangen, funkelnde braune Augen und trägt ihr grau meliertes Haar zu einem etwas unordentlichen Knoten gebunden.

»Es freut mich sehr, dich kennenzulernen«, sagt sie. »Ich bin Blanche. Blanche Dabrowski-Martin.«

Mir verschlägt es die Sprache. Und als ich endlich wieder ein

Wort hervorbringen kann, platzt es aus mir heraus: »Blanche! Du bist noch hier!«

Sie lacht. »Stimmt. Das heißt, eigentlich bin ich zurückgekommen. Als wir Mathieu letztes Jahr verloren, beschloss ich, aus Paris herzuziehen, um Eliane Gesellschaft zu leisten. Und es ist so schön, wieder zu Hause zu sein.«

»Paris?«, wiederhole ich. »Aber wieso …?« Die Fragen ploppen so schnell in meinem Kopf auf, dass ich sie nicht mehr richtig formulieren kann.

Blanche nimmt mich an der Hand und führt mich zu einer schattigen Pergola neben der Hintertür, wo ein weißer schmiedeeiserner Tisch mit passenden Stühlen steht. Die Pergola ist mit einem dichten Baldachin grüner Blätter berankt, zwischen denen trompetenförmige Blüten in leuchtendem Orange hängen. Unzählige Bienen stecken ihre Köpfe in die Trichter und saugen eifrig den süßen Nektar, um ihn zu den Bienenstöcken zu bringen.

»Ich weiß, es gibt so viel zu erzählen. Sara hat gesagt, dass du dich sehr für Elianes Geschichte interessierst.« Blanche lächelt. »Nach dem Krieg kam mein Vater, der bei den Alliierten gekämpft hatte, nach Paris, um meine Mutter und mich zu suchen. Man hatte ihm nicht mitteilen können, dass Esther gestorben war und die Martins mich aufgenommen hatten. Aber er spürte Mireille auf, und zwar über das Atelier, in dem Esther gearbeitet hatte. Und Mireille brachte ihn hierher. Du kannst dir vorstellen, dass er in Tränen ausbrach, als er mich sah und Lisette meine Geburtsurkunde aus dem Pflanzenbuch herausholte. So fanden wir wieder zusammen. Er und ich zogen nach Paris, aber ich habe meine zweite Familie hier unten im *Sud-Ouest* oft besucht. Doch jetzt«, fährt sie fort, »setzt ihr zwei euch erst mal, während ich Kaffee mache. Eliane kommt jeden Moment. Mireille ist gerade nicht hier, aber ich glaube, einer ihrer Enkel bringt sie bald.«

Gerade als Blanche ins Haus eilt, hören wir Motorengeräusch, und dann kommt ein alter blauer Pick-up die Auffahrt hoch und hält neben dem Cottage. Ein fröhlich wirkender junger Mann springt vom Fahrersitz, winkt uns zu und umrundet den Wagen, um jemandem beim Aussteigen zu helfen.

Als eine winzige, gebeugte alte Frau an seinem Arm langsam auf uns zukommt, erheben wir uns von unseren Stühlen. Sie hat Locken, die so weiß sind wie Winterfrost, aber als sie uns erreicht, wirft sie mir aus klaren, scharfsichtigen Augen einen durchdringenden Blick zu. »*Bonjour,* Abi. Ich bin Mireille Thibaud.« Als sie mir die Hand gibt, bemerke ich, dass ihre Finger arthritisch gekrümmt und knotig sind. »Und dies ist Luc, einer meiner Enkel. Er hat gerade den Führerschein gemacht, deshalb hat sein Vater ihm den alten Lieferwagen überlassen. Schon ein ziemliches Abenteuer, wir zwei so ganz allein, eh, Luc?«

Er grinst. »*Oui, Mamie.*« Er begrüßt uns ebenfalls mit einem Händeschütteln. »Als Gegenleistung für dieses Privileg muss ich allerdings auch einkaufen gehen. Aber in einer Stunde bin ich zurück.«

»Vergiss nicht, vorsichtig zu fahren, so wie sie es dir geraten haben!«, ruft Mireille ihm scherzend nach. Trotz ihres hohen Alters erkenne ich ihre Lebhaftigkeit und ihren Humor aus Saras Erzählungen wieder.

Blanche kommt mit einem Tablett zurück, das sie auf dem kleinen Tisch abstellt. Darauf befinden sich hübsche Porzellangedecke mit Schmetterlingsdekor und ein Teller voller kleiner Butterkekse.

Und dann ist sie da. Eliane. Ich würde sie überall erkennen. Sie ist größer und hält sich aufrechter als ihre Schwester; die glatten weißen Haare hat sie zu einem Knoten zusammengebunden, und ihr Gesicht ist ein perfektes Oval mit immer noch fein gemeißelten Zügen unter der vom Alter weicher gewordenen Haut. Aber am meisten beeindrucken mich ihre Augen. Als sie mich ansieht, denke ich unwillkürlich an das klare, ruhige Grau der Morgendämmerung im Sommer.

Da ich mit einem förmlichen Händedruck rechne, überrascht es mich, als sie stattdessen zu mir tritt, mich herzlich umarmt und meine Wangen küsst. »Du bist also Abi«, sagt sie. Sie schiebt mich ein Stück von sich, um mich besser ansehen zu können, und nickt dann, als würde sie mich ebenfalls wiedererkennen. Und dann sagt sie: »Ich freue mich, dich endlich kennenzulernen«, als hätte sie mich schon erwartet und gewusst, dass wir uns eines Tages begegnen würden.

»Und ich freue mich zu sehen, dass du immer noch Bienen hast«, erwidere ich und werde rot, weil mir bewusst wird, dass das eine etwas ungeschickte Gesprächseröffnung ist.

Sie lächelt. Und dann sagt sie: »Ja, und weißt du, Abi, es sind Nachkommen der Bienen, die ich im Château Bellevue hatte.«

»Ich dachte, die wären durch die Deutschen umgekommen?«

Als sie daran denkt, verschleiert sich ihr Blick ein wenig, als würde Nebel über den Fluss ziehen. »Du hast recht, die Bienenstöcke sind verbrannt. Aber als Mathieu und ich wieder in den Garten des Châteaus gingen, um die Bescherung zu beseitigen, die die Deutschen hinterlassen hatten, bemerkten wir etwas. Irgendwo in der Stille dort oben begann eine Biene zwischen der Kamille und der Pfefferminze zu summen. Und dann noch eine und noch eine. Und schließlich konnten wir sehen, dass sie in ein Loch in der Mauer flogen. Es waren genug Bienen dem Feuer entkommen, um ein neues Volk zu gründen. Und als sie im darauffolgenden Jahr schwärmten, konnte ich damit einen neuen Bienenstock füllen. Und so haben sie über die ganzen Jahre hinweg überleben können.« Sie blickt den Hügel hinauf zu den Bienenstöcken unter den Bäumen mit den filigranen Blättern. »Akazien«, nickt sie. »Der Champagner unter den Honigsorten.«

Die nächsten zwei Stunden sitzen wir zusammen und reden. Und dabei scheinen die Martin-Schwestern immer jünger zu werden, sich in die jungen Frauen zurückzuverwandeln, die sie vor all den vielen Jahren waren.

Eliane zeigt mir ein Foto von einer lächelnden Familie: eine Frau, die zwischen ihrem Mann und drei hübschen, dunkelhaarigen Töchtern steht. »Errätst du, wer das ist?«, fragt sie und zeigt darauf.

Ich brauche einen Augenblick. Dann frage ich staunend: »Ist das Francine?«

Sie nickt. »Ich wusste immer, dass wir uns eines Tages wiedersehen. Sie wohnt in Montreal. Und ihre Töchter heißen Eliane, Lisette und Mireille.«

Als Luc wieder mit dem blauen Pick-up vorfährt, um Mireille nach Hause zu bringen, spüre ich, dass die beiden Schwestern langsam müde werden.

Als Sara und ich wieder aufbrechen, begleitet uns Eliane, eingehakt bei mir und Sara, bis zum Wagen vor dem Cottage. Ich wende mich zu ihr.

»Vielen Dank, dass du uns heute empfangen hast, Eliane. Und ich habe dir für noch viel mehr zu danken. Denn deine Geschichte hat mir geholfen, meine eigene Kraft zu finden – die Kraft, sich Einschüchterungen und Misshandlungen zu widersetzen.«

Sie betrachtet mich mit ihren ruhigen grauen Augen, als würde sie meine eigene Geschichte lesen, die Narben auf meinen Armen deuten und sehen, was unter der Oberfläche liegt. »Du bist stärker, als dir bewusst ist, Abi«, erwidert sie, wie ein Echo dessen, was sie schon in meinen Träumen zu mir gesagt hat. »Weißt du, Frankreich hat beschlossen zu vergessen, was im Krieg war; es war einfach zu viel und zu vernichtend. Wir mussten die Entscheidung treffen, all das mit unseren Toten zu begraben und unser Leben weiterzuleben. Dennoch ist das Geschehene immer noch in uns.«

Und dann greift sie in die Tasche ihres Rocks und holt ein gefaltetes rotes Tuch hervor.

»Dein Tuch!«, rufe ich aus. »Du hast es immer noch!«

»Ja«, lächelt sie. »Es ist mit der Zeit zwar ein bisschen zerschlissen wie wir alle, aber ich bin immer sorgsam damit umgegangen. Ich dachte, das würdest du vielleicht gerne sehen. Jedes Mal, wenn ich es trug, fühlte ich mich mutiger.«

Ich bin sprachlos, als sie mir das weiche Seidenquadrat in die Hände drückt. Das Muster ist unverändert leuchtend und schön. Obwohl der Stoff mittlerweile fast durchscheinend ist, birgt dieses zarte Andenken immer noch die Erinnerung an Kraft und Stärke, an Elianes Schwur, sich selbst treu zu bleiben. Und ich weiß, ich bilde es mir nur ein, aber ich habe das Gefühl, ein bisschen von dieser Stärke würde aus dem alten Seidenschal durch meine Hände strömen, über meine vernarbten Arme, und mir ebenfalls Mut verleihen.

ELIANE
1944

Die letzten Kriegsmonate waren in ganz Frankreich chaotisch und hart, und immer wieder gab es Nachrichten von aufflammenden Gefechten. Im Vakuum nach dem Abzug der Deutschen nahmen die Menschen das Gesetz in die eigene Hand und bemühten sich, in dem traumatisierten, geteilten Land eine Art Ordnung herzustellen.

Auch in Coulliac brauchte es seine Zeit, zu einem normalen Leben zurückzufinden, aber Eliane wusste, dass es das Beste war, möglichst so weiterzumachen wie eh und je. Also lud sie eines Tages die letzten Gläser Honig und Bienenwachs in den Wagen und fuhr damit zum Dorfplatz, um ihren Marktstand aufzubauen.

Auf der *place* herrschte mehr Betrieb als seit Monaten, da sich die Einwohner endlich wieder auf den Markt trauten. Zunächst waren sie vorsichtig wie Rehe, die sich zaghaft und argwöhnisch aus dem Schutz des Waldes auf eine Lichtung wagen, doch als sie sich irgendwann doch entspannten, konnten sie sich wieder unter die Menschen mischen und mit Freunden und Nachbarn unterhalten. Die Geschäfte waren mager: Es gab nur ein paar Händler, und die hatten noch weniger anzubieten. Aber es war schön, ungehindert auf dem Platz herumzuschlendern, sich in ein Café zu setzen und die Ereignisse der vergangenen Woche zu besprechen, wieder reden und lachen zu können und zu hoffen –

zu glauben –, dass sie endlich frei waren. Eliane winkte Mathieu und Yves zu, die vor dem Café Stühle auf den Bürgersteig gezogen hatten und von einem stetigen Strom von Freunden begrüßt wurden.

Doch auf einmal gab es auf der gegenüberliegenden Seite der *place* einen kleinen Tumult, als eine Gruppe Männer um die Ecke bog und eine unbekannte Gestalt zwischen sich hin und her schubste. Eliane baute gerade die kleine Pyramide Gläser auf und versuchte, sie so aussehen zu lassen, als hätte sie wirklich etwas zu verkaufen. Doch als sie das Johlen und Pfeifen hörte, blickte sie auf. Die Menge teilte sich, um die Männer durchzulassen, und dann stolperte die Gestalt in den Freiraum, der sich mitten auf dem Platz gebildet hatte.

Eliane schaute genauer hin und holte entsetzt Luft. Es war Stéphanie, die die Männer johlend vor sich hertrieben. Aber sie war kaum noch zu erkennen. Ihr Kopf war kahl rasiert und ihre Bluse so zerrissen, dass sie in Fetzen herabhing und nackte Haut zeigte. Und mitten auf die Kehle war ihr ein schwarzes Hakenkreuz geschmiert worden. Als Stéphanie versuchte, sich aufzurichten, und sich mit der Hand am Brunnen abstützte, sah Eliane, dass ihre Haut rot und wund wirkte, und sie erkannte, dass das Hakenkreuz mit heißem Teer aufgemalt worden war.

Zuerst konnte man kaum verstehen, was die Männer brüllten, aber dann hörte Eliane Wörter wie ›Kollaborateurin‹ und ›Denunziantin‹. Zwar wich Stéphanie immer weiter zum Brunnen zurück, je näher die Männer zu ihr drängten und sie bedrohten und anspuckten, doch sie versuchte weiterhin, ihre aufrechte Haltung und ihre trotzige Miene zu behalten.

Eliane stürzte zwischen den Männern hindurch und stellte sich vor Stéphanie. »Stopp!«, schrie sie und breitete die Arme aus, als wollte sie die Parteien auseinanderhalten. Ihr Herz hämmerte vor Schreck, aber sie spürte, wie ein Gefühl sie durchströmte, das schon fast Tollkühnheit war. »Das reicht! Meint ihr nicht, wir haben alle genug davon?«

»Ha! Ist das noch eine Kollaborateurin?«, höhnte einer der Männer. »Willst du etwa deine Hurenkollegin schützen? Dachtest vielleicht, du könntest mit deiner *collaboration horizontale* durchkommen, was? Deine Nachbarn für ein bisschen Flitterkram verraten?« Er trat näher zu Eliane und schnippte gegen den roten Seidenschal, den sie um den Hals trug. »Und dann damit vor unserer Nase herumwedeln?«

Als einer der Männer die Hand ausstreckte und Eliane am Arm packte, fing sie an zu schreien wie ein in die Enge getriebenes Tier und ließ damit all der Angst und Wut und Verzweiflung freien Lauf, die der Krieg in ihr ausgelöst und die sie so lange mit sich herumgeschleppt hatte. Als wäre ihre Stimme eine Naturgewalt, taumelte der Mann vor ihr zurück.

Und dann bemerkte Eliane, dass Mathieu da war.

»Hände weg von ihr! Sie hat nichts getan, außer euch und eure Familien zu beschützen!« Mathieus Stimme hallte über den ganzen Platz, als er sich zwischen Eliane und die Männer schob.

Und dann stellte Yves sich neben ihn, und die beiden bildeten eine unüberwindbare Barriere zum Schutz der Frauen.

Als die Männer das sahen, verstummten sie. Es war weithin bekannt, dass sowohl Yves Martin als auch Mathieu Dubosq erfahrene *maquisards* waren, die unermüdlich gegen die Deutschen gekämpft hatten. Niemand, der seine fünf Sinne noch beisammenhatte, würde sich auch nur gegen einen von ihnen stellen, geschweige denn gegen beide.

Sie scharrten unschlüssig mit den Füßen und murmelten verlegen vor sich hin, dann trollten sie sich, einer nach dem anderen, bis nur noch die vier Gestalten in der Mitte des Platzes zurückblieben.

»Alles in Ordnung mit dir?«, fragte Mathieu Eliane.

»Ja, mir geht's gut.« Zwar hatte sie die Fäuste geballt und zitterte unkontrolliert am ganzen Körper, aber sie hatte keinen Schaden davongetragen. »Aber Stéphanie …« Sie wandte sich zu dem kahlköpfigen Mädchen, das nun gegen den Brunnen gesunken war.

Eliane kniete sich neben sie und berührte sie am Arm. Stéphanie zuckte zusammen und wich zurück.

»Ist schon gut. Du bist in Sicherheit. Dir kann nichts mehr passieren«, murmelte Eliane tröstend. Sanft versuchte sie, die zerrissene Bluse über die gerötete Haut zu ziehen. Dann löste sie den Schal von ihrem Hals und bot ihn ihr an. »Möchtest du den? Um deinen Kopf zu bedecken?«

Da setzte Stéphanie sich auf und fuhr sich mit der Hand über den kahl geschorenen Schädel. Kurz füllten sich ihre Augen mit Tränen. Doch dann schlug sie Elianes ausgestreckte Hand weg, wies das Angebot zurück und stand mühsam auf. »Deine Almosen brauchte ich noch nie, Eliane Martin, und ich werde auch heute nicht damit anfangen«, zischte sie, außer sich vor Schmerz und Zorn. Sie verschränkte die Arme über der Brust, hielt ihre Bluse mit einer Hand an der Kehle zusammen, hob das Kinn und verließ – immer noch ein bisschen wackelig auf den Beinen – den Marktplatz.

Nicht ein einziges Mal blickte sie zurück, obwohl sie wusste, sie würde nie mehr wiederkehren.

Als die Menge sich zerstreute, gingen Mathieu und Yves mit

Eliane zurück zum Marktstand und packten schweigend die wenigen Gläser wieder ein, die letzten, jämmerlichen Reste dessen, was von Elianes Bienen übrig geblieben war.

ABI
2017

Mittlerweile ist es Oktober, und wir bereiten die letzte Hochzeit der Saison auf dem Château Bellevue vor. Sara erklärt uns, dass es die Hochzeit ihrer Freunde Christiane und Philippe ist, und noch dazu ein besonders freudiger Anlass zum Feiern, da die Braut gerade ihre letzte Krebsbehandlung hinter sich hat.

Ich schätze, in der Geschichte all der Hochzeiten im Château Bellevue wurden noch nie so oft die Wetteraussichten geprüft. In dieser Jahreszeit könnte es entweder einen prachtvollen goldenen Spätsommer geben, mit warmen sonnigen Tagen, die die Weinberge in sanftes Licht tauchen. Oder die Wolken bahnen sich einen Weg aus dem Norden, überziehen alles mit ihrem feuchten Grau und erschweren damit die Weinlese. Die Aussichten sind ungewiss, aber jeder in Coulliac betet im Stillen darum, dass das Wetter sich hält.

Doch als ich am Morgen von Christianes Hochzeit den Hügel von der Mühle hinaufeile, ist der Himmel glücklicherweise wolkenlos blau, und der leichte Nebel über dem Fluss lichtet sich schon. Hätte ich die Zeit gehabt, wäre ich sicher ein Weilchen an der Weide geblieben und hätte beobachtet, wie sich das Wasser erst in dem dunklen Tümpel über dem Wehr sammelt, wo die letzten Schwalben sich Verfolgungsjagden liefern, bevor es fröhlich plätschernd über die Kante des Wehrs strömt und seine

Reise Richtung Meer fortsetzt. Aber an diesem Morgen habe ich es wirklich eilig. Ich muss zum Château, um Sara und Karen mit den letzten Vorbereitungen zu helfen. Bei dieser Hochzeit sind wir wesentlich mehr involviert als bei allen anderen der Saison. Normalerweise kommt am Hochzeitstag selbst eine Heerschar aus Caterern, Floristen, Friseuren, Kosmetikern und Musikern, um die Vorbereitungen zu übernehmen, aber dieses Mal ist die Hochzeit eine beinahe familiäre Angelegenheit, daher werden wir alle Hände voll zu tun haben.

Bei meiner Ankunft ist es noch ruhig in der Küche, und Sara reicht mir einen Becher Kaffee. »Trink den besser jetzt – könnte sein, dass wir später keine Gelegenheit mehr dazu haben«, sagt sie lächelnd.

Und sie hat recht. Kurz darauf summt es im Château schon vor Betriebsamkeit, und Sara, Karen und ich leiten eine kleine Armee von Hilfskräften an.

In der Küche kommandiert Karen über eine Bataillon ortsansässiger Frauen, die Rosen aus Radieschen und Krönchen aus Gurken schneiden, um damit die Platte mit Feinkost zu dekorieren, die die Frau und die Töchter des Metzgers als Appetithäppchen für den kleinen Sektempfang nach der Trauung vorbereitet haben, bei dem auch Fotos geschossen werden.

Die Pâtisserie liefert ein Dutzend Obsttorten mit golden glänzender Glasur, die sicherheitshalber auf einen Tisch in der Bibliothek kommen. In einer Ecke des Rasens hinter dem Pavillon, auf der windabgewandten Seite des Hügels, haben Thomas und Jean-Marc eine flache Grube ausgehoben, in der ein riesiges Feuer für den *méchoui* angezündet wird. Der große Haufen aus Apfelbaumholz lodert zuerst wild in die Höhe, wird aber den ganzen Tag weiterbrennen, bis schließlich nur noch ein Becken aus glühender Asche zurückbleibt, in der ein ganzes Lamm am Spieß zu köstlicher Perfektion gebraten wird. Thomas sucht gerade nach einer Plane, die er, falls das Wetter noch umschlagen sollte, als Regenschutz darüber spannen kann, wenn das Feuer heruntergebrannt ist.

Mir wurde ein Hilfstrupp unterstellt, der die Tische im Pavillon decken soll. Wir breiten gestärkte, nach Lavendel duftende Tischtücher über die Tische aus, passend zu den weißen Hussen der Stühle, die mit Schleifen zusammengebunden sind – sodass der Pavillon aussieht, als wäre er mit unzähligen Schmetterlingen gefüllt. Wir falten Leinenservietten zu Lilien zusammen, die wir in Weingläser stecken; alle Gläser blinken und funkeln wie Diamanten, wenn das Sonnenlicht darauf fällt.

Eine von Christianes Tanten verteilt mit ihrer Tochter die Namenskärtchen, die eine der Brautjungfern in elegant geschwungener Kalligraphie beschriftet hat. Neben jedes Kärtchen kommt als kleines Geschenk ein kleines Netz voller mit silbernem und goldenem Zuckerguss überzogener Mandeln, das mit Goldbändern verschnürt ist.

An einem Ehrenplatz stellen wir die Hochzeitstorte auf. Die stammt von einer anderen Tante, welche bis spät in die Nacht wach war, damit die Glasur noch rechtzeitig fertig wird.

Hinter dem Tisch des Brautpaars sind unzählige Sträuße aus Blumen und Blättern befestigt worden, die mit fließenden Geißblattranken zusammengebunden sind, und jetzt schmücken Sara und ihre Helferinnen alles mit kleinen Bouquets aus Rosen, Lavendel und zarten, weißen Prachtkerzen, die wie weitere winzige Schmetterlinge in der Mitte jedes Tisches schweben. Und ich weiß – weil ich einfach einen Blick riskieren musste, als ich mit einem Stapel Tischtücher vorbeieilte –, dass die Kapelle ebenfalls mit unzähligen Blumengestecken dekoriert ist, und dass riesige, von dem Floristen ausgeliehene Glasvasen beim Eingang und am Altar aufgestellt und mit duftenden weißen Lilien gefüllt wurden.

Gegen Mittag ist alles vorbereitet, und die Heerscharen der Helfer verschwinden, um sich selbst für die Zeremonie und die anschließende Party zurechtzumachen. Sara, Karen und ich essen kurz Brot und Käse am Küchentisch, dann hakt Sara auf einer Liste alles ab, was wir bereits erledigt haben. »Ich glaube, das war es fast.« Sie wirft wieder einmal einen Blick auf die Wetterapp ihres Handys und verzieht das Gesicht. »Später immer noch ungewiss.« Sie lehnt sich auf ihrem Stuhl zurück, um aus der Küchentür zu spähen. Hoch am Himmel sammeln sich ein paar weiße Wölkchen und tüpfeln das Blau wie die bläulichen Schuppen das Silber der Fische, die im Teich unter dem Wehr schwimmen. »Hoffen wir, das Wetter bleibt stabil, bis alle da sind, und wenn es doch regnen sollte, dann bitte erst, wenn alle im Pavillon sitzen. Aber es bleibt riskant. Abi, könntest du Jean-Marc bitten, die Regenschirme in die Scheune zu bringen, falls sie zum Ende der Nacht gebraucht werden sollten?« Die Erfahrung hat Sara und Thomas gelehrt, auf jedes Wetter vorbereitet zu sein, daher haben sie eine Sammlung durchsichtiger Gästeschirme, die so groß sind, dass selbst die raffiniertesten Hochfrisuren und ausladendsten Hüte darunter Platz haben.

Da kommt Thomas herein. Er riecht schwach nach Holzfeuer. Als er Sara im Vorbeigehen einen Kuss auf die Haare drückt, dreht sie sich lächelnd zu ihm um. »Es ist noch ein bisschen zu essen da, wenn du und Jean-Marc wollt?«, sagt sie.

Er nimmt zwei Flaschen Bier aus dem Kühlschrank, klemmt

sich das restliche Brot unter den Arm und schnappt sich noch ein Stück getrockneter *saucisson.* »Danke, das kommt gerade recht. Wir wollen jetzt das Lamm aufbauen, die Glut ist perfekt.«

Alle Hochzeitsgäste versammeln sich um zwei Uhr, damit sie sich hier umziehen können. Sara und Thomas haben ihnen auch über Nacht das Château Bellevue zur Verfügung gestellt, daher wurden die Schlafzimmer vorbereitet, und ins Brautzimmer hat Sara einen Strauß Wildblumen und eisgekühlten Champagner gebracht, damit die Braut und ihre Helferinnen sich stärken können.

Christiane ist wunderschön – obwohl man ihr die Zerbrechlichkeit an den Schatten unter den Augen und den sich scharf abzeichnenden Knochen ihrer Schlüsselbeine ansieht. Ihre Familie und ihre Scharen von Brautjungfern flattern aufgeregt um sie herum, aber sie wehrt sie lachend ab. »Mir geht's gut, Maman, keine Angst. Ich habe letzte Nacht phantastisch geschlafen. Oh, Sara, alles sieht einfach perfekt aus. Vielen Dank, dass du dies hier für uns möglich gemacht hast. Ich weiß, dass es viel zusätzliche Arbeit für jeden von euch war.«

Sara erzählt mir, dass Christiane ihr Hochzeitskleid vor ein paar Wochen in einem Brautladen in Bordeaux gekauft hat. Mireille höchstpersönlich, unsere hiesige *couturière extraordinaire* aus Paris, hat darauf bestanden, die letzten Änderungen zu überwachen. Zwar kann Mireille wegen ihrer arthritischen Hände und ihrer nachlassenden Sehkraft nicht mehr selbst die Nadel in die Hand nehmen, aber sie hat ihre Schwiegertochter genauestens im Auge behalten. Gestern lieferten sie das Kleid aus, und Sara hängte es in einer sauberen Baumwollhülle in den großen Kleiderschrank in der Brautsuite.

Es ist perfekt geworden. Der elegante hohe Kragen und die langen Ärmel sind aus elfenbeinfarbener Spitze, welche weich über ein tailliertes Mieder und einen Unterrock fließt und Christianes Figur betont.

Als die Gäste eintreffen, dringt die Musik aus der Kapelle über den Innenhof. Vier von Philippes und Christianes Freunden haben sich in der Woche zuvor spontan zu einem Streichquartett zusammengefunden und spielen in der Kapelle und während des Sektempfangs nach der Zeremonie. Nachdem alle ihre Plätze eingenommen haben, herrscht eine angenehm gedämpfte Atmosphäre voller Erwartung.

Da ich mich bereit erklärt habe, während der Zeremonie ein Auge auf alles zu haben, sehe ich von der Küchentür aus zu, wie Sara und Thomas vor der Kapelle innehalten und er sie in die Arme nimmt und küsst. Sie lächelt ihn an, wirft dann einen Blick zu mir und winkt kurz. Ich recke meinen Daumen und mache dann eine scheuchende Geste, dass sie ruhig in die Kapelle gehen können und sich keine Sorgen machen müssen. Ich habe alles im Griff. Und mit einem Mal wird mir bewusst, dass ich mich zuversichtlich und stark fühle, dass ich mir mehr vertraue als je zuvor. Ich weiß, ich habe mir meinen Platz als Mitglied in Saras und Thomas' Team wirklich verdient, sehe mich nun durch ihre Augen und erkenne, wie selbstbewusst ich sein kann.

Lächelnd schaue ich zu, wie die Brautjungfern die Treppe vom Eingang des Châteaus herunterkommen und über den Hof zur Tür der Kapelle gehen. Und dann erscheint die Braut.

Ihre Schönheit ist atemberaubend.

Und in diesem Moment schiebt sich die Sonne an den größer werdenden Wolken vorbei und lässt den Weg in ihrem Licht erstrahlen, als Christiane von ihrem Vater sanft am Arm gefasst und zum Altar geführt wird.

Das Essen im Pavillon verläuft reibungslos. Nach der Zeremonie schien weiterhin die Sonne, sodass der kleine Empfang, bei dem es Champagner, Feinkosthäppchen und warme Horsd'œuvres gab, draußen auf dem Rasen stattfinden konnte. Die Fotos mit den warm leuchtenden Sandsteinmauern des Châteaus und Saras natürlich gestalteter Gartenanlage im Hintergrund sind bestimmt großartig geworden.

Dann nehmen alle ihre Plätze im Pavillon ein, und wir servieren perfekt gegrilltes Lamm und Schüsseln mit Salat. Der Rotwein vom Château de la Chapelle – von Thomas' Bruder – passt ausgezeichnet dazu, und schon bald steigt der Geräuschpegel im Zelt beträchtlich an. Es ist ein fröhliches Durcheinander aus lauten Stimmen und Lachen, das vom Dach des Pavillons widerhallt. Da es warm ist, können wir die Seitenwände öffnen und die Abendluft hereinlassen, die den Gästen die geröteten Wangen kühlt.

Als wir die Tische abräumen und anfangen, die Obsttorten zu servieren, werden die Gläser erneut mit Champagner gefüllt, und dann kommen die Reden. Stille senkt sich über das Zelt, als der Trauzeuge mit der Gabel gegen sein Glas klopft und aufsteht, um den ersten Redner anzukündigen. Zur Überraschung aller ruft er die Braut auf.

Christiane umfasst Philippes Hand. »Ich finde kaum Worte, um zu beschreiben, wie glücklich ich bin, heute hier zu stehen. Wie viel es mir bedeutet, euch alle heute hier zu sehen. Diese Feier ist perfekt organisiert, dank der übermenschlichen Anstrengungen meiner Mutter, von Sara und Thomas Cortini und so vielen anderen. Ich weiß, wie viel ihr auf euch genommen habt, um für meinen Philippe und mich diesen großartigen Tag zu gestalten. Jeder Einzelne von euch soll wissen, wie viel mir das bedeutet. Also gilt mein erster Toast euch allen.«

Sie hält inne, um ihren Mann anzulächeln und seine Hand zu drücken, dann fährt sie fort: »Als ich während meiner Behandlung im Krankenhaus war, schenkte Philippe mir eine Karte, auf der stand: ›Im Leben geht es nicht darum, auf das Ende des Sturms zu warten, sondern zu lernen, im Regen zu tanzen.‹ Dies ist eine Lektion, die wir lernen mussten. Eine Lektion, die wir in unserem zukünftigen gemeinsamen Leben niemals vergessen werden. Also lautet mein Wunsch an euch alle: Tanzt im Regen!« Sie hebt ihr Glas und fügt grinsend hinzu: »*Santé*!«

Alle Gäste, mit lächelnden Mienen und Tränen der Rührung in den Augen, stehen auf und erheben ihr Glas auf sie.

Ich muss auch lächeln. Denn ich glaube, diese Lektion habe ich während des Sommers ebenfalls gelernt. Durch Elianes Geschichte habe ich verstanden, wie wichtig es ist, dem treu zu bleiben, was wirklich zählt: Liebe und Solidarität, sein Leben so zu leben, wie ich es leben will. Mit einem Mal bemerke ich, dass mich Jean-Marc vom anderen Ende des Pavillons beobachtet – und dass ich nicht mehr in mich hineinlächle, sondern ihn anstrahle.

Als die Gäste den Nachtisch beenden und die letzten Tropfen Champagner trinken, fange ich an, die Tische abzuräumen. Da kommt Sara und nimmt mir einen Stapel Teller ab. »Das machen wir morgen. Du kommst jetzt mit den anderen zur Party in die Scheune.« Sie nimmt meine Hand, und dann folgen wir wie zwei kichernde Teenager der Gästeschar, die sich einen Weg zur Scheune bahnt, wo Thomas bereits die Musik für den ersten Tanz des Brautpaars aufgelegt hat.

Die Scheune ist brechend voll. Einen Augenblick, als ich von den Menschenmassen umringt werde, befürchte ich schon, dass Panik in mir aufsteigen wird, und frage mich, ob ich das schaffen werde. Doch zu meiner Verblüffung merke ich, dass es mir gar nichts ausmacht, mitten in dieser dichten Menge zu stehen. Ich spüre nur die Aufregung der plaudernden Gäste, die Selbstvergessenheit derer, die auf die Tanzfläche geströmt sind, und das reine, unverfälschte Glück, das die Scheune bis zu den Dachsparren erfüllt. Als mir auffällt, dass Jean-Marc Dienst an der Bar hat, gehe ich zu ihm, um ihm zu helfen.

Es ist so heiß, dass wir die Scheunentore weit geöffnet haben. In der kurzen Pause zwischen zwei Songs weht ein heftiger Windstoß herein, und eine Frau am Eingang ruft: »Es regnet!« Tatsächlich fallen aus den Wolken die ersten platschenden Tropfen.

»Nach draußen!«, ruft jemand. »Schließlich geht's im Leben nicht darum, den Sturm abzuwarten, sondern darum, im Regen zu tanzen!«

Die neben dem Scheunentor deponierten Schirme bleiben vollkommen unbeachtet, als alle Gäste nach draußen strömen. Frisuren, Schminke, Abendkleider und Anzüge – all das wird vergessen, als Christiane und Philippe den Tanz einläuten. Hochhackige Schuhe werden von den Füßen gestreift und Jacketts ausgezogen. Thomas dreht die Lautstärke hoch, und der ganze Innenhof füllt sich mit Musik und Gelächter.

Ich bleibe in der Scheune und sehe vom Eingang aus zu. Doch plötzlich ergreift jemand meine Hand, zieht mich ins Getümmel und wirbelt mich inmitten der Tanzenden herum. Ich blicke

Jean-Marc in die Augen, und der Regen fällt sanft auf uns, während wir immer weiter tanzen.

Da spüre ich, wie mein Herz weit wird und sich erneut der Welt öffnet.

ABI
2017

Und jetzt ist die Hochzeitssaison im Château Bellevue wirklich und wahrhaftig vorüber. Wir haben alles gründlich aufgeräumt und Tisch- und Bettwäsche mit getrockneten Lavendelblüten für den Winter eingelagert, sodass sie im nächsten Frühling, wenn sie für die neue Saison wieder ausgepackt wird, frisch und süß duftet. Thomas und die Bauarbeiter sind noch an der Mühle beschäftigt, aber langsam nehmen die Zimmer dort Gestalt an und werden pünktlich im nächsten Jahr fertig sein, um weitere Gäste zu beherbergen. Die Tür der Kapelle ist verschlossen, und der Pavillon, der in diesem Sommer Platz für so viele glückliche Empfänge geboten hat, wurde abgebaut und in der Partyscheune verstaut, wo alle Lichter erloschen sind und die Diskokugel stillsteht.

Ich habe eine Entscheidung getroffen und gehe zu Sara, die an den Hochbeeten arbeitet und die letzten Blätter von den Salaten zupft, welche in den heißen Tagen des Spätsommers herausgeschossen sind. Sie kommen auf den Komposthaufen und werden nächstes Jahr wieder untergegraben. Erde zu Erde.

Als Sara mich sieht, richtet sie sich auf und wischt sich mit dem Handrücken eine Haarsträhne aus dem Gesicht.

»Ich liebe diese Jahreszeit«, sagt sie. »Man spürt geradezu, wie der Garten sich nach all der harten Arbeit im Sommer auf die Winterruhe vorbereitet.«

Ich lächle. »Ähnlich wie du und Thomas. Ihr freut euch doch bestimmt, den Winter über euer Zuhause wieder für euch zu haben.«

Sie lacht. »Wir lieben unsere Arbeit, aber du hast recht. Es wird auch schön sein, Zeit für etwas anderes zu haben.«

Ich blicke zu den Wäldern und Hügeln hinter der Gartenmauer, wo das Land zum Fluss im fernen Tal abfällt.

Dann sage ich: »Ich gehe nach London zurück. Es ist Zeit, dort alles zu einem Abschluss zu bringen, die Wohnung zu verkaufen und zu Ende zu studieren. Und dann schaue ich mal, wohin das Leben mich führt.« Ich kann mir jetzt vorstellen, zurück in die Stadt zu gehen, weil ich weiß, ich habe genug Selbstvertrauen, um alte Freunde zu kontaktieren und vielleicht auch neue zu finden.

»Das ist gut.« Einen Augenblick lang sieht Sara mich prüfend an, und ihre Augen sind so dunkel wie der Tümpel im Fluss über dem Wehr. »Tja, sowohl Thomas als auch ich hoffen, dass dich das Leben manchmal wieder hierher zu uns führt. Du warst für uns ein Geschenk des Himmels, Abi. Du gehörst jetzt zum Team. Wenn du Lust auf einen weiteren Sommer endloser Plackerei ohne Privatleben hast, wartet hier ein Job auf dich.«

»Danke, Sara. Ich komme auf jeden Fall wieder hierher.«

Das weiß ich genau. Ich weiß, dass dieses Fleckchen Erde mich schon bald wieder hierher zurückziehen wird. Und ich weiß, dass Jean-Marc auf mich wartet und dass wir schon bald wieder zusammen tanzen werden.

Sara wirft einen Blick auf ihre Uhr. »Zeit loszufahren. Eliane und Blanche warten sicher schon auf uns.«

Wir fahren zum Cottage, wie wir es seit unserem ersten Besuch schon oft getan haben. Mit Blanches Hilfe haben wir alle Lücken in Elianes Geschichte gefüllt.

Es ist eine Geschichte über Mut. Eine Geschichte über die Entschlossenheit, sich auch in finstersten Zeiten treu zu bleiben, sodass man danach, wenn alle Gefahr gebannt ist, seine Stimme wiederfinden und sein Leben frei von Furcht leben kann.

Eliane hat mir etwas über die Widerstandskraft des menschlichen Geistes beigebracht.

Etwas über mich selbst.

Als wir das Cottage erreichen, sitzt Eliane im Garten und ist mit einem aufgeschlagenen Buch auf dem Schoß in der Sonne eingenickt.

Im Haus bereitet Blanche summend das Mittagessen vor. Elianes Bienen summen ebenfalls um uns herum und sammeln fleißig Nektar aus den Blumen, die sie für sie angepflanzt hat. Unten im Tal glitzert friedlich im goldenen Licht der Fluss, an dem sie fast hundert Jahre gelebt hat.

Oben auf dem Hügel, hinter den Akazien und den Bienenstöcken und hinter den Weinreben, die das Sonnenlicht gierig in sich aufsaugen, um die kurz vor der Ernte stehenden Trauben mit letzter Süße zu füllen, wartet Mathieu auf Eliane und wacht über sie, von dem kleinen Friedhof mit der weißen Mauer aus.

Sara geht hinein, um Blanche zu suchen.

Ganz leise, um Eliane nicht aufzuwecken, nehme ich neben ihr Platz. Behutsam hebe ich das Buch von ihrem Schoß, um das Lesezeichen hineinzulegen. Als ich es zwischen die Seiten schiebe, die sie gerade gelesen hat, fällt mir eine Zeile von Albert Camus ins Auge. Lange denke ich über die Worte nach und lasse sie auf mich wirken.

Und nach einer Weile hebe ich den Kopf und schaue mich um, denke an den Tag, der mich hierhergeführt hat.

Und erkenne, dass ich mich in Wahrheit nie verirrt hatte.

»*Au milieu de l'hiver, j'apprenais enfin qu'il y avait en moi un été invincible.*«

»Mitten im tiefsten Winter wurde mir endlich bewusst, dass ich den Sommer unauslöschlich in mir trug.«

ANMERKUNG DER AUTORIN

Abgesehen von einigen Orten, die man auf der Landkarte findet, und bestimmten Schlüsselerlebnissen während des Zweiten Weltkriegs sind alle Personen und Orte in dieser Geschichte erfunden. Allerdings haben die schrecklichen Ereignisse in Tulle wirklich stattgefunden. Ich habe versucht, mich so weit wie möglich an die Berichte zu halten, aber es war unvermeidlich, mir literarische Freiheiten zu erlauben. Doch ich habe mich um den größtmöglichen Respekt gegenüber denen bemüht, die dabei umgekommen sind. Sie sind nicht vergessen: Bis heute hängen alljährlich im Sommer Blumenampeln an jedem Laternenpfahl der Stadt, um an die Männer und Jungen zu erinnern, die an diesem Tag im Juni 1944 ihr Leben lassen mussten.

Um diesen Roman zu schreiben, waren die inspirierenden Geschichten und Erinnerungen meiner Freunde in Frankreich, deren Familien die Jahre der Besatzung durchstehen mussten, sehr hilfreich.

Merci, et à bientôt
Fiona

DANKSAGUNG

Großer Dank gilt meiner Agentin Madeleine Milburn für ihre Freundschaft, ihre Begeisterung und ihren unerschütterlichen Glauben an meine Geschichten. Dank schulde ich auch dem gesamten Team der Madeleine Milburn Literary Agency.

Ich danke dem großartigen Lake-Union-Team und insbesondere Sammia Hamer, Victoria Pepe und Bekah Graham sowie Mike Jones für seine Geduld und Genauigkeit beim Lektorat.

Ich danke den vielen Freunden, die mir Mut gegeben und regelmäßig überprüft haben, ob ich auch wirklich am Schreibtisch sitze und arbeite: den ehrenamtlichen Gärtnern beim Pitlochry Festival Theatre, meinen Freunden vom Buchclub, der Brückengruppe, meinen Yogafreunden und John, Amelia, Wyomia und Nairne, weil sie mir ihr wunderbares Refugium in Taymont zur Verfügung gestellt haben, damit ich dort schreiben kann.

Besonderen Dank schulde ich Annie Fraser, Karen Macgregor, Sally Swann, Marie-Claire Norman-Butler, Mala Saye, Michèle Jobling, Frank Doelger und Bruce Harmon: Ihr seid wahre Freunde.

Wie immer sende ich meinen Söhnen James und Alastair Liebe, Dankbarkeit und dicke Umarmungen.

Und Rob natürlich auch.

Fiona Valpy
Die Sommer meines Lebens
Roman
Aus dem Englischen von Marie Rahn
352 Seiten. Broschur
ISBN 978-3-7466-3443-2
Auch als E-Book erhältlich

Die Liebenden von der Île de Ré

Edinburgh, 2014: Kendras autistischer Sohn hat Probleme, sich in der Welt zurechtzufinden, und darüber gerät ihre Ehe in die Krise. Dann bittet ihre Großmutter Ella, deren Erinnerungen allmählich verloren gehen, sie darum, diese für sie niederzuschreiben. Schon bald fragt sich Kendra, ob der Grund für ihre schwierige Familiengeschichte in Ellas Vergangenheit liegt.

Frankreich, 1937: Ella verbringt den Sommer an der französischen Atlantikküste. Sie lernt den Franzosen Christophe kennen und will mit ihm leben. Doch dann bricht der Krieg aus, und zurück in Schottland erreichen sie Neuigkeiten von Christophe, die ihre Pläne zunichtemachen. Lange Zeit später erhält sie dann einen Brief, der alles in Frage stellt, was Ella sich inzwischen aufgebaut hat.

Eine mutige Frau vor der Frage, welches Opfer sie für ihre große Liebe zu bringen bereit ist.

Regelmäßige Informationen erhalten Sie über unseren Newsletter. Jetzt anmelden unter: www.aufbau-verlag.de/newsletter

atb aufbau taschenbuch